ШЕДЕВРЫ ФЭНТЕЗИ

ШЕДЕВРЫ ФЭНТЕЗИ

PAWEŁ MAJKA

POKÓJ ŚWIATÓW

ШЕДЕВРЫ ФЭНТЕЗИ

ПАВЕЛ МАЙКА

МИР МИРОВ

Перевод с польского:
Елена Шевченко и Ирина Шевченко

Москва
Издательство АСТ

УДК 821. 162.1
ББК 84(4Пол)
М14

Серия «Шедевры фэнтези»

Paweł Majka
POKÓJ ŚWIATÓW

Публикуется с разрешения автора, издательства Genius Creations
и при содействии Владимира Аренева и Сергея Легезы

Перевод с польского: *Ирина Шевченко*, *Елена Шевченко*

В оформлении обложки использована иллюстрация
Михаила Емельянова

Дизайн обложки: *Юлия Межова*

Подписано в печать 17.07.2019.
Формат 84 × 108 $^1/_{32}$. Усл. печ. л. 26,88.
Печать офсетная. Бумага типографская.
Гарнитура Mysl
Тираж 2500 экз. Заказ №7391.

Отпечатано с готовых файлов заказчика
в АО «Первая Образцовая типография»,
филиал «УЛЬЯНОВСКИЙ ДОМ ПЕЧАТИ»
432980, Россия, г. Ульяновск, ул. Гончарова, 14

ПРОЛОГ

Когда их везли, на радость зевакам, в открытой повозке, маленький и толстый съежился, напуганный ненавистью толпы. Он пытался уклониться от помидоров и гнилого картофеля, бесформенных комков грязи и камней, которые бросали самые дерзкие. И все время всхлипывал. Он что-то кричал о своей жене и детях и слезно заверял всех в своей невиновности. Убеждал, что произошла большая ошибка, может, верил, будто охваченная безумием людская масса захочет его выслушать.

Высокий седеющий вор в остатках плаща, сшитого из десятка лоскутов, вступил в поединок с жаждущими зрелища смерти горожанами. Он плевал на их головы, смеясь, когда попадал кому-нибудь в раскрасневшееся лицо. На оскорбления отвечал еще более вульгарными оскорблениями и не жалел непристойностей для женщин. Третий осужденный молчал.

Элегантный, молодой, с лицом, полным глубокого достоинства, он закрыл глаза, словно спал. Не реагировал даже тогда, когда в него попадала грязь. Одних его поведение обескураживало, других раздражало, поэтому сложно оценить, была ли выбранная им стратегия успешной. На самом деле, кидали в него гнилыми овощами реже, однако те, кто упорно хотел победить его равнодушие, целились все точнее и бросали сильнее.

Последний из тех, кого везли на плаху, заслонил лицо, и это была единственная форма внимания, которой он удостоил толпу. Иногда он переговаривался с вором. Заплаканного толстяка и высокомерного юнца игнорировал. Мужчина поднимал голову и осматривал площадь так, словно ждал оттуда спасения, а не казни. А возможно, он уже достаточно натерпелся мучений от толпы и сейчас предпочел бы скорее умереть, чем оставаться игрушкой для сброда.

Когда они наконец достигли центра площади, стража помогла осужденным сойти с повозки и проводила их к висельным петлям. Толстяка пришлось затягивать силой, остальные приняли свою судьбу равнодушно. Толстяка поставили под первой петлей, вора под второй, а того, кто все еще не открывал глаз, словно в летаргическом сне, под третьей. Когда под четвертой петлей поставили ее «жениха», судья вышел, чтобы огласить приговор. Толпа мгновенно примолкла. Почти все уже знали об ужасных злодеяниях осужденных, но, слушая, как судья, овеянный величием закона, зачитывает их описание, собравшиеся ощутили необычную дрожь. Это было частью ритуала. Ведь в этом мире не существовало людей, которые не осознавали важность ритуалов.

Толстяка осудили за удушение любовницы. Вор пал жертвой невезения — на краже со взломом он убил хозяина раритетной саблей, что была частью добычи. Молчун оказался серийным убийцей, который зверски лишил жизни четырех проституток и был схвачен при попытке выпотрошить пятую.

Последнего из осужденных петля ждала за убийство достопочтенного господина Буртовецкого, известного и уважаемого президента торговой гильдии, который неоднократно разными деяниями помогал городу. В тот момент, когда был оглашен приговор, толпа нарушила молчание, проклиная убийцу.

На последнем слове толстяк еще раз взмолился о пощаде, чем вызвал отвращение как у осужденных, так и у публики. Его заглушил свист и вой толпы. Зато палача наградили одобрительными воплями, когда тот надел на его голову мешок из черного полотна, не позволяя осужденному закончить речь. Бедняга испуганно вскрикнул и обделался в штаны, вызвав восторг у зевак, в том числе и у вора. Когда того спросили про последнее слово, он обругал судью, палача и всех горожан. Он ругался бы еще долго, но и ему не позволили закончить. Молчун, как обычно, ничего не сказал.

— А ты, мерзавец? — судья обратился к последнему осужденному.— Что ты хочешь сказать? Может, извинишься перед жителями этого города за то, что отнял у них благодетеля, самого щедрого человека под солнцем?

На какой-то миг показалось, будто мужчина действительно хотел что-то сказать о благодетеле города. Однако он передумал и только объявил:

— Осталось еще трое.

Преступник, по-видимому, ничего больше не собирался говорить, поэтому судья, выждав минуту, подал знак палачу, и тот надел мешок на голову убийцы.

Что именно означали слова осужденного, уже не имело значения.

Четверо смертников одновременно повисли на натянутых тросах, к радости толпы, удовлетворив требования правосудия. Они оттанцевали танец висельников, аккомпанируя себе хрипом, и оросили доски телесными жидкостями. Под мешками их лица синели, языки вываливались из широко раскрытых ртов. Вор умер быстро, как и убийца проституток. Толстяк немного помучался, но дольше всего, ко всеобщей радости, умирал убийца мецената, яростно борясь за жизнь, он мучился, как ни один из ранее виденных горожанами осужденных. Никто его не пожалел, и палач не прекратил мук несчастного.

Когда он наконец умер, палач обрезал и его веревку. Помощники палача сняли с трупов все, что могло им пригодиться, после чего сложили тела на телегу и вывезли их далеко за город, на одинокий холм под лесом. Там они бросили всех четырех висельников без погребения, принося их в жертву теням. Убийцы не заслуживали сострадания, а тени, жадные до человеческого мяса и крови, проявляли благодарность к тем, кто их подкармливал. Они спускались с неба и выныривали из-под земли, едва опускался сумрак. Помощников уже и близко не было возле холма.

Тени первым делом кинулись к убийце проституток. Те, что прибыли во вторую очередь, сожрали вора. Припозднившиеся еще более неохотно отведали мясо толстяка, доказывая его невиновность нелестным фырканьем и жалобами на омерзительный вкус.

Только самые отчаянные пытались урвать кусочек мяса от последнего осужденного. Сидящая верхом на его груди мара отгоняла каждого смельчака. Она приняла форму чернокожей женщины с черными волосами и глазами. Ее ладони, заканчивающиеся когтями, представляли собой страшное оружие даже против призраков. Большинство стервятников уважало ее право на еду, поэтому она воевала только с теми немногими, кто прибыл слишком поздно и теперь хотел поживиться хотя бы кусочком мяса. Они напрасно подкрадывались к последнему осужденному — мара была бдительнее, быстрее и сильнее их. Самые смелые убегали с визгом, когда попадали под ее черные когти. Наконец, незадолго до рассвета, все исчезли. Тогда мара наклонилась к своему избраннику и поцеловала его — долгим, страстным поцелуем. Она не отрывала от него губ, пока тело повешенного не задрожало, пока мужчина не пошевелил рукой, пытаясь то ли обнять демоницу, то ли напротив — оттолкнуть ее.

Он захрипел, силясь что-то сказать. Одной ладонью женщина закрыла ему рот, другую положила на грудь.

— Тихо, мой милый. Ты должен набраться сил.

Он кивнул и только сейчас открыл веки, чтобы посмотреть ей в глаза: черные, с кругами более глубокой тьмы на месте зрачков. Она снова показалась ему прекрасной, как тогда, когда он увидел ее впервые. Превозмогая слабость, он поднял руку, чтобы погладить ее по щеке, шелковистой и холодной.

— Осталось еще трое,— прошептала она и, заметив первый луч солнца, поцеловала мужчину еще раз, долго, пока вся не проникла в его тело и душу.

ПЕРВЫЙ

ГЛАВА 1

Июнь 1972 года по старому календарю,
пятьдесят седьмой год Предела, двадцатый год Мира

Поезд въехал на Центральный вокзал в Кракове, как всегда доказывая своей пунктуальностью величие объединенных сил технологии и энергиков. Машинист объявил о прибытии протяжным локомотивным гудком, выпуская сжатую струю пара. Он поцеловал всегда холодный железнодорожный амулет, висящий над котлом, и поклонился хранителю. Перемазанное сажей существо, напоминающее гнома, которого можно встретить на рудниках, радостно пискнуло и нырнуло назад в догорающий огонь. Могучий локомотив аж содрогнулся от притока энергии.

Дрожь передалась вагонам — и эксклюзивным, для первого класса, и самым дешевым, в которые набивались бедняки и редкостные жлобы. Машинист усмехнулся, пригрозив пальцем хранителю. Тот ответил из нутра котла радостным хохотом.

— Господин Кутшеба? Господин Кутшеба? — кричал бегающий вдоль вагонов седой мужчина, очевидно, не привыкший к вокзальному галдежу. Он нервно озирался по сторонам и отскакивал, когда какой-нибудь из нетерпеливых локомотивов, ожидающих отправления, выпускал струю пара.

Краковский вокзал был самым большим в стране, поэтому и оживление тут царило необычайное. Хотя в Европе уцелело немного железных дорог и несколько поездов в одном месте представляли собой необычное явление, в некоторых городах поезда, казалось, буквально толпились. Вокзал в Кракове набухал от прибывающих и отъезжающих пассажиров, железнодорожных хранителей, городских стражей-теней, а также мелких мерцающих полусуществ, которые сопровождали вспышки эмоций. Именно над вокзалом кружили духи и демоны, привлеченные необыкновенным скоплением всякого рода силы.

Людей охраняли от них высокие сторожевые башни. Каждый их кирпич был усилен знаками, стены каждого этажа прогибались от талисманов. Простые люди не смогли бы там дежурить, поэтому замуровывали в башнях тех, кто решил посвятить себя службе городу и претерпеть перевоплощение. Сложно было назвать их живыми, и вообще сложно было сказать про них хоть что-нибудь, мало кто отваживался налаживать с ними контакт. Безымянные и ужасающие, они оставались на своих постах, довольствуясь жертвами, которые каждое утро приносили им смотрители. Их не интересовала еда, только знаки почтения и крохи города, доставляемые со всех его районов. Они принимали бусины из разорванных украшений благородных горожанок, лоскуток платочка с кровью извозчика или камушек, что пнул крикливый горный шалопай. Каждый предмет, которого коснулось сердцебиение этого города, придавал им сил.

— Господин Мирослав Кутшеба? — кричал седоволосый.— Господин Кутшеба?

Казалось, все пассажиры уже покинули вагоны, когда на пороге одного из них наконец-то появился тот, кого седоволосый уже едва ли надеялся найти.

— Я здесь,— отозвался он хриплым голосом. Мужчина откашлялся и повторил громче.

Седоволосый двинулся к нему. Он ожидал, что Кутшеба приедет в вагоне первого класса, а не в последнем, самом дешевом, в котором, случалось, ехали люди со скотом и товарами. Неужели именно про этого человека говорил шеф?

Кутшеба оказался высоким и статным. Кожаная куртка когда-то темно-коричневого цвета была потерта до предела, наводя на мысль, что это был бродяга из тех, что рыскают по свалкам. Не лучшее впечатление производила шляпа, смятая до невозможности, потемневшая, скорее всего, от грязи и низко надвинутая на глаза. Кроме того, льняной платок, несмотря на жару обмотанный вокруг шеи, говорил, что Кутшеба либо чудак, либо слишком слаб здоровьем. Однако сумки приезжего принадлежали известным фирмам, славившимся своим высоким качеством, к тому же были изготовлены вручную и на заказ. Конечно, он мог украсть их у кого-нибудь по дороге.

— Господин Мирослав Кутшеба? — переспросил седоволосый. Получив в ответ лишь неохотный кивок, он решил, что не ему критиковать решения босса, которого он и так не надеялся когда-нибудь понять.— Мое имя Францишек Чус, я работаю на господина Новаковского, который решил вас нанять. Прошу меня простить, я ожидал, что раз уж мы покрываем ваши расходы, то я встречу вас в вагоне первого класса.

— Мне там не место,— ответил неприятно хриплым голосом Кутшеба.

С этим Чус не мог не согласиться. Он предложил взять часть багажа, но Кутшеба так посмотрел на него, что Францишек только кашлянул, после чего поспешно развернулся и как можно быстрее проводил этого невозможного скрягу к ожидающему перед вокзалом транспорту. Он не видел, как Кутшеба на минуту задержался, чтобы посмотреть на локомотив. Нечто не поддающееся описанию произошло между ним и огромной махиной. Машинист поежился, как будто его охватило плохое предчувствие. Хранитель высунулся из котла и сквозь металлические стены посмотрел Кутшебе прямо в глаза. Потом зарычал, рефлекторно отряхнулся и изверг из себя литанию защитных заклинаний.

Такие люди не должны садиться в поезда. Слишком сильно разрослось в их душах несчастье. Хранитель ощущал это тревожное присутствие с самого начала поездки и потратил много сил, чтобы нейтрализовать его влияние. Сейчас, наконец, он мог посмотреть на его носителя. Узнал его, вздрогнул и как можно быстрее спрятался в котле. Его ожидало больше работы, чем он думал, если, разумеется, он хотел, чтобы поезд без проблем двинулся дальше.

* * *

Хотя жители Кракова охотнее всего запрягали в свои повозки лошадей, босс Чуса оказался одним из богатых эксцентриков, влюбленных в современную технику. Вместо элегантной кареты или хотя бы изящных дрожек Кутшебу ожидал уродливый автомобиль с пучеглазыми фарами, который по форме напоминал распухшую жабу, отягощенную горбом дополнительной кабины, предусмотренной производителем для перевозки товаров, но сделанной так, чтобы в ней могли ездить и пассажиры.

Чус казался довольным, показывая это безобразие и наблюдая, какое впечатление оно произведет на прибывшего. Он вытянулся, как струна, и открыл широкую, круглую дверцу в пассажирскую кабину.

— Боже, что это? — Кутшеба остановился, словно раздумывая, не вернуться ли ему.

— О, вы, наверное, не привыкли к виду современного транспорта. Неудивительно, ведь таких машин в нашей стране немного. Это, уважаемый господин, автомобиль. «Ситроен Акадиане», версия люкс, укомплектована в соответствии с потребностями моего господина. Прошу, садитесь. Я вас уверяю, беспокоиться не о чем. Я прекрасный водитель.

— Главное, чтобы был хороший хранитель,— буркнул Кутшеба, неохотно залезая внутрь. Чус занял место в кабине водителя.

Спустя мгновение он подал голос через интерком, проверяя, комфортно ли чувствует себя его пассажир. Кутшеба обманул его, что все хорошо, хотя никак не мог удобно сесть в неприспособленном для людей кресле, чья форма многое сказала ему о таинственном господине Новаковском. Круглые сиденья с двенадцатью низко расположенными спинками могли свидетельствовать только об одном.

Новаковский был марсианином.

* * *

Когда они прибыли на Землю, люди сначала игнорировали их, хотя они и не скрывались. Сферические корабли приземлялись в разных городах на всех континентах, чтобы открыть врата ангаров и напустить на человечество ярость, прибывшую из космоса. Марсианские технологии превосходили все, что могли изготовить даже самые талантливые земные инженеры.

Проблема была в том, что на Земле в то время шла самая большая война за всю историю. В охваченном ею мире все подозревали всех, и в новоприбывших машинах разрушения они видели, прежде всего, хитрость Пруссии, Франции или России, ну или хотя бы Америки, но никак не вторжение инопланетян.

Даже когда часть правды вышла наружу, война между людьми не прекратилась. Заинтригованные марсиане радостно наблюдали, как очередная сторона человеческого конфликта пыталась заключить с ними союз против своих собратьев. Только бескомпромиссность чужаков привела к тому, что человечество восстановило хрупкое перемирие и изменило судьбу войны, объединившись против пришельцев.

В конце концов все пришли к согласию. Даже марсиане были вынуждены капитулировать перед катаклизмом, который непроизвольно спровоцировали, и объединиться с потенциальной жертвой, чтобы выжить. За двадцать лет после окончания войны, привыкая к новой среде обитания, они переняли человеческие обычаи и имена, пытаясь воссоздать технологии, которые значительно устарели со времени их вторжения. Кроме того, они с удовольствием инвестировали в современные заводы по производству двигателей и автомобилей.

Внутренность кабины этого «ситроена» разработана согласно марсианской эстетике. Скорее всего, тут поработал сам Новаковский, марсиане уверяли, что люди не в состоянии постичь тайну их искусства. И действительно, Кутшеба равнодушно разглядывал ненормальную, бесформенную арку, поддерживающую потолок машины, оплетенную хаотичной мешаниной проводов, раскрашенных в три любимых марсианами цвета: синий, ярко-желтый и фиолетовый. Он не видел в творениях марсиан красоты и вообще ничего особенного.

Марсиане уже не удивляли и не пугали его. Он встречал их в жизни, а с двумя из них даже работал, у одного был подмастерьем год, обучаясь работать с энергией. Хотя большинство людей все еще таили гнев на пришельцев и ни один марсианин не мог чувствовать себя в полной безопасности, Кутшеба не испытывал к ним жалости. С начала вторжения прошли десятилетия. Мир радикально изменился, и марсиане стали его частью. Кутшеба родился в мире, еще охваченном войной, однако не марсиан он обвинял в том ужасном, что с ним случилось. Список виновных он хранил в памяти. И в нем были исключительно люди. В настоящее время их осталось трое.

Он всегда колебался, когда приходилось пользоваться поездом. Теоретически состояние железнодорожных линий уже стабилизировалось, даже поговаривали об их развитии, но Кутшеба все еще помнил те времена, когда каждый поезд охранялся отрядом жрецов или шаманов. Но порой и они не справлялись. Хотя энергики наконец сдались в пользу объединенных сил людей и марсиан и война закончилась, все же в мире было еще достаточно чудовищ, чтобы никто не чувствовал себя в безопасности.

Железная дорога Краков—Львов пережила и начало человеческой войны, и вторжение, и даже Предел. Поезда на этой линии становились жертвами нападений, как и везде, однако бывшая *Oesterreichische Staatsbahn im Gebiet Galiziens*, которая во времена Предела стала называться просто «Галицийские железные дороги» и обрела самостоятельность и независимость от умирающих государств, заключила отдельное перемирие как с марсианами, так и с энергиками. Это произошло задолго до того, как подобного успеха смогла добиться Империя. В 1947 году, когда Республика Наций, претендующая на то, чтобы прибрать к рукам все наследство павших монархий, только начинала переговоры с марсианами, Галицийские железные дороги — по примеру других независимых институций — перевозили уже марсианских сановников, нанимали марсианских защитников и даже обеспечили поезда первыми хранителями.

Однако все это не предотвратило катастрофы.

Останки четырехсот тел смешались с деревянными обломками вагонов и кусками вырванной из локомотивов стали. Один из рельсов, сломанный и выгнутый, взлетел в небо, истекая кровью проткнутого им же тела без головы. Слышался только крик хранителя, потому что никто из горстки уцелевших не мог произнести ни слова. Кутшеба не слышал жалоб и призывов раненых. Он выкарабкался из расколотого надвое вагона, отполз от путей и долго, очень долго просто лежал, уставившись в небо.

До него не сразу дошло, что случилось. В ушах все еще раздавался невыносимый грохот, после которого последовал удар и треск ломающегося дерева. Крики гибнущих пассажиров доходили до него с трудом, он скорее представлял их, видя перекошенные гримасы. Он не помнил, кем был и как оказался в траве неподалеку от покореженного поезда.

Когда много дней спустя он пришел в себя, все изменилось.

После катастрофы он неохотно пользовался поездами и любым другим механическим транспортом. И они его тоже не слишком любили. Если уж приходилось путешествовать на поезде, он всегда выбирал худший вагон, зная, что первые классы излучают больше чванства и раздуваются от гордости своих пассажиров, уверенных в собственной неприкосновенности и чрезвычайной роли. Он свыкся с тем, что чувства и эмоции имеют особенное значение в мире Предела, и не собирался провоцировать зло, сидя в вагонах, бурлящих от энергии неуправляемого самодовольства. Втиснутый между шепчущими защитные литании бедняками, которые смертельно боялись стальных чудовищ, он был в безопасности. Его и так раздражали зудящие татуировки и кололи амулеты.

Не намного лучше было ему в автомобиле Новаковского, поэтому он нетерпеливо высматривал дом потенциального клиента.

Как назло, Новаковский жил на Предгорье, отделенном от Кракова рекой, сравнительно далеко от Центрального вокзала. Хотя там и была своя убогая железнодорожная станция, но не все поезда доезжали до нее. Дом Новаковского размещался в форте, унаследованном от Империи и возведенном на одном из самых высоких холмов Предгорья. Марсианин выбрал это место, как через интерком объяснил Кутшебе Чус, из-за богатых источников энергии, оставшейся со времен язычества, которую марсиане могут черпать из прирученных теней или непосредственно из веры, накапливавшейся тут тысячелетиями. Новаковский трансформировал ее при помощи старенького костела, возведенного еще в тринадцатом веке в качестве своего рода печати, которая препятствовала языческим ритуалам и сдерживала зло под землей.

Марсианин переливал высосанную из теней энергию и переправлял ее через разбухший от веры костел, усиливая мощь форта. Энергия, бьющая из ротонды красного кирпича, ощущалась уже у основания Предгорья. Когда автомобиль наконец остановился перед воротами форта, Кутшеба ощущал силу, накопленную в здании, почти как физическую боль. Он сжался, вылезая из машины, повертел на пальце перстень-четки, потер большим пальцем татуировку на внутренней стороне ладони. Помогло.

Служащие марсианина выбежали за вещами гостя. Он не позволил им дотронуться до сумок, в которых было оружие, и, несмотря на протесты Чуса, не расстался с ними, направляясь на встречу с марсианином. Он прекрасно знал, что вооруженному человеку не положено встречаться с хозяином, но сознательно проигнорировал этот запрет.

— Я всегда могу развернуться и уйти,— прорычал он, делая вид, что ему не важна работа на Новаковского.— Я не напрашивался.

— В таком случае прошу вас подождать,— ответил явно оскорбленный Чус и заученным медленным шагом отправился посоветоваться с боссом.

Кутшеба, игнорируя осуждающие взгляды прислуги, сел на пол, оперся о стену и закрыл глаза. Его интересовало, насколько дерзок Новаковский и насколько эффективными оказались связи Кутшебы — только благодаря им с определенного момента марсианина начали убеждать, что именно он должен стать самым важным участником запланированной поездки. Кутшеба использовал кого только мог, чтобы сюда добраться, и поставил на это почти все, что у него было.

Его беспокоило количество переменных, необходимых для реализации его замысла. Сколько раз он пытался найти другие решения! Ночи напролет говорил со Змеем, совершенствовал планы, искал способы приобрести новых союзников. Змей смеялся над ним, издевался, но было видно, что и его привлекала эта интрига. Кутшеба не говорил ему всего и даже пробовал использовать. Он мог поспорить, что божество в итоге предаст его, и пытался учесть даже это. Тем не менее он понимал, что в его расчетах довольно много слабых мест, что все могло рухнуть в любой момент. Например сейчас, если марсианин не пожелает воспользоваться его способностями.

— Господин Новаковский примет вас,— обида в голосе Чуса стала еще ощутимее.— Может, вы хоть шляпу снимете?

— Может, и сниму,— буркнул Кутшеба и встал. Он решил играть роль человека, которого не слишком интересует предложение марсианина. Не переборщил ли? До какого предела он мог испытывать терпение клиента и собственное везение?

Кутшеба невольно хмыкнул.

Везение — ну-ну!

«*Я с тобой,*— напомнила о себе мара.— *Везение не в счет. Только ты и я — вот что имеет значение. Я тебя когда-нибудь подводила?*»

ГЛАВА 2

Поверх грязной, истрепанной шляпы, небрежно брошенной на стол, разделяющий марсианина и человека, Меллизатх'л Новаковский всеми четырьмя явными глазами и одним скрытым разглядывал мужчину, которого намеревался нанять.

Он слышал о нем столько же хорошего, сколько и плохого, однако большинство его агентов было согласно, что Кутшеба — именно тот человек, который ему нужен. Это утверждали и те, кто вызывал подозрение, и те, кому он доверял. Марсианин тешил себя мыслью, что умел правильно оценивать местное население. Он прибыл на Землю с первой волной вторжения как руководитель штурмовой группы, снабженный телом, приспособленным для боевых действий. С момента зловещей катастрофы, когда корабли на орбите начали взрываться один за другим и десятки тысяч солдат погибли за несколько секунд, он понял, что выжившим придется сосуществовать с землянами и воспринимать их как партнеров. За последние годы он постепенно заменил тело на более приспособленное к новым временам и испытаниям. Хотя официально силы вторжения подписали мир с большинством институций, представляющих людей, война в определенном смысле все еще продолжалась. Шло соперничество за влияние и престиж, которых часто добивались кровавыми методами. Разница состояла лишь в том, что теперь в основе конфликта лежали не только расовые различия. Представителей каждого вида можно было встретить с обеих сторон. Это повлекло за собой некоторые последствия.

Новые принципы можно было отследить по его лицу, которое Новаковский приспособил для контактов с людьми. Он сделал его согласно местным стандартам: сформировал нос и губы, отрастил побеги, напоминающие черные волосы, симулирующие редкую шевелюру на голове, и подготовил элегантные короткие усы и бородку. Он не отказался от вызывающих у людей страх и отвращение двенадцати конечностей, однако немного изменил их, чтобы половина могла ассоциироваться с ногами, а половина с руками. А потом спрятал их под костюмом, шитым на заказ согласно современной моде. Тридцать лет он размышлял не о традиционных способах ведения войны, а о бизнес-моделях. Он захватывал рудники и населенные призраками холмы, стал акционером Галицийских железных дорог и даже несколько лет заседал в Краковском городском совете. Он боролся за влияние и использовал его, но первым делом слился с окружением настолько, насколько это было возможно для существа, все еще называемого марсианином.

Он научился даже пить коньяк и курить сигары, а также чувствовать их вкус и наслаждаться ими, хотя это и потребовало серьезного вмешательства в строение мозга. Как бывший офицер флота он мог позволить себе даже это.

Однако время относительного покоя безвозвратно ушло.

— Я хочу нанять вас,— объявил он мягким баритоном, на который потратил трудные пять лет формирования гортани, ротовой полости и легких,— мне рассказывали о вас много хорошего.

Кутшеба криво усмехнулся. Новаковский подумал, что не помешает проявить чувство юмора и ответить улыбкой.

— Безусловно, о вас говорят и много плохого. Кстати, я думал, что вас повесили в Кельце.

— Слухи.

— Я очень этому рад. Мне важно, чтобы вы участвовали в моем предприятии. Я знаю, что вы цените конкретику, поэтому буду краток. Я понимаю, что вам во многих городах уже вынесли смертный приговор и у вас хватает врагов. Я слышал, что вы убийца, лжец, мошенник и вор. Это хорошо. Это означает, что вы находчивый, а с другой стороны... вам пригодятся моя помощь и покровительство. Кроме того, уважаемый Хтепх'ен'ерх фон Паулсен очень вас хвалил.

— А я думал, что утверждение, что вы, марсиане, все знакомы друг с другом,— это расистская пропаганда.

— Не все. Но от Кракова до Вены недалеко, согласитесь. Видите ли, мне нужен человек с вашим опытом. У вас есть определенные навыки, связанные с энергиками, и вы умеете работать с нашей расой. Вы умеете свободно пользоваться оружием, и у вас есть опыт в охране каравана. И, самое главное, вы один из немногих, кто побывал на территории Вечной Революции и... вернулся оттуда.

— Если вам нужен проводник по этой фабрике ужасов, то мы попрощаемся сразу. Я не намерен туда возвращаться. Ни за какие деньги.

— Нет, я не посылаю вас туда. Я сказал это только для того, чтобы подчеркнуть, как я ценю ваш опыт. Мне нужен именно такой человек, в котором ценные способности сочетаются с открытым умом, который будет беспощадным, если нужно, и который знаком с территориями Вечной Революции. Чтобы не тратить время на лишние разговоры, скажу сразу, что я предлагаю вам сто тысяч марок, верительные грамоты от меня, а также мое безмолвное покровительство на будущее. Вас интересует такое предложение?

— Это внушительная сумма,— медленно ответил Кутшеба, словно уже подсчитывал, на что может потратить вознаграждение.— Чего вы хотите взамен?

— Охрана. Сопровождение на известных вам территориях, если понадобится. Безжалостность. Естественно, вы не будете один. Я возьму с собой необходимое количество людей, а вы можете выбрать несколько помощников, если пожелаете.

— Куда идет караван и что везет?

— Везет меня. Позвольте кое-что вам пояснить. Это не торговая поездка, скорее, исследовательская. Возможно, вы этого не понимаете, но запасы, которые моя раса привезла с собой, исчерпываются. Конечно, мы приспособились к местным условиям, мы питаемся земными продуктами и даже наслаждаемся их вкусом. Однако наша продукция... Это сокровище, господин Кутшеба. На внутреннем марсианском рынке любой контейнер, сохранившийся еще со времен вторжения, стоит целое состояние.

— И вы знаете местонахождение какого-то забытого склада?

— Что-то типа того. Семьдесят лет назад один из кораблей разведки потерпел крушение и разбился на Земле. До недавнего времени все полагали, что он полностью уничтожен. Мы планировали найти его обломки после победы, но она так и не наступила. А недавно мне в руки попали доказательства того, что груз с этого корабля мог уцелеть.

— Какая-то часть? Фрагменты корпуса?

— Вовсе нет. Товар из уцелевших контейнеров! Без сомнения, кто-то добрался до запасов корабля, но либо не знает, что у него в руках, либо абсолютно бездарно выводит это на рынок. Или же он слишком хитер. Даже если я найду только один контейнер, господин Кутшеба, прибыль с продажи его содержимого с избытком покроет затраты на мою экспедицию. А если сокровищ будет больше... Думаю, премия, которую я выплачу вам в случае успешной продажи, обеспечит ваше благосостояние до конца жизни.

— Куда конкретно мы должны отправиться?

— Дорогой господин Кутшеба, это я расскажу вам после подписания контракта.

Человек и марсианин какое-то время присматривались друг к другу. Новаковский усмехнулся. Он надеялся, что это выглядит дружески и поощрительно.

— Сто тысяч и пять процентов доли в прибыли,— резюмировал Кутшеба.

— Вы требуете целое состояние! Один процент. Или, чтобы не тратить время на пререкания, два с половиной.

— Три.

— Вы вырываете кусок хлеба у моих детей.

— У вас, у марсиан, нет детей. Вы хотите, чтобы я взялся за это дело вслепую. И, безусловно, хотите, чтобы я молчал. Я — жулик, злодей, шулер — как вы любезно заметили. Три процента гарантируют мою абсолютную преданность и ваше стопроцентное спокойствие. Мало что может быть ценнее спокойствия.

Искренний грубоватый смех Новаковский практиковал годами. Он гордился производимым впечатлением. Научился даже эффектно вытирать слезы, набегающие на глаза.

— Вы совершенно правы! — сказал он, перестав смеяться тогда, когда губы Кутшебы наконец дрогнули.— Спокойствие — самое ценное. По рукам! Поскольку мы уже стали партнерами, мой драгоценный Чус покажет вашу комнату. Вечером, перед ужином, подпишем контракт и можем приступать к работе.

* * *

Излучение охранных флюидов, окружающих форт, распространялось на все Предгорье, и даже достигало долины, где на улице, носящей имя древнего князя этих земель, расположился угловой каменный дом, обросший достроенными кое-как хозяйственными помещениями. Тут развлекались местные жители. Напрасно было надеяться увидеть здесь дам и джентльменов. Эти земли привлекали скорее представителей низших классов, которые искали работу у богатого марсианина или его компаньонов.

Время от времени приезжали сюда горемыки, тяжело больные, отчаянно верившие в чудо, или просто те, кто искал спасения у тайных энергиков и молил о помощи старых и новых богов. Попадались тут и отщепенцы, привлекавшие в Предгорье меньше внимания, чем по другую сторону Вислы. С тех пор как Новаковский поселился в форте, этот район оброс мануфактурами и заводами, ремесленническими мастерскими, а также кооперативами, основанными чаще всего бывшими работниками марсианина. Инопланетянин в Предгорье делал ставку на развитие технологий, привлекал инженеров и исследователей с открытыми умами, которые не брезговали работой. На Новаковского трудились представители многих рас. Некоторые были вынуждены носить браслеты или перстни, защищающие чувствительные механизмы от их сверхъестественного влияния, но никто не жаловался.

Самые бедные селились в рабочих домах, построенных марсианином, либо снимали дешевые комнаты в старых австрийских кирпичных постройках. Инженеры и руководящие кадры селились вместе в отдельных районах. Они жили на виллах, в маленьких дворцах, построенных вдоль самой элегантной улицы, что вела к форту, или в отремонтированных каменных домах, окружающих Предгорский рынок.

Кутшеба не нуждался в таких, как они.

Он заказал рюмку сливовицы, оперся о барную стойку и изучал присутствующих. В углу зала пятеро мужчин играли в карты, не обращая внимания на окружавших их болельщиков. Слева от них великан, чей лысый череп блестел в свете керосиновых ламп, безуспешно пытался соблазнить скучающую молодую цыганку, декламируя ей стихи с корявыми потешными рифмами. Девушка тасовала карты, раскладывая их перед собой, потом разглядывала их, вздыхала, собирала и снова тасовала. Она даже не смотрела на великана, который прерывался исключительно для того, чтобы глотнуть пива или заказать новую порцию. Он не дождался даже улыбки своей избранницы, но выглядел спокойным.

Его тень привлекла внимание Кутшебы, было в ней что-то неестественное. Может, над великаном нависало проклятие? Если так, это может быть интересно, ведь проклятие можно использовать. Как и все остальное, это была просто форма энергии.

Как и Она. Ну, почти.

Кутшеба заметил Ее незадолго до того, как больничные врачи, наконец, решили, что он уже в состоянии выдержать известие, принесенное железнодорожным служащим. Невысокий толстый мужчина с быстрыми, бегающими глазами и подозрительно хмурой физиономией стоял над кроватью пациента, он откашлялся и без лишних слов объявил, что ему очень жаль, но жена и двое детей Кутшебы не выжили в катастрофе.

Надолго ли потерял он тогда сознание или только на мгновение? кричал ли? ругался ли? или ему это только казалось?

Когда он открыл глаза, тот же самый толстый железнодорожник с тем же самым озабоченным выражением лица сидел возле его кровати. С противоположной стороны стояла медсестра, госпожа Аня. Ее печаль показалась Кутшебе искренней. Сейчас он понял, почему она избегала его взгляда, почему так быстро замолкала или убегала по коридору.

— Извините, ради бога,— у железнодорожного служащего был смешной писклявый голос,— но я должен спросить, что вы помните об этом инциденте.

Мы пытаемся выяснить его причины. Показания свидетелей могут нам помочь.

Аня выглядела возмущенной. Кутшеба отвернулся от нее и посмотрел на толстяка. Он недооценил его тогда, принял за обычного немного туповатого чиновника.

— Я пошел в вагон-ресторан. Маргарита с детьми должны были ко мне присоединиться...— он замолчал.— Не помню ничего необычного,— соврал он.

Тогда он увидел Ее впервые. Еще не четко, как призрак. Она стояла за толстяком. Кутшебе казалось, что она печально улыбнулась, прежде чем ее фигура поблекла и рассеялась.

Во второй раз он заметил Ее дома за день до похорон. Он сидел за столом, поставив напротив бутылку водки, и удивлялся, что ему даже не хочется напиться. Потянулся к рюмке, но сразу же отставил ее. Не хотел пить только потому, что так должен вести себя вдовец в состоянии отчаяния. Он никогда не напивался ни с горя, ни с радости. К тому же он не привык пить в одиночку. Только в обществе друзей и знакомых он позволял себе немного больше. На свадьбах, на праздниках, посвященных местным богам, на днях рождения он пил для забавы, для компании, потому что так положено. Но чтобы заливать горе — никогда.

Они смотрели друг другу в глаза. Его — налитые кровью от недосыпа, Ее — темные, нечеловеческие. Она изящно кивнула треугольной головой, он через минуту ответил тем же. Потом она исчезла. Он закрутил бутылку и отошел от стола. Теперь его начали терзать другие желания.

В третий раз он увидел Ее в пабе, похожем на здешний, Предгорский, через неделю после похорон.

Встретились они тогда в последний раз, потому что уже навсегда.

Он перестал обращать внимание на великана. Ждал кого-то другого. Ребенка. Такого, какого искал уже много недель, пока наконец не услышал про мальчика из Предгорья.

Лишь под вечер в паб вошел высокий, худой, как шест, блондин с густой взъерошенной шевелюрой. Он обвел помещение мягким взглядом глаз с налитыми кровью белками, но с темно-синей радужкой, словно летнее небо. Он причмокнул полными темно-красными губами, покачнулся и восстановил равновесие, схватив кого-то за плечо. Что-то пробормотал. Он сплюнул, но неудачно, как раз на ботинки мужчины, которого минуту назад использовал как опору. Тот заворчал, резко повернулся, но, узнав вошедшего, только с жалостью покачал головой и оттолкнул его от себя.

Блондин снова пошатнулся, оперся в этот раз на стойку бара возле Кутшебы, который цедил свое четвертое пиво. Они кивнули друг другу, и блондин пошел дальше. Судьба на пару с земным притяжением толкнули его в сторону столика великана. Тот на мгновение прервал декламацию, и даже молодая цыганка отложила карты. Оба наблюдали, как молодой человек, подчиняясь инерции и судьбе, просто врезается в них. За секунду до того, как он упал на столик, великан схватил его длинными руками, взлохматил ему волосы и нежно подтолкнул его к лестнице. Там парня перехватила смуглянка с лицом, как полная луна,— круглым, светлым и покрытым шрамами. Она обняла парня и потащила на второй этаж, где они исчезли в полумраке еще до того, как их поглотил пустой коридор.

— Всегда один и тот же цирк,— произнес бармен с такой усталостью в голосе, от которой могла бы лишиться сил и целая армия. Он потянулся за пустой пивной кружкой и рюмкой Кутшебы.— Что вам налить?

— Сливовицу. Тот же цирк?

— Этот щенок. Он всегда навеселе. Прошу, уважаемый господин, ваша сливовица. Он всегда выглядит так, будто не может стоять на ногах, и всегда кто-то ему помогает, и девочки дежурят, чтобы им заняться. Я не знаю, что это за волшебство такое, но охотно узнал бы это заклинание.

— Он не работает, правда?

— А кто его знает. Он один из тех, кто всегда где-то крутится, с кем-то болтает. Все ему за что-то благодарны, но чтобы кто-то его видел за работой, такого нет, никогда. Я мало что знаю,— вздохнул бармен.— Если бы я знал столько, сколько не знаю, то меня тут уже давно, уважаемый господин, не было бы.

Кутшеба осушил рюмку одним глотком, швырнул на барную стойку на полмарки больше, чем надо, и последовал за блондином.

— Уважаемый господин, вы скажите смуглянке Марише, что я вас порекомендовал! Я, Марьян из бара! — закричал бармен, Кутшеба махнул рукой в знак того, что услышал его и понял.

Смуглянка Мариша тоже услышала, тоже поняла, но ей было плевать, о чем она и сообщила Кутшебе, как только он появился на втором этаже. Она стояла, широко расставив ноги и перекрывая ему проход. Девушка уперла руки в бедра, которые, правду сказать, были прикрыты только видимостью юбки, и, уставившись на потенциального клиента большими карими глазами и даже не моргая, сообщила, что этот самый Марьян из бара ей ни брат ни сват, чаевыми с ней не делится, и вообще он какой-то подозрительный, потому что никто не видел, чтобы он пытался подкатывать к девочкам. У нее был бархатный голос, соблазнительные чувственные губы, а слегка прикрытая грудь едва не касалась незнакомца. Когда она погладила его по щеке, Кутшеба почувствовал, как Она задрожала в нем, готовая в любую секунду выцарапать глаза женщине, которая осмелилась дотронуться до ее мужчины.

— Я не ищу развлечений,— объяснил он, прежде чем дошло до скандала.— Я ищу блондинчика. Его легко узнать, он не может идти прямо.

— Он занят.

— Безусловно. Я могу быть щедрым.

— Это место не для таких, как ты. Если ты жаждешь развлечений, иди вниз, к Марьяну.

— Нет, куколка! — он схватил ее за шею и легко сжал.— Ты не поняла. Блондинчик. В каком номере?

— Стоит мне только крикнуть...

— И прилетит сюда этот лысый сын Велигора и переломает мне все кости, знаю. А знаешь ли ты, что потом ему и тебе сделает господин Новаковский за то, что вы мешали работать его человеку?

— Ох, красавчик, нужно было сразу сказать, что ты на нашего благодетеля работаешь! Я тебе бы даже даром...

— Я ничего не хочу даром, Мариша,— он отпустил ее.— Покажи мне, где блондин, и еще четвертак заработаешь.

— Дай мне время, сладкий. Поиграй со мной, позволь молодому человеку насладиться жизнью. И сам насладись. Все будут довольны.

— Знаю я таких. Когда он закончит, то не встанет до утра. Комната?

— Двенадцатая.

Он всунул ей четвертак, хотя она не спешила его взять. Мужчина нашел нужную дверь и открыл ее, как положено, тихо и осторожно.

— Не сейчас, сладкий! — пискнула шлюха с круглым лицом, сидя на краю кровати. Она выковыривала ножиком грязь из-под ногтей.— Я занята, занята! Пусть тебе Рыжая Магда даст. Или Йоля!

Блондин сидел за ней, копаясь в матрасе. Он, казалось, не обращал внимания ни на что на свете. Кутшеба мог бы зайти с оркестром и не отвлек бы его.

— Иди-ка погуляй, красавица.— Он всунул девушке какую-то мелкую монету.— Я ничего не сделаю твоему любовничку. Мы немного поболтаем.

Она посопротивлялась, но вышла. Девушка захихикала, когда он хлопнул ее по пышной заднице, а Она в нем заворчала и ткнула когтем в душу так, что он аж вздрогнул.

— Ты, наверное, Яшек, правильно? — спросил он блондина.

— Потише, господин, а то все испортите. Они уже почти согласились.

— Оставь клопов, Яшек. У меня для тебя другая работа.

— Еще чуть потише, господин!

Кутшеба знал, что лучше дать парню немного времени. Поэтому он пять минут наблюдал за тем, как клопы ровными рядами покидали не слишком чистую кровать, а потом дисциплинированно промаршировали в коридор через щель под дверью.

— Ты со всеми можешь договориться, парень?

— Мне старая птица дала зерно. Кто его съест, тот речь зверей понимает, и если ласково с ними поговорить, то можно и убедить помочь.

— И куда ты отправил этих паразитов?

Парень захихикал и покраснел.

— Не могу этого сказать.

— Тебя зовут Яшек, правда?

— Да, господин. Откуда вы знаете? Смуглянка сказала?

— Вас всех зовут Яшек,— вздохнул Кутшеба, а парень даже не удивился. Может, он и не принадлежал к числу могущественных умов этого мира, однако некоторые правила были очевидны даже для таких, как он.

Когда марсиане использовали свое последнее оружие, они надеялись, что освобожденная мифобомбами энергия ударит в результате и по ним. Обратная реакция наступала на всех завоеванных планетах, потому что не было такой цивилизации, которая не имела бы собственных преданий, религий и легенд. Поэтому пришельцы с планеты, де-факто находившейся намного дальше от Земли, чем Марс, натравливая на землян своих богов и демонов, приняли обычные меры предосторожности. Города и деревни, расположенные вблизи фронтов, были атакованы мифобомбами, несущими энергию их веры и завоеванных ранее миров. Одновременно марсианские скиттеры и роботы начали массированное наступление, обстреливая позиции людей не только конвенционными снарядами, но и снарядами, которые стимулировали залежи человеческой веры.

Мифобомбы ударяли точно в избранные цели — возле святынь, кладбищ и школ. Казалось, они не приносили вреда, так как их целью не было уничтожение материи. Когда саперы приезжали обезвреживать, как они думали, неразорвавшиеся бомбы, вокруг них невидимые людям зерна уже поглощали накопленную веками энергию веры. Они собирали ее внутри себя, чтобы позже разродиться чужими богами и демонами, зародыши которых марсиане вкладывали в мифобомбы.

— Важно было выбрать время,— объяснял Кутшебе фон Паулсен, когда человек добрался до него, чтобы получить как можно больше сведений о боге, которого он когда-то наивно обвинял.— Конфликты происходили всегда, поэтому мы обычно спускали богов с поводка, когда уже все было позади. Однако вы так яростно сражались своим смешным архаичным оружием, что у нас не было другого выхода, если только мы не хотели разнести всю эту планету в пух и прах. Нам казалось, что мифобомбы будут безопаснее, чем ядерное оружие или обстрел антиматерией с орбиты. Как видите, молодой человек, наивность и глупость свойственны не только людям. У нас было гораздо меньше времени, чем нам казалось. Ваши верования возвращались слишком быстро.

Ваша человеческая натура, рожденная из бурлящих в недрах земных верований, религий, суеверий и идеологий, породила законы и создания, появления которых марсиане не предвидели. Побочные эффекты в виде местных богов появлялись всегда и везде, однако обычно это происходило несколько позже, а новоиспеченные божества были не в состоянии бороться с боевыми богами Марса. На Земле получилось иначе. Человеческая натура оказалась сильнее всего, с чем марсиане сталкивались раньше. Охваченный войной мир был основательно, как и предполагали чужие стратеги, пропитан верой, которая была не то проклятием, не то надеждой. Чего не предвидели марсиане, так это того, насколько огромной и внезапной окажется сила пробужденных религий и суеверий.

В окопах на всех фронтах мучилось слишком много простых парней, которых вырвали из деревень. В них сохранились верования родом из Средневековья, а порой даже более ранние. В то время, как в городах суфражистки жгли бюстгальтеры, социалисты провозглашали необходимость освобождения из-под ига богачей и выкрикивали лозунги об «опиуме для народа», а богачи строили и модернизировали фабрики, в деревнях придерживались ритуалов, значение которых горожане давным-давно забыли. Город верил в прогресс, а деревня верила в демонов и духов, которые населяют каждую халупу. Это столкновение современности и отсталости, технологий и архаичных предрассудков, не менявшихся на протяжении столетий, привело к тому, что агрессивная стратегия марсиан принесла ужасные плоды.

Мифобомбы пробудили силу, которая нанесла Земле более серьезные раны, чем самое разрушительное оружие, созданное современными технологиями.

Последствия разразившегося катаклизма были видны даже на примере Яшека, который принадлежал к числу третьих сыновей.

— Почему ты это делаешь? — спросил Кутшеба, хотя уже знал ответ. Он должен был убедиться, что нашел нужного Яшека.

— Потому что так надо, господин. Помогать людям в нужде.

— За спасибо?

— Благодарность — это самая ценная монета.

— А девочки не платят тебе, Яшек, другой монетой?

Мальчик покраснел до самых кончиков ушей.

— Я... я... господин, я никогда. Они хотели, но я... нет.

— Ждешь кого получше?

Яшек кивнул. Быстро и нервно. Он смущался, но говорил правду.

Пригодится, подумал Кутшеба. Девственник, убежденный, что его ждет сердце принцессы знатного или богатого рода, идеально ему подходил. После того как многоглазые марсиане с удивлением столкнулись лицом к лицу с человеческой природой, измененной мифобомбами, третьи сыновья рождались всегда простачками, охотно помогающими людям и в глубине души убежденными, что их ожидает прекрасный брак. Ведь так всегда происходило в сказках, а после вторжения эти сказки оказались важны не меньше физики.

Большинство третьих сыновей плохо закончили. Однако до тех пор пока они сохраняли чистоту, люди, подобные Кутшебе, могли пользоваться их прямолинейностью и силой. Не без риска, разумеется.

Человек никогда не мог быть уверен, что используемая сила не ударит по нему в самый неожиданный момент.

ГЛАВА 3

Сентябрь 1964 года по старому календарю,
сорок девятый год Предела, двенадцатый год Мира

Кутшебу ударили наотмашь по лицу, и он отлетел к стене, как будто в него угодила пуля из карабина, а не раскрытая ладонь. Но приложил его не лишь бы кто, а сам Железный Марчин, молодчик, настоящий мастер наказания неудачников, которые разочаровали его нового господина.

— Мирек, Мирек, ты че вякаешь? — прошипел Золотой Змей, удобно свернувшись на никогда не остывающем камне, который стоял посреди избы. Он коротко свистнул, и Железный Марчин подошел к ошеломленному Кутшебе, рывком поставил его на ноги, чтобы тут же снова ударить по второй щеке.

Жертва сползла по стене. Кутшеба застонал. Языком проверил, не выбиты ли зубы. К его искреннему удивлению, они еще держались.

Настоящего имени, равно как и реального облика Змея, он не знал. Это был один из обращенных марсианских богов, вызволенных из-под власти тогдашних вождей, которого они называли «предателем и отщепенцем». Когда-то таких, как он, марсиане объявляли в розыск или посылали за ними убийц. После установления перемирия с людьми они перестали думать о мести. Однако боги, которые бросили марсиан в тяжелую для них минуту, не могли рассчитывать на их симпатию. И не рассчитывали. Разошлись по миру в поисках новой паствы среди людей. Кутшеба искал кого-то из них, чтобы тот помог ему понять суть энергиков. Человеческих магов он побаивался, а ко встрече с марсианскими был еще не готов. А вот взбунтовавшийся марсианский бог мог многому его научить, возможно, даже за относительно невысокую плату. Сильные марсианские боги все еще не чувствовали себя достаточно уверенно на Земле, но все равно охотно заключали сделки со смертными.

Золотой Змей считал гору Турбач вместе с землями вокруг нее своим королевством, а местные жители, которые столетиями рассказывали сказки о свистящем короле, подчинились его власти, хоть и не переставали поклоняться прежним святым. Змею святые, очевидно, не мешали. Он принимал почести и дары, договаривался с местными властями и помогал тем, кто перешел под его опеку.

— Я пришел только поговорить,— простонал Кутшеба.

— С невидимой палицей-самобейкой? — фыркнул Железный Марчин, готовясь к следующему удару, но Змей остановил его свистом.

— Обычная предосторожность.

— Снова вякаешь, Мирек. Знаешь же, как нужно ко мне обращаться.

Еще час назад Кутшеба, вероятно, сказал бы, что лучше сдохнет, или отпустил бы едкий комментарий. Однако стараниями Железного Марчина в нем моментально проснулся дипломатический инстинкт.

— Обычная предосторожность, Ваше высочество,— сказал он.— Ну не пошел бы я непонятно с чем против бога.

— Ты недооцениваешь силу этого оружия. Потому и не заслуживаешь его. Марчин, у тебя появилась новая игрушка.

Поскольку дипломатический инстинкт проснулся в Кутшебе совсем недавно, он не совладал с собой и запротестовал. Когда Железный Марчин перестал бить его невидимой палицей, ни на минуту не воспользовавшись ее реальными свойствами, Кутшеба был уже стопроцентным дипломатом.

— Я безмерно рад, что Ваше высочество согласились принять мой скромный подарок,— простонал он.

Змей внимательно присматривался к нему золотыми глазками, пока не вздохнул с легким разочарованием.

— Умно, Мирек. Теперь я тебе что-то должен, так? Я мог бы сказать, что, подарив тебе жизнь, я сравняю счет, но не уверен, вписывается ли такой обмен в ваши правила. Я еще не до конца в них разобрался. Ты вообще представляешь, как это бесит: только вырвался из неволи тех, кого вы называете марсианами, как тут же попал в плен ваших правил? Мир основательно и бесповоротно несправедлив. Марчин, оставь нас.

Как только охранник вышел, Змей спустился с каменного трона, подполз ко все еще лежащему под стенкой человеку и обвился вокруг его плеч.

— Я знаю, что сидит в тебе, Мирек,— просвистел он.— Видал я таких. Ты бы хотел, чтобы я изгнал ее?

Когда Кутшеба просто покачал головой, ему было больно.

— Я осмелюсь попросить, Ваше высочество, чтобы вы помогли мне ее насытить.

Свист Змея прозвучал как смех.

* * *

Через неполных восемь лет после этого Кутшеба наблюдал за тем, как Яшек говорит с другим змеем. Поскольку навскидку змей был обыкновенным, Кутшеба ничего не понял из его свиста, но Яшек оказался довольным. Кивал, улыбался и что-то бормотал. Наконец он отпустил ползущее существо и с улыбкой сообщил Кутшебе, что господин Грабинский действительно живет в доме под Железнодорожной Госпожой, возле костела. И что, по мнению змейки, друга его сердечного, будет лучше, если они к нему поторопятся, потому что те господа, которые туда направились, имели души нечистые и мрачные.

Они погнали лошадей, одолженных из конюшни Новаковского. Скакун Яшека стал куда лучше, когда парень поговорил с ним по-своему — по-доброму, искренне. Яшек говорил, что лошадь, которая ему досталась, очень напоминала ему какого-то златогривого сивку, с которым в прекрасных отношениях был его дед, тоже Яшек. Конь Кутшебы оказался куда менее разговорчивым, но хорошо вышколенным и не пытался скинуть седока. А им нужно было добраться до Бежанова быстро и безопасно и вернуться в Краков до сумерек.

Хотя война пощадила старый город, охраняемый могущественными силами, ближайшим деревням повезло меньше. Одна из мифобомб ударила в трех километрах от Бежанова, и в окрестностях разверзся настоящий ад. Поэтому со времен войны здесь ошивались создания, которые днем обычно оставляли людей в покое, если те не подходили слишком близко к разрушенным домам, ставшим их пристанищем. Но после наступления сумерек мир выглядел совершенно иначе.

Здесь даже отстроили железную дорогу, которая соединяла Краков с Величкой, а в самом Бежанове отреставрировали небольшую станцию, которую теперь оберегали заклятия и души прикованных теней. Однако тропы, ведущие к деревне, и расположенные вдоль них поместья, населенные призраками, никто не тронул. Так что сейчас Кутшеба и Яшек ехали среди руин, заросших темной мрачной растительностью, исковерканной враждебными энергиками. Они проезжали мимо уродливых деревьев, которые склонялись над тропами и тянулись покрученными ветвями к путешественникам. Набухшие пни, покрытые неестественно вздувшейся корой, были обвиты густым плющом, который всегда дрожал в воздухе, когда бы ни проезжал мимо него путник. Порой наездники замечали застрявшие в зарослях кости маленьких животных и птиц. Здешняя растительность не пренебрегала мясом.

Но Яшек даже в таком месте умудрялся находить друзей. Он позволил отдохнуть на своем плече усталому дрозду. Они шутили на непонятном для Кутшебы языке, переговариваясь птичьими трелями.

Чем ближе они подъезжали к Бежанову, тем заметнее редел мрачный лес. Появлялись первые отстроенные заново, ухоженные поместья, окруженные высокими деревянными, а то и каменными заборами. Можно было заметить вырезанные в дереве или нарисованные кровью на камнях примитивные рисунки зверей, которых приносили в жертву во время постройки дома, чтобы они оберегали его будущих жителей.

Кутшеба всегда задумывался, как так получалось, что точно такие же знаки украшали и дома с призраками, хотя никто не признавался в том, что наносил их. Возможно ли, чтобы упыри тоже имели своих хранителей? Может, они приносили в жертву людей и зверей, чтобы духи берегли их от охотников? Далеко на востоке дикие племена прибивали к деревьям черепа убитых врагов, связывая их души с границами своих территорий. В городах об этом обычае забыли, хотя во время Упадка пользовались всеми способами, даже порабощали души мертвых родственников. Люди немного эволюционировали, но можно ли то же самое сказать о чудовищах?

Наездники не встретили ни одного человека, хотя заметно было, что деревня возвращалась к жизни. Никто не поинтересовался, зачем приехали путники. В таких местностях чужаки почти всегда означали проблемы. Из-за нехватки людей, у которых можно было уточнить дорогу, Яшек говорил с птицами и насекомыми, пока наконец не встретил хорошо осведомленного змея.

Небольшой одноэтажный домик прижимался к костелу Рождения Пресвятой Девы Марии. После войны в нем правил все тот же ксендз, который каким-то чудом был все еще жив. Кутшеба охотно познакомился бы с энергиками, которые помогали старику, однако, обеспокоенный словами змея, он сперва хотел найти человека, ради которого сюда прибыл.

Дом они застали пустым. Более того, разбросанные поломанные стулья, перевернутый стол и сорванные с петель двери указывали на то, что на хозяина дома напали. Он, похоже, защищался, но безуспешно.

Кутшеба кинулся на улицу — искать следы, а Яшек остался внутри. Он присматривался не к следам борьбы, а к стенам и потолку.

Парень нашел Кутшебу, когда тот безуспешно колотил в дверь костела. Священник либо забаррикадировался внутри, либо убежал.

— Есть следы, но нечеткие,— бросил Кутшеба, увидев Яшека.— А ты что нашел?

— Паук сказал, что приходили трое очень плохих людей. Выбили двери, немного подрались с хозяином, а потом потянули его к Величке. Каких-то полчаса назад.

— Ты что, всех пауков в округе знаешь, что они тебе так помогают?

— Если бы. Они как-то общаются друг с другом. Если вы навредите одному созданию — будь то паук или птица,— остальные об этом как-то узнают и поквитаются с вами, если смогут. Но когда добрый человек им помогает, они об этом тоже как-то узнают.

— Прям как бабы и нищие. Полчаса, говоришь? По коням!

Они настигли беглецов, когда те взбирались на холм, за которым заканчивалась духовная граница Кракова и начиналась власть теней и божеств Велички. Похитители шли пешком, к тому же их сильно тормозила жертва. Связав за спиной руки, его вели на веревке, петлю которой обвязали вокруг шеи; он шел тяжелым шагом, постоянно спотыкался и вообще старался идти как можно медленнее, то ли надеясь на помощь, то ли затрудняя переход тем, кто взял его в плен.

Услышав приближающийся конский топот, похитители остановились и посмотрели на седоков. Они не выглядели обеспокоенными. Кутшеба с Яшеком приблизились к ним без проблем. Только когда остановили коней, лица злоумышленников помрачнели.

— Не на что тут пялиться,— буркнул бородач, обладатель огромного, под стать росту, живота. Хоть был он сгорбленный и уже немолодой, но все еще впечатлял шириной плеч и величиной ладоней, сейчас стиснутых в кулаки.— Езжайте, куда ехали!

Кутшеба не любил словесных перепалок. Прежде чем они успели отреагировать, он вытащил револьвер и застрелил бородача. Один из его спутников потянулся за пазуху, как оказалось, когда обыскивали его тело,—за ножом. Третий, наиболее благоразумный, пытался убежать. Получил пулю в спину.

Узник нервно захихикал.

— Господин... как же так, господин?! — закричал пораженный Яшек.— Так не годится!

— Если бы мы их отпустили, они бы вернулись, но уже подготовленные.

— Но убивать людей?! Я с вами дальше не поеду!

— Поедешь, Яшек. Ты вчера подписал бумагу. Тремя крестиками, правда, но это ничего не меняет. Знаешь, какую силу имеет этот документ?

Яшек, как большинство неграмотных и верящих в магическую силу написанного слова, побледнел. Он вдруг осознал, что оказался в руках плохого человека. Парень спрятал лицо в конской гриве и заплакал. Конь фыркнул, утешая его, и послал Кутшебе очень недоброжелательный взгляд. Что-то там фыркнул по-конски. Скакун Кутшебы, к неудовлетворению своего наездника, ответил ржанием, которое прозвучало злобно и подозрительно.

На всякий случай мужчина как можно быстрее соскочил с седла.

— Это были плохие люди, Яшек,— объяснил он, подходя к узнику, который внимательно к нему присматривался. Это был невысокий, уже седой, но когда-то крепкий коренастый мужчина.— Они напали на человека в его собственном доме, связали и потащили к Величке. Думаешь, с добрыми намерениями?

— Но убивать, господин? Убивать людей?!

— Еще насмотришься на смерть, Яшек.

Кутшеба вытащил нож и перерезал веревки.

— Сколько лет, Мирек,— прохрипел бывший пленник.— Но ты прибыл как нельзя вовремя. Водки не найдется?

Глаза у него были зеленые, но как будто бы темнее, чем помнил Кутшеба. На лице прибавилось морщин, но не все они были детьми времени. Часть из них родилась от хлопот, а часть от прожигания жизни. Много изменилось с тех пор, как они виделись в последний раз, но сейчас, как и тогда, в воздухе чувствовался запах пороха.

Тогда они стояли спина к спине — молодой вдовец, который месяц назад бросил службу у князя Чарторыйского, и недооцененный им полноватый железнодорожный инспектор. Кутшеба сжимал в руках пистолеты, добытые у негодяев, которых они настигли, а Грабинский — два одинаковых черных как ночь револьвера. Кутшеба несколько раз промазал, его пули выбивали из стен куски штукатурки, зато каждый выстрел Грабинского попадал в цель. Этот человек, как рассказывали те, кто знал его лучше, словно родился с револьвером в руке.

Вокруг них умирали люди, которые встали у них на пути. Двое мужчин молчали, пока не утихли стоны. Какое-то мгновение они прислушивались, не идет ли кто-то еще. Мара в Кутшебе быстро и тяжело дышала, как после бега, упоенная вкусом первой пролитой для нее крови. Оружие перезарядили четкими, отточенными движениями. Кутшеба считался хорошим стрелком, но скорость, с которой Грабинский опустошил барабаны своих револьверов от гильз, чтобы зарядить его заново, произвела на него впечатление. Плавность и скорость движений работника железной дороги казалась почти неестественной.

— Это работа не для меня,— сказал тогда Грабинский.— Я думал, сынок, что помогу тебе довести дело до конца, но это не для меня. Прости. Я уже стар, у меня жена, двое детей... Я не хочу убивать. Даже негодяев. Не так. Пойми.

Кутшеба, которому еще месяц назад казалось, что он тоже уже не хочет убивать, понял его.

— Вы помогли мне больше, чем остальные. Спасибо. Дальше я сам справлюсь.

— Еще одно, сынок. Та девушка, которую я порой в тебе вижу... Ничего хорошего из этого не выйдет.

— Ничего хорошего мне и не суждено,— ответил он тогда и ушел убивать.

И вот сейчас они стояли на Величском тракте, оба старше на восемь лет и значительно богаче на скверные

ные воспоминания. Рассматривали друг друга без улыбки. Неподалеку блевал и плакал Яшек, а кони все еще нервно фыркали.

— Сколько? — спросил Грабинский, в прошлом железнодорожный инспектор, расспрашивавший тех, кто уцелел после катастрофы, не видели ли они чего-то особенного.

— Еще трое.

— Зная жизнь, полагаю, худшие из худших?

— Никто не знает жизнь лучше тебя.

— И ты хочешь, чтобы я тебе помог?

— А когда я хотел чего-то другого?

— Тогда дай водки!

ГЛАВА 4

При взгляде на состояние двоих нанятых Кутшебой помощников на лице Чуса отразилось глубокое недовольство. Яшек всё еще хлюпал носом и бормотал что-то об уважении к жизни, а Грабинский даже в своем лучшем костюме, которому, к слову, было около десяти лет, и с двумя револьверами на поясе выглядел, по мнению слуги, хуже, чем сам Кутшеба. В придачу ко всему, едва прибыв в форт, этот человек сразу потребовал водки и стал всех убеждать, что по крайней мере одна из повозок должна быть загружена исключительно алкоголем.

— Мой господин прислал меня расспросить об успехах. По правде говоря, господин Кутшеба, я не знаю, что ему ответить.

— Всё идет идеально.

— В самом деле?

— Этот хныкающий юноша — живой амулет. Он третий сын. Когда он попадает в беду, само небо опускается, дабы ему помочь.

— Это я понимаю. Сомнения вызывает у меня личность другого вашего коллеги.

— Я не знаю лучшего стрелка. Я предпочту его целому отряду военных. А в придачу ко всему, он очень умный и находчивый человек.

— Прошу простить меня за это замечание, но он производит впечатление немного... неопрятного человека.

— Это только потому, что я целых два дня не пил! — Грабинский посчитал нужным вмешаться.— Поэтому у меня и руки трясутся. И сосредоточиться трудно.

За всю дорогу Кутшеба не согласился зайти ни в один паб, опасаясь, что напуганный Яшек втянет их в неприятности. Поэтому они поспешили в Краков (Кутшеба и Грабинский ехали на одном коне) и по дороге заглянули только в домик Грабинского. Как оказалось, не за водкой, которой не осталось ни капли, а за оставленными револьверами.

— Ты изменился,— сказал Кутшеба, наполнив три рюмки, как только угрюмый Чус оставил их одних на вилле марсианина. Первую рюмку он всунул всё еще обиженному Яшеку, вторую поставил перед Грабинским. Инспектору мало было одного глотка. Он еще не успел отставить рюмку, как уже потянулся за бутылкой.

— Всё изменилось,— бросил он. Забыв о правилах приличия, Грабинский поднес бутылку ко рту и опустошил ее. Он выдохнул, как человек, который испытал мгновение счастья.— Меня лишили должности сразу же после нашей последней встречи. Нет, нет,— он замахал руками.— Это не твоя вина. Меня сюда сослали. Как смотрителя. Только подумай, что делать смотрителю на станции, через которую проезжает один поезд в сутки?

— А Хелена?

— Хелена выходила замуж не за смотрителя, а за инспектора третьего класса с высокими шансами на продвижение. Она нашла другого, того, кто не упустил своих возможностей.

— Мне жаль.

— А мне уже нет. Есть еще бутылка?

— Тебе так много нужно?

— Сынок, скажу тебе правду. Это для меня почти что ничего. Я уже три года пью чертово молоко. После него я вижу мир в цветах, названий которых даже не знаю, да и руки перестают трястись. Обычная водка — скверная замена.

— Прости, но спрошу...

— Пригожусь ли я тебе?

— Да.

— Два-три глотка чертова молока в день, и я отстрелю яйца комару. Либо литр водки утром, в обед и на десерт.

— Ты умрешь от такой дозы.

— Умру я точно от пули или от ножа, если буду трезвый. Потому что тогда достаточно и трех провинциальных бандитов, чтобы сделать со мной то, что им захочется.

— И чего же им захотелось?

— Я надоел их главарю. Чёртово молоко стоит больше, чем может заработать смотритель станции. Я немного играл, немного мухлевал, и однажды мне чуточку не хватило везения.

— Я могу с ним поговорить.

— Не надо. Просто возьми меня с собой в этот свой поход. Либо я не вернусь из него, либо вернусь с деньгами и совсем в другое место. Меня тут даже работа не держит — меня выгнали два дня назад. Итак, куда мы отправимся?

— Далеко.

— Кого еще ты ищешь?

— Еще одного помощника. Как только завербуем его, по пути остановимся в Лежайске, купим дюжину големов, этого будет достаточно. Из них получатся такие же хорошие носильщики, как и солдаты.

— Хороший план. Я выпью за его успех.

* * *

То ли Грабинский выпил мало, то ли пил не вполне честно, но они не остановились в Лежайске и даже не двинулись в его направлении.

Новаковский, не моргнув ни одним из своих многочисленных глаз, знакомился с новыми людьми. Он вежливо поздоровался с Яшеком, который так нервничал, что не смог выдавить из себя ни слова, и со слишком болтливым Грабинским. Бывший железнодорожный инспектор постирал и погладил костюм, подрезал слишком отросшие на висках волосы, побрился и выглядел настолько прилично, что, по мнению Кутшебы, был пьяным в стельку. Он вежливо разговаривал с марсианином, рассказывал, какой у него опыт, и хвастался, что знает несколько марсианских словечек. Он хорошо держался на ногах, и у него не дрожали руки, когда он демонстрировал, как искусно владеет оружием. Даже Чус был впечатлен, хотя подозрительность всё еще сквозила в его взгляде.

— Големы нам не понадобятся,— сообщил им Новаковский, к разочарованию Кутшебы.— Если речь идет о силе огня, то уверяю вас, что у нас будет все необходимое для успеха нашей миссии. Роль носильщиков, в случае необходимости, могут выполнять члены экипажа «Батория».

— «Батория»? — Кутшеба не был уверен, решится ли марсианин выбрать именно этот транспорт. Когда он услышал о нем впервые, тень в его душе многозначительно зашевелилась. Он втайне надеялся, что Новаковский примет именно такое решение. Он приложил к этому все старания, но все же сомневался.

— Действительно. Я не рассказывал вам об этом. Быть может, я просто покажу его вам сегодня вечером? Я не собирался скрывать это от вас, просто всё указывало на то, что я не смогу им воспользоваться. Но ситуация изменилась. Изменились и планы. Уверяю вас, к лучшему. Сколько еще вам нужно времени, чтобы завербовать остальных членов команды?

— Вопрос в том, сколько людей вам теперь нужно.

— Экипаж «Батория» насчитывает четырнадцать человек. Каждый из них может, в случае чего, послужить стрелком. Поэтому их вам точно не нужно искать, тем более что вместе с «Баторием» мы заполучили еще и Мочку.

— Мочку?

— Вы познакомитесь с ним сегодня вечером. Так сколько людей вам еще нужно?

— В такой ситуации только один.

— Вы успеете к завтрашнему вечеру или это потребует больше времени?

— Мне кажется, или ситуация кардинально изменилась?

Новаковский какое-то время не отвечал. Наконец вздохнул и кивнул очень по-человечески. Слишком по-человечески.

— Прошу меня извинить. Если я полагаюсь на вас, а уверяю, это так, то должен сообщать вам обо всём. Да, ситуация изменилась. Вчера в Краков прибыл некто, работающий на человека, в котором я вижу конкурента. Поэтому я хочу выдвинуться как можно скорее. Последние сутки я старался изо всех сил, чтобы добыть для нас «Баторий». По правде говоря, вполне возможно, что я его как бы украл. Так что есть риск, что его законный владелец может предъявить мне претензии и испортить нам все дело, если мы не выдвинемся как можно скорее.

— Вы его «как бы украли»?

— Вам действительно нужно всё знать?

— Это помогает.

— Хорошо. Тогда я всё объясню вечером.

* * *

Полюсы силы в Кракове определялись не только положением сторожевых башен, охранявших город во время войны, но и более старыми местами, отведенными богам или духам много веков назад, задолго до того, как на Земле вообще кто-нибудь мог подумать о вторжении марсиан. Когда язычники насыпали Курган Крака, неподалеку от которого осел Новаковский, марсиане завоевывали другие планеты, не думая, что когда-нибудь им придется прибыть и на Землю.

Веками насыпались и другие курганы, а самый старый из них был возведен для дочери Крака, княжны Ванды.

Нелегко было до него добраться. Теоретически восточная башня, которая защищает Первые Кадровые Врата, охватывает восточные окраины города, однако в деревне Могила первенство удерживали другие энергики. Там произошло что-то странное. Наверное, мифобомба, направленная в те места, самовольно поменяла курс и вместо того, чтобы развернуть ад вокруг кургана Ванды, ударила в другое место, посреди урожайных полей, с которыми не были связаны никакие легенды, где почти не селились люди. Вместо того чтобы, как большинство мифобомб, пробудить человеческие души и добыть из них энергию веры, которой могли бы воспользоваться марсианские боевые боги, готовящиеся к десанту, мифобомба пробудила нечто своеобразное, чего не ожидал никто.

Казалось, будто энергия пыталась открыть двери в другой мир. Земля истощилась за несколько минут, высохло большинство деревьев в окружающих садах и посадках, а люди сгорбились и забыли о своей прежней жизни. Они бросили работу, уселись возле своих домов и смотрели вдаль, бормоча что-то о приближающемся конце. Когда божественный десант, наконец, прибыл, вместо того чтобы черпать энергию из разбуженной веры, они столкнулись с бесконечным маразмом. Боги, совсем как люди, захирели. Уменьшились, почернели, превратились в демонов с красными глазами, светящимися под черными фуражками. Они брели по полям в своих кожаных плащах, докучая таким же мрачным коренным жителям, не причиняя им, впрочем, никакого вреда. Как люди забыли о своей жизни, так и боги забыли о своей миссии. Как выяснилось позже, они стали удивительно похожи на красных комиссаров, однако в 1916 году никто и мысли не допускал о начале Вечной Революции.

Их до сих пор можно встретить. Со временем они одичали и стали еще опаснее. Они странствовали, таская за собой целые ватаги обращенных в собственное подобие людей. Пойманных неудачников либо вербовали, либо сжирали. Они все еще светились странной могущественной энергией и мешали появлению традиционных божественных алтарей. Здесь не росли мрачные опасные леса, даже звери очень нехотя забредали сюда. Команде Кутшебы пришлось путешествовать по вымершим землям, где пейзаж разнообразили только мрачные заросли сухих деревьев, насыпанные во время войны валы и руины старых домов и форпостов.

Среди этой пустыни существовал только один оазис зелени, окружающий Курган Ванды, который противился странным энергикам и одряхлевшим богам.

Вместо того чтобы поехать на машине, Кутшеба, к нескрываемой радости Чуса, выбрал лошадей. Он взял с собой все еще обиженного Яшека и Грабинского, который сейчас был пьян в стельку. Благодаря алкоголю бывший комиссар железной дороги держался в седле ровно, имел острый глаз и твердую хватку.

Путники не выпускали из рук карабинов, которыми снабдил их Новаковский. Изготовленные в немецкой части Республики Наций, на заводах, принадлежащих одной из присвоенных марсианами мануфактур, они представляли собой новейшее изобретение оружейной инженерии. Их магазины вмещали по тридцать патронов, дальность составляла четыреста метров, а карабин мог выстрелить и сто раз в минуту, если бы только стрелок успевал его перезаряжать. Посеребренные пули (по словам Нowаковского) способны сразить даже бешеного зубра, что могло пригодиться, если им придется идти сквозь Вековечную Пущу.

Кутшебу совсем не удивило, что во время тренировки на стрельбище лучше всего стрелял Грабинский. Он всаживал все пули в центр мишени, независимо от того, делал ли одиночные выстрелы или опустошал магазин очередями. В стрелковых умениях Грабинского было что-то сверхъестественное, хотя сам он утверждал, что все это только вопрос практики.

Кутшебе новые карабины не понравились. Он высоко оценил их силу огня, однако, несмотря на показательное выступление Грабинского, критично отнесся к меткости. Он предпочитал свой старый карабин Браунинга, однако вынужден был согласиться, что при встрече с черной ватагой скорострельное марсианское оружие, безусловно, будет более уместно.

— Время для нашего похода подходящее? — спросил Грабинский, когда, не побеспокоенные демонами, они углубились в Могилу настолько, что видели уже зеленеющий над коричнево-серой местностью курган.— Кажись, там по несколько раз в год пробуждаются какие-то кельтские духи.

Яшек инстинктивно перекрестился. Его жест озадачил Кутшебу. Действительно ли он был связан с христианством или просто заучил дома этот жест как один из многочисленных охранных знаков? В самом христианстве не было ничего плохого, однако там, куда они ехали, этот жест был очень нежелателен.

— Нет здесь никаких кельтских духов,— успокоил он Грабинского.— Разве ты не знаешь, что марсиане пробудили не настоящих богов, а только то, во что верили люди? Тут никто не помнит о кельтах. Пробудилась только Ванда, которая оберегает это место.

— Я это знаю, сынок,— петушился Грабинский.— Я что, не знаю азов? Я спрашиваю об этом, потому что разные ученые тут топтались и могли внести свои коррективы.

С учеными, исследователями древних культур, действительно война обошлась наихудшим образом, но они и сами натворили бед. Когда люди поняли, с чем им пришлось столкнуться, в армии по всему миру стали вербовать археологов и этнографов вне зависимости от возраста. Седые старички, которые до этого окапывались среди стопок книг в своих кабинетах, попадали в штабы, а порой и на передовую. Они объясняли ополоумевшим офицерам, с какими существами их отрядам придется столкнуться и как их нужно убивать или приручать. Если они были достаточно убедительны и могли вдохновить целый отряд, то им удавалось трансформировать оживленных энергиков или пробудить новых, вид и привычки которых обычно составляли сумму академических знаний и солдатских суеверий. Сформированные таким образом создания оказались отличными, хотя и устрашающими союзниками в борьбе с марсианами.

Однако своим создателям они почти всегда приносили смерть.

Но тех, кто погиб на фронте, их коллеги, запертые в тайных военных лабораториях, считали счастливчиками.

— Здесь ученые ни в чьих головах не ковырялись. Если мы попадем в границы владений Ванды, ничто, кроме ее гнева, нам не грозит.

— А эта светлейшая госпожа часто гневается? — поинтересовался Яшек.— Мы тут с немецкими карабинами едем. Она не разозлится из-за этого?

О нелюбви Ванды к немцам ходили легенды, это был один из элементов ее силы. Даже когда древняя княжна хотела оказать немцам теплый прием, сила, которая создала ее, не позволяла этого сделать. Боги, равно как и демоны и разного рода чудовища, были узниками своих легенд. Правилам сказок вынуждены были подчиняться даже боги, прибывшие с других планет, и это послужило одной из причин того, что человечеству удалось отвоевать у марсиан ничью.

— Ванда в основном спит, парень. И не имеет ничего против немецких изделий, если они находятся в польских руках. Помни только: держи себя в руках и не крестись.

— Ванда не любит этого? — удивился парень.— Мне говорили, что она христианка.

— Ванда действительно уважает крест. Но тот, к кому мы едем, не слишком... его любит.

Курган окружал деревянный частокол, охраняемый мужчинами с арбалетами и примитивными самострелами, в обмундировании и шлемах, которые, похоже, помнили еще времена Пяста. Из-под длинных кожаных плащей, крепившихся на плечах пластинами из стали, выглядывали кольчуги, об которые бились десятки амулетов из кости, стекла, дерева, металла и ракушек, вплетенные в магические жгуты из девичьих волос или грив чудовищ.

— Господин Новаковский, Страж Кургана Крака, хочет засвидетельствовать свое почтение,— быстро прокричал Кутшеба, прежде чем стражники, согласно обычаям зараженных земель, начали общение с отстреливания собеседников.— Мы прибыли с поклоном для Светлой Госпожи, Вечной Девы Ванды!

Высокий толстый мужчина с большой буквой «В», вытатуированной прямо на лбу, приказал им спрятать карабины и выехать за частокол, подняв руки над головой. Ему явно очень понравилось их современное оружие, и он с радостью приказал бы убить прибывших. Однако фамилия марсианина и имя отца хранительницы сыграли свою роль.

— Светлая Госпожа сейчас спит,— только и пробубнил он, недоброжелательно взглянув на Кутшебу и посматривая на его оружие с нескрываемым вожделением.— Вам придется подождать. Вас черные не беспокоили по пути?

— Нет. Даже удивительно.

— Мы устроили им кровавую баню,— захохотал стражник.— Заходите, посмотрите, что мы сделали. Без ваших чудотворных карабинов, а настоящим мужским оружием — ножом и стрелами.

Не слезая с коней, они позволили провести себя к площади, где на нескольких кольях умирали черные. Поймали главным образом людей, однако Кутшеба заметил и демона. С руками, обожженными до кости и связанными над головой, с содранной черной шкурой, напоминающей скорее плащ, но все еще составляющей с телом единое целое, он извивался на палке, пытаясь бросать заклятия. Окружающие его слуги из людей либо уже были мертвы, либо выбились из сил. Он же до сих пор боролся за жизнь.

— Мы вырвали этой гадине язык, так что он теперь шепелявит,— заржал стражник.— Сильный, зараза, пятый день сдыхает. Теперь вы видите, почему так спокойно доехали сюда. Мы об этом позаботились. Так что нам теперь кое-что от вас полагается, правда?

— Не боитесь мести? — спросил потрясенный Грабинский. А Яшек, к удивлению Кутшебы, совсем не казался испуганным. Он рассматривал демона скорее с интересом, похоже, его не тронуло зрелище такой ужасной казни. Возможно, Яшек считал, что чудовища не заслуживали сочувствия.

— Они не держатся вместе. Одна ватага для другой ничего не значит. В конце концов, даже если бы они всех созвали, никто не поборол бы нашу Светлую Госпожу.

Кутшеба не был в этом так уверен. Ванда была одним из самых сильных энергиков, которых он знал, но даже у нее был предел. С другой стороны, непоколебимая вера слуг придавала ей сил.

— Кроме поклонов и даров для Светлой Госпожи, мы хотим передать еще пару слов Шулеру. Знаете, где он сейчас проживает?

— Кто?

Готовый к незапланированным расходам, Кутшеба потянулся к саквам и подал стражнику полукилограммовый слиток серебра, который на зараженных землях представлял собой едва ли не целое состояние. Однако Кутшеба не собирался экономить, особенно располагая богатствами марсианина.

— Чтоб мне сдохнуть, но я понятия не имею, о ком вы говорите,— стражник одной рукой бил себя в грудь, а другой быстро спрятал сокровище за пазуху.— Я бы вашей светлости беспременно помог... Но я не знаю.

— Высокий мужчина. Длинноволосый. Слепой.

— Тот, что с девкой носится? Покрак?

— Покрак,— кивнул Кутшеба, припоминая, что Шулер действительно так себя называл.— Я знаю, что он тут живет. В каком доме?

— Он? За второй стеной. Я проведу вас. Чего от него хотите?

— Он нужен господину Новаковскому на пару слов.

— Такой важный господин послал за Покраком? — стражник с недоверием покачал головой.— Что в мире делается...

Внутреннюю часть поселения защищали стены, возведенные еще австрийцами как часть краковских укреплений. За ними селились только знатные жители града Ванды. Кутшебе не понравилось, что к ним был причислен Шулер. Также он думал о том, что означали слова стражника о девушке. Насколько он помнил, Шулер предпочитал одиночество. К граду Ванды он примкнул только для того, чтобы скрыться в тени сильнейшего, чем он, создания.

Они вынуждены были заплатить и стражнику вторых ворот, чтобы он проводил их до разыскиваемого владения.

Едва путники остановились перед домом, как открылись двери и вышла девушка лет шестнадцати.

Кутшеба расслышал глубокий вздох Яшека. Парню, должно быть, показалось, что он встретил свою принцессу.

И в этом не было ничего удивительного: это была стройная красавица с волосами цвета молодой пшеницы и темно-голубыми, почти синими глазами, глубина и грусть которых встревожили бы любого, не говоря уже о чувствительном к любовным восторгам подростке. Небольшой вздернутый носик и губы, словно созданные только для улыбок, вызывали инстинктивную симпатию, однако было в ее фигуре нечто серьезное, чего ожидаешь от человека постарше.

— Папа говорил, что вы приедете,— обратилась она к Кутшебе.— Мы всем вам очень рады. Пожалуйста, входите.

Каменный дом жался к валу. Все его окна выходили на вечнозеленый курган, озаренный светом своей госпожи. Несмотря на это, в скромно обставленных покоях царил полумрак.

— Выпьете воды, господа? Может, яблочного сока? Здесь чистые, здоровые фрукты.

Они поблагодарили и сели за стол, а как только девушка принесла кувшин и кружки, из соседней комнаты вышел Шулер.

Он не изменился с тех пор, как они виделись с Кутшебой в последний раз. Высокий, все еще крепкого телосложения, комплекцией напоминающий скорее медведя, чем человека, он постоянно горбился и даже отрастил черную бороду, которая доставала ему до пояса. Но сейчас — не то что когда-то — борода была чистой и даже расчесанной. Похоже, нелюдимый Шулер поддался чарам девушки.

— Приветствую, Мирек,— просипел он понуро, как делал всегда. И тоже сел за стол.— Я знал, что ты не оставишь меня в покое. Здравствуйте и вы, гости. К нам тут редко гости захаживают, так что, как я понимаю, привела вас сильная нужда. А ты, молокосос,— он внезапно ткнул пальцем в Яшека,— не пялься так на мою дочь.

Яшек нервно захихикал и сразу же фальшиво закашлялся, стараясь подавить смешок. Зато девушка засмеялась открыто, раскраснелась и бросила: «Ну, папа»,— и быстро убежала в комнату, из которой только что вышел Шулер. Через мгновение оттуда донеслись нарочито громкие звуки уборки.

— Привет, Шулер. Рад тебя видеть живым и здоровым. И с дочерью. Когда мы в последний раз виделись...

— Я ее удочерил,— перебил его Шулер.— И не называй меня старым именем. Тут меня зовут Покрак. Это правильно, так должно быть.

Когда Кутшеба ответил «нет», дом будто задрожал. Девушка не сдержалась, коротко вскрикнула и бросилась успокаивать отца, но двери комнаты захлопнулись прямо перед ней.

— Папочка! Пустите меня, папочка! — кричала она, но Шулер, который хотел, чтоб его называли Покраком, никак не реагировал. Он не то чтобы встал, он как будто вырос над столом, нависая над Кутшебой. Мрак в доме сгустился, потемнело даже свечение кургана.

— Я — Покрак! — прорычал хозяин.

Кутшеба жестом сдержал Грабинского, который потянулся за револьвером.

— Не такое имя я для тебя избрал,— ответил он спокойно.

— Его больше нет!

Рычание Шулера, должно быть, слышала вся деревня. Казалось, стихло все — как внутри дома, так и по всей округе. Замолчали куры, которые прохаживались между постройками, и обычно говорливые гуси, даже птицы, кричавшие на деревьях, растущих внутри защитного круга. Как будто мир замер, повергнутый в ужас, насылаемый созданием, которое Кутшеба рискнул разозлить.

— Я знаю, кто ты, Шулер.

Хозяин занес кулак как будто для удара. Грабинский не ждал — вытянул револьвер. Яшек вскрикнул.

И тогда распахнулись двери — и те, в которые маленькими кулачками била дочь Шулера, и входные, которые явили их взору женщину, наполненную светом.

— На колени! — закричал Шулер резко изменившимся голосом, и в этот раз Кутшеба его послушался.

Все пали на колени пред Светлой Госпожой, Вечной Девой.

— Такие гости прибыли в мои чертоги, что я не смогла спать,— сказала она доброжелательно.— Встаньте, прошу. Неприятно говорить с коленопреклоненными.

Все послушались, кроме Шулера и вжавшейся в него дочери. Они еще ниже склонили головы, пока светлая хранительница не подошла к ним, не обняла и не поставила на ноги.

Яшек разинул рот. Он уже забыл о том, какие чувства вызвала у него дочь хозяина, так как только что влюбился во второй раз. Он бормотал что-то себе под нос, Грабинский не выдержал и наградил его тумаком.

Ванда села с ними. Что бы Яшек ни увидел, это не могло быть лицо хранительницы. Хотя Ванда и излучала мягкий свет, он полностью скрывал черты ее лица, как белая фата скрывает лицо невесты от жениха.

— Вас прислал стражник моего отца?

— С поклонами и дарами для вас. Отец ваш спит, никто не вправе потревожить его покой. Господин Новаковский исполняет волю князя, которую тот передает ему через сны.

— Отец проживает в более спокойной местности. Он может счастливо спать хоть века. Пожалуйста, передайте ему, что его дочь все еще его любит и старается, как может, исполнять свои обязанности.

— Спасибо, госпожа.

— У вас есть дары и для моих людей?

— Тридцать килограммов серебра, госпожа.

— Очень пригодится. Спасибо. Оставьте стражнику у ворот. А теперь перейдем к более важным делам. Зачем вы беспокоите моего кузена?

— Мы собираемся в поход, госпожа. Я бы хотел, чтобы ваш кузен сопровождал нас.

— Он хочет забыть о своей прежней жизни.

— При всем уважении, госпожа, он не может о ней забыть.

Шулер что-то пробормотал. Дочь погладила его по длинным волосам.

— Он не может забыть своего имени, госпожа. Оно его...— Кутшеба заколебался.

— Приручило,— подсказала Ванда.— Ты это хотел сказать?

— Это слово не отражает всего смысла, госпожа. Но да. Лишенный имени, он может стать тем, чем был когда-то,— неуправляемой силой, чистым гневом.

— Не под моим покровительством!

— Это правда. Но я хочу вырвать его из-под вашего покровительства, госпожа.

— Ты уклоняешься от ответа: почему?

— Я отправляюсь в длительное путешествие. Опасное. Шулер Судьбы мне очень пригодится. Но это не все. Мы будем путешествовать не только верхом, но и на механическом транспорте. Кто-то должен сдерживать мои несчастья, чтобы не допустить катастрофы. Шулер меня знает и справится с этим лучше, чем хранитель машины.

— Я могла бы освободить тебя от них,— Ванда смотрела Кутшебе прямо в лицо, и он на какое-то мгновение увидел ее глаза — большие и светло-голубые. Мара внутри него завыла, словно взгляд Ванды жег ее живым огнем. Она неистово царапала душу Кутшебы, готовая выскочить и драться за него с силой, которая не оставляла ей шансов.

— Нет, госпожа. Спасибо, но нет.

— Как пожелаешь,— казалось, она погрустнела.— Я отпущу с тобой моего кузена, но только если он пойдет по собственной воле.

— Не пойду! — буркнул Шулер.

— Ты должен мне услугу,— голос Кутшебы звучал холодно и... жестоко. Даже Ванда вздрогнула от его звучания.

Шулер снова соскочил, но потом опустился обратно на скамейку, сдерживаемый дочерью. Девушка оставила отца и подошла к Кутшебе. Она положила ладонь ему на грудь, заглянула глубоко ему в глаза.

— Вам должно быть очень больно, господин,— прошептала она.— О, как больно! Здесь вы могли бы жить спокойно, без боли, но я знаю, что вы не хотите этого. Папа, мы перед ним в долгу.

— В долгу,— простонал Шулер.— Да будь я проклят, и будь проклят он, и минута нашей встречи! Мы поедем с тобой, Мирек, чтобы ты сдох!

— Мы?

— Дочь со мной. Везде.

Девушка улыбнулась Кутшебе. Невинно, очаровательно. Со скрытой в глазах необузданной силой, которой он был не в состоянии противиться и которую не понимал.

ГЛАВА 5

Ноябрь 1964 года по старому календарю,
сорок девятый год Предела,
двенадцатый год Мира

Чудовищная, пугающая сила, едва обузданная, сопровождала его, когда он крался к крепости, что стояла над главной дорогой, соединяющей Львов с Перемышлем. Разместившийся между древнейшими курганами форт защищал железнодорожные пути частично асфальтной, а частично каменной дорогой, по которой двигались пешие и конные путники. Солдаты, стоявшие в форте, имели опыт борьбы как с людьми, так и с демонами, поэтому у Кутшебы были бы мизерные шансы, если бы он отправился сюда в одиночку.

Поэтому он заранее позаботился о необходимом сопровождении.

Существо, которое он схватил, уже месяц опустошало окрестности Перемышля. Полное ненависти к людям, которые его создали, оно злобно расправлялось с гражданскими и военными машинами, не заботясь о собственной безопасности. Это лишь вопрос времени — когда Перемышль направит против него сильный отряд, специализирующийся на борьбе с демонами. Возможно, чудовище именно этого и хотело — умереть в бою, забрав с собой на тот свет столько противников, сколько сможет.

Кутшеба попытался добраться до него первым. Чудовище очень пригодилось бы ему. Он планировал сначала напасть на одну из тайных лабораторий, в которых производили новых богов на заказ, однако, услышав про обезумевшего бога, Кутшеба изменил свои планы. Объявляя охоту на обезумевшее независимое божество, он не входил в конфликт ни с одной корпорацией, напротив, мог даже рассчитывать на награду, если только ему удастся предоставить доказательства смерти жертвы. А дикий бог был так же хорош, как и прирученный. Кутшебе требовалась сверхчеловеческая помощь этого божества, которое он мог пленить заклинанием, полученным от Змея.

Ведь он замахнулся на коменданта Крепости Сов, повелителя жизни и смерти между городком и Медикой, знаменитого генерала Сачевского, который быстрее всех продвигался по карьерной лестнице в армии Галицийских железных дорог.

Во время лютой революции, когда власти нового революционного государства все еще полагали, что им удастся с помощью оружия экспортировать собственные идеи нового мира, майор Сачевский выступил против ватаги оборотней, объединившихся под красным флагом, которые атаковали Первую Армию ГЖД. Так он спас все войско, погрязшее в борьбе с двумя дивизионами безумцев под командованием бессмертного комиссара, и поднялся до звания полковника. А за рейды, которые совершал по территории Вечной Революции, уже через два года он получил генеральский чин. Поговаривали, что ГЖД и свободные галицийские города в значительной степени жили в мире именно благодаря этому человеку. От Киева до Кракова не было людей, которые не поклонялись бы самому его имени.

Кутшеба же намеревался его убить.

Он выслеживал обезумевшего бога около месяца. Казалось бы, у него не могло быть проблем с поисками бестии, которая сама ищет смерти и не брезгует никакой добычей, однако в зараженных зарослях, которые кишат самыми разнообразными чудовищами, было не так уж просто найти одно конкретное. Кутшеба был вынужден постоянно скрываться или вести непрерывную борьбу на враждебной ко всему живому территории и постепенно терял надежду. У него заканчивались боеприпасы, и он почти выбился из сил. Мара не единожды спасала ему жизнь и помогала справиться с усталостью, однако он знал, что ему придется заплатить за это, когда он доберется до цивилизации. Обманутый энергиками организм должен был заплатить болезнью за это сверхъестественное напряжение.

После целой недели неудач в полдень воскресенья ему наконец повезло. По дороге на Медику он повстречал чудовище, которое так долго выслеживал. Дикий бог напал на торговый караван и с упоением уничтожал его. Он выжидал в густом лесном кустарнике, чтобы потом накинуться на телегу, растерзать ее и снова убежать в лес, поливаемый огнем стражников. Люди боролись отважно. Должно быть, они были напуганы, ведь тоже слышали рассказы о боге-разбойнике, а значит, знали, с кем имеют дело и как невелики их шансы.

Вереница телег зияла уже тремя дырами, когда запыхавшийся Кутшеба добежал до места сражения.

Кто-то из защитников заметил его и крикнул остальным, что подоспела подмога. Кутшеба быстро вытащил из саквы сверток, купленный у Змея, но замер, прежде чем бросить его в снова нападавшего бога.

«*Нет!* — шепнула мара у него в душе.— *Не сейчас!*»

— Но они погибнут! — он дернулся.

«Так нужно. Что будет, если ты оставишь свидетелей? Думаешь, они не добьют его?»

Он еще раз поднял руку и опустил ее. И скрылся, ожидая единственно возможного исхода сражения. Он сжимал зубы, чтобы не закричать, и ранил руку, изо всех сил ударяя ею о дерево. А когда все погибли и одно чудовище поддалось соблазну уничтожения, другое чудовище вышло из своего укрытия и бросило в него чарами подчинения.

«*Ты не чудовище,*— нежно прошептала мара.— *Так надо*».

Он не слушал ее. Бросился на плененного бога, уставившегося на него отупелым, удивленным взглядом, и бил его, пока не упал на беззащитное божье тело, плача и ругая как его, так и себя.

Это случилось давно, когда они оба — и бог, и он — были другими... несмотря ни на что, более невинными.

* * *

Июнь 1972 года по старому календарю,
пятьдесят седьмой год Предела, двадцатый год Мира

— Двести лет назад,— голос Новаковского звучал торжественно, под стать моменту, когда, стоя на носу корабля, они рассматривали удаляющийся город.— Последний раз я вылетал из порта двести лет назад во главе двенадцати кораблей моего взвода. Каждый из них достигал трехсот метров в длину и мог, если нужно, погасить солнце.

Кутшеба слушал его, хотя ему и становилось не по себе от страха. Он видел и пережил многое, но никогда еще ему не приходилось подниматься на борт машины, которая возносится над облаками. Разумеется, он стремился к этому, спланировал все так, чтобы оказаться именно здесь и подтолкнуть Новаковского к поступку, на который иначе он бы не отважился. Но одно дело — строить планы, и совсем другое — испытать на себе результаты этого планирования, оказавшись на самом большом возносящемся над Землей чудовище со времен, когда марсианские корабли упали с небес.

Сама гондола этой дьявольской машины достигала каких-то тридцати метров в длину. Ее подвесили под серебристым воздушным шаром, отличавшимся от шаров других дирижаблей сплющенной формой, которая, похоже, должна была улучшить маневренность транспорта. Кутшеба охотно закурил бы сигарету, трубку или хотя бы сигару, но курение на борту «Батория» было строго запрещено. На самом деле воздушный шар наполнялся гелием, а не водородом, как в случае многих других дирижаблей, но винты воздушного корабля приводились в движение выхлопными газами бензиновых двигателей. Полные баки бензина, старательно запечатанные, жались друг к другу неподалеку от машинного отделения на нижней палубе. Теоретически их защищала как технология, так и магия, однако Новаковский не собирался рисковать. Его осторожность вызывала у Кутшебы легкое веселье, смешанное с раздражением. Марсианин боялся сигарет, но ему не мешало то, что у него на борту путешествовал носитель несчастья, резко реагирующий на все механические виды транспорта!

— Нас защищают мощные амулеты,— протестовал марсианин.— Нас оберегает ваш мрачный хранитель и хранители «Батория». И, в конце концов, нас защищает Мочка.

Мочка — вечно улыбающийся малолетка непонятного пола, который был одержим целым сонмом выдрессированных духов и представлял собой объект дополнительного беспокойства для Кутшебы, который не был сторонником подобных экспериментов, поэтому старался избегать Мочки. Как назло, капитан «Батория» страшно хотел с ним подружиться, возможно чувствуя в нем родственную (ибо плененную) душу. А возможно, Новаковский просто приказал ему избегать опасности, которую несло проклятие Кутшебы.

— Вы летели на Землю двести лет? — спросил он, чтобы чем-то занять свой разум и отвлечься от вида быстро и неотвратимо уменьшающихся деревьев, железнодорожных путей и поездов. Казалось бы, после того, как они поднялись над Краковом, он должен был привыкнуть к таким видам. Однако второй старт ничего не менял. Снова они поднимались слишком, как ему казалось, быстро и слишком, как ему казалось, высоко.

— Это только с базы вторжения. С моей родной планеты до Земли еще дальше. Завоевание Вселенной требует самоотречения.

— Так для чего все это?

— Другие миры захватывают, чтобы не захватили твой, господин Кутшеба. Прежде всего речь идет о ресурсах, об энергии вашей веры. Вы до сих пор не используете и трех ее процентов! Представьте только, что мы смогли бы сделать, используя ее полностью.

— Я в состоянии представить, что бы вы сделали с нами. Эти три процента и так почти уничтожили мир.

— Да в вас говорят предрассудки! Ведь это не мы начали войну. Мы прилетели, чтобы сделать вашим правительствам очень заманчивое предложение. А вы встретили нас артиллерийским огнем.

— Очень заманчивое предложение состояло в том, чтобы сдаться вам без сражения, как я понимаю?

— Вы бы частично потеряли независимость, это правда. Но получили бы Вселенную. Вас никогда не удивляло, почему марсиане, как вы нас называете, так отличаются друг от друга?

— Каждый по-своему приспосабливается к жизни здесь?

— Это правда. Но помимо этого, мы являемся представителями разных рас. Те, что присоединились к нам, получили свои привилегии.

— Мы по-другому смотрим на эти вещи.

— Жаль. Здесь столько всего тратится впустую. А я,— Новаковский улыбнулся, хотя в его голосе звучала горечь,— гордый офицер флотилии вторжения, вынужден был украсть этот примитивный воздушный корабль!

«Баторий», как он пояснил Кутшебе вчера, появился как результат совместного проекта нескольких инвесторов, среди которых Новаковский. Более того, он действовал под прикрытием, представляясь тайным агентом, прикидываясь выскочкой, прибывшим с юга, который заработал целое состояние на спекуляциях серебром и драгоценностями. Создатели дирижабля старались скрывать свой проект от марсиан. Придерживаясь радикальных взглядов, они были убеждены, что человечество должно возобновить свое производство без участия пришельцев и самостоятельно делать научные и технические открытия, чтобы не быть зависимым от чужаков. Радикально настроенные земляне все чаще выражали обеспокоенность тем, что марсиане переподчиняли целые университеты и направления промышленности, и им было плевать на тот аргумент, что именно давнишние враги землян располагают сейчас самыми совершенными знаниями и опытом и что именно они в состоянии вывести человечество из упадка. Эти споры велись годами, переносясь из дискуссионных клубов и заседаний правлений корпораций в политические салоны и даже на улицы. В больших городах проходили демонстрации легких на подъем бедняков, которые, бывало, поджигали марсианские фабрики или даже нападали на самих марсиан. Потому, собственно, Новаковский предпочитал сохранять инкогнито, хотя проект дирижабля очень его интересовал.

— Посмотрите, господа! — он нахваливал добычу, показывая ее новым членам экипажа.— Воздушный шар наполнен гелием вместо водорода, благодаря чему нам не грозит взрыв газа, который был кошмаром первых покорителей воздуха! Мы пошили его из дебродита, использовав последние доступные на этом континенте запасы почти неуничтожаемого марсианского материала. Четыре бензиновых двигателя способны бороться даже с ураганом и нести нас вперед наперекор капризам погоды! Не является ли это, господа, настоящим творением развитого цивилизованного ума?

Дочь Шулера смотрела на все широко раскрытыми от восторга глазами, даже не замечая, что Яшек такими же глазами рассматривает ее. Кутшеба оставил их обоих под присмотром Грабинского. Воспользовавшись моментом, когда Шулер остался один, он навестил его в каюте.

— С нами чужие,— сообщил он.— Мы должны обыскать корабль.

— Мочка ничего не почувствовал,— запротестовал Кутшеба.

— Мочка — болван. И в этом ничего удивительного. У парня в башке сидит двенадцать духов. К тому же он так сосредоточен на том, чтобы заглушать твое несчастье, что почти ничего, кроме этого, не замечает. Ты не должен был брать меня в этот поход, Мирек. И сам не должен был идти. У меня плохое предчувствие.

— У тебя всегда плохое предчувствие.

— И оно почти всегда сбывается. Тогда тоже так было, в тот день, когда ты меня схватил. И потом, в ту ночь, помнишь?

Он помнил.

* * *

Ноябрь 1964 года по старому календарю,
сорок девятый год Предела, двенадцатый год Мира,
Крепость Сов

— У меня плохое предчувствие,— прошептал бог, которого Кутшеба с помощью Бабы-яги два месяца приспосабливал к новой роли. Сначала плененное божество чувствовало себя дико неудобно с новым именем, которое уготовило ему совсем другую роль во Вселенной. Оно охотно порвало бы эти узы и еще охотнее пленило бы и убило тех, кто их на него наложил. Однако не могло. Существовали правила, согласно которым этот подлый человек, который поработил его и избил там, на дороге, оказал ему больше чем просто услугу.

— Я подарил тебе жизнь,— кричал он на поле битвы. Он не вытер слезы, а может, и вытер, но продолжал плакать? Бог не знал. Обезумевший от боли, он снова потерял способность понимать окружающий мир и власть над собственной судьбой.— Я подарил ее тебе, а сейчас я еще и спасу тебя, забирая отсюда. Ты станешь кем-то другим, за тобой не будут охотиться из-за преступлений безумного бога. Это уже три услуги. А четвертой будет твое новое имя.

«Мне не нужны твои услуги» — так он хотел ответить человеку, но не мог, наложенные путы не позволяли ему. А не мог он еще и потому, что его парализовал мир, который он вдруг увидел по-новому. Как только он обрел сознание в подземельях проклятой лаборатории, где его создали из надежд и молитв обиженных верующих, которые жаждали своего бога, он тут же попытался вырваться из плена их отчаяния. Вместо этого он увязал в нем все глубже. Удерживаемые в камерах узники и добровольцы, собравшиеся в подземных каплицах, чувствовали его присутствие и приумножали свои мольбы. Военные ученые накачивали его энергетической путаницей направленной веры, стремясь породить существо, которое станет почти всесильным. Он учился молитвам покинутых верующих и вере людей науки. Он слушал их рационалистические литании, высасывал из сознаний и душ надежду на исполнение заветных желаний о совершенной машине, о боге-механизме, огромном, могущественном и послушном. Страшном и милосердном. Созданном по образу и подобию божества, которое не пришло на Землю, когда отовсюду появилось столько давно поверженных богов. А когда почувствовал, что стал достаточно сильным, он убил их всех и убежал из этого мрачного места.

Он убегал не столько от них, сколько от себя. Он осознавал, кем он точно не был — воплощением их планов, чистым плодом их молитв. Он стал покраком, монстром, неудавшимся экспериментом, еще одним обманом воображения, напрасно материализованным с помощью ужасающей технологии марсиан. Он убежал на зараженные земли, чтобы купаться в их испорченности, напитываться их дикостью, чтобы дойти до безумия и забыть обо всех планах и надеждах, которые на него возлагали. Чтобы забыть о своей тоске по их милосердному оправданию.

Он был еще несформированным, если не считать отчаянной жажды вырваться и сбежать в спокойное безболезненное небытие. Он убивал в моменты, когда им овладевало безумие, медленно теряя индивидуальность и приобретая черты стихии, еще одной хаотичной формы энергии, которой были наполнены зараженные земли. До тех пор пока тот человек не нашел его и не подавил все это одним своим светлым желанием, которое бог разглядел, почувствовав свою младшую сестру в его душе. Поэтому он лежал, побитый, и слушал мужчину, и смотрел на мир иначе, так, как никогда еще не смотрел. Он уже тогда понял то, чего этот мужчина не осознал до сих пор: они связаны навечно, если только он не убьет этого человека. Но он знал также и то, что уже никогда не сможет убить его.

— Ты замахнулся на могущественного человека,— прошептал он много дней спустя, притаившись в тени склада продуктов в Крепости Сов.

— Я знаю, как он добился этого могущества,— пробурчал в ответ Кутшеба.— Сегодня он заплатит за него настоящую цену.

— Тогда идем,— согласился бог, который еще не испытывал свои новые способности, скрытые в его имени. В нем играло любопытство. Хотя он предпочел бы не иметь с человеком той связи, которая родилась между ними на дороге, где пыль смешивалась с кровью, его переполняло то же возбуждение, что и его спутника. Он поддался ему охотнее, чем готов был признать.

Они двинулись вперед, и в ту кровавую ночь Кутшеба крался между домами, забитыми солдатами, а Шулер Судьбы поворачивал течение предназначения таким образом, чтобы случай играл в пользу убийцы. Благодаря опеке бога каждый шорох, который мог выдать Кутшебу, затихал или отвлекал внимание стражников. Игра теней под газовыми лампами и факелами, натыканными вдоль ограждений, сливалась с шагами крадущегося мужчины, а невольное любопытство, пробуждаемое внезапным порывом ветра или обманчивым отзвуком из глубины леса, уводило стражников подальше от человека. Ровно до того момента, как Кутшеба проник в дом генерала Сачевского, героя войны с Вечной Революцией, убил двоих его охранников на первом этаже, убил на ступеньках его разбуженного адъютанта, убил любовницу генерала на втором этаже. А потом сразился с самим генералом, которого напитала могуществом жертва в несколько сотен людей, принесенная им всего два года назад.

Бог, которого тогда накормили с лихвой, с тех пор поддерживал генерала, быстро создавая из него героя. Однако в ту ночь его не было при генерале. И все охранные татуировки, амулеты и талисманы, литании и заклинания, которым бог научил своих самым преданных адептов, ничем ему не помогли, когда перед ним встал мужчина, одержимый жаждой мести. В его душе поселилась тень древней кровавой вражды, а каждый удар усиливало божество, поворачивая судьбу, которая раньше благоволила генералу, против него самого.

— Случилось то, чего я боялся,— понуро сказал Шулер Судьбы, когда они убежали из Крепости Сов и направились во Львов. Лес гудел об их триумфе. Ни один хищник не отважился бы стать у них на пути, от них убегали даже призраки.

— У нас же получилось! — удивился Кутшеба.— Тебе все удалось! И не сбылись твои самые худшие опасения!

— Наоборот,— покачал головой бог.— Сбылись все. Именно потому, что у тебя получилось. Это был первый, правда?

— Это был первый! — восторженно прокричал Кутшеба.

— С этого момента нет пути назад.

* * *

Июнь 1972 года по старому календарю, пятьдесят седьмой год Предела, двадцатый год Мира

— Все еще не хочешь? — спросил Шулер.— Знаю, что не можешь. Но неужели и правда все еще не хочешь бросить это кровопролитие?

— Осталось трое. Трое худших. Ты знаешь, что они проделали это еще дважды? Привели к катастрофе, чтобы накормить смертью своих личных хранителей.

— Так почему они это сделали?

— Потому что боятся меня,— признал Кутшеба.— Я это знаю. Но это их решение. Я не виноват в тех смертях.

— Не виноват,— согласился бог.— Скажи мне, Мирек, почему мне кажется, что этот поход... особенный?

— Мне нужны деньги. И друзья. А тут у меня вдоволь и того и другого.

— Только и всего? Считаешь, что Новаковский поддержит тебя?

— Это может быть ему выгодно. Я играю против его конкурентов.

— Ты не понимаешь марсианина, Мирек. Не следует ему верить.

— Ты слишком много времени просидел в укрытии. Мир меняется. Марсиане стали его частью, они обустраивают свою жизнь здесь.

— И ты считаешь, что они не мечтают вернуться домой? Ты стал глупее Мочки?

— Им домой лететь двести лет.

— Они не стареют. И не умирают, если их не убить.

— Они потеряли все корабли. Они не смогут вернуться. Единственное, что они могут сделать, это поддерживать наше развитие, чтобы мы сами научились строить космические корабли. Тогда, возможно, они вернутся к себе. Но мы будем готовы, если они еще раз захотят нас завоевать. Нет, друг мой, я не боюсь марсиан.

— Что ж... в таком случае хоть людей бойся. Например, тех двоих чужаков, которые пробрались на борт. Мы, кажется, украли эту штуку, правда? Так вот, я думаю, что у наших «зайцев» могут быть недобрые намерения.

— Где их искать?

— Откуда я знаю? Поищи их, Мирек. А я немного помогу твоему везению. Смотри внимательно, и найдешь.

ВТОРОЙ

ГЛАВА 1

Май 1967 года по старому календарю,
пятьдесят второй год Предела,
пятнадцатый год Мира, Краков

Хорошо время от времени вскинуть голову и посмотреть на Вавель, этот замок духов, крепость, которую так и не покорили ни марсиане, ни тени. Взгляд на Вавель наполняет сердца людей уверенностью и смелостью — осталась еще опора, на которую они всегда могут надеяться! Замок, охраняемый духами королей, не заставила сдаться ни одна осада.

Но Кутшеба должен был его взять.

Короли руководствовались собственной моралью, выходящей за рамки понимания обычных людей. Попытайся он убедить их, что не нужно защищать человека, который обрел свою силу и власть благодаря кровавой дани божеству, жаждущему смерти, они бы не прислушались к его аргументам. Хотя хранитель президента Галицийского банка и не был вхож в замок, но стража из людей и демонов окружала этого могущественного человека собственной защитой. Короли же ценили его влиятельность и усилия по укреплению Кракова. Они принимали назначенную цену, даже если речь шла о смерти обычных людей, в том числе жены и детей Кутшебы. Каждый монарх нес свое личное бремя и смотрел на мир по-своему как при жизни, так и после смерти.

— Это невозможно,— отрезал Шулер Судьбы.— Даже с моей помощью. Сила мертвых охраняет стены, по которым днем и ночью ходят патрули живых. Стражники несут караул еще и во внутреннем дворе. А в Воровской башне, где находятся резиденция и сокровищница банка, есть собственные хранители и стражи.

— Я мог бы попасть туда через яму,— предложил Кутшеба.

— Мимо этого зверя? Даже стражники там не ходят, хотя он, кажется, прирученный. У тебя не получится. Там темно и, как ни странно, тесно. Он сожрет тебя. А даже если с моей помощью ты проскочишь мимо него, то он поднимет такой вой, что на выходе тебя будет поджидать вся стража города.

— Я найду способ.

— Подожди, пока он покинет территорию замка.

— Он не покидал ее уже два года. С тех пор, как услышал о смерти первого.

— Ты произвел на них впечатление, Мирек. Но даже ты не доберешься до него в Вавеле. Нужно найти способ выманить его наружу.

Июнь 1972 года по старому календарю,
пятьдесят седьмой год Предела,
двадцатый год Мира

— Вылезайте! — вопил Кутшеба, стоя над одним из двух хранилищ топлива. Оттуда несло бензином, как будто бак был недостаточно плотно закрыт, хотя сопровождающий его Мочка уверял, что это невозможно. Лицо его было при этом невыразительным, насколько Кутшеба мог оценить выражение лица ребенка, который делит душу с демонами.

Как полагал одержимый капитан, которому помогал Шулер, «зайцы» спрятались именно там. Кутшебу сопровождали трое вооруженных членов экипажа, а сам он держал в руке снятый с предохранителя пистолет. Однако он отдавал себе отчет в том, что если безбилетники захотят взорвать дирижабль, то хватит и одной спички. Оставалось надеяться на то, что в этой ситуации Шулер сумеет так распорядиться случаем, чтобы спичка не зажглась или пламя тут же погасло. Они не могли и не очень-то хотели стрелять в таком месте.

— Вылезайте! — повторил он.— Мы знаем, что вы тут. Не портьте мне настроение и не заставляйте лезть за вами.

— Спокойно! Мы выходим! — отозвался громкий низкий голос. Кутшебе он показался знакомым. Когда перед ним возник тот самый лысый великан из предгорского паба, он был совершенно ошарашен — как и все остальные. И так же, как они, инстинктивно отступил на шаг.

Вместе с магией, этой специфической формой энергии, на свет появились и магические существа, среди них — великаны и гиганты. И если гиганты были порождены верой в то, что столетия назад, в золотую эпоху, они правили Землей, то происхождение великанов оставалось неясным, и ученые не переставали об этом спорить. Гиганты достигали в высоту шестого этажа кирпичного дома, а вот великаны были сравнительно небольшого роста, не выше четырех метров. Тот, что проник на «Баторий», относился к великанам среднего роста, около трех с половиной метров, поэтому вынужден был страдать в тесном хранилище для топлива. Несмотря на направленное на него оружие, он потягивался на глазах удивленного экипажа и массировал затекшие мышцы. За его спиной пряталась цыганка, которую Кутшеба тоже видел в пабе.

Времени раздумывать, кого благодарить за непредусмотренных членов команды, не было.

— За борт их! — закричал Мочка.

Великан грозно заворчал, цыганка просипела что-то, напоминающее проклятия.

— Эй! — завопил Кутшеба, становясь между встревоженными людьми Новаковского и нелегальными пассажирами.— Придержи коней, Мочка! Пусть господин Новаковский решает.

— Я здесь капитан! — запетушился одержимый.

— Эта ведьма сейчас нашлет на корабль проклятие. Ты этого хочешь? Бегом за господином Новаковским! И немедленно! А ты, дорогуша, запомни: я прострелю тебе башку, если еще раз услышу такое сипение. Понятно?

Та кивнула и даже попыталась успокоить великана.

— Ты,— Кутшеба указал пальцем на одного из членов экипажа.— Дуй за Яшеком... ну знаешь, за этим бездельником.

Новаковский и Яшек прибыли одновременно. Первый был сильно обеспокоен, а второй, на удивление, счастлив.

— Крушигор! — радостно завопил парень и, пренебрегая мерами безопасности или хотя бы здравым рассудком, бросился на шею великану.— Друг!

Великан заметно подобрел, увидев блондина, обнял его и прижал к большому телу так, что у того аж ребра затрещали. Улыбнулась даже цыганка, выглядывая из-за спины великана.

— Такой уж дар у этого глупца,— вздохнул Кутшеба.— Господин Новаковский, похоже, у нас двое незапланированных членов экипажа.

— Такой балласт? — пискнул Мочка.— За борт их! За борт!

— Давай сначала разберемся с тем, как им удалось обмануть твой суперчувствительный капитанский нюх,— съязвил Кутшеба, наплевав на взгляд одержимого, полный ненависти. Он уже привык, что ему проще приобретать врагов, чем друзей.— Господин Новаковский?

— В мою каюту,— распорядился марсианин.— Сейчас же. Ты, Мочка, вы, господин Кутшеба, и Яшек с друзьями!

* * *

— Мы слишком отдалились от Кракова, чтобы вернуть их домой,— марсианин устроился в приспособленном под его тело кресле и всматривался в Крушигора и его спутницу, прищурив глаза. Он считал, что это придавало его перекроенному лицу выражение сосредоточенности и серьезности, а также подозрительности.— Мы не можем позволить себе терять время и садиться где-нибудь по дороге. Так что у нас два выхода. Или мы прислушаемся к предложению Мочки, или вы докажете мне, что не только не представляете опасности, но и пригодитесь в нашем походе.

— Ну дык...— великан выпятил грудь.

— В том, что вы можете пригодиться, господин Крушигор, я как раз и не сомневаюсь. Меня беспокоят только ваши намерения. Прежде всего объясните, пожалуйста, как вы здесь оказались?

— Я и Крушигор — братья по крови,— отозвался Яшек, опередив всех.— Он меня защищает и всегда знает, где я. Так он меня и нашел. Я никогда раньше не отходил от него далеко... Надо было ему рассказать, что и как, но все так быстро случилось...

— Ты не мог меня предупредить? — прошипел Кутшеба.

— Вы, господин...— парень опустил голову.— Вы плохой человек. Я вас боюсь.

— Вот я и почуял,— прогремел Крушигор,— что с братиком что-то неладно. Мы пришли за ним, но на вашем корабле трудно спрятаться. А еще и времени было мало.

«Баторий», построенный в ангаре неподалеку от поместья марсианина, выкрали в последний момент, когда все участники похода упаковали багаж, а Новаковский объявил, что уезжает, и с помпой поднялся на собственный поезд, который увез его в Перемышль. Неважно, сколько шпионов двинулось за ним, однако все они были удивлены, когда через несколько часов после этого он пересел в дирижабль. Сама кража прошла гладко и без проблем, к огромному разочарованию Яшека.

Их на дрожках привезли под ворота ангара, который находился в перестроенных австрийских фортах под Курганом Крака. Официально это здание не принадлежало Новаковскому, марсианин даже сделал вид, что боролся за него, но проиграл представителям Якубовского, который был убежден, что, занимая помещения по соседству с марсианином, разозлит его. На самом же деле Новаковский охотно позволил противнику одержать эту маленькую победу. Тем охотнее, что в скрытом от любопытных глаз ангаре, замаскированном под склад, и дальше работали его люди. Даже Крак тайно сотрудничал с марсианином, что, очевидно, вовсе не укладывалось в голове радикалов, убежденных, что человеческие боги и герои никогда бы не опустились до союза с чужаком. Но если прежние специалисты сохранили свои рабочие места, то стражники, которые охраняли вход в небольшую фабрику в форте, были наняты новым владельцем. Даже Кутшеба не был уверен, что все не закончится перестрелкой.

Однако Чус, возглавлявший их группу, просто показал документы, из которых следовало, что они были инспекторами из Вены, присланными сюда, чтобы осуществлять положенный контроль. Даже когда дирижабль взлетел, это ни у кого не вызвало беспокойства и только убедило Кутшебу, что стражников марсианин либо купил, либо заколдовал. Они торопливо просматривали документы и отворачивались за мгновение до того, как могли бы заметить, что инструменты «механиков» почему-то имеют дула.

— Как я понимаю, вы, леди, помогали господину Крушигору,— Новаковский обратился к цыганке.— Прошу прощения, я все еще не знаю, как к вам обращаться.

— Сара. Просто Сара, господин Новаковский. Я не знаю родителей, меня воспитали эльфы и волки, прежде чем этот,— она указала на Крушигора,— нашел меня после очередной облавы. Потом меня хотел забрать к себе король табора. Но я не для людей. А он мой брат.

Великан вздохнул, но не как потенциальная машина для убийства, а как влюбленный подросток. Кутшеба, который помнил его поэтические попытки, невольно усмехнулся. Похоже, не о сестринской любви цыганки мечтал Крушигор.

И удивляться тут было нечему. Сколько бы лет ни было Саре, она все еще сохраняла девичью грацию и красоту. Ее черные глаза искрились очарованием, которое не одного мужчину свело с ума, на полных губах блуждала мимолетная улыбка. Она двигалась с изяществом воспитанной среди животных и духов дикарки и излучала таинственную чувственность, характерную для людей, которые много времени провели среди сверхъестественных существ. Одета легко и цветасто, она не скрывала под чепцом густые черные волосы, но собирала их в пучок, который удерживали воткнутые в него амулеты из коры и дерева.

Все ее украшения доказывали, что она выросла в зараженном лесу — многочисленные браслеты и даже сережки были не из серебра и не из золота, а из дерева и камня, как ее научили эльфы и лесные духи. Она, безусловно, владела магией. С ее помощью удалось изменить внешний вид Крушигора, а может, даже сделать его невидимым, благодаря чему они незамеченными прокрались на борт дирижабля, который выкрали люди Новаковского. Кутшеба, однако, помнил, что в пабе она ворожила на картах. Так что магии она училась и у своего племени и, вероятно, была не совсем искренней, когда говорила, что держалась подальше от табора.

Он немного знал об их магии и верованиях. Каких богов они почитали, кого выбирали себе в хранители.

— Твое имя,— спросил он, припоминая кое-что о черной Саре, о которой слышал под Кельце, прежде чем его повесили.— Откуда оно взялось?

— Мне его эльфы дали,— сказала она, глядя на Кутшебу с явной неприязнью.— Они смеялись, а я не знала, означает ли оно что-то. А ты, *муло*, считаешь, что цыгане хуже вас, да? Поэтому обращаешься ко мне на ты.

Мара в нем беспокойно зашевелилась, когда Сара назвала Кутшебу этим странным словом, а цыганка, словно заметив это, испуганно отступила на шаг.

— Яшек правильно сказал. Ты плохой человек,— прошептала она.

«Я вырву ей глаза»,— даже угрозы мара произносила таким соблазнительным тоном, будто все, что было связано со смертью и насилием, было для нее особенно сладостно.

«Не сейчас. Пожалуйста».

Мара мурлыкала внутри него, ластилась. Порой он задумывался, действительно ли смог обуздать ее, не играла ли она с ним и не флиртовала ли каждый раз, когда ему так казалось.

Новаковский счел нужным откашляться. Наверное, он чувствовал и замечал больше, чем люди, поэтому смог ощутить нарастающее неестественное напряжение.

— Если я правильно понимаю, вы, господа, являетесь братьями по крови, а вы, госпожа, связаны с ними чем-то вроде духовного подчинения. Но вы должны понимать, что мне очень импонирует предложение моего капитана.

— Высадите нас на землю, где угодно, хоть в глуши,— прорычал великан.— Только этого и просим.

— Господин Крушигор, выслушайте меня до конца, пожалуйста. Мы не можем сейчас приземлиться. Кроме того, господин Яшек подписал контракт, по которому обязан сопровождать нас в нашей миссии.

— Ты подписал?! — в один голос воскликнули великан и Сара, и каким-то чудесным образом голос у нее оказался громче, чем у великана.

Пристыженный Яшек кивнул, и его друзья побледнели.

— Господин Кутшеба мог бы, конечно, освободить его от контракта...— марсианин сделал паузу, и Кутшеба готов был голову дать на отсечение, что улыбка, которая появилась на его лице, была задумана как злобная.

— Я плохой человек. И не отдам контракт за просто так. Яшек летит с нами.

— Что ж, господа, вы сами все слышали. А что касается вас... Я не привык разбрасываться ресурсами. Если вы согласитесь подписать с нами контракт, то присоединитесь к нашей команде. Если нет, вам придется покинуть борт во время нашего следующего приземления.

— Это где? — пробормотал великан.

— По правде говоря... не знаю. Я бы с радостью вообще не приземлялся. Однако готов поспорить, что нам придется пополнять запасы воды. Где-то за Вековечной Пущей.

Цыганка ойкнула. Яшек повесил голову.

— Тоже мне выбор,— буркнул Крушигор.— Давайте свои бумаги. Только... мы с вами подпишем, а не с ним,— он показал на Кутшебу.

* * *

Май 1967 года по старому календарю,
пятьдесят второй год Предела,
пятнадцатый год Мира, Краков

— Ты им не нравишься,— оценил Шулер. Они сидели над Вислой, в очередной раз уставившись на Вавель по другую сторону реки.

— Такая у меня судьба. Никто меня не любит. Ты тоже. Да я и сам себя не люблю.

— Они могут предать тебя.

— Надеюсь, они для этого слишком корыстны.

Всего полчаса назад они покинули разбойничий притон, полный типов из-под темных звезд, которые представляли всевозможные расы. Эта компания жила на окраинах города, неподалеку от грота, в котором в старые века свои эксперименты проводил чернокнижник Твардовский, пытаясь договориться с дьяволом с местных холмов. Эльфы и более цивилизованные упыри, великаны, а даже несколько гигантов и помеси всех родов — волки-оборотни, медведи-оборотни, чудаки, одержимые, а также обычные, но не слишком уважающие правосудие люди,— все вместе они возвели там свой собственный городок. Краковчане называли его Закшувек, а сами жители — Твардым Градом. Похоже, они ожидали там прибытия знаменитого чародея. Одни верили, что он уже вернулся в ряды живых, реально существующих или призванных к жизни силой воображения душ. Другие пробовали призвать его, веря в него, как в языческого бога, и ожидая, пока энергия их веры материализуется в облике Твардовского.

На окраине этого города, в поместье, которое носило название (а как же иначе?) «Рим», Кутшеба искал себе союзников. Он рыскал среди взломщиков и грабителей, охочих до забавы, среди наемников и охранников и даже среди проклятых душ, которые только и ждали шанса отомстить тем, кто вопреки всему еще мог надеяться на избавление. Наконец он отобрал десяток человек, которые производили впечатление профессионалов.

— Я предлагаю им весьма соблазнительную плату. Достаточную, чтобы купить их верность,— Кутшеба пытался успокоить Шулера.

— Какую же?

— Еще двести лет назад здесь шла война. Часть богачей встала по одну сторону, а часть — по другую. Краков переходил из рук в руки. Был тогда один род... скажем, звали их Чарторыйские, они накопили огромные богатства. Его представители боялись, что все золото и серебро приберет к рукам вторая сторона. Поэтому они отправили агентов, чтобы те вывезли все, что возможно. А эти агенты договорились со сплавщиками. Они спрятали сокровища в полых колодах. К сожалению, сплавщики догадались, какие сокровища попали к ним в руки, и решили присвоить их. Здесь, неподалеку от этой излучины Вислы, произошло столкновение. Победили сплавщики, но они уже не могли уплыть с сокровищами, потому что за ними гнался целый город.

— Утопили их?

— Еще лучше. Спрятали в драконьей яме. У них там были свои контрабандные тайники. Они опорожнили их, наполнили золотом и засыпали камнями. Потом они поубивали друг друга. Так что больше половины сокровищ все еще там.

— А ты откуда это знаешь?

— Ну, я покопался в книгах, поспрашивал людей...

— Вызывал духов?

— Главное — знать, кого вызывать и как сделать так, чтобы они потом убрались восвояси.

— И как их пытать.

— Ты знаешь меня лучше, чем родная мать.

Они минуту помолчали. А потом заговорил бог. Он старался говорить медленно, нарочито спокойно. Но в его голосе все равно слышалось напряжение.

— Хочешь сказать, что ты позарился на золото, проклятое кровью и предательством, спрятанное в драконьей пещере?

— В яме. Ну а в остальном ты прав. Как-то нужно будет отвлечь внимание вавельских стражников...

ГЛАВА 2

Июнь 1972 года по старому календарю,
пятьдесят седьмой год Предела, двадцатый год Мира,
где-то над Вековечной Пущей

Дирижабль выслеживал их уже второй день. Первой его заметила дочь Шулера, которую в честь хранительницы звали Вандой. Она обожала взбираться по канатам, которые соединяли гондолу с воздушным шаром. Экипаж позволял ей это после вмешательства Новаковского, успокоенного заверениями Кутшебы, что Шулер не позволит, чтобы с девчонкой что-то случилось.

Первая вылазка Ванды вызвала панику на борту, которую сразу же подхватили Мочка и Яшек. Мочка первым почувствовал изменения судьбы и забил тревогу, убежденный, что Сара решила устроить диверсию и навела на «Баторий» какое-то тайное проклятие. Яшек же, который отпустил объект воздыхания на время, необходимое для опустошения мочевого пузыря, испугался, увидев девушку, висящую на одном из канатов без всякой страховки. Позвав на помощь, он бросился ее спасать. Его не защищал бог, мухлющий с судьбой, поэтому кончилось всё тем, что Ванда спасала парализованного от страха Яшека под смех экипажа и гнев Крушигора и Сары. С тех пор Крушигор старался не отходить от Яшека ни на шаг, а враждебность между Мочкой и Сарой возросла до уровня почти объявленной войны. Ванду почему-то никто ни в чем не обвинял. Даже Крушигор становился спокойнее в ее присутствии, а Сара, бывало, расчесывала ее волосы и рассказывала предания эльфов и волков.

— Он следует за нами,— Кутшеба не любил сообщать очевидные вещи, но с чего-то надо было начать разговор.— Кто-то может знать цель нашего путешествия?

С мостика они с Новаковским наблюдали за преследователем. Компанию им составлял верный Чус, заменяющий Мочку за штурвалом, а также второй офицер, который проверял системы связи, шепча что-то в микрофон. Его шепот должны были услышать и разобрать бедняги в машинном отделении. Дабы усложнить им задачу, офицер шептал попеременно что-то понятное и полную бессмыслицу, ожидая правильных ответов, тестируя заодно не только технику, но и экипаж.

— Шпионы повсюду,— спокойно ответил марсианин.— В моей профессии, дорогой господин Кутшеба, необходимо считаться с тем, что не удастся сохранить всё в тайне. Бизнес — это война. Однако нет... не думаю, что капитан того дирижабля узнал, куда мы летим. Я подозреваю, что это «Владислав Ягелло», один из дирижаблей, построенных раньше, чем «Баторий».

— Эта группа, про которую вы говорили, построила и другие дирижабли?

— Насколько мне известно, еще три. «Баторий» был четвертым. Это самый современный и самый мощный из них. Очевидно, «Ягелло» послали, когда мое, скажем так, тайное предприятие стало явным.

— А остальные два дирижабля?

— Вы думаете, что и их могут отправить в погоню, чтобы остановить «Баторий»? Как бы там ни было, но это тревожная мысль. Похоже, нам пригодился бы шторм. Жаль, что вы не завербовали в свою команду погодника.

— Будем надеяться, что они тоже в силу нехватки времени никого не успели завербовать. Интересно, а почему, планируя это предприятие, о ком-то таком не позаботились вы.

— К счастью, вы меня недооцениваете. Мочка, которого вы, кажется, не воспринимаете всерьез, носит в себе соответствующую тень. В случае чего спровоцируем бурю, в которой они потеряются. Но не сейчас. Мне интересно, что они задумали.

— Похоже, вы идеально подготовились. Я всё чаще задумываюсь, а зачем на самом деле я вам нужен.

Марсианин медлил с ответом так долго, что Кутшеба понял, что не дождется его. Новаковский, наконец, отвел взгляд от волнующейся под ними Вековечной Пущи — большого организма, пронизанного соединяющимися между собой корнями деревьев, населенных духами; среди деревьев бродили возрожденные туры и огромные зубры, объезженные лесными духами. Пуща начала несколько войн с людьми, которые пытались ограничить ее развитие,— с представителями Галицийской железной дороги и Вечной Революцией. И выиграла их все.

Она заставила людей уважать себя и, вместо того чтобы отступить, завоевывала новые территории, ассимилируя независимые леса и населяя пограничье. Она захватывала мир медленно, но систематично, готовая к войне намного более длительной, нежели жизнь обычного смертного. Где бы ни падали ее рассеянные семена, из них вырастали сильные агрессивные побеги. В занятых Пущей лесах некоторые усиленные магией лишайники сразу же овладевали обычными деревьями и превращали их в солдат Пущи — создания с могущественными кронами, способные сопротивляться ветру и защищенные толстой бронированной корой. Именно они неспокойно волновались, когда на них падала тень «Батория», и тянули ветви к воздушному кораблю. К счастью, гондола проплывала высоко над ними, до нее не долетали даже семена, выстреливаемые словно снаряды. Пуща гневалась, напрягала силы, однако ничего не могла сделать.

Кутшебе пришло в голову, что когда человечество полностью завоюет небо, забросанная бомбами с огромной высоты Вековечная Пуща может все же проиграть войну. С другой стороны, кто знает, как тогда поведут себя обитающие в ней демоны? Возможно, сейчас они не атаковали «Баторий» только потому, что посчитали его неопасным непрошеным гостем.

— Вы — мой план «Б», господин Кутшеба,— наконец сказал Новаковский.— А может, и план «А», который сейчас я заменил планом «Б». Ведь я все планировал иначе, я не собирался угонять «Баторий». Однако я узнал, что мои сообщники рассекретили меня и намеревались присвоить дирижабль раньше, чем это сделаю я. Я опередил их, по ходу дела меняя и свои планы. Можете мне поверить, я сам не очень-то этому рад. Я хотел уехать из Кракова тайком и путать следы так долго, как только это будет возможно.

А теперь у меня нет времени на такие тонкости. Если что-то пойдет не так, вы можете оказаться очень нужным. Знаете, вы, люди, научили нашу расу тому, что даже самые совершенные планы могут пойти прахом в считаные секунды.

— Неужели мы так вам насолили?

Марсианин усмехнулся, казалось, ему действительно было грустно. Он вспомнил о человеческих обычаях и покачал головой.

— Пожалуйста, попытайтесь представить себе мою цивилизацию такой, какой она была. Мы достигли такого уровня технологического развития, которого вам не видать еще несколько столетий. Мы изменяли наши тела, опираясь на биологию, поддерживаемую мощнейшими технологиями. В наших телах работали и до сих пор работают миниатюрные механизмы, которые способны участвовать в построении клеток и даже анализировать и корректировать их недостатки... Как это называется на человеческом языке?

— Не старайтесь. Я все равно не понимаю. Удивительно, что я вообще знаю, что такое «клетка».

— Представьте себе, что человеческое тело — это рассказ, написанный химией. Мы все: и марсиане, и люди — являем собой историю, рассказанную атомами. То, кем вы являетесь, как вы стареете, записано в химическом алфавите. Мы смогли в него вмешаться и модифицировать самих себя. Мы заменили слепую эволюцию. Вы знаете, что такое эволюция?

— Что-то, что происходило здесь, пока вы не прибыли?

— Это происходит и сейчас, хотя в данный момент действительно в несколько специфических условиях.

Даже по сравнению с божественным вмешательством эволюция имеет первоочередное значение, можете мне поверить. Вот только заметить и оценить это мы сможем лет через двести, может триста, если энергики будут менять мир в таком же темпе. По сути то, что происходит сейчас на Земле, можно считать масштабным экспериментом.

— Огромное вам спасибо, что понизили меня до роли крысы в лабиринте.

— Вы правы, меня занесло. В нашем мире даже мы, солдаты, считали себя своего рода учеными. Мы подвергали себя модификациям в зависимости от наших социальных функций. Мы бесконечно самосовершенствовались. Будучи биомеханическими существами, мы оставались на постоянной связи с мощными вычислительными машинами, возможности которых вы не в состоянии себе представить. Наш мир был понятным и упорядоченным, даже случайность мы умели вплетать в процесс развития. Очередные планеты и расы включались в нашу цивилизацию запланированно, без малейшего риска. А потом мы прилетели на Землю, и все посыпалось. Мы встречали воинственные расы, развитые гораздо лучше вас, но ни одна настолько нас не удивила. Впервые наше самое совершенное оружие было обращено против нас.

— Но ни на одну расу вы не нападали в разгар самой жестокой войны в ее истории, правда?

— Нам следовало проявить терпение,— вздохнул марсианин.— Подождать, пока вы закончите. Но вы сжигали столько эмоций, из которых можно было черпать энергию! Вся эта война была бездарной тратой энергии. К тому же, не зная вас настолько хорошо, как сейчас, мы не могли понять, за что на самом деле вы так сражаетесь. Одна из самых популярных у нас теорий гласила, что вы осведомлены о понятии эмоциональной энергии и энергии веры, но не умеете их использовать, поэтому устраиваете кровавые игрища, чтобы вас не уничтожил переизбыток этой энергии. Вас, наверное, забавляет наше тогдашнее невежество?

— Вы знаете, если задуматься,— Кутшеба скривился,— не такое уж глупое объяснение для той войны.

* * *

В ту ночь ему снилась старая война, которая положила конец эпохе технологий.

Он не мог сказать, к какой армии и национальности принадлежал. Все вокруг говорили вроде бы на польском, но существовала ли тогда армия, где бы не было поляков? Невозможно было разобрать цвета и нашивки покрытых грязью и пылью мундиров. Солдаты сидели в окопах, стараясь не высовывать головы над укреплениями. Шел дождь.

Тяжелые капли падали на землю, превращаясь в грязь, забрызгивая солдатские головы и стекая им за воротники. Уставшие мокрые мужчины сидели на корточках в увеличивающихся с каждым мгновением лужах и, если только им хватало сил, ругались на чем свет стоит. Кутшеба понял, что окружающие его люди носят шлемы разных форм: одни как перевернутые миски, другие — смешные, огромные и тяжелые, с шипами, третьи напоминали кастрюли. То ли его товарищи по оружию забавлялись коллекционированием обмундирования и вооружения противников, то ли в окопе собрались поляки из всех воюющих друг с другом армий. Он жалел, что многого не знал о Великой войне. Не различал шлемы и мундиры. Однако предполагал, что грязные истощенные солдаты могли остаться после очередной битвы и спрятаться в первом попавшемся укрытии с припасами, которые не слишком отличались друг от друга. Они были простужены, напуганы, голодны и так облеплены землей, что больше напоминали големов, нежели людей.

А может, это и были големы, и Кутшеба в своем сне стал одним из них? В первые годы войны големов не использовали, но уже в 1920-м, кажется, да.

— Есть сигареты, Мирек? — спросил кто-то из-за спины.— Должны же быть. У тебя всегда остаются какие-то запасы.

— У меня есть немного табака. Но как ты собираешься курить в такой ливень? — Кутшеба повернулся, чтобы передать влажный сверток солдату, лицо которого казалось незнакомым.

— У меня свои методы,— усмехнулся тот, однако больше не успел ничего сказать, так как в тот же миг их оглушил ужасающий свист летящего снаряда.

— Стреляют раньше времени, сволочи! — завопил кто-то незнакомый, закрывая уши руками.

Удар был таким мощным, что взрывная волна сбила Кутшебу с ног, и он упал в лужу. Часть окопа осыпалась, и он испуганно вскочил на ноги, чтобы его не завалило.

— Осечка,— хихикнул кто-то из солдат.— Не взорвалось!

— Как? Трясло же! — не согласился Кутшеба. Он осторожно выглянул из окопа.

Больше снарядов не последовало, не было слышно оглушающего артиллерийского обстрела, пушки на стороне врага молчали.

— Наверное, случайно пальнули,— оценил солдат и в тот же миг заметил, что в двадцати метрах от него на нейтральной территории что-то зашевелилось.— Подождите! Там что-то есть!

— Спрячь голову,— посоветовал тот, которого он угостил табаком.— Эти скоты специально целятся мимо, чтобы мы высовывались под пули их снайперов.

Кутшеба инстинктивно послушался. Любопытство, однако, не давало ему покоя. Он снова высунулся. Это ведь только сон!

Что-то выползало из-под земли.

Длинные, двухметровые механические плечи, которые заканчивались трехпалой ладонью, вбивались в промокший грунт. Уже появились второе и третье такое же. Конечности напряглись, задрожали и с громким чмоканьем вырвали из земли темное яйцо снаряда величиной с автомобиль.

— Парни! — закричал Кутшеба.— Такого вы еще не видели!

— Сваливаем отсюда! — рядом замаячила голова солдата. К удивлению Кутшебы, ему действительно каким-то чудом удалось прикурить сигарету.— Это полная херня... Машина апокалипсиса!

— Никто никуда не сваливает! — прогремел резкий, решительный голос сзади. Наверное, он принадлежал офицеру или самозваному герою.— Что бы это ни было, мы выстоим. Мы побывали не в одном аду, переживем и этот!

Кутшеба и его компаньон-чудотворец обменялись обреченными взглядами.

— Как только его пристрелят, я сваливаю! — буркнул чудотворец.— Мать твою... оно на нас прет!

Из яйца, стоящего на механических плечах, выдвинулись три ноги. Существо осторожно двинулось на окоп Кутшебы. Оно шло медленно, его ноги проваливались глубоко в грязь, однако ему удавалось удерживать равновесие. На вершине яйца выросло нечто вроде головы — овальный блестящий отросток, в центре которого светился вражеский красный глаз.

— Товарищ полковник! — закричал кто-то.— Посмотрите на это! Это на самом деле очень странно.

Полковник посмотрел.

— Это, наверное, их новые танки,— он по-своему оценил ситуацию.— Какой-то прототип. Ну и чертовщина. Разнесем его гранатами.

В следующую секунду ему снесло полголовы. Острый красный свет выстрелил из глаза «прототипа танка» и отсек верхнюю часть черепа полковника. Офицер еще мгновение стоял на ногах, держа возле глаз бинокль, как будто не обращая внимания на отсутствие значительной части собственного мозга. Только когда солдаты начали кричать от страха, до него словно дошла весть о смерти — он упал на колени и уткнулся ополовиненным лбом в край окопа.

— Охренеть! — закричал чудотворец.— А я говорил, сваливаем!

Однако он благоразумно не выскочил из окопа, а понесся по лабиринту его коридоров, проталкиваясь между солдатами. Некоторые последовали его примеру. Другие же вжимались в лужи или наоборот — высунулись и начали обстреливать нападающего. Кто-то вспомнил слова полковника и швырнул в яйцо гранату. Та отскочила от бронированного корпуса и взорвалась где-то между тремя механическими ногами, не причинив им никакого вреда.

Тогда-то и выяснилось, что у яйца были друзья. Из-за пелены дождя показались еще три похожих чудища, которые сразу же открыли огонь. Они стреляли не только красными лучами смерти, но и автоматными очередями, прошивающими жертв, которые предприняли тщетную попытку задержать новое оружие. Кутшеба прятался от свистевших рядом пуль. Он перезаряжал карабин и снова стрелял — как он быстро понял — в марсианина. Хоть он и осознавал, что спит, все равно боялся иллюзии смерти.

Неудержимые марсиане ломились вперед на своих трех ногах, им почти удалось достичь линии окопов. Тогда за дело взялась, наконец, артиллерия. Полетели первые снаряды, засыпая марсиан только землей. После третьего залпа артиллеристы пристрелялись, и одно из яиц зашаталось, когда снаряд взорвался на его ноге, изогнув ее и обездвижив. Хромающий марсианин стал легкой мишенью, и артиллерийский огонь сосредоточился на нем.

Кутшеба никогда не видел ничего подобного. На треногу обрушился шквал огня. Марсианин метался под взрывами снарядов, огонь ослеплял его, поэтому он начал в панике стрелять во все стороны, убивая людей, но и раня собственных товарищей. Несмотря ни на что, он все еще стоял вертикально, выдерживая даже прямые попадания. Когда один из снарядов уничтожил купол яйца, тренога издала страшный, протяжный писк и свалилась в изрытую снарядами грязь. Еще какое-то время артиллеристы забрасывали его снарядами, пока не перевели огонь на другие цели.

Ошеломленный, дрожа от возбуждения, Кутшеба выбрался из окопа и осторожно подкрался к марсианину.

Не считая оторванной «головы» и искореженных плеч и ног, броня марсианина оказалась нетронутой. Кутшеба обошел его в поисках места, в которое мог бы просунуть дуло карабина, чтобы добить. Когда он приблизился к его «голове», изнутри на него кинулось склизкое белое щупальце. Он отшвырнул его прикладом, быстро нашел щель, засунул туда дуло и выстрелил. Изнутри послышался болезненный писк. Тренога задрожала.

Кутшеба заметил еще одно щупальце, которое медленно двигалось к нему, как будто из последних сил. Он затоптал его, перезарядил оружие и выстрелил. Снова перезарядил, снова сунул дуло внутрь и снова выстрелил. Он поступал так до тех пор, пока у него не закончились патроны. Тогда он втиснул приклад в щель, стараясь расширить ее. Когда у него не получилось, он засунул в середину гранату и спрятался в одной из многочисленных воронок, образовавшихся после артобстрела.

Он вернулся, сжимая штык. Взрыв разнес броню изнутри, и перед взглядом Кутшебы предстал один из первых прибывших на Землю марсиан.

Он был белый как мел, будто его кожа никогда не видела солнечных лучей. Он был еще жив. Попискивал, дрожал, залитый зеленой жидкостью, сочащейся из ран. Он все еще был в сознании. Увидев приближающегося Кутшебу, он издал жалобный писк и попытался дотянуться до человека одним из щупальцев. А когда ему это не удалось, он открыл ротовое отверстие, напоминающее клюв, и плюнул в человека вонючей слизью. Кутшебе удалось увернуться, и плевок упал на землю, пузырясь, словно кислота, и въедаясь в грунт.

Марсианину не хватило сил на вторую атаку. С ненавистью всматриваясь в Кутшебу тремя красными глазами, он что-то пищал и свистел, пока не умер.

— ВОТ ВАШ СОЮЗНИК И РАБОТОДАТЕЛЬ,— услышал зычный человеческий голос Кутшеба.— ВЫ НА НЕГО РАБОТАЕТЕ! НА УЖАСНОГО ИЗВЕЧНОГО ВРАГА ВСЕЙ ЧЕЛОВЕЧЕСКОЙ РАСЫ! ВЫ ДЕЙСТВИТЕЛЬНО ХОТИТЕ БЫТЬ ПРЕДАТЕЛЯМИ?

Кутшеба неожиданно осознал, что его окружили все оставшиеся в живых треноги. Парализованный от страха, он смотрел, как они прицеливаются размещенным в «головах» оружием.

— МАРСИАНЕ НЕ ЗНАЮТ МИЛОСЕРДИЯ. ДЛЯ НИХ МЫ ТОЛЬКО ПУШЕЧНОЕ МЯСО,— сообщил голос, и красный луч оборвал его сон.

Он резко сел на кровати. Быстро включил одну из электрических ламп, установленных в каютах «Батория». В городах все еще использовали масляное освещение, однако Новаковский хотел избежать даже малейшего риска пожара на борту.

Кутшеба делил каюту с Грабинским и Яшеком. Бывший работник железных дорог тоже не спал. Он дрожащими пальцами отвинчивал крышку бутылки, которая всегда была у него под рукой. Яшек же метался на кровати, зовя на помощь мамочку, Крушигора и всех святых хранителей. Наконец и его сон прервался, и парень проснулся с криком.

— Дайте угадаю, вам снилась Великая война и десант марсиан? — догадался Кутшеба.

Грабинский кивнул, не отрываясь от бутылки. Зато Яшек забросал его подробностями из своего сна, которые не слишком отличались от того, что снилось самому Кутшебе и, наверное, большинству людей на борту.

— Что это значит, господин? — простонал, наконец, Яшек.— Какие призраки к нам подобрались?

— Ко мне не могут подобраться призраки, парень. Так что не бойся. Это никакой не демон.

— Тогда что все это значит, господин?

— Это значит,— чавкая от удовольствия, ответил ему Грабинский,— что на борту «Ягелло» есть чародей. И эта зараза пихает нам в сны такую пропаганду.

— И что делать?

— Завтра Новаковский, очевидно, скажет нам, что Мочка сможет нас защитить,— зевнул Кутшеба.— А сегодня? Либо нам придется провести несколько бессонных часов, либо видеть один и тот же сон по кругу.

— А еще можно напиться,— Грабинский подсунул Кутшебе очередную бутылку, добытую из-под кровати.— Человек не видит снов, когда порядочно напьется.

Кутшеба отказался. Яшек же вырвал у него бутылку и присосался к ней. Он опустошил ее чуть ли не до половины и через несколько минут уже захрапел на своей койке.

— Завидую я ему, он может так простодушно спать,— улыбнулся Грабинский, глядя на парня.— А не сильно-то он испугался чародея на другом дирижабле. А ведь это серьезная вещь. Чародеи гребут большие бабки, не всякий их наймет. Как думаешь, Мирек, наш босс все тебе рассказал про это дело?

— Он в основном вспоминает, как хорошо ему было летать в космосе и завоевывать другие расы, которые оказались не настолько глупы, чтобы сопротивляться. Думаю, если он украл дирижабль у настроенных против марсиан радикалов, то они таки могли на него разозлиться.

— А ты не задумываешься время от времени... может, они правы?

— Человечестволюбцы? Нет, я никогда об этом не задумывался. Не путай меня с теми, кто лучше и умнее. У меня тут своя работа, только и всего. Мир — это то, что происходит вокруг.

— Когда-то ты отомстишь, Мирек. И тогда мир вокруг тебя обретет значение.

— Может. А может, после всего я просто умру? Знаешь, я всякого начитался и наслушался о мести. Я читал о вражде и вендетте, дошел до албанского селянина, который рассказал мне о «Кануне Леки Дукаджини» [1]... Месть — это печальная история. Всегда один и тот же конец.

— Какой? — не выдержал наконец Грабинский.

— Когда закончишь свое дело, кто-то пойдет по твоему пути.

---

[1] *«Канун Леки Дукаджини»* — свод правил, своеобразный закон, введенный албанским князем Лекой III Дукаджини в XV веке, который позволял албанцам жить по патриархальному укладу и давал право свершать кровную месть между кланами.

ГЛАВА 3

Май 1967 года по старому календарю,
пятьдесят второй год Предела,
пятнадцатый год Мира, Краков

Кто-то следил за ними. Небольшой и ловкий, с каменной фактурой кожи, цвет которой идеально сливался со все сильнее выцветающими фасадами каменных домов. Такое обесцвечивание было характерно не только для Кракова — так происходило в большинстве городов, хотя порой случалось, прежде всего на юге Европы и, похоже, в Азии, что жители выходили на улицы, чтобы разукрашивать дома во все доступные цвета. Когда им не хватало красок, они использовали фрукты, лоскуты цветных тканей и даже целые тюки цветных полотен, украденные у портных. Бывало, использовали и кровь — животных или даже людей. Эти южные причуды были непонятны жителям севера и территорий, удаленных от Средиземного моря. Так что большинство европейских городов серело, причем только потому, что сложно было найти людей, чувствовавших себя ответственными за весь район. Разумеется, существовали городские советы, бургомистры и президенты пыжились в своих кабинетах и на публичных выступлениях, функционировали целые клубы меценатов и президентов местных сообществ, которые так и светились чувством высшей цели. Тем не менее мало кто смотрел на город как на нечто целостное.

Не было необходимости укреплять отношения между жителями, так как они и без того были сплочены самыми прочными из всех возможных уз — желанием выжить в диком, враждебном мире. За душами-стражами и заговоренными валами бушевал новый хаотичный мир, полный существ, готовых использовать любой шанс, чтобы ворваться на охраняемые территории и раскрасить улицы и дома по-своему. Этот вечно бдящий, притаившийся неподалеку кошмар заставлял людей сосредотачиваться прежде всего на самом важном — на выживании. Даже искусство было лишено своей безмятежной независимости. Художники отложили поиски Абсолюта на потом, все свое мастерство направляя на произведения, призванные дарить безопасность им и их клиентам.

И хотя дома в городах напоминали неопрятных старцев, их стены были расписаны литаниями охранных заклинаний, каждая скрипящая ступенька на лестничной клетке была оснащена собственными защитными кругами, охранялись также окна и крыши, камины и пороги. Под фасадами ветхих зданий скрывались настоящие крепости.

Поскольку преследующее Кутшебу нечеловеческое создание скользило по карнизам и крышам так, будто никаких охранных заклинаний вообще не было, то оно не могло прийти снаружи. Должно быть, это был кто-то из местных демонов, которых жители Кракова приняли, а может, и создали сами.

Кутшеба ни за что бы его не заметил, если бы не Шулер. Он почувствовал тревогу с первого же момента, когда утром вышел из арендованного на Казимеже жилья. Он отдавал себе отчет, что именно мара одарила его умением ощущать опасность. Однако он не сумел установить ее причину. Шулер тайком указал ему на голема, преследующего их на высоте крыш, который был ненамного больше голубя, а по форме напоминал охранных горгулий Кракова. Глаза Шулера не видели света, закрывшись навсегда в то мгновение, когда Кутшеба пленил его, однако бог видел мир многими другими, более совершенными способами.

— Они до сих пор тебе не верят,— прошептал он.— Не помог тебе тот совет.

* * *

— Подбросим бестии барана,— предложил гном, который только вчера вечером прибыл из немецкой губернии Республики Наций и требовал, чтобы к нему обращались «герр Кунтц».— Пропитаем мясо усыпляющими чарами, он свалится на целых два дня.

То, что убивать дракона ни в коем случае нельзя, было понятно каждому. Все живое и вся нежить кинулась бы тогда по их следам, соблазнившись наградой, объявленной за головы убийц святого охранника города.

— Дурак.— Радослав Дунько, рыжеволосый вор, хвастающийся тем, что в его жилах течет исключительно чистая человеческая кровь, цвиркнул слюной, демонстрируя великолепную технику. Утяжеленная табаком капля нацеливалась в гнома не для того, чтобы попасть в него, а только чтобы шмякнуться на пол между его босыми ногами. Герр Кунтц скверно выругался с ломаным акцентом и инстинктивно отшатнулся. Дунько отвратительно оскалил свои даже не желтые, а уже коричневые зубы.— Дракон жрет только то, что приносит ему краковская стража. Овец, баранов, а по воскресеньям коров. Все отобранное и откормленное городом, ритуально очищенное. К другой жрачке он не прикоснется.

— Ты что, такой умный? Господин Океанский,— гном обратился к Кутшебе по фамилии, которую тот взял на время операции,— я видел разных драконов, и все они были глупее курицы. Ведь известно, что курица — самое тупое существо на свете.

— После гномов,— бросил Дунько, и, если бы не своевременное вмешательство Якуба Шимана, совет, проходивший на одном из предгорских чердаков, закончился бы дракой, а может, и кровопролитием, так как гном уже потянулся за последним аргументом — спрятанной под шапкой бритвой.

Этот спокойный казимежский ремесленник имел привычку привлекать внимание совсем иначе, незаметно и тонко — многозначительно откашливаясь. Если учесть невзрачную внешность Шимана, его кашель, тихий, почти несмелый, производил действительно поразительный эффект — от него утихали даже самые жаркие и громкие споры. А все благодаря эху. Когда Шиман вздыхал, из тени отвечал ему таким же вздохом гул начинающейся бури. Это был ответ одного из подопечных горшечного мастера, который, помимо прекрасной посуды, изготавливал также едва ли не лучших во всей Галиции големов, которые уступали искусностью только лежайской мануфактуре и творениям мастера из Праги.

— Господа,— прошептал Шиман, и все навострили уши не только из уважения к силе любимчика гончара, но и чтобы услышать, что этот человек, считавшийся мудрецом, хотел сказать.— Дракон Полак не ест несвежее и чужое мясо. Совет города позаботился об этом, учтя легенду, которая повествует о его любви к фаршированной баранине. Мы должны найти другой способ.

— А ваш голем? — предпринял попытку Кунтц.— Он бы справился с бестией?

— Может, дюжина големов и смогла бы противостоять дракону,— Шиман покачал головой,— но я не знаю, не убьют ли они его. А даже если и так, часть из них он растопчет, и тогда следы могут привести ко мне.

— Ну хорошо, зверь жрет только мясо из города,— не сдавался Кунтц.— Не верится мне, что он такой уж чувствительный. Тогда давайте подбросим ему девственницу, фаршированную магией или наркотиком.

— Не притронется,— оборвал его Кутшеба, хотя он и не был уверен. Просто сама идея подсовывать дракону девственницу ему совсем не понравилась.

— Нет, ну в это я точно не поверю! — запротестовал Кунтц.— Все драконы с ума сходят от одного только запаха бабской киски! Господин Океанский, этот ваш дракон гомик, что ли? Так мы ему быстро найдем девственника!

— Этот наш дракон,— медленно ответил Кутшеба,— заключил специальный договор с Советом города и не нарушает его. Я знаю,— он поднял руку, сдерживая протест гнома,— драконы глупые. Все, герр Кунтц, но не этот. Этот мудрый.

Гном фыркнул. Он хотел еще что-то сказать, но Шиман не позволил ему открыть рот.

— Вы знаете, герр Кунтц, что такое чакра? — спросил он и продолжил, не ожидая ответа: — Это такой святой камень. Мудрецы на востоке говорят, что такие камни есть в семи святых местах на Земле. Один из них лежит под Вавелем. Испокон веков сюда приезжают из Индии, чтобы погреться в его лучах. Был ли он здесь до года Предела, я не знаю. Но мне известно, что с тех времен, как все изменилось, этот камень находится в какой-то вавельской скале и излучает энергию. Мудрость. Даже вавельские кирпичи имеют свой разум, герр Кунтц. Даже дома здесь мыслят. А Колокол, так тот вообще философствует, и профессура университета лишается чувств, когда его слышит. Так что прикинь, герр Кунтц, как от этой чакры мог поумнеть дракон. К сожалению, он очень умный и провести его будет нелегко.

— Чакра-сракра,— буркнул разозленный герр Кунтц, но больше не отрицал драконьей мудрости.— Так что расходимся по домам и забываем об этом деле?

— Что-то придумаем,— остановил его Кутшеба.— Ко всему можно найти подход.

* * *

Июнь 1972 года по старому календарю,
пятьдесят седьмой год Предела, двадцатый год Мира,
где-то над Вековечной Пущей

— Я не знаю, что делать с этим чародеем,— побеспокоил Новаковский Кутшебу.— Признаюсь, появления такого противника я не предвидел. Я могу защититься от магических снарядов, чародейских изменений погоды и проклятий, но не от кошмаров. Мы, марсиане, не видим снов и, очевидно, мало внимания уделяем человеческим снам. Те, с «Ягелло», это знали.

— Раз уж мы об этом заговорили... Что вам о них известно? Насколько они могут быть опасны?

— А что вам известно о человечестволюбцах?

— Что они охотно отослали бы вас обратно на Марс, а то и подальше. Что те, кто поумнее, берут с вас пример и, вместо того, чтобы вести партизанскую войну, вкладывают украденные поколение назад деньги в развитие технологий. Что одним из их мудрейших лидеров является Генрик Якубовский, президент Галицийских железных дорог, сенатор Республики Наций, глава Польской независимой партии. Важная персона, которая может себе позволить строительство флота дирижаблей то ли из своего кармана, то ли в рамках инвестиций ГЖД. Вы обокрали Галицийские железные дороги, господин Новаковский? Если так, то вам лучше переезжать на Марс, и как можно быстрее.

— Можете мне поверить, я не крал ничего у Железных дорог. Я, может, и из космоса, но не сумасшедший.

— Так что, те дирижабли — это личная инициатива?

— Не совсем. ПНП действительно приложила к этому руку. Якубовский не вкладывался в производство самостоятельно. Как вам известно, сенат Республики Наций — это, как и сама Республика, фасадная организация. Галицийские железные дороги, как и большинство других корпораций, не придают большого значения договорам, которые подписывают с правительством Республики. Но совсем другое дело — договоры между корпорациями. Пять лет назад Галицийские железные дороги, Европейский транспорт, «Роллс-Ройс» и «Шкода» подписали договор о взаимном сотрудничестве в сфере покорения неба. С тех пор они ведут совместную работу над созданием аэропланов и дирижаблей. Во всяком случае, официально. Потому что неофициально каждая из сторон старается опередить своих так называемых союзников. «Баторий» и его братья — это результат такой неофициальной, и даже нелегальной, деятельности. Официально созданию дирижаблей содействовали также князь Тадеуш Радзивилл и граф Юзеф Костюшко, оба несколько... эксцентричные личности, аристократы, достаточно богатые, чтобы позволить себе такие игрушки, как собственный воздушный флот. Прикрытием им послужила подготовка атаки на Вечную Революцию, на территории которой отыскалась часть земель, принадлежавших ранее Радзивиллам. Но Якубовский очень хотел получить фору в соперничестве со своими партнерами.

— Украв «Баторий», вы ударили по амбициям Якубовского, но одновременно задели и человечестволюбцев. Прекрасно.

— Это было неумышленно. Раздраженный Якубовский внимательнее присмотрится ко всем своим проектам и, быть может, узнает, что я участвовал в некоторых из них. Несмотря на это, время меня поджимало. Но ему и правда придется объясниться со своими партнерами, а тот факт, что он позволил мне войти в игру, ослабит его позиции. Это будет на руку

Европейскому транспорту, а директора этой компании промарсианские.

— А ведь это должен был быть обычный поход за сокровищем!

— Мы найдем сокровища, господин Кутшеба. Уверяю вас, мы их найдем. Большие и прекрасные.

* * *

Не получив помощи от марсианина, Кутшеба пошел к Яшеку, который неумело пытался поговорить с Вандой. Девушка игнорировала своего обожателя, опасно перегнувшись через борт, чтобы как можно лучше рассмотреть Вековечную Пущу.

— Дуб! — прокричала она, заметив исключительно интересное дерево.— Тысячелетний дуб. Это уже прямо Господин Дуб. Здравствуй, Господин Дуб!

— Я мог бы поговорить с птицами, которые на нем сидят,— пробормотал Яшек. Когда девушка повернулась к нему, он покраснел и неуверенно закончил: — То есть если бы они сюда прилетели. Может, вы, госпожа, могли бы сюда кого-то позвать?

— Я не умею с ними разговаривать,— с сожалением ответила девушка и снова перегнулась через борт, чтобы давать имена новым деревьям и духам. Все время живя с богом, она, видимо, не боялась никаких демонов и чудовищ. Кутшеба взял себе на заметку, что о ней стоит серьезно поговорить с Шулером. До сих пор на все вопросы о Ванде бог выкручивался и быстро менял тему.

— Ну и госпожа...— прошептал парень.— Такая красивая! Такая мудрая! Такая добродетельная!

Сидящий за его спиной Крушигор весело посмеивался. Но Яшека это ни капли не беспокоило.

— А вы, господин, не знаете, как привлечь благосклонность такой госпожи? — выпытывал Яшек у Кутшебы, когда тот оттащил его в сторону.— Вы же много где в мире бывали. Я только знаю, что, если бы я ей чем-то помог, она бы увидела во мне удалого парня и полюбила. Но ей не нужна помощь, и я совсем не знаю, что делать.

— А твоя цыганка не может тебе помочь?

— Такой помощи я не хочу! — резко выпрямился парень.— Это должна быть настоящая любовь! К тому же Сара боится ее отца,— добавил он тише.

Кутшебу тронула его стеснительность. Отдавая себе отчет, что, быть может, сейчас он просто поддается дарованию паренька, он обнял его за плечи и повел к каюте, в которой с трудом разместили великана и цыганку.

— Может, я и помогу тебе, Яшек. Но ты знаешь правила. Сначала ты должен помочь мне. Пойдем поговорим с твоей смуглой приятельницей.

— Но я же говорил, что не хочу волшебства!

— А мы будем говорить не о твоих любовных переживаниях, сынок, а только о твоих кошмарах.

За ними следом, сотрясая палубу, шел Крушигор. Люди, проходящие мимо него, смотрели на великана с беспокойством и плохо скрываемой враждебностью. Великан мог нечаянно вызвать поломку, а то и катастрофу дирижабля. Мочка уговаривал его не покидать каюту и как можно меньше двигаться, но Крушигор не слушал его: он беспокоился о Яшеке, а с другой стороны, недолюбливал капитана. Однако он вполне сознавал, какой он тяжелый, поэтому старался двигаться осторожно и делать маленькие шаги. Только в присутствии Мочки он демонстративно топал, как будто хотел проверить, выдержит ли палуба.

— Тот второй корабль,— отозвался он вдруг.— Я к вам обращаюсь, господин плохой человек, вам же нравится, когда вас так называют. Чувствую, мы еще от него натерпимся.

— Может, ты тогда и пригодишься, великан. Разнообразия ради.

— Язвите себе, язвите. Я жизнь повидал. Натерпимся мы от него. Эх, кабы вы с Яшеком контракт разорвали, я бы согласился его заменить.

— Не справишься. У вас разные силы. Не судьба, великан.

— Плохой вы человек.

— Плохие сейчас в цене. Да и тебя к святым не причислишь. У тебя свое проклятие. Не перечь, я его чувствую.

— Как и я ваше. Могу рассказать, что мне приходится скрывать. Я тоже когда-то был плохим. Мы с Железным Марчином ходили по домам и не щадили никого — ни людей, ни нелюдей. Пока однажды нас не настигли стражники Железных дорог. Марчин тогда решил, что с него хватит ходить без протекции, и отправился искать могущественного покровителя.

— И нашел,— перебил его Кутшеба.

— Да, слыхал. Но у нового господина не вспомнил он про старого друга. А, впрочем, чего уж там... Я бы и так не пошел. Я ценил запах свободы. Я грабил, как и раньше, пока не позарился на одинокую цыганку. Что я себе задумал, вам даже не буду говорить, но, когда она уже была у меня в руках, она меня заговорила.

— Сара?

— Да, она.

— И сейчас ты вынужден ей служить?

— Я никому не служу! — инстинктивно запротестовал великан.— Она на меня чары навела. Сильные.

— Ты любишь ее,— догадался Кутшеба, вспоминая бесполезные поэтические декламации великана в предгорском пабе.— Ну она тебя и обставила.

Крушигор только заворчал в ответ и больше не подавал голос.

— Пусть тебе эта твоя темная защищает сны,— только и буркнула Сара, когда они вошли в каюту, и сплюнула через левое плечо.— Я к тебе не притронусь. Ты проклят.

— Речь идет не о моих снах, а обо всем экипаже. О том самом, которому ты обещала помогать.

— Я ничего не знаю о снах!

— Так расскажи, что знаешь. Может, что-то придумаем.

— Скажи мне,— в голосе Сары неожиданно зазвучало спокойствие с легкими соблазнительными нотками,— почему ты служишь марсианину? Почему тебе с ним по пути? Я всего не знаю, но ведь вижу, что тебя другой путь зовет. Не лучше ли тебе свернуть на него? Я бы даже помогла тебе, потому что ты принесешь несчастье этому кораблю и этому походу.

— Сны, Сара. Меня интересуют сны экипажа, и пусть тебя они тоже заинтересуют. Против Новаковского команда не пойдет, во всяком случае не сразу. Но они суеверные люди. Как ты думаешь, насколько быстро они придут к выводу, что все плохое, что с ними происходит,— это вина цыганки? Займись-ка их снами, Сара. Для твоего же блага. Верю, что ты найдешь способ.

— Может, и найду! — пробормотала она.— Но к тебе даже не прикоснусь! Смотри свои кошмары и дальше.

— Я привык,— спокойно ответил Кутшеба и ушел.

— А его ты не могла бы заговорить? — спросил Крушигор.— Проклясть?

— Ему уже ни одно проклятие не страшно,— вздохнула она.— Он уже больше демон, нежели человек. Мне почти жаль его. Расскажи мне еще раз об этих кошмарах, Крушигорушка. Я ни одного не видела.

Кутшебу не интересовали рассказы великана и магические таланты Сары. Воспользовавшись свободной минутой, он уселся на внешней палубе под солнцем. Мара пыталась с ним поговорить, но он только прикрикнул на нее. Он открыл книгу, взятую из каюты еще утром. Он уже давно усвоил, что, если отвлечься от реальности хотя бы на минуту, это способствует решению проблем. И отдыху. А он чувствовал, что нужно отдохнуть наперед.

— Что вы такое интересное читаете?

Мочка часто обижался на него, но недолго. Наполненный душами малец, помимо многих других способностей, умел находить Кутшебу везде, где бы тот ни укрылся.

— Какие-то магические книги? — допытывался он, тихонько, но решительно приближаясь к человеку. Сейчас он не напоминал одержимое создание, полное опасной силы, сейчас он казался обычным ребенком. Ничем не отличался от тех карапузов, которые взбираются на отцовские колени, любопытно наблюдая за тем, чем занимаются взрослые. Дети не понимали значения слова «мешать», они были совершенны в своем неудержимом любопытстве и вере в то, что родители не обидят своего ребенка и вообще существуют только для того, чтобы исполнять каждое его желание.

— Роман,— Кутшеба старался говорить неприветливо, чтобы избавиться от сопляка,— внешняя оболочка одержимого вызывала в нем слишком много воспоминаний. Интересно, сознание носителя пережило внедрение стольких душ? Или духи поселились в нем, изгнав хозяина и оставив только его детское тело, способное вводить взрослых в заблуждение?

— Роман? — удивился Мочка и, забыв о мерах предосторожности, наклонился над книгой.— Роман! Господин Новаковский никогда не читает романов. И господин Чус тоже. Это пустая трата времени и энергии.

— Марсиане не понимают, что значит воображение, капитан. Вымышленные произведения для них пустой звук. Они не видят снов, не мечтают и... не читают романы. Они точны до боли. Поэтому они не могут нас понять.

— А господин Чус?

— Чус, вероятно, сам хотел бы стать марсианином. Чего ты еще от меня хочешь? Может, дашь мне, наконец, минуту спокойствия?

— Почитайте мне.

— Офигел, что ли?

— Ну, пожалуйста. Я никогда не читал романы. О чем этот?

— О том, что наши планы, даже самые лучшие, всегда сталкиваются с планами других. Я перечитываю его, чтобы не забывать об этом.

— Наверное, это нехороший роман для капитана дирижабля,— оценил Мочка, но не ушел. А подавленный воспоминаниями Кутшеба наконец уступил и начал читать вслух:

Сдвинуть с места эти твердыни и сотни им подобных? Обмануть бдительность этих стражей и тысячи других, охраняющих безопасность Египта? Нарушить законы, оставленные Рамсесом Великим и еще более могущественными владыками, которых двадцать династий освятило своим признанием?[1]

* * *

Май 1967 года по старому календарю,
пятьдесят второй год Предела,
пятнадцатый год Мира, Краков

Маленький голем выслеживал их аж до паба «У Стасинки», где им удалось дешево поесть и недорого выпить. Там питался весь Краков, поэтому заведение разрасталось с каждым годом, осваивая все новые и новые помещения, но не позиции в меню. Стасинка делала ставку на простоту и выигрывала. В Кракове были и более дешевые заведения, были и более изысканные, однако таких же посещаемых больше не было. Несмотря на это, два свободных места для Кутшебы и его товарища все-таки нашлось.

---

[1] Фрагмент из романа Б. Пруса «Фараон», пер. с пол. Е. Троповского.

Пришлось, конечно, постоять, но им повезло: как только они оказались первыми в очереди, двое мрачных мужчин лет около сорока, своими строгими дешевыми костюмами и тяжелыми взглядами напоминавшие городских чиновников, закончили обедать. Через минуту Кутшеба уже сидел возле огромного мужчины, по одежде которого нельзя было сказать ровным счетом ничего, кроме того, что он был непонятно кем. Его товарищ — небритый тип с налитыми кровью, немного раскосыми глазами, седеющими волосами и массивным подбородком, украшенным старым шрамом от ножевого ранения, и неряшливыми седыми бакенбардами — казался не слишком приветливым, но Кутшебе случалось есть и в худшем обществе. Он уселся напротив седого, даже не спрашивая, свободно ли. Шулер занял место по другую сторону стола.

— Он сидит на крыше напротив и пялится на нас,— сообщил бог.— Сейчас он не видит твоего лица. Даже если читает по губам, сейчас он бессилен.

— А по твоим он не читает? — буркнул седой.

— По моим никто не читает,— весело ответил Шулер.— А по твоим может. Поэтому лучше сербай борщик, чавкай и говори, не поднимая морду от миски.

Седой выругался.

— Докладывай,— сказал он Кутшебе, не глядя на него.

— Я связался с Шиманом. Будем работать. Это, наверное, его голем следит за мной. Я не знаю, серьезно ли он взялся за дело. Но возможно. Что вы с ним сделаете?

— Не твое сраное дело,— прочавкал седой.— Свое делай. И побыстрее, а то дурака валяешь.

— Я не могу просто так его прижать, иначе он что-то заподозрит. Пока что я кинул им приманку, и они на нее клюнули. Если он им предан, то они захотят перехватить сокровища. Тогда вы сможете их поймать.

— Это наше дело, когда кого ловить. Ты свое делай. И пошевеливайся. Мы тебе столько позволяем, что ты должен проявить себя. Но у меня для тебя еще кое-что есть. Дочь Шимана где-то пропала. Он вроде бы отправил ее учиться в Вену, но мы узнали, что она туда не добралась. Ее уже два месяца нет. Мы долго искали... И угадай, где она нашлась?

— Вероятно, где-то на востоке?

— А вот и нет. В Берлине.— Чавканье на миг превратилось в смех.— Это чуть похуже. Там у нас не так много людей. И если бы оказалось, что тот еврей — наш человек, то мы могли бы ее выкрасть.

— Или перехватить.

— Перехватить?

— У Шимана семья в Петербурге. Он хорошо знает, что там делают с такими, как он. Добровольно он с ними не пошел бы. Если у них его дочь, они могут требовать от него что угодно. А если мы перехватим ее, он станет на нашу сторону. А зачем терять такого специалиста, если можно его завербовать?

— Ну, тогда можем ее перехватить,— согласился седой.— А сейчас бывай. Говорите, там этот гадкий голем? Мы не спустим с него глаз. А ты поживее берись за работу!

— Ненавижу легавых,— поделился впечатлениями Шулер, когда седой ушел.— Зачем ты нас в это втянул? Ты так все запутал, что, того и гляди, сам споткнешься о нити своей паутины.

Они заказали борщ и вареники.

— Дело сложное. Мы должны проникнуть в хорошо охраняемое место, так что пригодится любая помощь. Если нам улыбнется удача,— Кутшеба подмигнул Шулеру,— мы выйдем из этого без потерь, еще и заработаем. А контакт с полковником Корыцким нам может пригодиться и в будущем. Это не простой легавый, дружище. Это очень влиятельный человек в краковской разведке, тот, кто сможет помочь, если все провалится.

ГЛАВА 4

Июнь 1972 года по старому календарю,
пятьдесят седьмой год Предела,
двадцатый год Мира

Погода все сильнее портилась по мере приближения к границам Вечной Революции. Никого это не удивляло — на пограничье всегда стояла паскудная погода. Границы охраняли тяжелые грозовые тучи, созданные погодниками-рабами, и готовые в любой момент поразить путников молниями. Идеологически обработанные бури таились среди скелетов деревьев и людей, оставшихся после нескончаемых битв Пущи с Революцией.

Даже Ванда перестала рисковать и наблюдала за округой только из каюты. Хотя сонные атаки уже прекратились, члены экипажа ходили злые и раздражительные. Крушигор, опираясь на свой трехметровый авторитет, не замедлил объяснить всем, что именно Саре они обязаны спасением от кошмаров, потому цыганку никто и не трогал. Зато доставалось технике. На борту жаловались на канаты и крюки, в машинном отделении много нелестных слов звучало в адрес двигателя, который жрал слишком много топлива, на кухне свои самые тяжелые минуты переживали кастрюли и тарелки. Не помог даже Мочка, который быстро всем напомнил, что даже невинно брошенное в злом расположении духа ругательство может погубить весь корабль; если кто-то, к примеру, проклянет канат, плохая энергия впитается и испортит его. Ругательства поутихли, но злость, которую теперь никак нельзя было выплеснуть, только росла.

«Ягелло» все время следовал за ними — не приближался и не отставал. Хуже того, Мочка сообщил Новаковскому, что к ним направляется еще один дирижабль. Его еще не было видно, но капитан «Батория» сумел почувствовать его присутствие.

— Мы справимся с двумя кораблями, если возникнет необходимость? — как-то вечером спросил Кутшеба.

— Будет трудно,— признал Новаковский.

Они сидели вчетвером в его комнате. Кутшебу сопровождал Грабинский, а марсианина — Чус. Новаковский оказался фанатом бриджа. А в Грабинском он нашел такого же фаната этой игры. Вдвоем они научили Кутшебу ее основам и втянули его в регулярные вечерние партии, которые использовали также для обсуждения дел, к неудовольствию Чуса, который подходил к игре очень серьезно. Бридж, в котором игроки переговариваются не только для того, чтобы сделать ставки, был для слуги не настоящим бриджем, а карикатурой на благородную игру, богохульством и профанацией.

— Вы этого не предвидели? — спросил Кутшеба, забирая тузом короля. На миг показалось, что марсианин гадал, спрашивают его про игру или про поход.

— Не все можно предвидеть,— ответил он наконец.— Хотя этот туз... боюсь, вы немного отвлекаете благородного Чуса во время ставок, отсюда эти ошибки. Нет-нет, это очень хорошо,— Новаковский жестом сдержал извинения слуги.— Так игра становится интересней.

Чус недовольно покачал головой, но снова быстро взял себя в руки. Он сидел красный от стыда. Румянец, однако, придавал живость его обычно серьезному бледному лицу, а почувствовав это, он засмущался еще больше. Он терялся среди мужчин, которые весело поглядывали на него, собрал шестерки козырной десяткой и, осознав, что наделал, закрыл лицо картами, чтобы игроки не увидели паники в его глазах.

Как все эгоцентричные паникеры, он слишком нервничал по мелочам. Грабинский, притворяясь, что его не интересует разыгрываемая Кутшебой партия, вертел в руках рюмку. Его абсолютно не интересовал Чус с его проигрышем и унижением. Кутшеба, который очень не любил проигрывать, сосредоточился на игре и поэтому не обращал внимания на мучения слуги.

— Я бы советовал не пересекать границы Революции,— сказал Грабинский, и Чус воспылал к нему исключительной благодарностью за нарушение бриджевого этикета.— Они там слишком чувствительны к таким вещам. Науськают на нас все, что у них есть.

— Вы там были?

— Да вы что! Оттуда не возвращаются. В большинстве случаев,— он бросил взгляд на Кутшебу.— Так или иначе, на железных дорогах ходит много легенд. Мы когда-то пробовали открыть часть путей возле границы. Даже если заключался договор, всякое случалось. В итоге Железным дорогам пришлось отказаться от этой идеи.

— Мы должны атаковать первыми,— сообщил Кутшеба, беря следующую взятку.

— Вечную Революцию? — Новаковский поднял одну бровь, безусловно гордясь, что ему этот жест удался.

— «Ягелло». Мы должны атаковать «Ягелло», прежде чем к нему присоединится второй дирижабль.

— Без провокации? Они не предприняли против нас ни одного враждебного маневра.

— Не считая кошмаров,— напомнил Грабинский.

— Это правда,— марсианин кивнул.— Я забыл. Однако одно дело насылать сны, а другое — обстреливать корабль.

— Не соглашусь.— Кутшеба пересчитал взятки и наморщил брови. Ему все еще не хватало двух.— В нашем мире это одно и то же. Вы завербовали меня, чтобы я давал советы в непредвиденных ситуациях. Сейчас именно такая. Мы должны отойти от границы и атаковать «Ягелло», прежде чем к нему подойдет подкрепление. Может, удалось бы отойти к Диким Полям, чтобы не начинать сражение возле границ Революции? Нам известно, что их капитан настроен по отношению к нам не слишком дружелюбно. Если он получит поддержку, им даже не придется вступать в бой. Достаточно просто оттеснить нас к границам Революции. На пограничье мы используем на полную мощность возможности Мочки, потому как энергики, которые служат Революции, могут посчитать это провокацией. Мы оказались в скверной ситуации и должны ее изменить. Либо атакуем, либо сворачиваем.

— Вы перестали подбирать слова, господин Кутшеба?

— Вы наняли меня не за мои выдающиеся дипломатические таланты.

— Вы пробуждаете дорогие моему сердцу воспоминания,— даже потеря очередной взятки не нарушила спокойствия марсианина.— О тех временах, когда я командовал флотом. Тогда и я любил агрессивные методы. Хотя, признаюсь, мне никогда не приходилось сражаться с более сильным противником.

— Поэтому вам лучше прислушаться к совету поляка,— вмешался Грабинский.— У нас большой опыт сражений с превосходящим по силе противником.

— Это видно даже здесь,— сказал Кутшеба, забирая, наконец, последнюю взятку.— Пять червей!

— Новичкам везет,— все еще растерянный Чус отважился прокомментировать ситуацию и тут же извинился, засмущавшись еще больше. Он уткнулся в карты, полученные при новой раздаче, и делал вид, что не видит за ними мира.

* * *

Май 1967 года по старому календарю,
пятьдесят второй год Предела,
пятнадцатый год Мира, Краков

— Я все вижу,— игривые нотки в голосе герра Кунтца раздражали Кутшебу.— Вы новичок в таких делах, вы едва оперились. И правильно делаете, что обращаетесь за помощью к профессионалам. Но почему сразу к десятерым? Половины бы хватило.

— Половины хватило бы для поражения, герр Кунтц. Я хочу сохранить голову на плечах и заработать.

Они уже в который раз приходили посмотреть на Вавель. Гном настаивал, что может разглядеть вещи, которых не видит никто, кроме него. Он имел в виду в первую очередь слабости дракона, время кормления которого как раз приближалось. С Кутшебой он поздоровался чрезмерно радостно, Шулеру едва кивнул, относясь к нему как к охраннику, а не сообщнику. Бог принял эту роль и помалкивал, как и пристало порядочному охраннику.

Когда одни стражники удерживали зевак на нужном расстоянии от Драконьей ямы, другие уже гнали к ней аккуратно стриженных овец и баранов, а также три свиньи. Одурманенные какими-то веществами, а может чарами, животные не выглядели обеспокоенными. Они покорно дали завести себя в яму и не испугались, даже когда из нее появилась морда дракона — длинная, зелено-коричневая, напоминающая голову крокодила, но намного больше. Светло-зеленые глаза были не лишены разума.

Толпа начала аплодировать хозяину ямы. Бестия повернула голову в их сторону и будто кивнула, что стоявшие вокруг, скорее всего, приняли за поклон, так как аплодисменты усилились. Не обращая больше на них внимания, дракон целиком выбрался из ямы. Он долго присматривался к животным, будто раздумывая, какое из них съесть первым. Наконец он потянулся огромной лапой к самой маленькой из овец, наколол ее на коготь, подкинул над головой и поймал в воздухе, раздавив одним щелчком большущей пасти.

К аплодисментам добавились крики «ура».

Герр Кунтц заметно позеленел.

— Выпендривается,— простонал он, закрывая рот надушенным платочком.— Это проклятое животное сделало из бойни спектакль!

— Людям нравится.

— Люди!..— фыркнул гном, но не закончил мысль, подумав, что Кутшебе могут не понравиться его рассуждения о различиях между видами.

За дальнейшей трапезой дракона они наблюдали молча. Когда под аплодисменты дракон вернулся в свою берлогу, герр Кунтц вытер пот со лба и выразил надежду, что золота и серебра в Драконьей яме действительно очень много.

— Если там вообще что-то есть,— он окинул Кутшебу серьезным взглядом.— Мне все-таки кажется странным, что никто не нашел эти сокровища до нас.

— Да кто же их искал? Когда сплавщики их прятали, вокруг шла война, а город несколько раз переходил из рук в руки. Царил полный хаос. После войны было не лучше. Краков лежал в руинах, в нем стояли армии не одного, а сразу двух агрессоров. Умереть здесь было проще, чем выжить. Даже те, кто знал о сокровищах, боялись за ними вернуться.

— А после Предела? Почему ни один маг не нашел их? Почему дракон их не почувствовал?

— Может, из-за чакры? А может, потому, что холм полон забытых древних легенд, костей, руин, святых деревьев и фигурок запрещенных богов? Тут никто не копает, герр Кунтц, никто ничего не ищет. Считается, что все в этих скалах и в этой земле укрепляет могущество Вавеля. Раскопки здесь — это чистое святотатство.

— То есть нам еще и это придется взять на свою совесть?

— У вас есть совесть, герр Кунтц? Какая бесполезная вещь...

Гном неискренне рассмеялся.

— А вы? Господин Океанский, не буду скрывать, я старался кое-что о вас разузнать. Но никто никогда не слышал о господине Океанском. Это ничего, я понимаю, что вы представились нам фальшивой фамилией. Я спросил у предсказателей, а людям, чувствительным к энергикам, приказал следить за вами. И знаете что? Предсказатели не могут вас почувствовать, не могут увидеть ни вашего прошлого, ни будущего. А те, другие, могут только сказать, что вы находитесь под особой защитой, которой они не понимают, но которая, по их мнению, может быть каким-то видом проклятия. Вы думаете, такие вещи помогают вызвать доверие к вам?

— Пусть полтонны серебра помогут вам укрепить доверие, герр Кунтц. И еще четверть тонны золота. Столько там осталось.

— И вам это известно от духов? Ведь ни с одним из тех, кто мог бы хоть что-то знать, нельзя наладить связь?

— Тех, которых легко найти, я отсек.

— Кто вы такой, черт побери, что у вас такие возможности?

— Герр Кунтц, разве я спрашиваю, кто вы такой и как на самом деле ваша фамилия? Что вы делаете в Кракове, если вам не грозила никакая опасность в Берлине, откуда вы вернулись год назад. Нет, герр Кунтц, я вас об этом не спрашиваю. Я верю, что вы, как и я, хотите заработать. Полтонны серебра, герр

Кунтц. Это не нападение на банк. Это проникновение в вавельское подземелье, одно из наиболее охраняемых мест в городе. Нам предстоит обмануть дракона и стражу, спрятаться от предсказателей и вывезти почти тонну драгоценностей за одну ночь. Такие вещи требуют приготовлений, а эти приготовления стоят денег. Я не какой-то воришка или бандит, герр Кунтц, я серьезный инвестор. Если бы я не купил страховку от предсказателей, мне пришлось бы опасаться лучших ясновидцев с вавельского холма, так как они знали бы об этом нападении еще до того, как я вам его предложил. А вы обеспокоены тем, что я принимаю меры? Радуйтесь этому, герр Кунтц. Лучше подумайте о том, что я оплатил страховку, которая защищает нас всех!

— Чрезмерная любезность,— проворчал гном, но тут же взял себя в руки.— То есть я вам, разумеется, очень благодарен. Но с меня можете эту защиту снять. У меня своя. И я боюсь, как бы ваша не нейтрализовала мою.

— Как хотите. Я могу считать, что мы партнеры?

Гном кивнул, без тени сомнения пожал протянутую ему руку и ушел.

— Думаешь, поверил? — спросил Шулер.

— Он так испугался этих моих страховок, что точно в них поверил.

— Ты же не делал этого. У тебя нет на это денег.

— А как он проверит? В конце концов, предсказатели за нами и так не следят. Об этом Корыцкий позаботился.

— Ты когда-нибудь заврешься, Мирек.

— Все вокруг вранье, друг мой. Наша жизнь — иллюзия. Если ты веришь, что всегда, да хотя бы завтра, все будет так же, как сейчас, то ты уже обманываешь себя. Этот гном делает вид, что не работает на Революцию, хотя голем, который следил за нами, побежал прямо к нему. Я вру ему. Корыцкий, скорее всего, врет мне. Выиграет тот, чья ложь окажется лучшей.

* * *

Июнь 1972 года по старому календарю,
пятьдесят седьмой год Предела,
двадцатый год Мира

— Вы, кажется, обманули смерть? — Ванда отыскала Кутшебу, когда тот всматривался в Вековечную Пущу с носа корабля. Он оставил марсианина наедине с советниками, подумав, что будет лучше, если они вместе обдумают то, что он им сказал. От Мочки он избавился после прочтения одной главы романа. Хотя одержимый и просил почитать еще, Кутшеба демонстративно закрыл книжку и ушел.

— С тобой нет Яшека?

— Я хотела поговорить с вами наедине. Папа немного помог ему потеряться на нижней палубе.

— Похоже, я создал хранителя для нас обоих. Чего ты от меня хочешь, мелкая?

— Сначала ответьте на мой вопрос.

Она подошла к нему и тоже оперлась на балюстраду. В темноте почти не было видно деревьев, но можно было почувствовать их хищное присутствие. Они разорвали бы дирижабль на куски и поглотили его пассажиров, если бы могли. Они ненавидели людей так сильно, что готовы были пожертвовать целыми гектарами Вековечной, чтобы только выиграть битву и избавиться от людей. Кутшеба слышал когда-то о существовании племен, которые договорились с Пущей. Он не верил в это. Чтобы начать переговоры, нужно остаться в живых после первой стычки, но еще никто не пережил встречи с деревьями Вековечной, если не считать безумных ветеранов очередных войн. В других лесах людям удавалось выжить среди одержимых деревьев и зверей — Саре, например. Одержимые духами леса могли быть дикими и опасными, однако ни один из них не ненавидел людей так сильно, как Вековечная Пуща. Максимум, они охотились на них, как и на других зверей.

— Кто тебе это сказал? Шулер? С ним мы разных дел натворили.

— Нет, не папа. Господин Грабинский. Он сказал, что вас повесили в Кельце, но вы обманули смерть.

— Ах это.— Кутшеба затосковал по сигарете. Это был хороший момент, чтобы затянуться, хотя бы для того, чтобы задуматься над ответом. Мара подсказала ему несколько вариантов. К его удивлению, ни один из них не предполагал выбрасывание Ванды за борт.— Нельзя обмануть смерть, девочка. Можно заигрывать с демонами и богами, даже с налоговыми инспекторами. Но смерть неподкупна, она мстительна и проницательна. Если ты умер, то уже не живешь.

— То есть вас там не повесили?

Мара засмеялась. Кутшебу удивляло и даже беспокоило, что, подобно большинству известных ему живых существ, она тоже, кажется, испытывала слабость к Ванде. Даже Мочка начинал засматриваться на девушку, как влюбленный щенок. «К черту, она мне и самому нравится!» — осознал он. Однако мара, связанная только с ним, не должна питать теплых чувств еще к кому-то. А может, это его симпатия к девушке подействовала на нее?

— Повесили меня,— порой ничто так не остужает настойчивости, как искренность.— Я убил одного негодяя, из-за которого когда-то погибли моя жена и дети. Но все видели в нем только шефа одного из больших международных торговых сообществ, который обеспечивал работой как минимум половину из них, давал деньги на школы и больницы. Чуть ли не святой!

— Может, он хотел искупить вину?

— Тогда я выставил ему подобающий счет. Поверь мне, девочка, чтобы его оплатить, не хватило бы мелких добрых поступков. За кровь платят кровью. Смерть — единственная монета.

— Как вас поймали?

— Со мной не было Шулера. Его отсутствие приносит мне неудачу.

— Господин Грабинский говорил, что вы, вероятно, дали себя поймать. Чтобы все подумали, что вы погибли.

— Господин Грабинский иногда слишком все усложняет. Меня поймали, потому что я подвернул ногу, когда перескакивал через стену. Я потерял там чертовски хорошие пистолеты.

— Не морочьте мне голову! Я хочу знать, как вы выжили!

— Ты знаешь мою защитницу, правда же? В случае необходимости она может усилить мои возможности. Дольше, чем обычные люди, я могу обходиться без еды и питья, могу не спать неделю или две и почти не ощущать усталости. А порой даже мои мышцы и кости реагируют иначе. Например, мой позвоночник способен выдержать больше, чем у других, а петля на шее не удушит меня так быстро. Ну и сердце может замедлиться настолько, что плохой врач или, скажем, палач не услышит его биения. Если у тебя есть подружка, которая может обеспечить все это, нужно только хорошо сыграть — зрелищно дергаться на веревке, хрипеть и, наконец, остыть. Сброд тебе поверит, потому что увидит то, что хотел увидеть. Потом ты впадаешь в транс, потому что мозг не выдерживает замедленного ритма сердца, и все верят в то, что ты умер. Только смерть смотрит на тебя прищуренным взглядом и лукаво грозит пальчиком, потому что ее не обманешь. Я удовлетворил твое любопытство?

— Почти. А что потом?

— Потом человек просыпается на алтаре теней и ему нужны новые штаны, потому что организм тоже был обманут и отреагировал по-своему. Почему ты спрашиваешь об этом?

— Сара утверждает, что вы уже не человек, а живой труп. Я хотела убедиться. К тому же я еще никогда не встречала того, кто пережил смерть. Вы знаете, когда-нибудь я захочу поговорить с этой вашей подружкой.

Она повернулась к Кутшебе, но мужчина почувствовал, что она смотрела не на него, а на мару. Та странно отреагировала. Испугалась Ванду и одновременно обрадовалась обещанному разговору.

— Кто ты, девочка? — прошептал Кутшеба.

— Еще не знаю, господин,— весело ответила она, присела в реверансе и убежала. Может, потому, что исчерпала свое любопытство на этот вечер, а может, потому, что Яшек, в конце концов, нашел дорогу и уже приближался к ним.

— Господин марсианин везде вас ищет,— прокричал он, увидев Кутшебу и сделав вид, что вовсе не интересовался Вандой. Наверное, Сара подсказала ему новую стратегию.— Я встретил господина Грабинского, он тоже велел вас поискать.

— Господин Грабинский,— хмыкнул Кутшеба. Надо бы уточнить, откуда Грабинскому известно о событиях в Кельце. Как эти сведения могли дойти до пьяницы — станционного смотрителя в глухой деревне? — Ну, раз уж они оба меня так ищут...

— А как вы думаете, зачем ищут?

— Думаю, Яшек, что пора готовиться к сражению.

ГЛАВА 5

Май 1967 года по старому календарю,
пятьдесят второй год Предела,
пятнадцатый год Мира, Краков

Они предстали перед ним, вооруженные до зубов старым, отслужившим свое оружием, типичным для преступного мира Закшувка, либо тем, что удалось найти в последний момент. Принесли ножи и сабли, чья родословная насчитывала десятилетия или целые века. У каждого за поясом торчали дубинки, самопалы и порой прилично выглядевшие, хотя и не новые пистолеты. Дунько отыскал даже довольно новый карабин, а герр Кунтц едва не приседал под весом мушкетона, который на гномьей спине выглядел как пушка. Также у них с собой были канаты, лопаты, топоры и мотыги. При взгляде на них сложно было сдержать улыбку.

Шиман появился в обществе пяти големов, которые должны были заняться транспортировкой сокровищ. Окрашенные в серые и бурые пятна, они становились почти невидимыми, когда в темноте прислонялись к стенам домов.

— Это все для дракона? — Кутшеба совладал с весельем и только поднял бровь, выражая неодобрение.— Я же говорил, что со зверем ничего не должно случиться.

— Если он на меня кинется, я буду думать не о том, от кого мне потом достанется, а о том, что либо он, либо я,— простонал герр Кунтц.— Если что, выстрелю ему в морду, и будет мерзавец лежать трупом. Я уже насмотрелся, что он может. Это на случай, если ваши тайные методы подведут, герр Океанский.

— Вот, собственно,— подал голос Гудрич, старый худой бандит из Львова, который переехал в Краков «на пенсию, так как тут спокойнее».— Прежде чем туда идти, я, как и мы все, хочу знать, как же ты, господин, этого дракона усыпил.

Он оглядел компаньонов, а те только кивали головами — согласно и хмуро. Только герр Кунтц скалился, выдавая, что именно он подсказал Гудричу эту идею — устроить почти бунт.

— У нас есть немного времени.— Кутшеба пожал плечами, как будто не заметил напряжения или оно его просто не заботило.— Если вдуматься, дело пустяковое. Дракон жрет только мясо, специально выращенное на городских фермах мясо, так? Из его кормления устраивают представление раз в день.

Гном побледнел от одного воспоминания об этом.

— Мы все это видели,— отозвался Дунько.— И что?

— Вы видели то, что хотят вам показать. А скажите-ка мне, уважаемые господа, что дракон пьет?

— Воду из Вислы? — попытался угадать самый молодой из них, Яцек, которого все называли Яйцусь, чем развеселил собравшееся общество. Напряжение спало, когда бандиты стали выдвигать гипотезы, как долго прожил бы дракон, испив из «вислянского колодца», или как бы справился с мутировавшими вислянскими рыбами, какими мамы пугали краковских озорников.

— Так все-таки, что дракон пьет? — герр Кунтц прервал веселье. У него заметно портилось настроение, пропорционально тому, как настроение Кутшебы улучшалось.

— Воду из источника, вино, мед, порой даже водку,— пояснил Кутшеба.— Все проверяется так же тщательно, как и мясо. Отобранные узники пробуют эти напитки, прежде чем они попадают к дракону, чтобы узнать, не отравлены или не испорчены ли они. И знаете, это чудище получает действительно отменные напитки.

— Это какие-то бредни,— возмутился Дунько.— Так ты их подменил или нет? Вышло?

— Вышло.

— Как? — гном уже не говорил — кричал.— Как, черт тебя дери, господин, ты подменил дракону воду?!

— Они проверяют, не отравлено ли питье,— сейчас уже Кутшеба радостно скалился на Кунтца,— но никто не проверяет, насколько оно крепкое. Достаточно было подменить бочки у поставщика. На такое же хорошее вино, но тяжелее и крепче. Узники не жаловались, что получили более крепкое вино на дегустацию, так как настроение и вкусы дракона — не их дело. То, что напиток не отравлен, доказал тот факт, что с ними ничего не случилось. Они же не опьянели от одного стакана. Другое дело — дракон, который выпил уже пять бочек этого вина.

— Если я правильно понимаю,— как всегда, когда в разговор вступал мастер Шиман, остальные замолкали,— вы не отравили дракона, а напоили?

— Так даже лучше, правда? Я наблюдал сегодня за ним во время кормления. Он вызвал беспокойство стражников, слишком громко рычал. Оказалось, что это было драконье пение. Он запросил вина и получил еще одну бочку. А потом еще одну. До четырех он напился в хлам. А сейчас спит как убитый. Единственное, что вам может не понравиться,— это его храп.

* * *

Июнь 1972 года по старому календарю,
пятьдесят седьмой год Предела,
двадцатый год Мира

— В это время большинство из них спит,— проговорил Мочка, как будто принятие желаемого за действительное могло принести удачу экипажу «Батория». Он ежеминутно бросал обеспокоенные взгляды на Кутшебу, удивляясь, почему тот вместо своего капюшона надел шлем, бывший частью оснащения дирижабля.

— Капюшон позволяет чувствовать себя самым большим смельчаком в округе. Но плохо защищает от обломков,— пояснил ему Кутшеба, но Мочке трудно было осознать это. Что бы ни думали населявшие мальчика духи, в глазах ребенка уже не было желания мести.

День еще не начался, а над Вековечной Пущей небо уже прояснялось. Это не первые лучи солнца взбирались по пням деревьев, а только их предвестники, пурпурные пряди зари из-за горизонта.

— Стража точно не спит.— Чус стоял за штурвалом. Когда он поглядывал на Мочку, то не мог скрыть раздражения. Что нервировало слугу марсианина в одержимом, Кутшеба не знал. Возможно, влюбленный в науку и технику Чус недолюбливал всяких сверхъестественных существ?

Людей, которые придерживались подобных убеждений, было на удивление немало. Хотя уже родилось новое поколение, которое не помнило, как выглядел мир, лишенный чудес, однако многие сопротивлялись или делали вид, что сверхъестественное их не касается. Среди них попадались даже пророки, предрекавшие растянувшийся на десятилетия апокалипсис, религиозные фанатики, совершенствующиеся в методах самобичевания, или самозваные научные мессии, безумные ученые, которые в тайных лабораториях искали лекарства от «метафизической заразы». В последние годы очень модной стала теория мультивселенной. Ее последователи считали, что марсиане прибыли не с другой планеты, а из какой-то параллельной реальности. Верившие в это искали врата, которые вели бы в параллельный мир, чтобы их закрыть. Мог ли Чус принадлежать к подобной секте? По мнению Кутшебы, это было маловероятно. При всех своих чудачествах, слуга слепо следовал за своим марсианином.

— Нам не приходится рассчитывать на то, чтобы застать их врасплох,— согласился Новаковский.

— Не без магии,— бросил Мочка. Его прямо распирало от желания применить свои силы. На всякий случай Кутшеба напомнил ему про план, который предполагал, что они не будут использовать первыми ни атакующей магии, ни какой-либо другой. Уж точно не над Вековечной, которая могла бы принять это за нападение. Кутшеба предпочитал сражаться подальше от Пущи, где-нибудь над Дикими Полями, чтобы полностью использовать способности одержимого. Однако он был вынужден согласиться с марсианином, что они могут не успеть добраться до Диких Полей.

— Если атаковать, то прямо сейчас,— настаивал марсианин.

По правде говоря, Вековечная Пуща могла дать им кое-какое преимущество. У них на борту не было настоящего мага, зато они располагали более мощными двигателями. Если противник тоже не использует магию, люди Новаковского должны победить. А если все-таки использует и Вековечная отреагирует так, как ожидается... Кутшеба только хищно оскалился.

— Два километра,— доложил Чус.— Через десять минут мы доберемся до зоны поражения.

Они не приближались к «Ягелло» в открытую. Только незаметно поменяли курс, стараясь отдалиться от границ Революции. Вместо того чтобы прямо подойти к вражескому дирижаблю, они делали вид, будто обходят его по дуге, стараясь сохранять максимально возможное расстояние.

— Они у меня в зоне поражения уже некоторое время,— радио заскрежетало голосом Грабинского, который притаился со снайперским карабином на верхней палубе. Бронированный мостик «Батория» располагался на нижней палубе. Кутшеба невольно сравнивал его с бункером. Бронированные стекла дополнительно были защищены решетками и ограждены железными фрамугами, покрытыми охранными рунами и фрагментами ритуальных песен. Железо должно было защищать не столько от пуль, сколько от демонов и духов, которые не выносили этого металла.— Я вижу их рулевую рубку. Там три чувака, пялятся на нас.

— Объявили тревогу? — спросил марсианин.

— Пятнадцать минут назад их было двое. Но они не кажутся слишком обеспокоенными. Если бы у вас были игрушки посовременнее, то мы бы могли уже сейчас приласкать их.

Хотя Новаковский любил новинки техники, «Баторий» он вооружил карабинами маузера старого поколения, обладавшими меньшей дальностью стрельбы, чем современные немецкие игрушки типа MG-42. В бронированных снайперских будках намного лучше проявляли себя карабины старой модели, имеющие большой угол обстрела. На каждом борту «Батория» находились три таких гнезда. Также их разместили на носу и корме дирижабля, предназначенного, как казалось, именно для боевых целей. С кем намеревались воевать его создатели, Кутшеба мог только догадываться. Кандидатов хватало.

Люди были вынуждены вести постоянную войну не только с организованными системами, такими как Вековечная Пуща или Революция. Зараженные территории, которые старалась отвоевывать Республика Наций, поддерживаемая армиями корпораций, кишели дикими ордами людей и нелюдей. Во главе некоторых из них стояли харизматичные вожди, способные на некоторое время под своими флагами объединить существа всех видов и создать из них грозные банды. Дикие стада других безумных демонов совершали разрушительные рейды на цивилизованные территории. Их целью были лишь смерть и уничтожение. Вооруженный «Баторий», попади он в такую ситуацию, нашел бы себе занятие. Однако в данный момент он готовился к сражению с людьми. По мнению Кутшебы, в этом была своя особая ирония, вполне соответствующая механизмам истории и не меняющейся, несмотря на все обстоятельства, человеческой природе.

— Сохраняйте терпение,— марсианин уже отбросил свою чрезмерную вежливость. Когда он решил вступить в бой, в нем заговорил старый капитан космического корабля, солдат, который не раз командовал вторжением своего флота. Кутшеба наблюдал за ним с интересом. Таким он марсианина еще не видел. Пришельцы изо всех сил старались скрывать хищную сторону своей натуры, на каждом шагу подчеркивая, что для них времена агрессии остались в прошлом. Хотя Кутшебе было трудно что-либо прочитать по лицу Новаковского, он был уверен, что марсианин впервые за много десятилетий так развлекается. Он снова был в своей стихии.

Кутшеба завидовал ему. В то время как все остальные получали военные задания, он один должен был выполнять роль советника марсианина по вопросам Вековечной. Он абсолютно ничего не знал о правилах воздушных битв и максимум мог быть полезен, если дойдет до взятия на абордаж. Однако этого они как раз планировали избежать.

— Полторы тысячи метров.

Уже можно было открывать огонь. Однако марсианин хотел выждать, пока они приблизятся еще на сто метров, после чего, если сохранят курс, они будут отдаляться от «Ягелло».

Первые выстрелы были сделаны Грабинским точно по плану. Его британский «Ли-Энфилд», который он выбрал вместо более современного маузера, что посоветовал ему Чус, выстрелил трижды, прежде чем откликнулись бортовые карабины по левому борту. Грабинский стрелял пулями, на которых были выгравированы проклятия и заклинания против стекла. Когда такой снаряд ударял в окна, то активировалось заклятие и даже бронированное стекло рассыпалось в песок, если только не было защищено соответствующими чарами. Два члена экипажа погибли сразу. Третий, раненый, сумел спрятаться, однако оказался слишком далеко от штурвала. Какое-то время «Ягелло» был отдан на милость или немилость «Батория».

— Вековечная заинтересовалась,— Кутшеба пересказал Новаковскому информацию, полученную от Шулера. Благодаря поддержке мары ему не требовалось радио для коммуникации.

Бог вместе с Вандой наблюдал за Пущей. Они прислушивались к шелесту ее листьев и скрипу крон. Ванда высматривала демонов. Им помогал Крушигор, вооруженный бортовым карабином, который он получил лично от марсианина. Великан обвил все тело патронташем, не слишком рассчитывая на Яшека, которого официально определили ему в помощники.

Пули ударяли в борт «Ягелло», но не пробивали его. Скользили по воздушному шару, который был сделан из того же марсианского материала, что и шар «Батория». Однако когда снаряды попадали в иллюминаторы, то проникали внутрь дирижабля, оставляя на его теле невидимые с «Батория» раны.

— Пуща готовится к атаке? — спросил Новаковский.

— Не более чем всегда.— Вековечная постоянно была готова к атаке, ее агрессия не знала отдыха. Однако сейчас она была больше заинтересована, чем разгневана. Пока люди сражались между собой с помощью технологий, которых она не понимала, она воспринимала их скорее как забаву, чем как угрозу.

— Движение на борту! — закричал Грабинский.

Первые невезучие, выбежавшие из кают на внешние палубы, погибли от пуль карабинов на борту «Батория». Какой-то раненый прислонился к балюстраде, но в этот момент сильный порыв ветра накренил дирижабль, и он с криком полетел за борт. Пуща приняла его с распростертыми объятиями.

Случалось, что живущие по соседству с Пущей люди пытались подкупить ее, принося жертвы. Чаще всего отдавали ей зверей, однако бывало, что и соседей. Пуща принимала каждую каплю пролитой для нее крови, не жалея, однако, и самих дарителей, когда решала дотянуться до их хозяйств.

Последний из уцелевших на мостике «Ягелло» пытался выровнять дирижабль, однако Грабинский прервал его попытки.

— Тут ужасно трясет от этих ваших автоматов,— оправдывался он.

Хотя никто уже не пытался взойти на мостик, «Ягелло» каким-то образом выровнялся.

— Им могут управлять из машинного отделения,— Новаковский решил сообщить это только сейчас.— Это неудобно, но вполне возможно.

«Ягелло» двинулся к «Баторию». Он уже огрызался огнем из карабинов в руках оставшихся в живых членов экипажа, а также из бортовой пушки на носу.

Одинокие пули достигали окон на мостике «Батория», но не могли пробить бронированного стекла.

— Ускоряется,— доложил Чус.— Что он задумал?

Мочка вдруг зашипел. Он подпрыгнул, издавая писк, его голос удивил всех. Одержимый потянулся к одному из карманов и осыпал себя горстью серебристой пыли.

«Вековечная напряглась».

— Чары! — крикнул Кутшеба, хотя марсианин, скорее всего, отдавал себе в этом отчет, потому что Мочка уже метался по мостику в безумном танце, выкрикивая заклинания разными голосами и на разных языках. В диком ритме он ударял в шаманский бубен. Несколько душ одновременно защищали «Баторий» от магической атаки. Несмотря на это дирижабль внезапно зашатался от колдовского порыва ветра. На них вдруг напала усталость и нежелание сопротивляться. Как они могут победить магию? И тогда они услышали песню Сары, которая решила поддержать одержимого.

Хоть она и не вышла из своей каюты, ее голос наполнял все палубы дирижабля. Казалось, такие звуки не могло издавать человеческое горло, они были похожи скорее на волчий вой, протяжный и разнотонный.

«Хотели нас тут усыпить,— рассмеялся Шулер.— А эта лесная девчонка ничего».

— На борту! — закричал Чус, и его голос дрогнул от напряжения.— Посмотрите на «Ягелло»!

Из-под борта вражеского дирижабля из узкого отверстия выползала темная фигура, гуманоид с нечеловеческими пропорциями тела. Он был не высоким, а каким-то длинным. Неестественно худая фигура напоминала змею, сотканную из дыма, когда поднималась на длинных, худых как палки руках, чтобы забраться на верхнюю палубу «Ягелло».

Обстрел из бортовых карабинов сразу же сосредоточился на этой фигуре, но пули не причиняли ей никакого вреда. Гуманоид встал на носу дирижабля и расправил плечи. Теперь на его ладонях клубились грозовые облака. Из них выстрелили лозы, оплетая пространство над дирижаблем и втягивая влагу из воздуха. Через минуту множество грозовых туч, связанных с погодником лозами, вырастающими из его ладоней, набухали над «Ягелло», постоянно увеличиваясь. В них плясали разряды разбуженных молний.

— Я могу его убрать! — даже завыл Мочка.— Могу!

— Только защита,— прикрикнул на него Новаковский.— Понятно?

— Так точ-ч-ч-чно,— прошипел обиженный одержимый и издал дикий крик, словно в него только что попала пуля. Он упал на колени, но быстро встал. Его глаза горели красным, из ушей и носа шел дым.— Он убил моего Шестуя,— простонал Мочка.

— Только защита,— напомнил Новаковский холодным тоном, не терпящим возражений.— Господин Кутшеба?

«Шулер! Что там, мать ее, с этой Пущей? У них там какой-то чрезвычайно толковый маг!»

«Злится. Ещё минута».

— Появился второй! — прокричал Чус.— А чтоб меня! Их там двое!

— Подготовились,— марсианин улыбнулся, явно довольный новым вызовом.— Они ожидали сражения. Вы были правы, господин Кутшеба. Нужно их уничтожать по одному. Что с Пущей?

— Они ее дразнят.

— Надеюсь, она не слишком терпелива.

Первый залп разбуженных молний ударил в оружейные отверстия. «Баторий» задрожал, а его карабины на мгновение замолчали.

— Без потерь! — доложил первый офицер.— Только ослепили!

Второй погодник вылез на шар «Ягелло», уселся на нем верхом и замахал руками, словно мельница. Призывал вихрь.

— Не больше тысячи метров от нас,— доложил Чус.

Чем ближе находился «Ягелло», тем сильнее на них действовали его чары. Очередной залп молний целился в мостик. Мочка отбил его, хотя и не без труда. Потеря одной из душ ослабила его. Он вытер пот со лба, кашлянул, сплюнул кровь и дико рассмеялся. А мгновение спустя вскрикнул от боли совсем другим голосом — переполненным жалобных стенаний.

— Девятьсот метров!

Первый удар вихря прошел стороной, нейтрализованный общими усилиями Мочки и Сары. Погодник быстрее замахал руками. Второй тоже активизировался. Всё новые лозы вырастали из его рук и тянулись к небу. Тучи расцветали на них слишком быстро, по мнению Кутшебы.

«Они разозлили ее! — в мыслях Шулера звучало мстительное удовлетворение.— Теперь внимание!»

Кутшеба обернулся к марсианину и с улыбкой доложил, что, похоже, всё начинает идти согласно их плану.

***

Май 1967 года по старому календарю,
пятьдесят второй год Предела,
пятнадцатый год Мира, Краков

Он посмотрел на часы. Скоро четыре тридцать дня. Банда вооруженных до зубов бандитов начинала терять терпение.

— Повторим всё еще раз,— решил он.— Я должен быть уверен, что вы помните план.

Кто-то простонал, как школьник, которого вызвал учитель. Конечно, это был Дунько. И естественно, герр Кунтц сразу же отругал его и высказался насчет полезности повторения. Эти двое были похожи на персонажей из уличных анекдотов. Но они упрощали Кутшебе задачу.

— Мясистый, Кубок, Бритва, Копер! — бросил он.

— Мы с Бритвой сейчас мчим на Болота,— пробубнил Мясистый. Невысокий, бритоголовый, много раз арестованный и даже изгонявшийся из Кракова за разбой, он всегда находил способ вернуться в город. У него везде были знакомые, и он мог договориться с каждым, за исключением болельщиков «Краковии», которых искренне ненавидел, болея за «Вислу».— Там нас будут ждать мои парни. Я перетер с ними, всё четко. Мы устроим такую заварушку, какой Краков еще не видел.

Бритва, наполовину великан, не склонный злоупотреблять разговорами, только улыбнулся и кивнул головой, которая напоминала яблоко — круглое и румяное. Ума там не было в принципе. Он держался за Мясистого и охотно выполнял его поручения, если они касались драк. Остальные занятия, кроме мордобоя, казались Бритве скучными. А когда ему было скучно, он злился, и поэтому все вокруг заботились, чтобы полувеликану хватало развлечений. Он любил футбол, хотя и не понимал его правил. Ему достаточно было того, что после каждого матча можно переломать кому-нибудь кости.

На них обоих были майки футбольного клуба, лица разрисованы тотемными символами «Вислы Краков», головы гладко выбриты, чтобы на них можно было нанести герб команды, а в уши воткнуты футбольные амулеты.

— У нас то же самое в «Краковии»,— отчитался немногословный, как и Бритва, но чуть более разговорчивый, чем его товарищ, Копер. И если он был обычным человеком, то прибывший с Сербских гор Кубок твердил, что его родила охмуренная отцом вила[1].

В связи с чем он придерживался мысли, что предназначен для великих дел, как герои легенд, как все принцы, рожденные от союзов мужчин и вил. Он почти никогда ничего не говорил, так как ввиду своего происхождения не хотел иметь дело с шушерой. Копера же он считал своим слугой, что не очень мешало этому силачу родом из Подолья. Возможно, Копер ценил серба за его талант перегрызать глотки, но больше всего он любил песни Кубка о великих свершениях сербских героев, о битвах и вероломстве женщин. На самом деле серб пел всегда на сербском, однако Копер быстро научился его понимать.

---

[1] *Вила* (также самовила, самодива) — женское мифологическое существо, похожее на русалку, обычно привлекательной внешности.

В отличие от Бритвы и Мясистого, эти двое не болели ни за один краковский футбольный клуб, однако им удалось затесаться в ряды болельщиков «Краковии», вычислить их главаря и убедить его, что болельщики «Вислы» сразу после субботних дерби готовят исключительно грязную провокацию. Благодаря этому самые активные болельщики «Краковии» специально подготовились к этому матчу. Они притащили в город не только болельщиков дружественных команд, но и их шаманов и даже искусственно выведенных существ. Недалеко от Болот, в защищенных соответствующим образом подвалах, держали обращенных собак, котов, рысей, лесных кошек и даже кабанов и медведей. Было приложено много стараний, чтобы это дерби вошло в историю города.

— Хорошо.— Кутшеба почти сожалел, что не увидит этой битвы.— Тмин?

Молодой погодник-полукровка, которому было всего пятнадцать, ростом превосходил даже Бритву. На чердаке краковской многоэтажки, где они обустроили свой штаб, он всё время сидел, склонив голову, чтобы не цеплять темечком за стропила. Казалось, он не слушал остальных. Играл себе микроштормами, перебрасывая их между пальцами.

— Над Вавелем разыграется гроза,— его голос напоминал шум проливного дождя.— Сквозь ее стену мне не пройти, но я ударю вокруг. Дождь будет лить так, что люди попрячутся. Через стену дождя ничего не будет видно на расстоянии вытянутой руки.

— Ты договорился с водяными?

— Пальцем не пошевелят. Ваш путь свободен. В конце концов, и так большинство будет смотреть матч. А водяные девы должны держаться подальше от замка.

Мастер Шиман уважительно кивал головой. Его големы должны были ждать, притаившись в Висле, потому что именно по реке они хотели увезти сокровище.

— Дунько?

— Когда вы, господин Океанский, спуститесь со своим чудовищем в Драконью яму, мы с Гудричем и Яйцусем будем прикрывать тыл. Потом, когда будет безопасно, войдем в яму. Яйцусь постоит на стрёме, если что.

— Герр Кунтц?

— Вхожу в игру, когда всё уже готово. Палочка укажет на сокровища. При мне заклинание, которое крушит скалы, хотя думаю, что небольшой запас динамита не помешает. А еще я прихватил кислоту...

— Нам не нужна ваша лекция по химии и мастер-класс по взлому. Мне достаточно того, что вы готовы.

— Если можно.— Кунтц сглотнул.— Я бы хотел сразу спуститься с вами в яму...

— Эх, это ваше недоверие, герр Кунтц...

— Вы меня не понимаете, герр Океанский! — в голосе Кунтца звучала почти искренняя обида.— Вы хотите отравить бестию эфиром. Практик-алхимик пригодится вам, чтобы оценить, не было ли этого эфира слишком мало. Или слишком много. Мы же не хотим, чтобы дракон сдох или, что еще хуже... проснулся слишком рано. Правда?

— У меня нет для вас маски, герр Кунтц.

— Я взял свою! Отличная вещь, немецкое производство!

— Он нам перед ямой вроде как тоже не нужен,— поддержал гнома Гудрич.

— Так и представляю, как он путается у нас под ногами,— захохотал Дунько и сплюнул гному под ноги.— Забирайте с собой этого недомерка!

Кутшеба сделал вид, что задумался. Посмотрел на Шулера. На миг заглянул в его закрытые с момента их первой встречи глаза. Они притворились, что переговариваются каким-то магическим образом, хотя в мыслях бога читалась только нетерпимость к взаимному предательству собравшихся здесь заговорщиков.

— Ну что ж, герр Кунтц,— сказал он наконец.— Пойдете с нами. Господа, скоро пять. Все вы знаете, что делать. Заварушка, которую предсказали прорицатели, должна стать страшнее их самых ужасных снов, понятно? Перетяните на Болота все резервы краковской полиции. Матч закончится в пять пятнадцать, примерно в двадцать минут седьмого все уже покинут стадион. В половине седьмого уже вовсю должны разгореться беспорядки. При любом раскладе вы в это время возвращаетесь обратно, я не хочу, чтобы вас арестовали. В девять вечера все должны быть дома. И целую неделю ни один из вас не показывает миру свою паршивую физиономию. А через две недели мы встретимся в Кальварии и разделим добычу. Всё понятно?

Им не нравились эти две недели, как не нравилась им и перспектива ехать в Кальварию. Однако они понимали, что чем дальше от Кракова, тем лучше, а в Кальварии были свои защитники и хранители, которых нельзя было подкупить. Теоретически, могло случиться и так, что об ограблении вообще никто не узнает. Дракон проснется с больной головой, воспринимая это как похмелье, полиция — занятая усмирением болельщиков — даже не заметит взлома. Однако, как всегда говорил Кутшеба, «чем лучше план и чем больше он нам нравится, тем больше шансов, что всё провалится». Они слишком часто убеждались в правдивости этих слов, а потому прибегли к дополнительным способам обезопасить себя.

— Ну, тогда на позиции! — главарь банды оскалился радостно и хищно.— Вот-вот начнут происходить чудеса, которых этот город еще не видел.

ГЛАВА 6

Июнь 1972 года по старому календарю,
пятьдесят седьмой год Предела, двадцатый год Мира,
над Вековечной Пущей

Сначала они заметили птиц. Целые стаи маленьких и больших ворон, сорок, воробьев, дроздов, скворцов и ласточек, которые мгновенно сорвались с веток, как будто по приказу. Среди них не было больших хищников. Орлы, ястребы и соколы сопровождали растущую стаю птиц, словно пастухи, которые вели стадо к определенной цели, в данном случае — к «Ягелло». И хотя птицы были разноцветные, стая казалась черной в тени грозовых туч. Мало отличаясь от обычных птичьих стай, которые можно увидеть над городом, она начала приобретать все более четкую форму, пока не стала напоминать одну огромную птицу с острым клювом, нацеленным на дирижабль. Чудовище, которое состояло из сотен, а может, и тысяч отдельных организмов, устремилось к «Ягелло».

На дирижабле заметили приближающуюся опасность. В огромную птицу, размах крыльев которой составлял около двадцати метров, ударили молнии, предназначавшиеся для «Батория». Там, где они попадали в стаю, птицы загорались ярким пламенем.

Пылающие трупы падали обратно в Пущу, где их быстро гасили маленькие духи. Но сверхптице эти потери не причиняли никакого вреда. Намного опаснее для нее оказался небольшой торнадо, созданный вторым погодником. Он врезался в крыло и начал пожирать его, засасывая птиц. Не прошло и полминуты, как он серьезно ранил живую тучу, отрывая от нее покалеченное крыло.

Если бы сверхптица была настоящей, то упала бы и погибла. Но это была лишь форма, поэтому потеря крыла, хоть и болезненная, не могла остановить то, чем руководила воля Пущи. Чудище не остановилось. Несмотря на отчаянные старания второго погодника, огромное создание с одним крылом приблизилось к дирижаблю и уже бушевало вокруг первого погодника, плетущего грозу. Он пронзительно завизжал. Облака в его руках взрывались от избытка бушующей в них энергии. Хотя они и успели убить несколько десятков птиц, остальные начали атаковать противника, вырывая из него куски плоти.

Лоза сорвалась из вытянутых рук. Неконтролируемые облака начали растворяться. Они все еще метали молнии, хотя ими уже никто не управлял. Они били в Пущу, в «Баторий» и даже в «Ягелло».

Атакующие пернатые больше не поддерживали форму гигантской птицы. Они превратились в рой убийц, каждый из которых действовал самостоятельно, но согласно воле стаи. Второй погодник уже создавал очередной торнадо. Чернокнижник наслал на птиц рой насекомых, выпущенный из большой банки, которую он принес с собой. Он использовал этот отвлекающей маневр, сам не веря, что насекомые причинят воинам Пущи хоть какой-то вред. Скорее всего, он не был готов ни к чему подобному. Ответ на вопрос, как Вековечная собирается отражать атаку с воздуха, нашелся очень быстро.

— Уходим отсюда,— эффективность птичьей атаки беспокоила Кутшебу. Скорее всего, Вековечная, которая до сих пор рассчитывала только на собственные силы и свою непобедимость на земле, начала, наконец, предпринимать разведывательные действия, готовясь к борьбе с возрождаемым воздушным флотом. А может, просто сказывался опыт борьбы Вековечной с Революцией? — Мы достигли своей цели. «Ягелло» выведен из игры.

— Еще нет,— марсианин не мог отвести глаз от гибнущего дирижабля.— Это такое захватывающее зрелище!

— И мы станем его частью, если не смоемся отсюда как можно скорее. Когда Пуща насытится «Ягелло», она повернет птиц против нас. Сматываемся отсюда!

Марсианин долго молчал. Он не мог оторвать взгляд от «Ягелло». От первого погодника остались лишь лохмотья, свисающие из ран и искрящиеся голубым светом; и вдруг на палубу выбежали двое людей, одетые как средневековые рыцари. У них подкашивались ноги под тяжестью баллонов, которые они несли на спинах. Но несмотря на это, они спешили к умирающему демону.

Когда они приблизились, из того, что поначалу можно было принять за ствол пушки, вырвался огонь. Два языка пламени поразили птиц и тяжело раненного погодника. Раздавались пронзительные крики, птицы полыхали, бросив демона и стараясь улететь от огня. Некоторые атаковали огнеметчиков, но те прикрывали друг друга. К тому же их поддерживал второй погодник. Он управлял ветром так, чтобы существенно усиливать пламенные струи огнеметов. Он помогал огню воздушными завихрениями, создавая целые клубы пламени, преследовавшие птиц, которые уже успели отлететь подальше.

— Так вот зачем они так гнались за нами, сукины дети,— понял Кутшеба.— Дело вовсе не в магии. У нас есть подобное оружие?

— Слишком трудно управлять огнем в воздухе. Вы думаете, у них получится?

— Никаких шансов. Посмотрите на Пущу.

С деревьев срывались всё новые и новые птицы. Теперь их были десятки тысяч. Орлы сформировали из них три большие фигуры. Первые ряды выстроились в огромные черные клювы, устремленные на «Ягелло».

— Сматываемся отсюда,— повторил Кутшеба.— Пока еще можем!

* * *

Май 1967 года по старому календарю,
пятьдесят второй год Предела,
пятнадцатый год Мира, Краков

— Мы всё еще можем вернуться,— протестовал Шулер.

— Я — нет. Ты сам говорил. Для меня дороги назад нет.

Ливень, вызванный Тмином, подростком-погодником, отличался безумием молодости. Он начался внезапно, без предпосылок, сразу как стена воды, ужасная и жестокая. Никто, кроме шайки Кутшебы, не замечал, что везде, где находились люди, связанные с сегодняшней операцией, дождь лил еще безжалостнее. Особенно сильно он бил по стражникам и по тем нескольким полицейским, которые не присоединились к коллегам, успокаивавшим самую массовую драку болельщиков в истории города, которая сейчас разыгрывалась на Болотах. Комендант полиции был вынужден попросить помощи у армии Республики и отделов охраны больших корпораций, чтобы остановить потасовку. Драки болельщиков разных футбольных клубов не были чем-то необычным, особенно во время дерби, однако на этот раз размах, с которым обе стороны готовились к битве, удивил даже городских предсказателей и полицейских провидцев. Болельщики не ограничивались обычными методами или магическим оружием и монстрами из частных заповедников, а прибегали даже к помощи незарегистрированных чародеев и шаманов.

— Тебе не уйти от чувства мести. Но ты всё еще можешь отказаться от этой безумной затеи.

— По-твоему я должен пожертвовать всеми приготовлениями? Я бы никогда себе этого не простил, приятель. Да и полковник Корыцкий тоже.

— Думаешь, он простит тебе эту заварушку? Кажется, о ней ему не сообщили, не так ли?

— Тс! Идут наши сообщники.

Герр Кунтц выглядел смешно в натянутой на голову слишком большой для него газовой маске, подогнанной под размеры гномьей головы кустарным способом. Он, как всегда, напускал на себя величественный вид, который казался ему преисполненным благородства.

— Идем? — он потряс одним из приготовленных Кутшебой бутылей с эфиром, которым они должны были углубить сон дракона.

— Минуточку. Надо перекинуться парой слов с нашим спецом по вопросам погоды.

Погодник сидел на берегу Вислы, рядом с еле выступающими из воды головами четырех големов. Он что-то говорил им, не обращая внимания на то, что они его откровенно игнорировали. Он то и дело замолкал на полуслове, вскидывал вытянутое лицо вверх и высматривал что-то в струях дождя. Может, контролировал ритм и форму капель? Погодники умели за долю секунды сосчитать десятки тысяч капель дождя, оценивая их вес и размер. Кутшеба поблагодарил его за хорошо выполненную работу и пошел к стоящему чуть дальше Шиману, который давал последние инструкции голему-проводнику.

— Её зовут Роза,— сказал он полушепотом, но достаточно громко, чтобы Шиман его услышал. Многое сейчас зависело от реакции мастера големов на его слова. На самом деле они с Корыцким до сих пор не знали наверняка, то ли дочь Шимана похитили, то ли он сам ее отправил за границу, чтобы защитить или сделать из девчонки очередного борца с Революцией. Это им нужно было знать наверняка, потому что они предпочли бы завербовать Шимана, а не арестовать.— Сейчас она живет... точнее говоря, сейчас ее удерживают в Берлине по адресу Вотанштрассе, 19. Ей ничего не угрожает, пока вы во всем послушны, да?

Шиман ничего не ответил, но рука голема вырвалась из живой глины и схватила Кутшебу за горло.

— У меня нет времени на такие игры,— прохрипел Кутшеба, даже не пытаясь освободиться.—

Кунтц сейчас начнет нервничать, что потерял меня из виду.

— Назовите причину, почему я не должен вас убить? Или, может, «товарища» Океанского? Кто вы на самом деле?

— Из меня такой же товарищ, как из козьей задницы труба. И кажется, из вас тоже. Вы не волнуйтесь, что у них ваша дочь. Место в Берлине, где они ее удерживают, находится под нашим контролем. Если понадобится, мы освободим ее.

— Сейчас, когда мне известно, где она, я сам об этом позабочусь. Так чего вы хотите от меня за эту информацию? Чего?!

— Когда от моего имени к вам кое-кто придет, вы сделаете то, что он попросит.

— Из рук в руки, да? Если не они, так разведка? Вы никогда от меня не отвяжетесь!

— Но лучше с нами, чем с ними, правда? А этот ваш региональный продукт... может меня отпустить?

— Лучше самому,— вздохнул Шиман, бросил на Кутшебу не самый доброжелательный взгляд, но всё же освободил его из объятий голема.— Но самому не получается. Вы знаете, что...

— Знаю,— перебил его Кутшеба, избегавший ситуаций, при которых он был бы чем-то обязан Шиману. Ситуация, в которой они находились, требовала, чтобы соблюдались жесткие правила взаимоотношений. Информация о местонахождении его дочери связала Шиману руки. Втягивать себя в подобные обязательства Кутшеба не собирался.

— Что-то долго вы с ним болтали,— гном подозрительно сверлил его взглядом.— Время не ждет, а вы развлекаетесь разговорами?

— Последние детали уточняли. Ну, поехали!

Драконью яму от остального мира отделяли солидные ворота из священного дерева, укрепленного железными гвоздями с выгравированными на них охранными символами, которые должны были защищать обитателя от демонов и упырей. Опытного взломщика, каким был Кунтц, не остановили, однако ни они, ни даже крепкий, защищенный магией замо́к.

Справившись с ним, он повернулся к компаньонам, кланяясь, как актер перед публикой. Не дожидаясь Кутшебы, он натянул на лицо газовую маску, приоткрыл дверь и протиснул в щель конец распылителя, выпуская из стеклянной бутылки эфир. Когда его бутылка опустела, Кунтца сменил Кутшеба, а за ним Дунько.

Они подождали немного, а потом вошли. Кунтц, тащивший заряженный и взведенный мушкетон, со страхом приблизился к дракону. Выдохнул только после того, как Кутшеба подошел к твари и доверительно похлопал ее по морде.

— Вблизи он кажется не таким большим и... не таким страшным,— даже искаженный маской голос гнома звучал заносчиво.— Выглядит как добродушный простофиля.

Он захихикал, подошел к дракону и пнул его в бок.

— Гордость города! Символ его святости! — прыснул он.— Я мог бы его хоть сейчас...

— Потом поворкуете. Герр Кунтц, у вас, кажется, есть дело.

— В маске? Так я ничего не почувствую!

— Попробуйте понюхать возле вон той стены. Где-то под ней должно быть золото. А я здесь осмотрюсь.

Дракон, похоже, обходился без света. Кутшеба вытащил электрический фонарик, а герр Кунтц воспользовался хрустальным флаконом со светлячками.

Дракон, совсем не такой маленький, как утверждал гном, занимал треть всего помещения. Кутшеба осторожно обошел его, пытаясь найти скрытую тропу, ведущую на замковый внутренний двор. Он знал, что в свое время в скале вырубили лестницу. От непрошеных гостей ее защищала несложная иллюзия, однако, имея при себе нужные амулеты, Кутшеба рассчитывал, что ему удастся ее развеять. Но пользы от них было мало — разве что ступени лестницы слегка дрогнули, когда Шулер корректировал линии судьбы. Это помогло: секундой позже Кутшеба споткнулся о драконий хвост и, рефлекторно ища опору, попал рукой в зачарованное место, где, казалось, была скала.— Что случилось? — забеспокоился Кунтц, когда пещеру огласил звук падения и ругань Кутшебы. Иногда Шулер слишком вольно трактовал свою роль приносящего удачу.

— Да здесь полно камней,— буркнул Кутшеба.— А вы что-то нашли?

— Я ничего не чувствую с этой дрянью на лице.

— Так можете ее снять,— предложил Шулер, который обходился без маски.— Уже можно спокойно дышать.

— Позови остальных,— посоветовал ему Кутшеба.

От Дунько и Гудрича не было никакой пользы в поисках. При виде дракона они разинули рты и так и стояли, пока прутик не начал танцевать в руках Кунтца.

— Здесь! Золото! — завопил гном, не в силах совладать с возбуждением.— Целая куча золота! Вы не врали, герр Океанский!

Прут указывал на груду камней. Дунько быстро убрал их, расчищая пол. Скала в этом месте была заметно поцарапана. Взвинченный гном обстукивал ее молоточком, поблескивавшим серебром, и проверял прутиком.

— Раскопать будет непросто,— вынес он вердикт.

Он вытянул из кошелька несколько свитков, соединенных между собой серебряной нитью, уложил их вокруг места, в котором должно было находиться сокровище. Приказал всем отойти и с благоговением произнес заклятие на смеси латыни, арабского и старогерманского. Лицо у него при этом было под стать моменту вдохновленное и озабоченное, из-за чего он напомнил Кутшебе сельского шарлатана, продающего людям воду с уксусом как панацею от всех болезней. Они подождали пару минут, но ничего не произошло. Львовский вор насмешливо хмыкнул, Дунько выругался. Кунтц упал на колени, проверяя заклинание.

— Здесь магия не действует! — простонал он.— Все защищено. А может, всю ее дракон всосал?

— Че, надо будет таки взрывать? — Дунько потянулся за сумкой с динамитом.

— Другого выхода нет,— засопел гном.— У меня, конечно, есть самобейные палки с острыми насадками от мотыг, но они тут не помогут.

— Разве что мы их используем традиционным образом,— подсказал Кутшеба.

— Это же займет уйму времени!

— Но не ранит дракона обломками. За работу, господа, за работу. Будем сменяться каждые десять минут. Сокровища не могут быть слишком глубоко.

Им понадобилось целых полчаса, чтобы разбить скалу и добраться до сокровищ. Золотые и серебряные драгоценности сплавщики замотали в ткань, которая сгнила от влаги и теперь рассыпалась в руках. Искатели выбирали смешанные с монетами украшения, работая в парах и меняясь каждые пятнадцать минут. Нервный гном выбирал золото горстями и подавал помощникам, а те быстро относили сокровища големам, неспособным переступить порог драконьей обители.

— Это все слишком затянулось,— злился Кунтц.— Уже семь! Чудо, что нас еще не накрыли!

Погодник делал все, что мог, чтобы поддерживать ливень. Его длительность и интенсивность уже, должно быть, обратили на себя внимание. К счастью, побоище на Болотах набирало обороты, и даже вавельские маги, работающие в охране замка, использовали свои способности, чтобы передавать данные о потасовке стражникам, которые делали ставки, угадывали победителей и болели за особо отличившихся героев с каждой стороны.

— Можем не брать все,— предложил Кутшеба.— Сколько уже набрали?

— Около двухсот килограмм... У меня руки немеют! Ваша очередь!

Они поработали еще пятнадцать минут, и даже Кутшеба признал, что довольно уже искушать судьбу.

— Может, как-нибудь попозже вернемся за остальным. У нас триста килограмм. Это и так целое состояние.

Стоящий у выхода Кунтц восторженно покачал головой. На его лице расцвела злобная улыбка.

— Целое состояние,— согласился он.— А для троих будет больше, чем для десятерых.

— Кунтц? — Гудрич замахнулся лопатой, но не успел нанести гному удар, потому что Дунько неожиданно вытащил из-за пояса пистолет и выстрелил вору прямо в лицо. Львовянин даже не застонал. Умер сразу.

— Вы, господа, слишком хитрые засранцы! — Кунтц потянулся за мушкетоном, который отложил, пока копал.— Мудрили, мудрили и перемудрили! Держи их на мушке, Дунько. Это хитрецы и убийцы!

— Хочешь убить дракона? — спросил Кутшеба, наблюдая, как гном проверяет оружие, целясь в драконью голову. После секундного замешательства он подошел ближе и стал искать какое-то более чувствительное место.

— Это будет настоящий удар для этого буржуазного, пресыщенного капиталистическим гнильем города,— бормотал он, как довольный кот.— Я бы отрезал голову этой погани, но это слишком хлопотно. А времени нет, совсем нет.

— И что дальше?

— Дальше? Для тебя нет никакого дальше, сукин ты сын. С помощью големов мастера Шимана мы перевезем золото и серебро, и оно послужит благому делу. А вас повесят, если, конечно, жители города вас до этого не четвертуют.

— Думаешь, мы не сдадим тебя?

— Если выживете. А мне какая разница? Так или иначе, вам этого не простят. Вы уже не увидите солнца. А мы будем в безопасности. Товарищи перебросят нас обратно к матушке Революции. Золото будет спрятано...— он помолчал.— Как вы думаете, если я выстрелю ему в ухо, ему разнесет мозги?

— Я думаю,— мягким баритоном ответил ему дракон,— что тебя я, пожалуй, не сожру, чтобы не отравиться.

— Не такой ведь был уговор,— напомнил Кутшеба, а потом подскочил к лестнице, ведущей во внутренний двор Вавеля, пока Дунько не успел прийти в себя и выстрелить.

Первым среагировал гном. Забираясь по каменным скользким ступеням, Кутшеба услышал, как Кунтц испуганно завопил и выстрелил из своего смертоносного, хотя и устаревшего оружия. Дракон зарычал, но в его голосе было больше задора, чем боли. Боль слышалась только в пронзительном вопле Дунько. В свою очередь, Кунтца, судя по долетевшему эху, обуял страх, когда он увидел, что големы внезапно закрыли вход в яму и заблокировали ее снаружи.

На драконье рычание сбежались стражники. Сразу же возле тайной тропинки появились люди, но Кутшеба с Шулером притаились между ветками растущего неподалеку каштана.

— И что теперь? — спросил бог.

— А теперь все только начинается.

* * *

Июнь 1972 года по старому календарю,
пятьдесят седьмой год Предела, двадцатый год Мира,
над Вековечной Пущей

Битва между Вековечной и «Ягелло» подходила к концу. Три новые стаи птиц сделали то, что не удалось автоматным очередям: они разбили борт дирижабля. Часть птиц принесла с собой споры грибниц — разбуженные неестественным образом, они распространились по всему дирижаблю, разрастаясь и пожирая даже людей.

Они атаковали и погодника, но тот справился с ними, покрыв все свое тело электрическим полем, которое создавалось у него внутри. Тогда птицы забросали его желудями, из которых разрослись дубовые деревья. Их ветки сплели клетку вокруг демона, а корни врастали в борт дирижабля, вгрызаясь в его деревянные части и раздирая броню. В конце концов они разнесли борт и разломали «Ягелло» пополам. Хотя погодник уничтожал ветки молниями, птицы приносили все новые и новые желуди. Спасти «Ягелло» было уже невозможно.

Все это Кутшеба наблюдал в бинокль. Новаковский все-таки прислушался к нему, и «Баторий», используя всю мощь двигателей, удирал на север. Марсианин приказал подняться высоко, насколько это было возможно, чтобы удалиться от Пущи на максимальное расстояние.

— Погибли не все,— закричал Кутшеба.— Смотрите!

Обломки «Ягелло» еще держались на канатах воздушного шара, которому птицы и деревья не смогли причинить вреда. Вдруг там появилась какая-то фигура. В птиц снова ударили потоки огня. И прежде чем они пришли в себя после этой атаки, остов корабля и ближайшее пространство вокруг него окружил туман. Даже экипаж «Батория», который уже отошел на несколько километров, услышал рык Пущи, разозленной тем, что враг сумел ускользнуть.

— Аэроплан! У них там аэроплан! — марсианин вполне человеческим жестом ударил кулаком по колену, точнее по тому, что при всем его камуфляже должно было напоминать колено.— Они сделали это!

— Собрали на дирижабле самолет? То есть они современнее вас?

— Ну уж точно хитрее. Учитывая, что они скрыли это от меня! Господин Кутшеба, если бы они использовали его в борьбе с нами, всё наше преимущество растаяло бы в мгновение ока!

— Всё наше преимущество пойдет коту под хвост, если мы сейчас же не изменим курс! — Кутшеба указал на темный силуэт, который отделился от трупа «Ягелло» и явно направлялся к «Баторию». Хотя часть птиц всё еще неустанно прочесывала густеющий магический туман, Вековечная направила несколько отрядов на второй дирижабль.

— Мы быстрее,— настаивал марсианин.

— Я бы не был так уверен. А даже если и так, то Вековечная может завербовать птиц из других регионов и преградить нам путь. Господин Новаковский, вы меня наняли как эксперта именно по таким ситуациям. На север отсюда лежит сплошная Вековечная, которая граничит с Матушкой Тайгой. Мать Тайга — это другой организм, но, если мы разобьемся там, она выдаст нас Вековечной. И позволит ее эскадронам пролететь над собой, чтобы нас догнать, или даже поможет им в борьбе.

— Вы хотите лететь на восток?

— Вековечная не погонится за нами на территорию Революции, это точно.

— Это самоубийство!

— Поэтому мы летим на юг.

— Мы отдалимся от цели!

— Зато выживем!

Все замолчали, пока тишину не прервал Чус.

— Птицы приближаются, господин. Медленно, но уверенно. Они нереально быстрые. Они настигнут нас. Не скоро... если они не устают, то через десять или чуть больше часов.

— Вы видели, что они сделали с «Ягелло». Думаете, у нас есть шансы?

— Они устают! А мои двигатели — нет!

— Вы уже раз недооценили жителей этой планеты,— напомнил ему Кутшеба.— Может, не стоит повторять ту же ошибку?

— Я спущу на нее всё, что у меня есть,— вмешался Мочка, и, быть может, это перевесило.— Я убью ее! Сожру даже птичий помет Пущи!

— Курс на юго-восток, господин Чус,— решился марсианин.— Сматываемся отсюда в Дикие Поля. Двигатели на полную мощность. Господа, каждые полчаса я буду ждать в каюте ваших докладов. А пока что, извините, мне нужно удалиться.

Он вышел, а Чус и Мочка посмотрели на Кутшебу так, словно обвиняли его. В ответ он пожал плечами и тоже ушел с мостика.

В коридоре он встретил Грабинского. Опираясь о стену, снайпер попивал из солидной бутыли. Карабин стоял возле него, а в свободной руке он держал зажженную сигарету.

— Мы же и так упадем, правда? — бросил он, видя удивление Кутшебы.

— Может, чуток попозже?

— Ты хочешь укрыться на Диких Полях?

— Я знаю те места. Дашь сигарету?

— Сигарету — да. Водку — нет.

Кутшеба согласился на это условие.

— Смылись на самолете, да? — спросил после нескольких глотков Грабинский.— Сколько их там могло спастись?

— Двое. Максимум, трое. Я, кажется, видел троих. Я мало знаю о самолетах, но этот был небольшой. Наверное, летел пилот, чародей, который создавал туман, и главный, если он вообще был на борту.

— А чародей был хорош.

— Лучший из всех, кого я видел.

— Мне тоже показалось, что он хорош,— Грабинский покачал головой. И закурил следующую сигарету. Он затянулся, а потом долго наблюдал за дымом, который поднимался к иллюминатору.— Давненько я не стрелял в людей. Я думал, что с меня уже хватит смертей. Однако сегодня рука даже не дрогнула. Может, это старость? Сам скоро сдохну, поэтому мне и плевать на чужую жизнь.

— Ерунда. Ты сделал то, что надо было. Иначе в любой момент мы могли стать едой для Пущи.

— Может, и так. А они ужасно настырные — те, на «Ягелло». И исключительно хорошо подготовлены к операции для людей, которых поступок марсианина по идее застал врасплох.

— Может, они были не так уж и не осведомлены. Не только у Новаковского работает разведка. Глупо было бы думать, что другие не проявляют никакой инициативы.

— Думаешь? А может... знаешь, Мирек, может, ты мне не всё рассказываешь?

— Никто никому всё не рассказывает.

— Банально это, Мирек, но как хочешь. Думаешь, мы доберемся до Диких Полей?

— Я молюсь своему богу. И тебе бы не помешало.

— А Вековечная погонится за нами аж туда?

— Она разнесет «Баторий» на куски, если догонит. Но над Дикими может отступить. Либо нас уже не будет на борту, когда она настигнет дирижабль...

Грабинский одним глотком опорожнил бутыль. Какое-то время он заглядывал в горлышко, пытаясь высмотреть ещё пару капель-дезертиров. Когда эти старания не увенчались успехом, он жалобно вздохнул, выстукивая пальцами какую-то грустную мелодию по пустому сосуду, а потом, пораженный внезапным подозрением, посмотрел на Кутшебу так, как когда-то, в свою бытность детективом Железных дорог, смотрел на подозреваемых.

— Как ты думаешь, кто находился на борту «Ягелло»? — спросил он.

— Этот чародей? Я не знаю его.

— Не чародей. Тот, третий.

— Кто-то важный, наверное.

— Кто-то важный,— согласился Грабинский.— А ты всегда охотишься за важными людьми, правда? Почти что самыми важными. Ты никогда мне не говорил, кого ты преследуешь по велению твоей черной госпожи, кто эти люди или кем они стали.

Кутшеба не ответил, и тогда Грабинский грустно улыбнулся и пошел искать водку. Кутшеба проводил его взглядом и вдруг выругался. Ему что, больше нечем было заняться, как только разглядывать людей на борту дирижабля!

ГЛАВА 7

Июнь 1972 года по старому календарю,
пятьдесят седьмой год Предела, двадцатый год Мира,
над Вековечной Пущей

Он наблюдал, как мара швыряла проклятия в настигающих их птиц. Опускались сумерки. «Баторий» уже десять часов шел на всех парах над Пущей-монстром, но птицы так и не выбились из сил. Они медленно, но уверенно сокращали дистанцию. Вековечная мобилизовала новые силы, чтобы, как и предполагал Кутшеба, другой стаей попытаться преградить им путь.

На этот раз Новаковский предоставил Мочке свободу действий, и одержимый разверз вокруг «Батория» настоящее пекло. Маленькие воздушные штормы затягивали и растерзывали птиц, огненные молнии сжигали их. Мочке даже удалось подчинить несколько орлов, которые успели убить много тварей, прежде чем Пуща разгадала уловку и вернула контроль над ними. Вскоре Мочка потерял сознание от перенапряжения, но стая была разбита, что позволило «Баторию» оторваться. Птицы уже не гнались за ним, а только сохраняли дистанцию, ожидая, пока к ним присоединятся два следующих сверхсущества.

Все на борту знали, что с ними Мочке уже не справиться.

Мара появилась, едва село солнце. Помогли ли в борьбе со стаей ее заклятия, Кутшеба не знал. Его забавляла злость мары, направленная, как всегда, на создание, которое стало у него на пути. Как только она покинула его тело, он уже не разделял ее гнев. Не в первый раз она оказалась более агрессивной и настойчивой, чем он.

Она казалась такой естественной. Смуглая, почти хрупкая, ее можно было принять за девушку, которая с палубы корабля высматривала своего возлюбленного. Склонившись над бортом, она махала рукой, делая жесты, которые можно было принять за прощание.

Однако она бросала заклятия.

Ветер развевал ее волосы и нес ее слова к птицам. Не впервые Кутшеба восхищался ее грацией и красотой. Он не знал, какой видели мару остальные. Когда-то он слышал легенду родом из восточных степей, повествующую о мужчине, который всю жизнь встречался со Смертью, переодетой в женщину. Когда он увидел ее молодым, она показалась ему безобразной, но чем больше он старел, тем прекраснее она ему казалась. И когда пробил его час, он радостно упал в объятия самой красивой женщины, которую только встречал в своей жизни. Может, с марой было так же? Может, остальные видели в ней чудовище, и только он видел прекрасную девушку, потому что только он был готов связать себя с ней?

Она почувствовала, что мужчина смотрит на нее, и повернулась к нему, сидящему на низкой скамейке, которая была бы уместна скорее на пассажирском, чем на боевом корабле, задрожала и внезапно оказалась сидящей у него на коленях, обнимая за шею и нежно царапая когтями.

— Мирек, Мирек...— выдохнула она ему в ухо,— чего они все от нас хотят?

— Ты должна знать это лучше, чем я.

— Ты ранишь меня,— грустно прошептала она, склоняя треугольное лицо ближе к Кутшебе. Глядя ему в глаза, она ласкала его щеку ладонью, а потом вдруг снова вернулась в его душу. Он услышал коечто еще, что могло быть шепотом или даже его собственным воображением: «Я другая, другая!»

— Я почувствовала, что нечто темное выползло на борт.— Сара уселась рядом с Кутшебой. Она не выглядела обеспокоенной, хотя сопровождающий ее Яшек смотрел на Кутшебу, широко раскрыв рот от удивления. Их, конечно же, сопровождал Крушигор. Он до сих пор носил патронташ и карабин, перекинутый через плечо. У него тоже было какое-то странное выражение лица.— И часто она из тебя так вылезает, муло?

— Что значит это слово?

— Что добрые люди должны держаться от тебя подальше. Ответь на вопрос!

— Нечасто.

Он подумал, что должен уйти. Разговаривая с этой колдуньей о маре, он чувствовал, будто предавал верную подругу. Хотя все твердили, что демоница использует его, на самом деле, с тех пор, как он принял ее в свое сердце, она никогда не подводила его. Что бы ни говорили, они были нужны друг другу. Может, если бы не она, гнев, сжигающий Кутшебу изнутри, давно погас бы и он отказался бы от мести? Это была не очень приятная мысль. Если бы он уделил ей больше времени, то должен был бы спросить сам себя, помнит ли он еще свою семью, грустит ли по ним и любит ли их так, как любил когда-то. Возможно, именно для того, чтобы не сталкиваться с последствиями таких размышлений, он и решил остаться с Сарой.

— Когда-то вообще не вылезала. А в последнее время случалось пару раз.

— Просто так? Выходит из тебя, чтобы поговорить? Посмотреть на мир?

— Она не смотрела на мир, Сара. Она бросала проклятия в птиц.

— Проклятия? Она сама — одно сплошное проклятие, муло. Твое и тех, за кем вы охотитесь. И ничье больше. Ее заклятия не действуют ни на кого, кроме тебя.

— Может, ты не всё о ней знаешь?

— Ты глуп!..— проворчала Сара, но вдруг смягчилась: — Может, и не знаю. Я никогда не слышала, чтобы мара так просто вылезала из человека.

— Мир меняется, правда? Может, демоны тоже? А теперь ты мне кое-что скажи...

— Снова торгуешься? Плохой ты человек, муло.

— Нет смысла это повторять. Все и так это знают. Скажи, какой ты ее видела. Какой она тебе показалась?

Сара посмотрела ему прямо в глаза. Неожиданно ее взгляд посветлел, как будто от улыбки, и через мгновение она действительно улыбнулась.

— Наверное, я глупее, чем думала,— прыснула она, вставая.— Мне пора, надо нашего одержимого сопляка вернуть к жизни, чтобы спас нас, когда снова прилетят птицы.

— Ты не ответила.

— Пусть они тебе ответят,— она указала на ошарашенных мужчин. Крушигор только кашлянул, недоброжелательно посмотрел на Кутшебу и ушел. За ним засобирался и Яшек, но Кутшеба остановил его.

— Красивая была,— выдавил из себя парень, залившись краской.— Я не знаю, почему. Страшная. Но красивая. Я не знал, что чудища могут быть такими красивыми. Это было какое-то искушение, наверное.

— Тебя когда-то кто-то обижал, Яшек?

— Только вы, господин. Но вас я простил. Вы — плохой человек, но вы не служите злу. Это судьба вас так наказала.

— Иди уже, святоша,— рассмеялся Кутшеба.— Все вы непонятно почему вдруг стали такими приветливыми. Прямо не знаю, что с этим делать!

— Но Крушигор не любит вас, господин,— обрадовал его Яшек и убежал.

* * *

Май 1967 года по старому календарю,
пятьдесят второй год Предела,
пятнадцатый год Мира, Краков

Суматоха в Драконьей яме все усиливалась. Когда мимо каштана прошли восемь стражников, Кутшеба с Шулером спрыгнули с дерева на землю.

Как и предупреждал Тмин, вызванный им проливной дождь не попадал на вавельский внутренний двор. Не удалось также погасить чарами газовые фонари, и даже силы Шулера здесь были ограничены.

Он всё еще мог изгибать линии судьбы и использовать случай, однако был не в состоянии создать его из ничего. Но заклятия, которые когда-то звучали в этих стенах, действовали: слишком много обитателей холма использовали худшие формы магии, чтобы хотя бы попытаться полностью ее нейтрализовать. Однако Кутшеба мало что знал о чарах. Он полагался только на формулы, которые получал от искусных магов, а они стоили дорого. Поэтому он покупал только те, которые были ему необходимы. Заклинанию невидимости не нашлось места в списке расходов. Рассчитывать на какую-либо защиту не приходилось, и Кутшеба понимал, что попытки скрыться и незаметно пробраться к Воровской башне лишены всякого смысла. Он расправил плечи и пошел по аллее, как будто бы имел полное право здесь находиться.

Стражники, которых нанял банк, не покинули своих постов, и, как оказалось, у них есть собственное мнение насчет двух нарушителей порядка, так как они тут же нацелили на мужчин карабины. Они стояли вшестером перед дверями, вооруженные современным оружием, о котором городские службы могли только мечтать. В их мундиры были вшиты амулеты самого разного происхождения, а фрагменты охранных татуировок, которыми были покрыты их тела, виднелись из-под белых воротников и рукавов униформы.

— Лейтенант Маяковский из краковской полиции,— прокричал Кутшеба, левой рукой поднимая фальшивое удостоверение.— Я пришел сообщить, что было совершено дерзкое нападение на дракона. Ну и проверить, всё ли у вас в порядке.

— Стой! — голос начальника стражи звучал так грозно, что мог бы остановить и самого дракона.— Брось нам эти бумаги, мы проверим, кто ты.

Сохраняя вид послушного служаки, которому было все равно, что происходит, лишь бы у него лично не было проблем, Кутшеба кинул фальшивку под ноги стражнику. А когда подделка в картонной обложке взорвалась, ослепляя всех в радиусе двух-трех метров, Кутшеба прорвался сквозь отряд.

Банк не нанимал обычных солдат или полицейских на пенсии, которые больше внимания уделяли содержимому собственного желудка, нежели своей физической подготовке, его интересовали настоящие крутые парни, хоть и ветераны, но всё еще молодые и сильные. Однако даже они, при всей своей защите и подготовке, на которую тратилось целое состояние, совершенно разленились. Директор банка, очевидно, не разделял их спокойствия, но стражники чувствовали себя в безопасности в Вавеле, который защищался десятками разных способов.

Двоих Кутшеба лишил сознания ударом дубовой палки со свинцовым стержнем. Справился даже без помощи Шулера.

Однако уже через мгновение бог отводил от своего подопечного пули из карабинов стражников, которые были еще в состоянии целиться. Остальные стреляли вслепую. Одних Кутшеба отвлек маленьким подручным заклятием, купленным в свое время у Бабы-яги, других — знакомил со своей палкой.

— Ну... по-тихому не получилось,— пробурчал после всего Шулер.

— Пусть знает, что я иду. Пусть боится! — им овладела лихорадка сражения. Мара в нем кричала, разгорячившись в предвкушении битвы, жаждая долгожданной мести. Когда он бросился к стражникам, она защищала его от ударов. Один раз даже высунула свою когтистую руку из Кутшебы и располосовала горло стражнику, который подходил со спины. Хотя она знала, что Шулер, наверное, защитил бы его, но она жаждала разделить кровавое возбуждение со своим мужчиной, отдаться всепоглощающей лихорадке, сплавив с ней собственное упоение.

Двери они высадили динамитом Кунтца. Кутшеба не экономил — взрыв не только вырвал массивные врата, но и разнес часть стены. Сразу же во всей башне раздался сигнал тревоги, но только работники банка могли на него отреагировать. Вавельские стражники уже столпились вокруг Драконьей ямы, собирая доказательства, в том числе сосуды из-под фальшивого эфира, либо гонялись по побережью Вислы за убегающим на грозовой туче Тмином или за Яйцусем, который пытался сбежать более традиционным способом. Некоторые, поддаваясь искушению, пытались прихватить с собой часть сокровищ, другие утихомиривали дракона, который когтем пришпилил к стене герра Кунтца и медленно подогревал ему пятки горячим дыханием.

Вооруженный карабином, отобранным у одного из стражников, Кутшеба вошел в холл банка. Он даже не пытался скрываться. Благодаря поддержке Шулера он замечал охранников еще до того, как они успевали отреагировать. Он уложил четверых, пока добрался до лестницы. Он заглянул за угол. Пули не промазали бы, если бы не помощь Шулера, который раздваивался и растраивался.

— Это слишком! — крикнул бог.

— Пусть боятся! — Кутшеба безумно захохотал.

Он застрелил стражника на ступеньках и погнал вверх, в спальню, где под кроватью сжался лысоватый толстяк, который сейчас совсем не был похож на одного из самых могущественных людей Кракова. Во вспотевшей дрожащей руке он держал револьвер, полученный когда-то от генерала из Крепости Сов, с которым они дружили с детства. Он молился, чтобы бронированные, укрепленные священными и магическими символами двери выдержали, и взывал к помощи бога, которого когда-то они создали вшестером, чтобы получить власть и богатство.

Всё напрасно.

Круг, нарисованный на пороге, остановил Шулера, неестественная удача покинула Кутшебу, когда он взорвал бронированные двери и вошел в спальню. Но тогда его направляла уже другая сила. Пули, которые выпустил в него толстяк, отвернула не судьба. Банкир промазал из-за страха, стрелял вслепую, сжимая в руках трясущийся револьвер. Кутшеба вытащил толстяка из-под кровати, раздробил ему колени палкой, а потом просто застрелил, не обращая внимания на мольбы.

Шулеру, который наблюдал за всем из-за порога, даже стало жаль бедолагу. Сквозь линии судьбы он всматривался в путаницу потенциальных жизней директора банка. Он видел потерянные шансы на счастливую жизнь и отброшенную возможность отказаться от преступного плана. Тогда еще не толстяк и не директор, а едва достигший тридцатилетнего возраста светловолосый начальник одного из отделов банка, три бессонные ночи он провел в сомнениях, не уговорить ли партнеров найти другой способ сделать успешную карьеру. Все эти возможности и воспоминания гасли, покидая остывающее тело. Раньше банкир светился потенциальными возможностями, а теперь превращался в пятно мрака, похожее на то, каким для Шулера был Кутшеба. Вокруг Мирослава, который наклонился проверить, не услышит ли он хотя бы отголосок пульса, не появилось никаких светлых ответвлений судьбы. Путь у него был один — прямой и черный.

— Приближается его хранитель, Мирек. Знает, что опоздал, но хочет нам отомстить.

— Скроешь наши следы. И дай мне еще минуту.

Кутшеба наклонился над ухом мертвеца, и, хотя тот уже ничего не слышал, он прошептал короткую, состоящую из трех имен, литанию.

— Теперь,— сказал он новому дню,— еще четыре.

— Валим,— повторил Шулер.

— Теперь да,— согласился Кутшеба.

Они убежали, хотя путь им пытались преградить банковские стражники и преисполненный скорби по потерянному создателю бог, рожденный кровью и смертью пассажиров поезда Галицийских железных дорог. Хоть Кутшеба и не знал этого, часть неупокоенных духов помогала им сбежать. Они были слабы — эти переполненные печалью призраки, которые ночами блуждали вдоль путей, прогоняемые хранителями локомотивов и магическими стражами железнодорожных станций. Они существовали в вечном полусне, пока их не пробудил вопль этих душ — жертв мести Кутшебы.

Они слетались со всей страны, как птицы-падальщики, которые ищут, чем поживиться. Все стражники городов — будь то души животных, закопанных на границах территорий, или духи людей, которые позволили себя замуровать в городских стенах или заставах,— пытались их задержать. Однако им никогда не удавалось остановить всех. Всегда были какие-то дыры в преградах, они пробирались через перекрестки, пользуясь помощью мелких чертей, удерживающих там свои плацдармы, либо проникали во сны грешников, поддающихся безумию. Они пробирались через щели, проделанные обезумевшими диверсантами, которые были готовы жертвовать собой ради того, чтобы насолить ближним, и торговцами собственными душами, которые искали выгодной сделки с нечистой силой. А потом натыкались на окропленную кровавым ритуалом душу и разрывали ее на куски.

Ни один из мужчин, до которых добрался Кутшеба, не имел шанса на избавление или хотя бы перевоплощение в мстительного упыря. Духи убитых пировали недолго, а добыча приносила им лишь минутное утешение. Однако они путали следы и невольно помогали беглецам.

Мара, которая жила в сердце мстителя, видела упырей, но никогда так и не поделилась этими знаниями со своим носителем. Время от времени она хотела сказать ему об этом, но всегда напоминала себе, что среди упырей она видела также искалеченные лица его жены и детей. И что в их глазах, как и во всех остальных, уже не было ничего человеческого — чистый голод.

ТРЕТИЙ

ГЛАВА 1

Июнь 1972 года по старому календарю,
пятьдесят седьмой год Предела, двадцатый год Мира,
над Вековечной Пущей

В тот вечер они не играли в бридж.

Чус не отходил от штурвала, с тревогой глядя на всё так же преследующих их птиц. Он принимал рапорты из машинного отделения, где двигатели работали без перерыва, после чего слал гонцов к Новаковскому. Марсианин выслушивал их молча.

Сара, охраняемая Крушигором и Яшеком, пыталась привести Мочку в сознание. Ванда и Шулер прижимались друг к другу, шепотом молясь за Кутшебу. Грабинский пил, убегая от собственных демонов, а Кутшеба, сидя на внешней палубе, раскладывал пасьянсы. И думал.

Самой сильной картой он сделал марсианина. Пиковый король лежал в центре разложенных вокруг карт. Много ли знал Новаковский? А о чем только догадывался? Он сегодня разочаровал Кутшебу, когда позволил себе так увлечься сражением. Ему следовало быть более рациональным. Может, тоска по командованию космическими кораблями была сильней, чем думал Кутшеба? Если так, то как на это смотрят остальные марсиане? Может, Грабинский был прав, и все они хотели только одного: вернуться в космос, в это холодное пространство, в котором они были единственными хозяевами. Может ли это иметь значение? Безусловно, это можно как-то использовать. Нужно опасаться марсианских сантиментов, которые могли навредить всему походу.

Грабинский... Кутшеба долго всматривался в валет треф, раздумывая, где его разместить. Откуда он мог знать о казни в Кельце? Да, о ней писали в газетах. Поэтому Кутшеба и дал себя поймать, чтобы инсценировать собственную смерть и послать сигнал скрывающимся от него в хорошо защищенных крепостях влиятельным людям, что им больше нечего бояться, потому что мститель мертв. Ему нужно было, чтобы они на какое-то время потеряли бдительность. Первого ему относительно легко удалось убить — тот не ожидал мести. Второй спрятался в замке, который считал неприступным. Третий инсценировал собственную смерть и спрятался под фамилией и личностью, украденной у несчастного Буртовецкого. Он обманул бы всех, включая Кутшебу, если бы дух убитого купца не возжелал мести. Обиженные притягиваются друг к другу. Призрак сам нашел Кутшебу и всё ему рассказал. Однако смерть человека, который украл у него душу, не удовлетворила его. Когда Кутшеба отказался убивать вдову, дух стал приходить к сыну. Он убеждал его убить родную мать, которая не понимала, что теперь делит ложе с самозванцем. С точки зрения призрака, женщина тоже была виновна. Кутшебе не впервой было сталкиваться с логикой упырей. Интересно, после смерти он тоже превратится в нечто подобное?

Он отбросил воспоминания. Ни к чему распыляться. Грабинский мог прочитать о казни убийцы келецкого купца. Но как он связал воедино фальшивую фамилию убитого с Кутшебой, который тоже скрывался под выдуманной личиной? Только сообщники убитого знали, кем был убийца и каковы были его мотивы. Грабинский присоединился к ним? С другой стороны, Новаковский ведь тоже знал, что Кутшебу повесили в Кельце. Может, этот финт со смертью удался ему не настолько хорошо, как он думал? А может, он слишком быстро рассекретил себя?

Он отложил валета треф в сторону, к неизвестным.

Сара и Крушигор, дама и валет червей. Они связаны с Яшеком, которого он выбрал сам. Могли ли они шпионить в пользу конкурентов марсианина? Сомнительно. Другое дело, что Сара оказалась намного более сильной чародейкой, чем он предполагал. Кутшеба понимал, что она была вынуждена прятаться, цыганам всегда приходилось быть осторожными, линчевания и погромы случались постоянно, хотя скорее в провинции, чем в больших городах. Он отложил их карты.

Молодая Ванда, приемная дочь Шулера, была в отдельной категории. В его колоде ее символизировала дама бубен, верная спутница короля бубен. За девушкой стояла какая-то тайна. Кутшеба не понимал силу, которой она обладала, но догадывался, что она была огромна. Он отбросил предположение, что она была воплощением настоящей Ванды. Светлая госпожа не покинула бы поселок возле кургана, обязанность защищать верных связывала богов и хранителей.

— Кто эта девушка? — спросил он у мары.— Что ты можешь о ней сказать?

В этот раз, возможно опасаясь Сары, темное создание не вышло из его души.

«Я боюсь ее».

— Ты? Боишься?

«Существуют вещи, которых я боюсь. Например, твоя смерть».

— Это естественно. Тогда ты тоже перестанешь существовать. Но Ванда тебе не угрожает

«Ты иногда бываешь таким глупым! — разозлилась мара.— *Она не угрожает мне естественным путем. Но... я ее, похоже, полюбила»*.

— Что в этом странного? Ее все любят.

«Очнись, Мирек! Забыл, кто я?»

— Хм, ну да.

«Ну да».

Ее все любили. Может, в этом была суть? Может, Ванда навела какую-то порчу на «Баторий»? С какой целью? Но... она же не могла сглазить его мару?! Или могла?..

«Не будь идиотом».

— Господин Кутшеба? — один из людей марсианина предстал перед мстителем, словно перед своим офицером.— Господин Новаковский просит вас к себе.

* * *

— Я должен перед вами извиниться,— марсианин подал ему бокал коньяка.— Я должен был сразу к вам прислушаться. Возможно, мы бы избежали нынешних хлопот.

— Вы рассчитали, когда они до нас доберутся?

— У нас есть пара часов. Мы успеем долететь до Диких Полей. Хотя... едва ли успеем. Вы должны знать, что это мне не с руки. Мы удлиним наш путь.

— Почему мы не обошли Вековечную с севера? С Ледяными и с Асгардом можно договориться. И тех, и других можно купить. Вековечную — нет.

— Слишком длинный перелет над Польшей был для нас нежелателен. Я не думал, что они будут гнаться за нами за границами страны и... Галицийских железных дорог. Боюсь, это не первая и не последняя ошибка, которую я допустил во время этого похода.

Он замолчал. Но он мог больше ничего и не говорить. Границы стали источником опасности в Мире без Войны. Предел стер с карт существовавшие ранее государства. В России произошла революция, Австро-Венгерская и Турецкая империи распались под влиянием национальных восстаний, поддерживаемых пробужденными богами и демонами, такими же злыми, как и повстанцы, которые массово обращались в новую веру. Давно умершие короли Польши боролись против немцев плечом к плечу с Перуном и Сварогом, вилы сформировали отборную гвардию легендарного князя Марека, который вел сербские войска против турок, пытавшихся спасти свою империю. Днепр и Неман вспенились из-за водяных дев, которые ради освобождения затягивали в пучину царских солдат.

Посреди всей этой неразберихи появились марсиане, которые пытались отвоевать себе место в этом мире. Последние верные им божества только усиливали хаос, но не так, как боги десятков других рас, которых марсиане завоевывали раньше,— эти взбунтовались и начали охотиться на пришельцев. Из этого кровавого хаоса и родились такие создания, как Вековечная Пуща. Люди, марсиане и более рассудительные боги поняли, что если они не начнут сотрудничать друг с другом, то быстро погибнут. Но это сотрудничество никогда не проходило гладко.

Во времена Предела каждый спасался как мог. Были основаны бизнес-союзы и созданы личные армии. Когда наступил Мир, патриоты — убежденные, что им удастся построить независимые государства,— поняли, что проблема не только во внешнем враге. Галицийские железные дороги не видели причин отказываться от полученного могущества. Они заключали межнациональные контракты с другими сильными корпорациями. И тогда, чтобы сравнять силы, националистические идеалисты создали Республику Наций — странное формирование, которое превратило значительную часть Европы в квазифедерацию государств с новыми границами.

Перед лицом угроз демонических гегемоний никто не хотел войны между людьми, поэтому они пошли на ряд компромиссов. Польшей стал править король, выбираемый из числа представителей возрожденных древних династий, поскольку только эти правители имели власть еще и над частью национальных духов, демонов и божеств. Галицийские железные дороги функционировали почти как государство в государстве. Границы этой корпоративной территории не совсем совпадали с границами Польши. На юге ГЖД имели большее влияние, чем на севере, где роль гегемона выполняла возрожденная Ганза. Хотя оба эти формирования официально оставалась в принудительном союзе, который был обязателен ввиду множества заключенных контрактов, сферы влияния были четко разделены, однако на их границах иногда случались стычки. Несмотря на это марсианин не мог рассчитывать на помощь Ганзы, которая в политических вопросах во многом соглашалась с Галицийскими железными дорогами.

— Понимаю,— Кутшеба кивнул.— Я принимаю извинения. Но боюсь, значительную часть дороги нам придется одолеть по земле. Почему вы не построили самолет? Он же быстрее?

— Может, и быстрее. Но менее полезен. Вы, наверное, знаете, что мы сделали после того, как вы взорвали наши корабли? Уничтожили вашу авиацию. Парадоксально, но во время войны у вас было преимущество в воздухе, потому что большинство наших... наших машин, соответствующих вашим аэропланам, осталось в ангарах носителей... Носители — это такие корабли, на которых мы перевозили маленькие воздушные корабли. Мы располагали лучшим сухопутным оружием и большим опытом, поэтому мы уничтожили большинство ваших самолетов, взорвали все ваши заводы. Мы отбросили в прошлое и существенно замедлили ваше технологическое развитие. За что я прошу у вас прощения. Это было нашей ошибкой. Потом настали времена магии, и только мы вместе с горсткой предусмотрительных людей попытались остановить полный технологический регресс. Всего пару лет назад мы стали отвоевывать пространство для марсиан. И людей. Правда-правда. Но самолета, который по грузоподъемности подошел бы для нашего похода, не существует. Ни один аэроплан не поднял бы в воздух то количество топлива, которого хватило бы, чтобы добраться до цели.

А к весу топлива прибавьте вес людей, запасов еды и воды, оружия, снаряжения... Скорость — это еще не всё.

— Я рад, что вы так говорите, потому что нам придется значительно сбавить скорость, когда мы будем передвигаться по земле. Каким курсом мы следуем сейчас?

— Через час мы будем над Минском.

— Мы должны его обойти!

— Это не поможет. Мы только удлиним путь, и, скорее всего, нам не хватит времени.

— Над Минском у нас не будет никаких шансов выжить! Это единственный известный мне город, который Вековечная не обратила в пепел. Зато охватила своим безумием. Деревья там растут на крышах одержимых духами домов, словно на склонах гор. На улицах спят великаны из дерева и бетона. Я думаю, они уже ждут нас. Держа в лапах куски стен, которыми нас забросают. В конце концов, одному богу известно, что еще они задумали. Для начала я бы поставил на дивизион летающих каменных горгулий.

— У вас обширные познания. Тем не менее моя разведка доложила, что Минск — это одни руины. Что там не осталось ничего, кроме Пущи. И вам стоит знать, что разведка Галицийских железных дорог того же мнения.

— Я был там два года назад. Я знаю, что видел. Пуща экспериментирует, господин Новаковский, ищет новые решения. Вы сами только что в этом убедились.

— Ну что ж... меняем курс,— вздохнул марсианин.— Прошу меня извинить, но это лучше сделать сразу.

* * *

Май 1967 года по старому календарю,
пятьдесят второй год Предела,
пятнадцатый год Мира, Краков

— Сейчас же,— повторил седой верзила, будто думал, что его могли не услышать с первого раза.— Убирайтесь из моего города. Оба. Сейчас же. Мать вашу, не понимаю, почему бы мне не прихлопнуть вас на месте.

— Вероятно, это грозит разоблачением, не так ли? — предположил Кутшеба, не собираясь никуда уходить.

Нагло усмехаясь, они с Шулером уселись напротив полковника разведки. Они без труда нашли один из его любимых притонов на возрожденной улице Кошачьей. Когда Краков оградили новыми оборонными валами, вокруг них сразу же воскресли улочки, которые исчезли во время уничтожения старых городских валов в девятнадцатом веке. Среди них и улочка Кошачья. Современные жители Кракова все как один проклинали изысканные вкусы юристов девятнадцатого века, эстетические воззрения которых оскорбляли старые стены. Даже их руины были бы лучшей защитой от нечистых сил, чем обставленные статуями хранителей Планты. К счастью для города, Планты защищали и вороньи патрули, которые сохранили память о древних стенах, где гнездились целые поколения птиц.

Испуганные кричащие птицы обсели деревья, словно крепость, так же, как во времена Средневековья обседали зубцы несуществующих уже укреплений. Хотя вороны официально не работали на Городской совет и, казалось, больше всего облюбовали капюшоны и плащи чиновников в качестве цели бомбардировки отходами собственной жизнедеятельности, они всё же охраняли старые границы Кракова. Они ненавидели транзитных демонов и духов, возможно, по той же причине, по которой «старые краки» смотрели сверху вниз на людей, населяющих их город меньше шести поколений. У некоторых вороньих кланов, несущих службу на Плантах, родословная была длиннее, чем у знаменитых краковских династий.

— Разоблачение? — прыснул полковник Корыцкий.— Я тут свой. Вас я просто раздавлю, а повара спрячут ваши тела в кладовых. Сюда заглядывают клиенты, которые охотно отведают гуляш из человечины.

— Мой друг, вероятно, застрянет у них в горле... и ресторан потеряет свое реноме. Послушайте, я понимаю, что вы немного сердитесь из-за этого скандала...

— Ну, допустим, сержусь. Немного,— Корыцкий ядовито хмыкнул.— Тридцать погибших и две сотни раненых меня лишь чуточку раздосадовали, а сраного нагоняя от шефа, которого мэр угрожал выгнать ко всем чертям, я вообще не заметил. Но вот спаивание дракона и убийство одного из самых богатых и влиятельных людей во всем воеводстве не на шутку меня разозлили. Ты обманул меня! И что хуже — использовал!

— Не мог я споить дракона вот так сразу...

— Нашелся мне специалист по драконам и водке. Да ты вообще понимаешь, кого ты убил?

— Понимаю,— улыбка погасла на лице Кутшебы, а в его глазах появилось нечто такое, отчего даже Корыцкий почувствовал холод. Полковник с трудом совладал с собой и покрутил на пальце кольцо четок.— А еще я понимаю, что сдержал слово. Я проинформировал вас о группировке Революции, о которой вы понятия не имели, и выдал вам одного из их главных связных. Герр Кунтц ведь выжил после стычки с драконом, правда? Готов поспорить, что после этого он чуть ли не нараспев всё рассказал. У вас на руках все доказательства связи берлинской сети с Революцией, а возможно, и десятки других следов. Шиман теперь работает на вас. А в качестве бонуса: я ведь показал пробелы в системе охраны дракона и Вавеля. Я предупреждал, что возьму за это плату. А вы всего лишь помогли мне договориться с драконом.

— Твоя плата не должна была навредить городу.

— А каким это образом она ему навредила? Банк, вероятно, уже получил нового президента, кандидатов там хватает. Так что город потерял?

— А тридцать трупов и раненые?

— А это случайно не были самые фанатичные болельщики или свихнувшиеся бандиты? Сколько нелегальных магов вы выкрали между делом? Не говоря уже о скотоводах, которые выращивают чудовищ.

— Я должен быть еще и благодарен тебе? Хочешь похвальную грамоту от мэра? Орден?

— Информацию.

— Проваливай из моего города!

— Так и сделаю. А информация мне в этом поможет.

— Ближайшие ворота находятся в пяти минутах ходьбы отсюда. Если поторопишься, успеешь до закрытия.

— Я понимаю ваше негодование, полковник. Если хотите, мы можем сидеть здесь до утра и пререкаться за водочкой. Но это будет хоть и приятная, но всё же пустая трата времени. Либо вы меня арестуете, либо вы мне поможете.

— Арестовать-то я тебя не арестую...— Корыцкий махнул рыжей официантке. Ни о чем не спрашивая, она поставила перед ним литровый бокал пива и ушла, покачивая темно-рыжим хвостом, что виднелся из разреза юбки. Все трое мужчин проводили ее взглядом. Шулер прочитал ее ауру. После чего вдруг закашлялся, схватил принесенный только что бокал пива и залпом осушил его. Корыцкий наблюдал за этим с каменным выражением лица, после чего указал пальцем на бога и, глядя на Кутшебу, сообщил: — А вот теперь я разозлился! Именно из-за этого вашего проявления нахальства и неуважения к властям и традициям нашего древнего, мать его... и вашу тоже, города.

Он встал, направляясь к выходу.

— С этого момента платим мы. И я буду должен вам услугу,— прокричал Кутшеба, глядя при этом на Шулера и не переставая удивляться его поступку.

— Эта женщина...— простонал бог.— Она...

Он замолчал.

— Помесь,— закончил Корыцкий, снова усаживаясь за стол. Он подозвал официантку: — Малгося, с этого момента платить будут эти господа. Принеси нам три бокала темного. Тут много таких,— продолжил он, когда девушка ушла.— Не знаю, как они рождаются, и не хочу знать. Но есть и полуволки, и полумедведи, а также их помеси с обычными людьми... Так отчего же не может быть помеси с лисами?

— Она происходит не от лисы,— пробурчал Шулер.

— Ну как же? А от кого?

— От белки,— прошептал бог, потому что огненная Малгося вернулась к ним на удивление быстро. Хотя от Корыцкого она никогда не требовала денег, но сейчас протянула руку к Кутшебе.

— Белки? — одновременно повторили Корыцкий и Кутшеба, глядя ей в спину. Они переглянулись, одновременно скривились от отвращения и снова стали наблюдать за девушкой.

— Я знаю, что вижу,— настаивал Шулер.

— Но как... от белки? Это же, наверное, невозможно?

— Я предпочитаю не знать, как.— Шулер опустошил бокал до половины.— Ни за что на свете!

— Вот именно.— Корыцкий почесал затылок.— Было такое дело... лет двести назад в Кракове. Както мне захотелось проверить старые судебные книги, тогда я еще в полиции работал. Знаете, из-под Рыночной площади иногда вылезают старые трупы, поэтому надо было знать, с чем имеешь дело. Ну и оказалось, что двести лет назад под Серой Каменицей повесили такого чудака... за сношение с белками.

Они помолчали. Достаточно долго для того, чтобы заказать еще пиво. Малгосю, похоже, задел чрезмерный интерес с их стороны, поскольку на этот раз заказ принесла ее коллега. Новая официантка казалась обычной, пока Шулер не рассмотрел спрятанный посреди лба третий глаз. Мара почувствовала угрозу и быстро окружила мысли Кутшебы маскирующим заклинанием. У Корыцкого была своя защита.

— Считаете, что этот чудак... возродился? — наконец сказал Кутшеба.

— Скорее, в кого-то вселился. В Кракове полно душ осужденных. Черт тебя дери, меняем тему! Ты должен мне услугу, так?

— Я свалю отсюда. По-моему, это уже неплохая услуга...

— Нет, ты точно хочешь меня разозлить. Говори, что тебе нужно. А я сам решу, сколько это стоит.

Кутшеба подвинул Корыцкому сложенный лист бумаги. Он отбросил манеры и стал обращаться к нему на ты. Общие заговоры сближают людей.

— Есть там одна фамилия, место жительства и дата рождения... как и смерти.

— Дата недавняя,— пробурчал Корыцкий.— Слишком недавняя, чтобы ты имел с этим что-то общее. Наверное,— он подозрительно посмотрел на Кутшебу.

— Если бы я его убил, то зачем бы спрашивал о нем? Три дня спустя после нашей небольшой потасовки этот тип упал в пруд в парке во Львове и утонул. Я хочу знать все подробности его смерти, знать, кто после него всё унаследует, что решила безутешная в своем горе вдова и что сказал врач во время осмотра тела. Короче, всё.

— Это какой-то твой друг или типа того?

— Типа того,— спокойно ответил Кутшеба.— Он был мне близок... по-своему.

ГЛАВА 2

Июнь 1972 года по старому календарю,
пятьдесят седьмой год Предела, двадцатый год Мира,
над Вековечной Пущей

Недалеко от Минска Мочка наконец очнулся. Была почти полночь, и поэтому они смогли увидеть душу старого города со времен, когда его еще не захватила Вековечная Пуща.

Белесые, напоминающие свет луны и проникающие друг в друга тени людей, зверей и домов и даже деревьев — родом из тех времен, когда они принадлежали к миру фауны, а не демонов, бледным светом озаряли всё вокруг. Город, излучающий свет посреди мрака проклятой Вековечной Пущи, которая растянулась на тысячи километров, казался Ванде таким красивым, что ей хотелось к нему приблизиться. Однако она зря просила об этом Новаковского, который заменил Чуса за штурвалом. Мочка уже рвался к службе, однако Сара, равно как и бортовой врач, велели ему отдыхать.

— Ничего бы со мной не случилось,— пробубнила Ванда, всматриваясь в проплывающие мимо фигуры.— Они бы ничего мне не сделали!

— Я знаю, дочка,— Шулер гладил большой лапой ее светлые и легкие, словно ветерок, волосы. Он ощущал их светлыми. А Минск он видел как огромный вихрь несбывшихся историй. Ему было интересно, боялись ли одержимые деревья и орды демонов духов тогдашних жителей города.— Возможно, ты даже могла бы им помочь. Но они могут навредить дирижаблю и всем людям на борту. И птицы бы к нам приблизились.

— Яшек не может с ними поговорить?

— С одержимыми? Нет, малышка.

— А он действительно умеет разговаривать с животными? А то мне кажется, что он только хвастается, чтобы произвести на меня впечатление. Я еще не видела, чтобы он с кем-нибудь разговаривал.

— Потому что у нас нет ни одного животного. Я боюсь, что ты еще насмотришься на его способности, когда мы будем путешествовать по земле.

— Не могу дождаться, пап!

Не только она тосковала по этому способу передвижения. Кутшебе тоже осточертел дирижабль. Его угнетала теснота. Во время походов он всегда находил время удалиться от товарищей и отдохнуть от людей, особенно когда чувствовал, что слишком к ним привязывается. На борту воздушного корабля это было почти невозможно. Только он забирался в какой-нибудь тихий уголок, как его тут же кто-то находил. Хуже того — его не покидало предчувствие, что в критический для похода момент его проклятие даст о себе знать и навредит механике, которая приводит в действие «Баторий». Он хотел бы, чтобы они двигались лишь благодаря силе ветра, но тогда они не смогли бы оторваться от птиц. Птицы, похоже, тоже не знали усталости и рано или поздно должны были их настичь.

— Это же звери, а не демоны! — Новаковский, ранее убежденный, что птицы когда-нибудь выбьются из сил, теперь сдался.— Я понимаю, что они одержимы, но ведь у них есть тела. Их мышцы устают, требуют энергии!

— Может, они меняются? — задумался Кутшеба.— Достаточно, чтобы каждые несколько десятков километров новые птицы заменяли уставших. Мы видим постоянно одну и ту же стаю, но, может, она состоит из других, новых птиц?

— В таком случае, когда они нас настигнут, мы будем более уставшими, чем они. Я жду ваших дальнейших предложений, господин Кутшеба.

— Мы должны приземлиться где-то тут,— Кутшеба указал на карте на небольшой лес, окруженный со всех сторон степью.— Мы высадимся, а дирижабль полетит самостоятельно. Пусть его несет ветер, он уведет за собой погоню.

— Тогда они будут уже слишком близко и увидят нас!

— Я думаю, они гонятся за дирижаблем. Они на самом деле тупые. Если Вековечная приказала им гнаться за летающим кораблем, то они сосредоточатся на нем. В конце концов, в лесу они будут не так опасны.

— Лес населен духами?

— Это один из восставших детей Пущи, которыми она пыталась инфицировать Дикие Поля. Здешняя магия приручила его. По-своему, конечно. Он не атакует нас, если мы будем соответствующим образом себя вести. В лесу полно болот, нужно будет их перейти. Там есть остров, а на нем — город. Там мы и укроемся. Меня там знают с... лучшей стороны.

— Это люди?

— Да, русские. Но белые. Убегали из охваченной Революцией России на Запад, к Польше, но застряли там. Ими правит династия, начало которой положил один граф. Они ждут возвращения царя. В свое время я им немного помог.

— И что дальше?

— Если у нас будет достаточно серебра, они продадут нам лошадей. Мы восстановим силы, сможем купить кое-какие запасы и двинуться на север. Нужно будет преодолеть Дикие Поля, но я знаю несколько безопасных мест. В конце концов, там можно повстречать не только врагов. Это займет немного времени, но таким образом мы сможем добраться, наконец, до Тайги.

— Она не атакует нас?

— Матушка Тайга не ненавидит людей так, как ее своенравная кузина. Пущу мы потихоньку убивали, пока она не пробудилась. А Тайга всегда имела власть над людьми, а те, кто в ней жил, воспринимали ее как богиню... по крайней мере, пока с вашей помощью на наши головы не свалились настоящие боги. Пробуждение немногое изменило. Доберись мы до Тайги, преследуемые Вековечной, Матушка приняла бы нас за врагов. Но теперь, пока мы туда доберемся, наша стычка с Пущей будет уже легендой. Я знаю, как правильно вести себя с Тайгой. Если прислушаетесь ко мне, она даже поможет нам.

— Я рад, что взял вас с собой.

— Не беспокойтесь, вы еще передумаете. Я думаю, самое важное сейчас — это ваши враги. Во-первых, нужно учитывать, что их маг выжил. Они могли позвать на помощь, и кто знает, не направляется ли сейчас по нашему следу еще один дирижабль. Я не думаю, что после всего они отступят.

— Вы правы. И что из этого следует?

— По правде говоря, мне ничего не приходит в голову. Могли они знать про цель нашего путешествия?

— Есть такая вероятность.

— В таком случае, на их месте я бы выбрал северную тропу. Они бы добрались до места, опередив нас, забрали бы всё, что можно забрать, а потом просто поджидали нас.

— Уверенности от ваших слов не прибавляется.

— За магию у нас отвечает Мочка, а я предпочитаю ступать по земле твердо.

— Ну что ж, думаю, вы можете и ошибаться. Если всё так, как вы говорите... зачем им нас преследовать?

— Ну и оптимизм! Может, он и оправдан... Я вам еще нужен? Я бы хотел поспать пару часов.

— Да, разумеется. Отдохните. Я хочу, чтобы вы были полны сил на момент приземления.

* * *

Март 1968 года по старому календарю,
пятьдесят третий год Предела,
шестнадцатый год Мира, Дикие Поля

— Напомни-ка мне, зачем мы тут оказались? — Кутшеба еще раз проверил карабин. Оружие было что надо — почищенное, заряженное, готовое.

— Чтобы ты мог немного отдохнуть,— ответил Шулер.— Очистить сознание, отыскать второе дыхание. И чтобы они тоже отдохнули от тебя и перестали за тобой следить.

— В следующий раз, когда мне придет в голову мысль об отпуске, затяни меня на какой-нибудь пляж с прирученными сиренами. Пусть даже силой.

Они наблюдали за стаей волкодлаков, пытающихся перейти реку вброд.

Не чувствуя присутствия врагов, чудовища вели себя как беззаботные щенки. Один из них радостно прыгнул в воду, как только они сняли сумки и патронташ. Другие садились на корточки и жадно пили из реки. Пловцы то и дело обрызгивали их, и тогда те попискивали и отскакивали от берега либо рычали и, наоборот, тоже прыгали в воду, чтобы добраться до шутников.

Офицеры, защищенные крыльями из черной кожи, пытались утихомирить своих солдат, но даже волкодлаки нуждались порой в отдыхе и не реагировали на крики революционных комиссаров. Будь они на своей территории, охваченной террором, скорее всего, командиры использовали бы оружие, призывая к порядку. Застрелили бы двоих, может, троих самых веселых, а остальных плетьми построили бы в шеренгу. Однако на Диких Полях они не отваживались дисциплинировать подразделение проверенным методом.

Они зашли слишком далеко на территорию врага. Сейчас, вероятно, сильно жалели об этом. Чары Диких Полей не действовали на них, но простых солдат охватывало желание стать свободными, убежать от железной дисциплины Революции и присоединиться к диким братьям, которых почти никто не отваживался усмирить. Солдаты еще подчинялись приказам, но всё меньше было в них дисциплины и преданности делу.

— Готовы? — граф Ростов подошел к Шулеру и Кутшебе.— Ну, господа поляки, по моей команде!

Он упер в плечо приклад карабина, который, наверное, помнил еще царя. Прицелился и выстрелил первым. Один из сидящих на коне комиссаров резко выровнялся, расправил черные крылья и дико вскрикнул. Волкодлаки и на берегу, и в реке впали в панику.

Рыча и визжа, они кинулись в разные стороны. Одни побежали на другой берег, лишь бы подальше от врага. Они весьма рационально рассудили, что белые, которые их преследовали, находились только на одном берегу реки, но они даже не догадывались о русалках. Водяные девы хватали несчастных чудовищ за лапы и тянули ко дну. Обычно они не справлялись с волкодлаками весом больше ста килограммов, но сейчас они имели дело с растерянными солдафонами.

Однако люди не стреляли по солдатам. Они сосредоточились на комиссарах. Кутшеба добил того, которого ранил граф, и выстрелил в коня под вторым. Чернокрылые пытались спрятаться за холмами, но когда стрелял Кутшеба, то не Господь направлял его пули. Широко улыбаясь, Шулер изменял траектории пуль. Здесь не нужно было ограничивать себя. Ни одна более-менее могущественная сила не защищала красноармейцев на Диких Полях. Шулеру даже казалось, что сама земля помогает ему в этой стычке.

— Мы не враги вам,— закричал граф Ростов, когда все комиссары погибли. Он встал. Волкодлаки рычали, ожидая смерти.— Мы не убили ни одного из ваших, даже русалки вытащили ваших бессознательных собратьев на берег. Здесь вы можете быть свободны или служить красным дальше, если захотите.

Граф свистнул, и сержант привел коней. Нападающие уехали, оставив волкодлаков обнюхивать трупы командиров. Через километр они съехали к реке, где их уже ждали русалки, их верные союзницы. Они низко поклонились, как только увидели графа.

— Ваше благородие,— обратилась их предводительница, так и стоя в поклоне,— как вы и говорили, мы не обидели этих собачек. Если бы, однако, Ваше благородие хотели наказать их за ругательства, которыми они бросались, мои сестры и дочери готовы. Им встретится по пути еще несколько рек.

— Спасибо вам, матушка. Оставьте их в живых. Часть из них останется здесь. Другие же донесут красным вести о том, как к ним тут отнеслись. То, что они расскажут, даст нам больше, чем их смерть. Может, вам что-нибудь нужно? Не бойтесь сказать.

— Только охота! — закричала одна из младших. Она подняла голову, и Кутшеба успел заметить ее огромные зеленые глаза и узкие губы, тонкие полосочки на бледном лице. Она не показалась ему красивой, но русалка была полна того опасного очарования, которым на протяжении веков их род соблазнял и губил мужчин.— Настоящей охоты, Ваша милость.

Их предводительница резко и угрожающе прошипела, и молодая дева замолчала.

— Извольте простить, мой господин. Руслана будет наказана за свою невоспитанность.

— Не наказывайте ее слишком сурово, матушка. Она молода, потому и нетерпелива. Обеспечу вам охоту! Даю слово, что вы полакомитесь еще красным мясом. Так что, если вам что-то нужно, отправьте посланца в град. Ростовы никогда вам ни в чем не откажут!

Они уехали, и провожало их сладостное пение. Кутшеба поравнялся с графом.

— Я вижу, вы живете здесь в согласии со всеми.

— Так и нужно жить. Если мы хотим, чтобы Россия выжила. Я учился на многочисленных ошибках наших старых правителей. Они хотели от вас, от поляков, чтобы вы помогли в борьбе против Революции, но всё, что могли вам предложить, это неволю после общей победы. Горда была старая Россия, может быть, слишком горда. Я умею ценить союзников. И знаю, что нуждаюсь в них. А наши сладострастные водяные демоницы видят во мне доброго господина, поэтому охотно мне служат. Потому что каждый, хотя мне известно, что в Польше это непопулярное мнение, нуждается в господине. Не в таком безумце, какой правит Москвой, а в отце, который и позаботится, если нужно, и накажет, когда нет другого выхода. Так я и поступаю, и меня уважают.

— А казаки?

— А, рогатые души! — рассмеялся русский.— Устраивают на меня набеги, требуют дань с деревень. Крадут девушек! Потому и воюю с ними, хотя порой мне кажется, что мы больше похожи на бранящихся любовников, которые танцуют вместе и тут же в танце ссорятся. Когда приходят красные, мы вместе их бьем. Казаки — это как непослушные дети. Таких тоже любят, знаете ли. Только иногда нужно их с ремнем познакомить.

— Мечтают о свободной Украине?

— Так они говорят. А может, даже так думают. Но, мне кажется, они так не чувствуют. Не хотят собственного государства, никогда не хотели. Как перестали служить вам, начали служить нам. Единственное, чего они хотят, так это того, что сами они называют свободой, что при царе и ваших королях было лишь чуть более свободным поводком. Они любят драться и любят петь. Потому и любят Дикие Поля. Вы на меня смотрите исподлобья, как будто не соглашаетесь со мной. Но так не построишь страну. Потому им и нужна Россия, хотя почти никто из них в этом не признается. Когда Россия восстанет,— граф поцеловал крестик, висящий у него на груди,— то, дай Бог, царь это поймет и будет их держать на таком же свободном поводке. Тогда они будут счастливы. И верны.

— Так, может, вы станете царем?

— Никогда,— возмутился граф.— Я, господин Кутшеба, тоже из тех, кому нужен кто-то более могущественный. Равно как и вам. Мы лишь тем отличаемся друг от друга, что я об этом знаю, а вы и казаки — ещё нет. Ну да ладно, продолжим разговор дома. А сейчас: степь зовет!

Он пришпорил коня, и Кутшеба поехал за ним.

Ростова он встретил возле леса, под охраной которого предок графа возвел свой град. Они с Шулером отдыхали возле источника, где им пришлось сразиться с кучкой скелетов, восставших из курганов.

Эти существа были одеты в потрепанные кожаные куртки и такие же шапки. Их выщербленные мечи помнили едва ли не времена Средневековья. Кутшеба расстреливал пожелтевшие черепа из пистолета, оставляя Шулеру движущиеся, но уже безголовые скелеты.

— Это они следовали за нами последние три дня,— отозвался бог, уничтожая очередной скелет. Он ногой отодвинул костлявую руку, которая судорожно пыталась сомкнуться на его лодыжке. Он обернулся и увидел, что Кутшеба всё еще упражнялся в фехтовании, скрестив саблю с последним из скелетов. Оживший труп двигался удивительно быстро, и порой приходилось даже переходить к защите, хотя он и не представлял никакой угрозы для людей.— А я говорил, что возле такого кургана не надо вызывать духов.

— Знание — это оружие,— ответил Кутшеба. Поединок, наконец, надоел ему. Он отсек скелету правую руку, а потом разрубил череп. Сталь легко вошла в старую гнилую кость, но нужно было еще разбросать останки, которые продолжали цепляться за фальшивую жизнь.

Теоретически они прибыли на Дикие Поля за информацией. Хотя полковник Корыцкий не принес им никаких новостей из Львова, он предложил им работу. Галицийские железные дороги пытались узнать как можно больше о нынешней ситуации на Диких Полях, однако высланные туда агенты пропадали без вести. Возможно, они даже не успевали туда добраться. Эти земли были охвачены духами всех прошлых войн, которые беспрерывно шли на этих землях, и граничили непосредственно с Речью Посполитой только на узком отрезке, который постоянно атаковали — то подразделения Вечной Революции, то диверсанты Вековечной Пущи. Чтобы пробраться на Дикие Поля, нужно было сначала преодолеть этот неспокойный отрезок или пробраться через ту или иную крайне мятежную, враждебно настроенную страну.

— Почему я? — спросил как-то Кутшеба, просматривая предоставленные Корыцким документы. Краем глаза он заметил, как Шулер рассматривал Малгосю, которая вела родословную от белок. После нескольких их визитов официантка стала относиться к ним как к постоянным клиентам и даже пыталась флиртовать с Шулером. Ее старания не только приводили бога в замешательство, но и очаровывали его. Кутшеба понял, что его хранитель еще никогда не был с женщиной.— Тебе людей не хватает?

— Во-первых, моим людям есть чем заняться. А во-вторых, это работа на стороне, чтобы мне было чем торговаться с ГЖД. А в-третьих, есть в тебе что-то такое, что подсказывает мне: шансов у тебя больше, чем у всех остальных.

— А в-четвертых, ты будешь мне должен услугу.

— Я вам заплачу.

— Конечно. Но кроме того, ты будешь мне должен услугу.

— А может, я просто заплачу вам вдвойне?

— Просто заплатить вдвойне ты можешь кому угодно. А мне, имеющему, как ты сказал, больше шансов, ты заплатишь и будешь должен услугу.

— Помочь Шулеру соблазнить Малгосю?

— Это никакая не услуга! Она его уже присмотрела, он просто этого еще не понял.

Но он ошибся. Шулер едва ли не забывал дышать, отчетливо видя все цепи потенциальностей, приковывающие его к девушке с рыжим хвостом. Он хорошо видел, к чему они вели. Он прочитывал намерения девушки и свое будущее, записанное в них. Он просто не смог найти в себе достаточно смелости, чтобы отдаться жажде, которой до конца не понимал.

ГЛАВА 3

Июнь 1972 года по старому календарю,
пятьдесят седьмой год Предела, двадцатый год Мира,
возле границ Диких Полей

— Я не понимаю, зачем нам покидать «Баторий»! — нервничал Мочка, когда ему рассказали про план их действий. С момента пробуждения он говорил только о сражении с птицами и мести Вековечной Пуще. Мысль о том, чтобы оставить дирижабль, наполняла его ужасом. Возможно, он всё еще переживал шок, однако Кутшеба начал задумываться о том, что на самом деле связывало одержимого с кораблем.

Все его аргументы — чем дальше, тем все более нереальные и истеричные,— не имели смысла. Решение было принято. И не было пути назад. Тем более что птицы приближались быстро, и они уже слышали их злобные крики. Пугало то, что большинство членов экипажа как будто понимало птичьи проклятия, словно твари кричали именно им. В мысли людей проникали обещания страшной и медленной смерти. Некоторые божились, что чувствовали вкус крови и свежего расклеванного мяса. Один мужчина чуть не выскочил за борт в поисках защиты, но Крушигор в последний момент поймал его.

За штурвалом стоял Чус.

— У нас не более получаса,— сказал он, когда они собрались на мостике.

— Думаю, что самое время,— решил Кутшеба.— Мы уже над Дикими Полями.

— Жаль бросать такой хороший корабль,— марсианин погладил подлокотник кресла, специально подогнанного под его формы.— Я не очень хороший всадник. Я всегда предпочитал машины живым существам.

— Я могу их поубивать, господин! — в очередной раз отозвался Мочка.— Я подниму бурю и ветер. Пошлю на них огонь и лед. Мы можем их убить и выиграть. Цыганка мне поможет! Великан поразрывает их голыми руками! Разрешите мне сражаться! — последние слова напоминали жалобный скулеж.

— Их слишком много,— марсианин покачал головой.— Даже я слышу их голоса.

Две из трех преследующих их сверхптиц, уже уверенные в своей победе, несколько изменили направление полета, чтобы атаковать «Баторий» с обоих бортов одновременно. Они следили за птичьими маневрами, пока Новаковский раздавал поручения. Все должны были покинуть борт с максимальным количеством снаряжения, прежде всего с едой и оружием. Каждый должен был также забрать с собой десять килограммов серебра. Фактически это означало, что они приземлятся с огромным грузом, однако Новаковский планировал закопать часть запасов, чтобы вернуться за ними позже, когда они купят лошадей.

После приземления у них будет несколько минут, прежде чем их заметят птицы. Экипаж готовился сбросить с борта столько сундуков с серебром, сколько успеет, пока дирижабль не приблизится к земле. Потом люди должны будут его покинуть.

Прежде чем они начали снижаться, Мочка создал туманную завесу. Она была не так могущественна, как туман, вызванный магом с «Ягелло», но и она растревожила птиц, и в их криках стали появляться новые нотки.

— Они общаются со своей матерью.— Шулер мог унести больше, чем обычный человек, поэтому взвалил на себя тройной груз. Однако даже он не взял столько, сколько Крушигор. Великан добавил к своему грузу еще несколько лент с патронами, кроме тех, которые он носил на себе раньше. Он приготовил четыре сундука с серебром, которые собирался выбросить за борт. Кутшеба предложил сбросить часть запасов на парашютах заранее, однако марсианин опасался, что злые ветра Вековечной Пущи могли раскидать его сокровища по всем Диким Полям, а то и вернуть их обратно в Пущу.

Почти все люди собрались сейчас на внешних палубах. На мостике остались только Чус и Мочка. Марсианин исчез в своей каюте, пакуя последние необходимые вещи. Возможно, как предполагал Кутшеба, он просто прощался со своим кораблем. Хотя и командовал им недолго.

— Здравствуй, земля,— закричал Грабинский, обвешанный сумками с алкоголем.— Мы снижаемся!

* * *

Март 1968 года по старому календарю,
пятьдесят третий год Предела,
шестнадцатый год Мира, Дикие Поля

— Вот и добрались! — граф Ростов отдал поводья сгорбленному и чрезмерно заросшему слуге, издававшему какое-то бормотание, больше похожее на звериное рычание, и одетому в безупречную ливрею с гербом Ростовых.— Это мой дом, господа поляки! Вот Пристань Царьграда.

Град, носивший несколько преувеличенное, по мнению Кутшебы, название, стоял на острове посреди болот. Когда они проходили тайной тропой, блуждающие огоньки прыгали вокруг, приветствуя возвращающихся с поля боя. Подвиг героев охрипшими голосами восславляли утопленницы, вождь которых отчитывался перед графом о том, что творится на болотах, и хвастался пополнением своих рядов тремя утопленными казацкими разведчиками. С лугов прибыли русалки с соблазнительными формами. Даже в их преданные, полные уважения голоса проникали те вкрадчивые соблазнительные нотки, что приводили мару в бешенство. Они набрасывали воинам на шеи цветочные гирлянды, смеялись и краснели от мужских взглядов, а их глаза были полны сладостных обещаний. Они лавировали между лошадьми, скорее танцуя, чем идя.

Какое-то время среди людей прохаживался леший в трофейной меховой шапке, с которой он даже не оторвал красную звезду, но, когда они дошли до болот, он наконец устал и вернулся в лес. Его заменил водяной с жабьими губами, что правил прудами, поблескивающими среди болот, и ручейками между ними. Он поклонился в пояс в знак приветствия и подарил графу свежевыловленную рыбу. Даже цапли кланялись господину этих земель, а деревья с уважением склоняли кроны.

— Так должен выглядеть мир,— поделился своими размышлениями Ростов.— Мир покоя, где каждый знает свое место и благодаря этому счастлив. Вот маленькая Россия, господа поляки. Россия, какой она была во времена царя, которому поклонились бы все духи этой земли, признавая сго своим господином! Потому что земля это знает, и души связаны с ней этим знанием и пониманием того, что они нуждаются в хозяине.

Перед ними отворили деревянные, но очень крепкие ворота, над которыми возвышались две охранные башенки. Всё было построено из дерева, во всей округе не хватило бы камня и на одну избу. Однако построенный согласно старым правилам град, напоминающий Кутшебе множество других оборонных городов, что вырастали во всей Польше, мог в случае необходимости дать отпор и целой армии. Если, конечно, хоть какая-то армия смогла бы отыскать к нему дорогу и пройти через защищаемые демонами болота.

— У нас тут даже сосны из Вековечной Пущи,— хвастался Ростов, ведя гостей через толпу встречающих их жителей Пристани Царьграда. Люди падали графу в ноги, выкрикивали слова хвалы в его адрес и в адрес солдат, с приветливыми речами обращались и к гостям. Какая-то зардевшаяся молодая девушка подарила Кутшебе букетик полевых цветов и убежала прежде, чем он успел поблагодарить. По-настоящему жаркий прием ожидал их, как оказалось, в поместье графа.

Казалось, что встретила их не девушка, а какая-то воплощенная энергия. Нечто белое, светящееся от радости вылетело из дверей и кинулось графу на шею, пища от восторга. Они оба закружились, а у

Кутшебы перед глазами замелькали черные косы и глаза цвета меда.

— Вот и конец моего величия,— засмеялся граф.— Ох, Ольга, Ольга, поклонись гостям. Они прибыли издалека.

— Ах, искренне прошу простить меня,— девушка, которой на первый взгляд было не больше семнадцати, наконец, отпустила графа и с благодарностью присела перед Кутшебой и Шулером. Хотя она и старалась придать смиренное выражение лицу, ее глаза всё ещё блестели, а губы подрагивали от улыбки.

Сразу стало понятно, что это дочь графа. Она унаследовала от него узкие брови в форме острых арок, нагловатый, хотя и нежный подбородок и огонь в глазах. Их формой и цветом она была обязана матери, в чем Кутшеба убедился, когда его представили хозяйке Пристани Царьграда. Прибывших приветствовала с портрета красивая молодая женщина, во взгляде которой ощущалась строгость. Изображение было в натуральную величину. Изысканное темно-синее платье подчеркивало как красоту, так и высокий статус графини. За её спиной сиял золотом бальный зал, Кутшеба почти что слышал радостный шум и смех, который заглушала мелодия вальса. Супруга графа затмевала все вокруг уже одним своим присутствием. Кутшеба интуитивно почувствовал необходимость склониться перед ее портретом и, когда сделал это, удивленно заметил, что женщина кивнула ему.

— Александра. Моя царица. Навсегда,— прошептал граф, и Кутшеба услышал в его словах любовь и преданность.— Мать моей Ольги. Она всегда будет оберегать Пристань Царьград, даже когда меня не станет.

Мужа и дочь графиня одарила улыбкой, после чего отвернулась и присоединилась к тем, кто отдыхал на балу.

— Там они все. Вся моя семья. И когда-то я к ним присоединюсь. Вы не понимаете, да?

— Признаюсь, что ни с чем подобным я еще не сталкивался.

— У нас тут живет юродивый, которого коснулось странное проклятие. Его прадед заключил когда-то договор с чертом, но не с дьяволом из преисподней, а с душой из нашего мира, каким-то дохристианским богом. Он отдал ему себя и всех своих потомков мужского рода в обмен на дар писать картины для церкви так, чтобы эти картины жили. Он создал множество святых, которые следили взглядом за верующими, благословляли их и пели псалмы. Но бедняга заплатил за это потерей голоса и разума. А в конце концов и своей свободой, потому что о нем услышали самые высокопоставленные архиепископы, приказали его схватить и привести на суд. В результате его заточили в каком-то монастыре, далеко на севере, а церковь с живыми святыми взорвали, как свидетельство богохульства и дьявольское творение. Но когда его сын вырос, оказалось, что он тоже потерял разум и голос и что рисовал он точно так же, как и его отец. И так в этом роду повелось. Женщины не хотели выходить за них замуж, но мои предки позаботились о том, чтобы та, которая родит художнику сына, никогда ни в чем не нуждалась. Они рисуют наши портреты, а когда мы умираем, то присоединяемся к умершим на картинах.

И действительно, все поместье было полно картин, которые изображали многие поколения Ростовых, перерисованные со старых, не магических портретов, героические сцены из истории и их российского прошлого или уже времен Пристани Царьград. Проклятые художники рисовали портреты и слуг, и господ града. Однако больше всего было картин, изображающих Москву во времена ее величия, прежде чем там стали править чернокрылые комиссары, красноармейцы с кровавыми глазами и их рабы. По улицам Москвы, увековеченной обезумевшими художниками, повозки всё еще возили аристократов, а элегантные юноши прогуливались в обществе прекрасных дам. Достопочтенные старцы взирали на мир с лавочек в парках, за которыми наблюдали полицейские во всегда чистых, выглаженных мундирах.

Кутшеба никогда не был в Москве, однако не мог не заметить, что это были нереалистичные картины. С некоторыми домами что-то точно было не так, терялись ровные линии, а порой исчезали однородные цвета. Бывало, что из странной формы окон выглядывали лица, напоминающие скорее демонов, чем обычных существ,— коты со слишком мудрым взглядом человеческих глаз, собаки с рогами вместо ушей, женщины и мужчины с телами неправильных пропорций. Некоторых лошадей одарили рогами, растущими на лбу, другие имели деформированные крылья.

— Москва была любимым городом моей дорогой супруги,— пояснил граф.— Она никогда не была там, но читала дневники моей прабабки, рассматривала сохранившиеся фотографии и альбомы. Какие деньги я отдавал, чтобы доставать для нее всё новые и новые открытки и картинки! И разве оно того не стоило? Мы открыли для нее, для нас всех по сути, целый город. Не совсем такой, каким он был, разумеется. Вы должны понимать, что безумие художников проникает и в их работы.

— А эти нарисованные люди могут переходить из картины в картину? — заинтересовался Шулер.

— Конечно. Иначе какой бы это имело смысл?

— То есть замкнутый мир в замкнутом городе...— картины и Пристань Царьград, очевидно, впечатлили Шулера.

Они сидели на крыльце, попивая малиновый чай с наливкой из тех же ягод, и наблюдали за суетой вокруг поместья. Хозяин вскоре их покинул, чтобы заняться накопившимися за время его отсутствия делами.

— Мир, которого нет,— всё повторял Шулер.— Ненастоящий, а тем не менее существующий рай на земле.

— Как я понимаю, тебе тут понравилось?

— Нет. Не знаю. Понимаешь, это город чудес из картин, в которые убегают их посмертные образы... Думаешь, это настоящие люди? Или только представление о них, созданное так же, как представление о Москве?

— Думаю, это их души, которые прячутся в этих картинах. Мне кажется, они нашли для себя хорошее место, и, может, даже лучше, чем другие. Слушай, а в этом граде точно есть призраки. Но только они здесь вполне... милые.

— Не совсем. Это же утопия. А все утопии произрастают из идей, которые, как и религии, имеют своих богов и демонов.

— Что именно ты видел на этих картинах?

— Наверное, то же, что и ты. Там нет никаких возможных путей развития событий, никаких нитей судьбы. Нарисованный мир распланирован вполне упорядоченно. Они нарисовали сам порядок, Мирек. В мире, лишенном хаоса, каждая дорога прямая и ведет к избранной цели, там нет места случайностям. Они нарисовали утопию, и мне кажется, что граф старается, чтобы эти правила воцарились и здесь.

— Это плохо?

— Пока не знаю. Но мне кажется, что это... неестественно.

— Сказал бог, созданный в военной лаборатории! — рассмеялся Кутшеба, но это не развеселило его товарища.

— Ты долго собираешься здесь забавляться, Мирек?

— Пока не выясню всё, что мне нужно. У нас своя миссия, забыл?

— Главное, чтобы ты о ней не забыл.

* * *

Июнь 1972 года по старому календарю,
пятьдесят седьмой год Предела,
двадцатый год Мира, Дикие Поля

То, что Мочка остался на борту дирижабля, стало известно, когда было уже поздно. Люди припали к земле среди травы, за сундуками и сумками с запасами, стараясь укрыться от птиц в рассеивающемся тумане. Дирижабль уносился вверх, резко ускоряясь. Три огромные сверхптицы были к нему уже так близко, что казалось, они вот-вот дотянутся до него огромным клювом, который состоял из множества птиц. Они ужасно кричали. Люди затыкали уши, чтобы не слышать этого предвестия кровавой трапезы.

— Он не должен был так быстро улететь,— среди перепуганного экипажа марсианин казался эпицентром спокойствия. Возможно, с начала Предела, когда он узнал, что корабли, шедшие на помощь, взорвались на орбите вместе с экипажами и всеми запасами, оставляя его лишь с горсткой солдат, он еще не попадал в более скверную ситуацию. Однако он не казался Кутшебе напуганным. Скорее, заинтригованным, чем и пробудил его минутное восхищение, так как сам Кутшеба боялся как сто чертей. Он сомневался, что защита Шулера или поддержка мары смогут защитить его от смерти, если у них не получится обмануть птиц.— Дирижабль должен был подниматься плавно! Им кто-то управляет! — марсианин быстро понял, кто мог ослушаться его приказа.— Мочка! — закричал он.— Мочка! Кто-то видит Мочку?

— Замолчите же вы! — шикнул на него Кутшеба.— Вы хотите привлечь внимание птиц?

— Но Мочка!..

— Если он остался на борту, считайте, что его уже нет. Я лишь помолюсь вместе со всеми за его души, так как он помогает нам, оттягивая на себя этих проклятых птиц. Но его уже нет, понимаете?

Как только «Баторий» отдалился от них на несколько сотен метров, вокруг корабля разыгралась битва. Люди на земле, всё еще защищенные туманом, не видели этого, но слышали одновременную стрекотню всех бортовых карабинов, запущенных, вероятно, демонической силой Мочки. Минутой позже к ним присоединился грохот призываемой им грозы.

— Быстро они его не сожрут,— оценил Чус.— Наверное, он так и сидит на мостике. Там они не скоро доберутся до него.

— Хватайте самое ценное,— распорядился Кутшеба, видя, что марсианин обеспокоенно смотрит вверх, как будто стараясь пронзить взглядом туман. Он, очевидно, не торопился отдавать приказы.— За остальным вернемся. Брось эту лопату, парень, у нас нет времени закапывать сундуки! Берите оружие, амуницию, еду на три дня и столько серебра, сколько сможете нести в течение трех дней быстрой ходьбы. Живо!

— Вы не наш командир! — запротестовал Чус.

— Ваш командир в данный момент медитирует. Хочешь дождаться возвращения птиц? За работу! Яшек!

— Чего? — буркнул на него Крушигор, защищая собой Яшека, который рефлекторно бросился на зов Кутшебы.

— Помни, великан, что он подписал со мной контракт.

— Когда вас не станет, бумага не будет ничего стоить,— проворчал Крушигор.

— Когда меня не станет, то вы все не будете стоить и ломаного гроша! — прикрикнул Кутшеба.— Хочешь драться здесь? Сейчас? Ты думаешь, что я сожрать его хочу? Сара, забери от меня этого кретина, пока я не взбесился окончательно и тут не начался такой тарарам, что птицы забудут про дирижабль. Сара!

— Здесь я, не надо так вопить, *муло*. Крушигорушка, пожалуйста. Не сейчас.

Она оттянула всё еще ворчащего, но послушного лишь ей великана к сундукам с запасами. Они начали перебирать вещи и нагружать силача целой горой поклажи.

— Простите Крушигора, господин,— в своей манере начал Яшек.— Он злится... и переживает за меня.

— Яшек, лучше найди какого-нибудь кузнечика или сороконожку и расспроси, есть ли неподалеку какие-то враги? Кто угодно, будь то стадо волков или отряд казаков. Понял?

— А может быть, сестра-пчелка, господин? Они здесь летают... похоже, даже пасека где-то рядом...

— Что угодно, с чем сможешь договориться. И быстро! Грабинский!

— Я согласен с Сарой, парень. Нечего так верещать, ты не в армии.

— Собери людей, следи, чтобы не паковали непонятно что. И прихвати немного еды к своим бутылкам, которые звенят у тебя в рюкзаке. Я должен заняться марсианином.

— Слушаюсь, мой капитан,— Грабинский с издевкой отсалютовал, но секунду спустя, как порядочный сержант, побежал к экипажу дирижабля и стал материть его в лучших казарменных традициях.

Над ними до сих пор слышались грохот и стрекотня карабинов. «Баторий» всё еще сражался.

— Я должен был предвидеть это,— грустно произнес марсианин, когда Кутшеба нашел его и начал дергать за рукав.— Мы связали все души мальчика с «Баторием», чтобы обеспечить их преданность. Он не мог покинуть корабль.

— Господин Новаковский, может, потом пострадаете? А сейчас нам надо отсюда убираться. И быстро! Люди почти готовы!

— Вы стыдите меня, господин Кутшеба,— мягкость во взгляде марсианина обеспокоила Кутшебу. Неужели марсианин был в шоке? Он думал, что Новаковский окажется сильнее.— Я, наверное, стал слишком бизнесменом, во мне умерли все военные инстинкты. Действительно, надо уходить. Сейчас командуйте вы. Сообщите об этом всем остальным.

— Спасибо, но все остальные уже в курсе. Сматываемся отсюда, прежде чем птицы поймут, что получили только скорлупку от ореха, и вернутся проверить, что случилось с ядром.

ГЛАВА 4

Апрель 1968 года по старому календарю,
пятьдесят третий год Предела,
шестнадцатый год Мира, Дикие Поля

— Разворачиваются! — прошептал Ростов.— Снова напали на наш след!

Настигающие их упыри восседали на лошадиных скелетах. Над ними кричала стая птиц, которая искала чем поживиться после боев восставшей банды, вызванной песнями о прошлых войнах, которые слагали проходящие по тропе старцы.

Их никто не трогал, как будто все энергики договорились об их неприкосновенности, осознавая, что именно песни старцев пробудили их и теперь придавали им сил. В те крепости, которыми правили люди, их пускали неохотно, хотя поначалу и думали, что отказ песняру может навлечь беду. Поэтому путникам давали еду втайне от комендантов, бурмистров и войтов, осознававших опасность, которую несли песняры даже самым укрепленным городам. Достаточно было одной песни, которая пробуждала в людях веру в сказки и легенды, чтобы на кладбищах просыпались давно забытые умершие, восставали безымянные солдаты, лежащие глубоко под землей.

Песняров, которых не хотели видеть в человеческих поселениях, с распростертыми объятиями принимали на урочищах. Нежить, демоны и упыри искренне приветствовали их, приглашали на торжества, и, хотя никто этого не мог доказать, в селах и крепостях шептались, что старцы отведывали на таких приемах человеческого и даже демонического мяса.

Кутшеба и граф отправились в урочище, которое под влиянием песняра расцвело всего в двадцати километрах от Пристани Царьград, а потом на территориях, которые находились под его покровительством.

— Знаю я этого музыкантишку,— сказал он Кутшебе за завтраком.— Все они одержимые. Их направляют песни, которые они сами до конца не понимают, которые на этих землях становятся как бы самостоятельными существами, как будто призраками. Они подчиняют себе людей, словно демоны, а потом с их помощью заманивают других людей. Но большинство из них хорошие, хоть и несчастные люди. Однако этот... этот засранец продал душу злу! Такие, как он, служат дьяволу, пробуждая все самое плохое. Мы должны найти его прежде, чем он успеет создать другие урочища. Я знаю, что я соринка в глазу здешних демонов, они используют каждую возможность, чтобы мне досадить.

— Они организованы?

— Обычно это небольшие банды. Но последнее время я слышал, что они нашли себе какого-то атамана. Такие появляются время от времени. Люди или демоны, способные объединить под своим началом существа худшей породы. Их убиваю я...— он замолчал.— Или кто-то другой. Сейчас объявился новый атаман и точит на меня зуб. Вы мне поможете?

Кутшеба согласился, хотя и неохотно. Его на самом деле радовала возможность сразиться с демонами, однако он хотел покинуть град как можно быстрей. Считал, что они уже слишком долго развлекаются в этом населенном духами месте. А в собственной правоте убеждало его и то обстоятельство, что Шулер абсолютно с ним не соглашался.

— Я был прав насчет этого города,— пояснял он Кутшебе.— Это утопия, анклав. Это невозможный мир. Я должен понять его до конца. Давай останемся еще немного. Пожалуйста.

— Ты бы хотел здесь жить?

— Здесь нет. Но в каком-нибудь похожем месте — возможно... Может, граф прав, может, люди нуждаются в убежище — в чем-то или ком-то, вокруг чего они могут объединиться.

— В ком-то, кто навязывает им свою волю?

— А если у них нет собственной? Ты видишь в этих людях какой-то протест? Они выглядят счастливыми.

— Они рады, что живы и им не угрожает смерть, которая снаружи собирает богатую жатву. Это счастье не человека, а разводимого скота.

— Граф не ведет их на бойню, а защищает от нее.

Они спорили уже несколько дней. Кутшебе не нравилось направление мыслей своего хранителя. Он гадал, не потому ли Шулеру так понравилась философия графа, что он и сам был богом, созданным, чтобы властвовать и опекать тех, кто слабее. Может, Кутшеба и сам опирался на нее, потому что не планировал причислять себя к большой семье пассивных, покорных слуг. Хотя он не питал иллюзий касательно самостоятельного выбора своей судьбы. Он хорошо помнил, что именно несколько надменных людей, принимающих других за скот, стали причиной смерти его семьи. Вот интересно, насколько сильно их взгляд на жизнь отличался от философии графа? Наверное, отличие только в том, что он казался хорошим человеком. Но, может, он стал бы похож на них, если бы вынужден был бороться за собственные взгляды, а не родился с социальным преимуществом.

Кутшеба гнал от себя эти мысли. Не время для них, когда скрываешься от настигающих тебя демонов.

Нападение на урочище не удалось провести так, как они хотели.

Демоны оказались готовы к атаке. Кутшеба был уверен, что они попали в западню.

— Там,— сказал граф, указывая на большой костер посреди степи. Под безумную музыку шестирукого скрипача танцевали бестии самых разных форм. Кутшеба сразу вспомнил шабаш ведьм, о котором рассказывала ему бабка. Однако среди этих чудищ не было голых женщин. Там танцевали бестелесные духи, упыри в украденных трупах, скелеты и огненные демоны, рожденные из крови и войн. А между ними на почетном месте восседал песняр — седовласый старец, длинную бороду которого мелкие черти расчесывали костяными гребнями, добытыми из могил какого-то древнего племени.

Дед закрыл глаза и, наклонив голову, прислушивался к безумной мелодии. Время от времени он тянулся за кубком, сделанным из человеческого черепа, и делал пару глотков.

— Подождем до рассвета. В лучах солнца они ослабнут,— решил наконец Ростов.

Но не они выбирали время для сражения.

Дикая музыка вдруг прекратилась. Чудовища упали на землю вокруг костра, а старец схватил лиру, откашлялся и исторг из гортани странный, беспокойный возглас. Это еще не было пением, но все чудовища одновременно зашатались в такт, потом начали выкрикивать слова, которых Кутшеба не понимал. И тогда старик запел.

Он не пел на одном языке, это была смесь разных человеческих наречий и языков из мира демонов. Русские, латинские и польские слова перемешивались с необычными, резкими звуками, которые не сумело бы произнести человеческое горло. О чем повествовала его песня, Кутшеба не мог даже предположить, но мелодия казалась приятной, даже соблазнительно игривой. В какой-то момент ему показалось, что старец поет именно для него, побуждая его к чему-то, чего сам мужчина еще не понимал. И лишь когда он уже встал и пошел к костру, то осознал, что находится под влиянием чар.

Он обескураженно покачал головой, пораженный тем, что ни Шулер, ни мара не защитили его от этой магии. Он прорычал что-то маре, потряс за плечо бога — тогда они пришли в себя. Ими завладела очень могущественная магия. Ими, а также, как Кутшеба вскоре понял, и всеми людьми графа. Даже сам Ростов встал из укрытия, собираясь идти к костру. Его движения были неуклюжими, как будто он боролся с собственными конечностями, как будто какая-то часть его хотела остаться в укрытии. Немногие из его солдат вели себя так же — большинство бросили оружие и пошли прямо к демонам.

Кутшеба посмотрел на упырей и выругался. Они уже не сидели возле костра, они встали, разглядывая людей. Вооруженные до зубов, они ожидали, пока жертвы сами придут к ним.

* * *

Июнь 1972 года по старому календарю,
пятьдесят седьмой год Предела,
двадцатый год Мира, Дикие Поля

Они бежали.

Их вел марсианин, а Кутшеба прикрывал тылы.

Прошло уже немало времени с того момента, как они услышали громкий взрыв вдалеке. Они не видели, что взорвалось — перегревшиеся до предела двигатели «Батория» или запасы топлива. А может, это Мочка подорвал весь дирижабль, чтобы забрать с собой как можно больше птиц-чудовищ? Сквозь черные тучи — непонятно, то ли природные, то ли вызванные Мочкой,— они не увидели взрыва. Сразу после детонации Новаковский предложил укрыться и проверить, будут ли птицы их преследовать, но Кутшеба отбросил эту идею.

— Опасаться нужно не только сверхптиц. Наше прибытие не прошло незамеченным. Чем дальше мы отойдем от места высадки, тем лучше для нас.

— Но тогда все наши запасы могут быть украдены.

— Мы забрали достаточно серебра, чтобы купить лошадей. Когда немного отдохнем, проверим, что еще уцелело. А если нет, пойдем по следам тех, кто позарился на наши припасы. Может, Ростов нам поможет. А сейчас бежим!

И они побежали. Некоторые выбивались из сил. Им немного помогала Сара, которая еще на «Батории» успела приготовить настойки из известных ей трав. Марсианин скомандовал привал после двух часов бега. Они попадали как мертвые, их охраняли только Крушигор и Кутшеба, которому сил придавала мара.

— Пятнадцать минут,— распорядился Кутшеба, не советуясь с марсианином.— И не смейте ничего есть! Иначе сразу будете блевать. Попейте воды, но немного!

— И сколько так еще? — выдохнул Чус.— Я не знаю, выдержу ли...

— Придется выдержать. До сумерек нужно добраться до часовни. Это каких-то десять километров.

— Это не очень далеко. Мы можем замедлиться?

— Одно дело бежать по аллейке в парке, а другое — в степи. Никогда не знаешь, что тебя ждет впереди. Так или иначе, нужно будет окопаться. Я не знаю, сможем ли мы этой ночью спать спокойно.

Через два часа Крушигор был вынужден перекинуть через плечо Чуса, который потерял сознание. Это никак не повлияло на скорость великана. Другие чувствовали себя не намного лучше, и это несмотря на то, что марсианин, не спрашивая мнения Кутшебы, распорядился еще о двух получасовых привалах. Однако еще до того, как погасли последние лучи солнца, они увидели белую часовенку под покровительством Божьей Матери с Младенцем.

Ни одна сверхптица не показалась из-за туч.

— Сначала окопы, потом ужин,— Кутшеба не знал жалости. Он сам схватил лопату, чтобы приготовить укрепления.— Крушигор, ты со своим карабином стань на востоке. Господин Новаковский!

— У вас и для меня найдутся распоряжения?

— Нет, хотел просто поговорить. Подумайте, не лучше ли отправить меня вперед, чтобы я первым добрался до Пристани Царьград и вернулся с лошадьми?

— Исключено.

— Вы не доверяете мне?

— Я не доверяю себе без вас. Я всё больше убеждаюсь, как сильно мы нуждаемся в вашей защите.

— В таком случае давайте закопаем часть запасов. Злые силы сюда не подойдут, а люди могут забрать их себе, если только обнаружат. Ну и придется оставить часть запасов как плату за защиту. Но это того стоит, потому что еще один день бега с таким грузом ваши люди не выдержат.

— А нам действительно нужно так спешить? Птицы ведь не гонятся за нами.

— Птицы — нет. Но эти земли полны других страшных созданий. До следующего пункта нам идти сорок километров.

— Это, кажется, памятник одной из тех религий, боги которых не явились?

Хотя марсиане пробудили на Земле десятки тысяч мелких божеств, к разочарованию одних и облегчению других верующих, за ними не явился Бог монотеистической религии. Одни видели в этом доказательство его независимости от любых технологий, а другие объясняли это недостатком энергии для создания всемогущего существа. Какой бы ни была правда, христиане, мусульмане и евреи, которые хоть и остались верны своим религиям, все равно подписывали контракты с пробудившимися сверхъестественными созданиями, пусть и отказываясь воздавать им почести и всё еще ожидая собственных мессий.

— Я не знаю, явилась ли сила Мадонны,— ответил Кутшеба.— Знаю только то, что демоны держатся подальше от таких часовен. Нас тут могут обстрелять, но не ограбят наши трупы, потому что побоятся подойти. Я не видел другого доказательства сил Матери Божьей, поэтому не знаю, что произойдет с демоном, который приблизится к часовне. И они почему-то не приближаются.

— С Шулером ничего не происходит. С Крушигором тоже.

— Может, потому, что они в нашем обществе? Не знаю. Однако надеюсь, что упыри не отважатся экспериментировать.

— Вы, кажется, уверены, что они придут.

— Вылезут из-под земли, как только опустятся сумерки. Не факт, что они захотят нам что-то сделать. Но эта земля полна мертвецов, господин Новаковский. Большинство из них не интересуется людьми, пока кто-то их не направит. Однако можете быть уверены — часть из них охотно бы нас сожрала. Предупредите людей не стрелять первыми. Тогда мы не спровоцируем тех, кто настроен нейтрально.

Утром, закопав часть запасов под часовней, они снова побежали. Люди уже не протестовали. За ночь они насмотрелись на духов, вылезающих из-под земли, из могил воинов десятков армий и племен, населявших Дикие Поля на протяжении последних веков. Они видели настолько старых шаманов, что те уже мало напоминали людей, а также солдат Великой войны, до сих пор удивленных собственной смертью. Духи подходили к лагерю настолько близко, насколько могли. Оставаясь за пределами охранного поля часовни, они на русском и немецком просили дать им хоть немного еды. Случалось, к ним подбегали черные псы и раздирали несчастных призраков на куски, которые потом до самого рассвета все пытались собраться воедино. В полночь мимо лагеря пробежал табун черных лошадей, из их ноздрей и ртов словно вырывались языки пламени. Их вел гигантский жеребец, на спине которого сидел краснокожий рогатый демон, развратно нагой, вооруженный лишь черной саблей.

Когда наконец наступило утро, оказалось, что ночью почти никто не спал.

— Некоторые из нас считают, что именно монотеизм стал причиной нашего поражения,— Новаковский, видимо, не ценил молчаливых завтраков. И в этом он был не одинок — когда взошло солнце и пока они снова не двинулись в путь, все его люди с облегчением вспоминали прошедшую ночь и рассказывали о чудесах, которые видели собственными глазами.

Наблюдая за ними, Кутшеба осознавал, что ему довелось путешествовать с городскими... Они, разумеется, знали разных демонов и умели с ними бороться, однако раньше всегда держались городов. Может, они и защищали их стены от орд демонов, но никогда не попадали в такие места, как Вековечная Пуща или Дикие Поля, где непокорные силы устанавливали собственные законы, а не скрывались от людей.

— Вы никогда раньше не встречались с монотеизмом? — удивился Шулер.— Мне казалось, что это естественный этап эволюции.

— А что в этом естественного? — марсианин был удивлен.— Один Бог, который замыкает на себе все законы и все народы?

— На Земле считается, что монотеизм привел к созданию великих универсальных законов,— не уступал бог.

— Универсальные законы существовали и до того, как их записали пророки Единого Бога,— не соглашался Новаковский.— Они записали то, что существовало раньше. Законы сформировались независимо от религий, можете мне поверить. Хотя бы потому, что монотеизм — это ваше, земное, изобретение. У нас, например, всегда отдавали почести многим богам, которым мы научились придавать форму под собственные нужды, а порой и создавать самостоятельно. И на всех планетах, которые мы завоевывали, независимо от того, владели ли ее жители знаниями об энергии веры или нет, всегда было так же. В конце концов, на Земле многобожие не помешало созданию великих государств с систематизированным правовым кодексом, ведь так?

— Тогда почему монотеизм оказался таким опасным?

— Потому что это была какая-то новая, изначально непонятная нам концепция. Монотеизм позволял вам неутомимо аккумулировать невероятную силу, даже если вы сами еще не осознавали ее существования. Трудно было заставить людей верить в наших богов, в которых они видели лишь мелких демонов и ожидали, пока один, настоящий Бог топнет ногой и изгонит чужих. А когда этого не произошло и все те христиане и мусульмане поняли, что их Бог ничего не сделает, было уже поздно. Потому что мир успел заполниться вашими языческими божествами, и вы стали верить в них либо заключили с ними союзы.

Кутшеба не вмешивался в разговор. Единственное, что его интересовало, это запал, который Шулер не сумел скрыть. А значит, это произошло снова. Его хранитель поддался какой-то идее. И она таила в себе новую опасность, так как мешала ему сосредоточиться.

* * *

Апрель 1968 года по старому календарю, пятьдесят третий год Предела, шестнадцатый год Мира, Дикие Поля

— Очнулся наконец? — Кутшеба еще раз потряс Шулера. Бог сохранял отстраненное выражение лица. Он пробормотал что-то невнятное, повертел головой, как сонный человек, осматривающийся вокруг.— Шулер!

— Я тут,— простонал наконец бог.

— Направляй мою руку! — просьба Кутшебы опасно напоминала молитву. Он надеялся, что оглушенный песней бог не подумает, что Кутшеба отныне поверил в него.— Направляй мою пулю, Шулер!

Кутшеба стал на колени, поднял карабин, прицелился, злясь на хранителя, и выстрелил тогда, когда солдаты Ростова были всего в нескольких шагах от ожидающих их чудовищ, а сам граф проигрывал магии.

— Направляй мою пулю, Шулер! — закричал он снова, и бог его услышал.

Пуля попала старцу прямо в лоб, оборвав песню. Люди пробудились.

Кутшеба не переставал стрелять, стараясь защитить тех, кто очнулся первым. При виде демонов люди обращались в бегство. Чудовища же, обескураженные смертью песняра, отрсагировали с опозданием. Когда первый шок прошел, они с рычанием бросились на несостоявшуюся добычу.

Ростов, как и многие другие, успел где-то потерять карабин, поэтому сейчас со злостью отстреливался из пистолета, приближаясь к Кутшебе. Поляк приказал Шулеру задержать убегающих. Бог встал у них на пути, крича им на польском и русском, кляня всех святых и демонов, вместе взятых, лишь бы только сдержать панику. Некоторые подчинялись. Поднимали оставленное оружие и становились в строй возле своего командира. Только они и выжили, потому что чудовища предпочитали гнаться за безоружными, а не подставляться под серебряные пули. Однако они не отпустили их так легко.

Люди в конце концов выстроились в отряд, но жаждущие мести упыри гнались за ними еще целую неделю. Ростов петлял, понимая, что, пойди он кратчайшим путем к Пристани Царьград, они снова попадут в западню.

— Ольга беспокоится,— вздохнул он как-то утром, завтракая холодным мясом. Они боялись разжигать огонь. Хотя днем демоны становились слабее и часть из них уходила под землю, дожидаясь сумерек, они все же были опасны. Из всего отряда графа выжила едва ли половина.— Наверное, рвется идти на помощь. Лишь бы только моя Александра смогла удержать ее.

— Графиня беспокоится меньше?

— Она более рассудительная, иначе смотрит на жизнь и смерть. Если бы вы познакомились с ней раньше...— Ростов тяжело вздохнул.— Это добрая женщина, пусть вас не обманывает ее строгость. При жизни она была веселой и радостной. Сейчас она должна контролировать мир в картинах. Она, наверное, ждет моей смерти, чтобы я смог ей помочь. Часть моих предков и родственников, признаю с прискорбием, воспринимает жизнь в картинах как возможность нескончаемых развлечений. Когда я присоединюсь к моей дорогой Александре, то облегчу ее обязанности.

— Даже не знаю,— пробормотал Кутшеба.— Мне вот кажется, что женщины любят власть. Вы лучше еще поживите, а то можете разочаровать ее своим ранним прибытием.

— Я стараюсь как могу! — рассмеялся Ростов.— И вы мне в этом помогаете. Весь мой род в долгу перед вами.

— А теперь выдвигаемся, иначе у вас не будет возможности его вернуть.

У них получилось. Они вступили еще в одно сражение под самым лесом, где их поджидал целый отряд ведьм, который хотел задержать беглецов до прибытия основных сил. Когда упыри вылезли из своих укрытий, на них напал сам лес. Леший в шерстяной шапке с красной звездой повел в атаку своих младших братьев, а вместе с ними волков, лисиц, барсуков и всю лесную живность. Рой пчел напал на одержимых. Мыши целыми стаями атаковали живые трупы. Даже армии муравьев присоединились к атаке. Тех, кто пытался убежать, задерживали травы и корни. Не уцелел никто.

— Так сражается моя земля,— с гордостью прокричал Ростов над трупом последнего чудовища.— Теперь вы меня, наконец, понимаете?

Однако единственное, что понимал Кутшеба, это то, что им нужно покидать град. Эта идея не вызвала восторга у Шулера. Бог пытался уговорить его, чтобы они остались еще на какое-то время, хотя бы для того, чтобы отдохнуть.

— Ни минуты.— Кутшеба сам паковал их вещи, игнорируя пассивное сопротивление бога.— Вся эта идиллия нас меняет. Тебя меняет. Да и меня тоже.

— Ты драматизируешь.

— Драматизирую? А кто позволил песне старика завладеть собой? Мы сидим здесь, читаем мемуары Ростовых и целыми днями говорим с его предками, которые цепляют нас со своих картин. Мы слишком обросли жирком, мой бог. Эта идиллия пленила нас. Сваливаем отсюда, пока еще можем!

Граф попрощался с ними с сожалением, но не пытался удержать. Он только настаивал, чтобы они остались на последний, прощальный ужин в их честь. И только потому, что обида смертельно ранила бы графа, Кутшеба уступил.

Однако его удивила Ольга. Она нашла Кутшебу, когда он расспрашивал одного из водяных про обычаи водных народов в других областях Диких Полей. Водяной тихонько ретировался, увидев молодую графиню, и мужчина неожиданно остался один на один с девушкой, о которой раньше знал лишь то, что она полна радостной энергии. Сейчас в ее глазах стояли слезы.

— Вы не можете уехать! — кричала она, забывая о правилах этикета.

От чувственного напряжения в ее голосе мара беспокойно зашевелилась, понимая больше, чем человек. Тогда она еще не ревновала Кутшебу к другим женщинам, но понимала, что если он преисполнится чувством к одной из них, то под ее влиянием может забросить мысль о мести. А ей казалось, что они и так уже слишком долго не ступали на кровавую тропу. Ей хотелось как можно быстрее покинуть Пристань Царьград, но не для того, чтобы уходить дальше в Дикие Поля, а для того, чтобы искать остальных из списка Кутшебы. Она не устраивала ему скандалов только потому, что знала: эта миссия является частью его договора с седым полковником, который до сих пор использовал своих людей, чтобы вести следствие по делу Кутшебы. Они все еще не знали фамилий всех причастных к катастрофе поезда. Львовянин либо сбежал от них в могилу, либо же слишком удачно спрятался, а это был их единственный след. Однако мара не намеревалась позволять Кутшебе какие-либо интрижки.

— Я должен,— сказал он Ольге, удивляясь не только ее слезам, но и собственной реакции на них.— Вы не понимаете, но…

— Конечно, не понимаю! — перебила она, чем так его обескуражила, что он даже не пытался ничего сказать. Сейчас Ольга вела себя не как безупречно воспитанная графиня, а как одна из тех упрямых девушек, которые готовы нарушить все правила, только бы настоять на своем.— Как вы можете оставить папеньку? Ему сейчас так нужен друг!

На этот аргумент трудно было что-то возразить.

— Вы же человек чести,— прокричала она с таким восхищением, что он почти поверил.— Я знаю, что вы останетесь!

Она решительным жестом вытерла слезы, но в глазах уже стояли новые, и, чтобы спрятать их, она внезапно прижалась к Кутшебе. И когда он думал, что удивить его еще больше уже нельзя, прошептала:

— Как вы так можете... как можете захотеть оставить меня...— она поцеловала его в щеку и убежала.

Он так и стоял, ошарашенный, не обращая внимания на смешки прачек, которые стали свидетелями необычного зрелища, как вдруг очнулся и понял, что теперь они с Шулером точно должны покинуть град. Как можно быстрее.

Но сначала им придется расправиться с проклятым урочищем, чтобы не лишить эту несносную девчонку с медовыми глазами иллюзий относительно его чести.

Хотя он осознавал, что это может принести ему больше вреда, чем пользы, он чувствовал радость оттого, что обрел кого-то, кто верил в него.

ГЛАВА 5

Июнь 1972 года по старому календарю,
пятьдесят седьмой год Предела,
двадцатый год Мира, Дикие Поля

— Трудно в это поверить,— марсианин не разделял подозрений Кутшебы.— Я лично проверял каждого. Все члены экипажа служат мне годами.

В эту ночь они потеряли человека. Ему перерезали горло, а когда он умирал, его притащили на алтарь, как будто насмехаясь над их верой в безопасность, которую должна давать церковь. Если это сделал демон, у него должно быть невероятное чувство юмора. Кутшебе, однако, казалось странным, что убийца удовлетворился только одной жертвой, и более того, не съел этого человека, а только сделал из него иронический символ.

— Нужно принимать во внимание всё.

— Если это кто-то из нас, почему он не атаковал нас раньше? Почему не уничтожил нас на дирижабле?

— Не знаю. И, по правде говоря, я плохо разбираюсь в таких вещах. Тут Грабинский мог бы помочь. Когда-то он был кем-то вроде полицейского.

К неудовольствию Кутшебы, Новаковский не позволил похоронить убитого. Солнце уже поднялось довольно высоко, а от Пристани Царьград их всё еще отделяло тридцать километров. Все ощутили на себе последствия двух дней пешего перехода, да и смерть товарища никому не улучшила настроения. Люди Новаковского бросали подозрительные взгляды в сторону Сары и Крушигора, те отвечали им тем же. Обе группы держались друг от друга на расстоянии.

Кутшеба старался использовать этот страх, чтобы убедить людей найти в себе силы еще на один рывок. До наступления ночи они должны были найти убежище получше. Между тем местом, где они находились, и лесом не было ни одного более-менее подходящего уголка, где можно было безопасно укрыться. На самом деле они уже находились на территории графа Ростова, однако не были уверены, выедет ли граф им на помощь, если на них нападут. Он мог действительно чувствовать себя в долгу перед Кутшебой, однако это не обязывало его знать о его приближении. Он мог вообще думать, что его товарища по борьбе нет в живых. Они с Шулером не заглянули в Пристань Царьград, когда возвращались через Дикие Поля из Вечной Революции.

* * *

Октябрь 1968 года по старому календарю,
пятьдесят третий год Предела,
шестнадцатый год Мира, Дикие Поля

Шулер заворчал, как только узнал, что они обойдут Пристань Царьград стороной. Его аргументы звучали логично, но Кутшеба знал, что за ними стоят мысли бога, что в потаенном русском городе он заметил следы чего-то по-настоящему важного. Порой он смеялся, что его хранитель заразился знаменитой «русской душой», которой восхищались многие умники на Западе. Шулер тогда замолкал и злился, так что иногда они проводили целые дни в молчании.

Кутшеба никогда не допускал мысли, что бог решит покинуть его.

Он оставил Кутшебу, когда тот спал под ветками святого дерева, выросшего на холме, где тысячи лет приносили жертвы богам, одетым в кору и листья. Какие-то язычники снова стали приносить сюда дары, и к дереву не могли подойти создания ночи. Кутшеба с Шулером тоже склонили головы в молитве, возложили часть своих запасов. Дерево зашевелило кроной, хотя ветра не было. Несколько золотых и красных листочков упало под ноги молящихся. Их приняли.

Шулер не нуждался во сне и, как всегда, остался караулить. Благодарный ему Кутшеба спал как убитый. Ему нужно было отдохнуть после того, как они едва убежали от патрулей Революции. Им пришлось сражаться слишком долго и слишком тяжело, изнуренный поддержкой мары организм требовал отдыха.

Когда незадолго до рассвета он открыл глаза, бога не было рядом. Только мара сидела на одном из выпирающих корней, играя опавшими листьями. К удивлению Кутшебы, она вела себя так, будто пыталась сплести из них венок. И раньше случалось, что она покидала ненадолго его тело, особенно когда он пытался восстановить силы. Однако в то утро он почувствовал, что ее появление связано с чем-то более серьезным.

— Где Шулер? — спросил он, скорее гадая, чем понимая.

— Ушел,— ответила она как ни в чем не бывало.

— Как это ушел? Искать дорогу? Еду? В разведку?

— Просто ушел. Навсегда. От нас.

— Он не мог!

— Мог. Велел передать, что это его подарок тебе. Что он не бросает тебя, а спасает. Что с тех пор, как он с тобой, ты рискуешь сверх меры и берешься за дела, с которыми нельзя справиться. И что, если бы он с тобой остался, ты бы погиб.

— Что за бред?!

— Он знал, что ты так отреагируешь. И потому велел спросить тебя, пошел бы ты в Вечную Революцию без него?

— Ерунда! Глупости! Почему ты его отпустила?!

Мара перестала играться листьями.

— Потому что он прав,— ответила она, глядя ему прямо в глаза. Мара соскочила с корня и в следующий миг была рядом с мужчиной. Она обвила руками его шею, прикоснулась лбом к его лбу и прошептала: — Не лучше ли нам вдвоем?

Он дернулся, но она не отпустила.

— Тебе только казалось, что он тебе необходим,— она говорила спокойно, зная, что он не вырвется.— Ты стал больше верить ему, чем себе. Из-за этого ты стал слабым. Он это почувствовал. Он сам метался в поисках, пока не нашел способ помочь тебе. В последний раз. И освободил тебя от себя.

— Может, от меня ушел не тот демон? — пробурчал он, разозлившись и чувствуя, что начинает поддаваться аргументам, произносимым этим сладким голосом, а тьма в глазах мары гипнотизирует и влечет его. Он попытался оттолкнуть ее, но эффект превзошел его самые смелые ожидания. Она резко выровнялась, и какое-то мгновение ему казалось, что она ударит его. Но она только бросила ему в лицо венок из листьев. Что бы ни помогало им поддерживать форму, оно не выдержало удара. Листья рассыпались, шурша по лицу удивленного мужчины.

Ему понадобилось всего мгновение, чтобы прийти в себя, но мары уже не было. Ни возле него, ни в нем. Он собрал рассыпанные листья. А потом вскинул голову — ему показалось, что дерево сурово смотрит на него. Он сложил листья под пень, бестолково бурча молитву. Наконец, он обошел дерево, чтобы с другой его стороны найти мару.

Она сидела спиной к нему, наклонившись, как будто прятала лицо в ладонях. Он увидел, что ее плечи вздрагивают, но ему трудно было поверить, что она могла плакать. Лишь когда он увидел ее слезы, черные, как и ее глаза, капля по капле стекающие к дереву, которое жадно поглощало их, понял, что в последнее время нечто странное происходило не только с Шулером.

— Это было подло,— отозвалась она, чувствуя его приближение. Прежде чем обернуться к Кутшебе, она быстро вытерла лицо.— Я не заслужила этого. Ничем.

Кутшеба не согласился с ней. Ведь она позволила Шулеру уйти. Но он не сказал этого. Он сам удивился, когда попросил прощения. И она снова была с ним.

— Я прощаю тебя,— проворковала она, как будто между ними ничего не произошло.— И ты прости меня. И его.

— Ты не встрчала случайно мою мару мести?

— Им мы не простим никогда! Никогда! Но Шулер на самом деле хотел как лучше.

— Его изменила эта поездка.

— Она всех изменила. Тебя тоже.

Мара была права. Тогда он еще не понимал, насколько.

Он обнял ее и даже не заметил, как она уже сидела в нем.

— Он ушел в Пристань?

«Он знал, что если ты решишь его искать, то отправишься именно туда. Он просто ушел. Куда-то».

— Он оставил меня одного на Диких Полях!

«Не одного. Со мной. Я о тебе позабочусь. Лучше, чем он. Вот увидишь».

* * *

Июнь 1972 года по старому календарю,
пятьдесят седьмой год Предела,
двадцатый год Мира, Дикие Поля

«Что-то не так,— услышал он мысль мары.— *Мирек, тут что-то сильно изменилось!»*

Они стояли на краю царьградского леса. Еще было светло, но уже становилось холодно, и тени неестественно вытягивались. Издали доносился вой волков. Он наводил на мысль не о погоне, а скорее о сообщениях собратьев, прочесывающих степи и передающих информацию о чужаках. Кутшеба приказал всем ждать. Он направился в лес в сопровождении одного Шулера. Даже Ванду они оставили под присмотром Крушигора и Сары.

— Ты что-то чувствуешь, боже?

— Изменения. Появилась какая-то сила. Лес стал сильнее.

— Но не стал чужим? Это всё еще земли Ростова?

— Думаю, что да.

— Тогда нечего ждать.

Мужчина пошел вперед. Ему казалось, что деревья наклонялись к нему, а их листья и кроны потемнели, как будто что-то захватило их в свои темные владения. Мара зарычала, как кошка, готовящаяся к прыжку. Он проигнорировал ее.

— Я — Мирослав Кутшеба! — прокричал он.— Товарищ по оружию и друг графа Николая Ростова! Мы делили кров и пищу, страх и славу. Мы вместе кормили эти земли и защищали их. Я требую дать мне право пройти и дать проводника, он обещал это мне, когда мы прощались!

Он повторил свои слова дважды, прежде чем из-за деревьев вынырнул знакомый леший в шерстяной шапке, такой же, как и много лет назад. Красную звезду на ней сменил двуглавый царский орел над красным черепом.

— Вас, господин, припоминаю,— отозвался он низким хриплым голосом.— И этого вашего бога. И эту вашу госпожу, которую вы возле сердца носите. Вы — желанные гости моего господина. А тех, кто с вами, я не видал никогда доселе, и насчет них у меня нет никаких приказаний.

— Они идут со мной.

— Вы можете пройти, но насчет них у меня нет никаких приказаний,— упирался леший.

— Веди меня к своему господину, чтобы я мог всё ему рассказать. А этим пока что предоставь защиту леса.

— Вы, господин, можете проходить,— повторил демон.— И этот ваш бог, и ваша госпожа. Других не знаю, и нет мне до них дела.

— А если на них кто-то нападет?

— На землях графа Ростова? — Леший, казалось, был обижен уже самим подозрением, что кто-нибудь осмелится нарушить мир Пристани Царьград.— Это невозможно! Здесь много чего изменилось — с тех времен, как вы бывали у нас. Я этих ваших не пущу без приказания господина, но можете о них не беспокоиться. Здесь они в безопасности.

Казалось, больше тут ничего не удастся выторговать. Кутшеба оставил их всех под защитой Шулера, и лесной демон повел его в град.

Лес молчал. Звери не выбегали навстречу путнику, хотя Кутшебу это не удивило — в конце концов, он прибыл сюда не в сопровождении графа, как тогда. Однако, несмотря ни на что, молчание когда-то такого говорливого леса удивляло его.

Могло показаться, что лес мертв, хотя он повсюду замечал следы жизни, но не видел самих животных.

— Ты говорил, многое тут изменилось,— Кутшеба заговорил первым.— А что именно?

— А, сами увидите,— буркнул демон.— Так оно лучше будет,— больше он ничего не говорил, а Кутшеба не мучил его вопросами.

Когда они дошли до болот, леший отвернулся и не говоря ни слова ушел. Роль проводника принял на себя блуждающий огонек, тоже странно молчаливый, что совсем не соответствовало характеру этих существ. На болотах тоже царила тишина. Не слышно было ни кваканья жаб, ни шуток водяных, которые раньше всегда перебрасывались между собой едкими комментариями и подшучивали над утопленниками. Куда-то исчезли даже цапли.

Сам град показался Кутшебе иным, пока он не пересек его врат. Здесь никто от него не прятался, но при виде путника стихали все разговоры. Люди молчаливо провожали его взглядом, и ему стало страшно, что его положение в Пристани Царьград настолько изменилось, что его теперь считают не другом, а врагом. Что же тут могло произойти?

«Я чувствую кого-то могущественного,— сообщила ему обеспокоенная мара.— *Но не знаю, кто это»*.

Может, Ростов нанял какого-то мага? Или призвал могущественного демона, чтобы он помог в борьбе? Лес и людей могла поменять магия или цена, которую пришлось за нее заплатить.

Одно лишь не изменилось. Когда они подошли к поместью, первой навстречу ему выбежала Ольга. Старше на четыре года, уже не девочка, а женщина, всё больше напоминающая мать, она всё так же радостно приветствовала Кутшебу. Ни правила этикета, ни хорошие манеры снова не смогли сдержать ее, она кинулась мужчине на шею, прижимаясь к нему изо всех сил, как будто не могла поверить, что он на самом деле приехал их навестить.

— Это вы! Вы! — восклицала она, раскрасневшись. Девушка плакала от радости, но ей и в голову не приходило вытирать слезы.— Как только я услышала...

я… я не могла поверить! Мы так по вам соскучились! Папенька вас до сих пор вспоминает. И я тоже…

— Дочь? — голос Ростова показался Кутшебе слишком официальным, однако, возможно, впечатление было ошибочным.— Ну что ж ты… не пристало тебе так себя вести.

— Но папенька…

— Ольга Николавна! — Граф наморщил брови.— Ты уже не ребенок! Пожалуйста, иди в дом, позаботься о покоях для гостей.

Она наконец отпустила Кутшебу. Еще раз улыбнулась, поклонилась, как пристало кланяться дочери графа, и побежала к дому совсем не аристократично.

Ростов тяжело вздохнул, причем так выразительно, что не оставалось сомнений,— напоказ.

— Порой мне кажется, что я слишком разбаловал ее. Постоянно ведет себя как ребенок. Господин Кутшеба! Друг! Прошу извинить меня за эту сцену и ненадлежащее приветствие!

— Мне не в чем вас винить! Я всегда с большой радостью вспоминаю гостеприимство Ростовых.

Они пожали друг другу руки. Граф какое-то мгновение колебался, но потом улыбнулся и обнял Кутшебу, к счастью, не так крепко, как его дочь.

— Прошу мне поверить, я, правда, очень рад вашему приезду! Всех ваших спутников я, к сожалению, не смогу разместить в доме, их слишком много, а у нас есть и другие гости. Ну и с вами марсианин… Да, мы всё знаем. Сосна-посланница рассказала про ваше путешествие и про битву. По правде говоря, Пуща требует выдать вас. Но, господин Кутшеба, вы можете ни о чем не переживать! Пожалуйста, проходите.

— Так я могу рассчитывать, что о моих людях позаботятся? Они выбились из сил.

— Естественно. Сейчас отправлю за ними того упертого лешего, который не хотел вас пускать. Надеру ему за это уши! С возрастом он становится всё чуднее, к сожалению. Для них тоже найдется крыша над головой, не бойтесь. А сейчас я приглашаю вас в дом, познакомитесь с моими гостями!

Он увидел их в кабинете для переговоров. Они сидели за столом. Одетые в зеленые мундиры серьезные мужчины совершали неестественно резкие движения. Их одежда показалась Кутшебе нелепо древней. Собравшиеся прервали трапезу и молча уставились на вошедшего. Он не знал, что звенело громче — откладываемые приборы, которыми они только что вели беспощадное сражение с обедом, или ряды отполированных орденов, которыми были увешаны их мундиры. Хоть эти люди и старались вести себя с достоинством, Кутшеба неожиданно даже для самого себя сравнил их со сворой падальщиков, которая собралась вокруг предводителя стаи. В их случае эту роль выполнял лысеющий седой мужчина в самом дорогом мундире, черного (а не зеленого, как у остальных) цвета. Он не носил орденов, не считая приколотого к груди костяного черепа, над которым, как и на шапке лешего, восседал царский орел.

Подобные знаки носили и остальные, даже Ростов. Однако у солдат в зеленых мундирах черепа были скрыты под десятками орденов, а граф носил свой, приколов к белой жилетке, выглядывающей из-под темно-синего фрака. Ростов до сих пор одевался в соответствии с модными альбомами, которые когда-то покупал жене; этот стиль выглядел старомодно уже в те времена, когда его дед бежал от Революции. Любовь к архаичной одежде отличала бы его от всех остальных везде, кроме Пристани Царьград и, возможно, части шляхетских дворов Польши, в которых Кутшебе посчастливилось побывать. В свете мрачных перемен, которые охватили град, приятно было осознавать, что Ростов сохранил хотя бы эту привязанность к старой моде.

— Мой добрый приятель, товарищ по битвам против упырей из урочищ и Вечной Революции, господин Мирослав Кутшеба,— Ростов представил его гостям и в следующее мгновение снова обратился к нему: — Прежде чем я представлю вам всю нашу компанию, позвольте я познакомлю вас с человеком, который особенно почтил меня своим присутствием. Это князь Михаил Илларионович Голенищев-Кутузов, маршал Возрожденной Святой России, главнокомандующий ее армией, который оказал мне честь, прибыв сюда, предложив мне свою дружбу и попросив руки моей дочери.

Кутшеба и воскресший генерал обменялись поклонами.

Игнорируя беспокойные движения мары, Мирослав признал, что для него огромная честь встретиться с таким великим воином. Кутузов ответил ему таким же комплиментом, признавшись, что граф рассказывал ему об их общих сражениях и отзывался о Кутшебе с необыкновенным почтением.

— Возрожденная Святая Россия? — заинтересовался Кутшеба, завершив круг приветственных рукопожатий. Некоторые из офицеров показались ему слишком холодными, словно трупы.— Князь Кутузов?

— Наконец появился тот, кого я ждал! — с достоинством сообщил Ростов.— Настоящий избавитель, на его зов восстают давно погибшие герои.

Он сунул Кутшебе в руку бокал темно-красного вина, чтобы они могли вместе произнести тост за удачи и триумф Его Величества, Царя-Мессии Возрожденной Святой России, Кощея Бессмертного.

ГЛАВА 6

Январь 1969 года по старому календарю,
пятьдесят четвертый год Предела,
семнадцатый год Мира, Краков

Кости курицы лежали рядом с остатками скелетов рыбы и кролика. Тот, кто собрал эту кучку, вероятно, не опасался смешивать ни мясо, ни напитки. Он как раз разрывал большими зубами кусок мяса, запивая попеременно водкой, медом и пивом. При этом он чавкал, сёрбал и вообще шумел сверх меры, но не привлекал ничьего внимания, не считая Малгоськи, которая беззлобно качала головой, и Кутшебы, который, словно загипнотизированный, не мог отвести удивленного взгляда от этой варварской трапезы.

Корыцкий, уже не полковник, сидел рядом с ненасытным монстром и пил только пиво, хотя даже его он потягивал мелкими глотками, совсем не так, как когда-то.

— Всё как-то изменилось.— Кутшеба первым отвел взгляд от великана с перекошенным лицом. Он посмотрел на правую руку Корыцкого, где на пальце красовалось кольцо с выгравированным заклинанием верности.

— Не дождалась Малгоська твоего дружка. И, похоже, правильно сделала.— Корыцкий как-то странно криво улыбнулся.— Взяла себе меня. Хоть убей, не знаю, как так вышло. Я даже приказал проверить, не зачаровал ли меня кто. Ан нет. Просто сидел я себе за столом, и тут на тебе! — его глаза весело заблестели.— К чертям свободу!

— А этот великан? На нем ты тоже женился?

Наблюдая за Корыцким, Кутшеба задумался, может ли он еще для чего-то пригодиться. Когда-то дерзкий грубиян, он превратился в спокойного и покорного подкаблучника. Если только это не была его новая роль.

— Вроде того. Это, представь себе, мой охранник. Серый.

Монстр на мгновение перестал разгрызать большую кость. Он прорычал что-то Кутшебе и кивнул головой. Тот ответил коротким кивком, но собеседник уже потерял к нему интерес.

— Серый… В смысле — не привлекает внимание?

— Как раз наоборот. Этот паб многое повидал, а вот на улицах… На него постоянно оглядываются. Это, видишь ли, не обычный великан, а какая-то помесь великана сам не знаю с чем. Он притащился сюда из Германии, прямо с приграничья. Он там патриотично подрался с какими-то высокопоставленными фрицами, вот и был вынужден исчезнуть.

— Патриотично?

— У него все перемешалось. Поляки, видишь ли, говорят, что он поляк, а немцы — что немец. Есть парочка легенд на эту тему, но их никак не удается согласовать между собой, вот он и путается. По правде говоря, поляков он тоже отделал неплохо, но ему как-то удалось выйти сухим из воды, значит, не нарвался на какую-нибудь шишку.

— Да уж, ну ты и выбрал себе компаньона. А почему ты ушел из разведки?

Корыцкий инстинктивно покрутил на пальце обручальное кольцо. Буркнул что-то на тему, что как частное лицо, он зарабатывает больше, а поскольку добавились расходы, связанные с браком, то Кутшеба должен его понять.

— Так что, наш договор коту под хвост? — спросил Мирослав, когда Малгоська принесла ему очередное пиво, а мужу — яблочный сок.

— Да какое там?! Совсем наоборот! Именно сейчас и начнется наше настоящее сотрудничество. Всякая ерунда меня теперь не ограничивает, зато платить я могу больше.

— Ты прекрасно знаешь, что деньги меня не интересуют.

— А должны. Они много дверей открывают. Ну и... не обижайся, но тебе бы не помешала новая одежда... Что ты смеешься?

— Я не смеюсь. Совсем не смеюсь, модник. У тебя есть для меня что-нибудь? И я про информацию, а не про работу.

— Есть. Твой львовский хитрец, похоже, действительно выкинул фокус. Я добрался до негодяя, который мог что-то о нем знать, но представь себе, что в тот же день он попал под копыта обезумевшего коня. А для полного веселья, конь потом куда-то пропал, равно как и тело погибшего. Дом, в котором этот бедняга жил, сгорел дотла.

— То есть дух вызвать невозможно?

— Это может быть трудно. Разве что знать кого-то... с той стороны.

— И ты, конечно, знаешь?

— Я? Знаю.

— Сколько это будет стоить?

— Ничего, кроме той информации, которую ты мне привез.

— Я всё записал.

— Я прочту. Но еще я люблю слушать. Изложенному на бумаге порой не хватает того, что можно услышать в голосе допрашивае... рассказчика. Говори.

Кутшеба рассказал ему о визите в Пристань Царьград и о проблемах со стариками-песнярами и пробуждающимися по их воле урочищами. Рассказал о казацких сотнях, которые заключают минутные союзы с кем только можно, о нежданных союзниках из степей и растущей силе нового бога, про Вековечную Пущу и даже про Вечную Революцию.

— Ты был на землях Революции? — Корыцкий говорил почти шепотом.— Парень, но оттуда никто не возвращался. Расскажи, как там?

Кутшеба вспоминал деревню, окруженную бетонной стеной, которую защищали существа, больше напоминающие скелеты, чем людей. Они защищали поселение от ватаг умерших от голода холопов, что жаждали отомстить тем, кому удалось выжить. За ними волочились толпы детей, где живые перемешались с мертвыми. Временами они находили голодных, которые отделялись от ватаги, и пожирали их. Кутшеба заметил, что дети не зарились на комиссаров и не пытались штурмовать сельскохозяйственные крепости, которые там назывались «колхозами», хотя и не щадили их обитателей, если кто-то решался покинуть убежище. Комиссары, со своей стороны, тоже не часто атаковали солдат той ужасной армии. Мирослав не знал, на чем был основан этот хрупкий союз,— то ли имелись какие-то договоренности, то ли комиссары посчитали, что им не помешает дополнительное, пусть и не подвластное им, орудие террора.

— Это было страшно,— сказал он наконец.— Подробности увидишь в рапорте. Я не хочу об этом говорить.

— Всё настолько плохо?

— Думаю, Шулер оставил меня из-за того, что там увидел. Уже в Пристани ему пришлась по душе идея жить в утопии. В Революции он увидел, к чему это может привести, но, похоже, не отказался от этой мысли, а лишь еще больше убедился, что нужно искать собственный пример рая на земле.

— Я так и думал, что он философ. Что-нибудь еще?

— Дикие Поля немного изменились, когда я через них возвращался. Там крутился какой-то карлик, чародей, прибывший с севера с какой-то волшебницей... Еще появился новый главарь, о котором идет молва по всей степи. Даже в Пристани Царьград его поминают. Но никто не знает его имени. Песняры предсказывают, что появился новый атаман, который изменит мир. Блуждающие всадники поехали искать Вернигора, явились также две кровавые Хелены. Верующие в одну и в другую передрались между собой, хотя все они почитают Хмеля. Я повстречал одну из этих баб. Это сумасшедшая тетка, совершенно безвольная. Ее направляют хитрецы, называющие себя ее опекунами. Они беспрестанно рассказывают о великой Украине, но Хмельницкий их беспокоит куда меньше, чем золото, которое они добывают, грабя древние курганы, и бабы, которых они насилуют по деревням. Однако они подогревают волнения, и надежда на прибытие нового мессии только растет.

— Что это может означать для нас?

— Для нас пока что ничего. Там всё слишком беспокойно, чтобы могла сформироваться сила, которая может нам помешать. Но нашим людям на Полях это может грозить лишними хлопотами.

— Кстати, этих наших людей ты там встретил?

Перед глазами Кутшебы возникли существа, которых он не мог бы описать, с выражением дикой радости на лицах. Шулера уже не было с ним, когда он встретил одну из группировок Черни. Много их бродило по Украине в поисках собственного мессии или по причине банальной зависимости от насилия. Он убегал от них много дней, но не смог замести следы.

— Встретил.

— И? Всё это правда?

Он прикрыл глаза, призывая воспоминания. Тогда он позволил себя схватить и едва не лишился собственной воли. Это было уникальное создание, богиня, порожденная тем упоением войной, от которого хмелела горстка солдат, оживленных побочными эффектами марсианской энергии.

— Всё правда. И даже больше. Это трудно себе вообразить. Так ты найдешь для меня этого духа?

— Найду. Я сообщу тебе время, когда ты сможешь с ним поговорить. А пока что у меня для тебя есть небольшая работенка. Но это после обеда. Советую есть быстро, потому что Серый не очень считается с правом собственности, особенно когда речь идет о содержимом тарелки.

* * *

Июнь 1972 года по старому календарю,
пятьдесят седьмой год Предела,
двадцатый год Мира, Пристань Царьград

Кутшеба отказался от участия в послеобеденной дискуссии, ссылаясь на обязанности командира похода, и исчез из зала, как только представил Новаковского русским офицерам. Кутузов, казалось, был в искреннем восторге от возможности встретиться с марсианином. Он усадил его возле себя и засыпал вопросами о марсианском флоте, традициях и стратегии в те времена, когда они еще были повелителями пространства. Новаковский отвечал охотно, разделяя энтузиазм возвращенного к жизни князя.

Большую часть экипажа «Батория» разместили в помещениях для прислуги — может, не очень изысканных, зато теплых и защищенных от нечистой силы. Только Чуса определили в покои во дворце графа, чтобы он мог обслуживать своего господина, которого принимал у себя сам граф Ростов. Сару и Крушигора разместили на окраине, чтобы они не бросались в глаза обеспокоенным жителям Царьграда.

Кутшеба нашел первого офицера «Батория» и приказал ему тайком выставить караулы. Ему не нравились эти восставшие из мертвых солдаты, к тому же у него были плохие предчувствия насчет новоиспеченного царя. В русских преданиях о Кощее и слова доброго не было. Он принадлежал к числу могущественных, но очень самолюбивых магов. Пожалуй, своим внешним видом он напоминал большинство известных Кутшебе правителей, однако в его случае именно народные сказания предрешили его главное отличие. Про королей и царей говорили разное, про Кощея — почти всегда плохое. А в мире Предела именно эти притчи могли предопределить роль и характер тех, кого они породили... Ян Петрович, первый офицер, выслушал приказ Кутшебы с радостью, почти что с облегчением.

— Людям тут не нравится. Тут мрачно, и все смотрят на нас с подозрением,— сказал он шепотом, озираясь.

Ванду и Шулера тоже приняли как почетных гостей. Ими занялась Ольга, охочая до сплетен с западной границы, «из большого мира», как она говорила. И хотя Кутшебе самому было интересно, что будет рассказывать Шулер, он предпочитал пока что избегать Ольгу. Он решил, что сперва пойдет на поклон к графине, и, может быть, ему удастся что-нибудь у нее выведать. Она была не очень довольна, что в этот раз муж забыл о ней и повел новых гостей сразу знакомиться с Кутузовым, вместо того чтобы привести их пред ее нарисованный лик.

Однако графини на портрете не было. Он рассматривал фон и на этот раз увидел не бал, а заброшенный темный зал. Пораженный внезапным предчувствием, он осмотрел все картины, и на них также заметил изменения. К улыбчивым полицейским присоединились вооруженные, как на войне, солдаты, часть пейзажей была дополнена фортами и большими, внушительными замками. Появились новые картины, изображающие Кремль, его стены венчали колья, на которые были насажены тела комиссаров. Война вошла даже в мир живописи и расцветила его по-своему.

— Так папенька представляет себе Москву сейчас.— Ольга нашла его, когда Кутшеба рассматривал картину, на которой была изображена Красная площадь, тонущая в чем-то красном — то ли в свете ламп с цветными стеклами, то ли в крови. Растекающиеся по огромной площади тени напоминали густые пятна, как будто кровавый паводок залил город. Может, это была метафора наступившей Революции, но картины отображали, скорее, исполнение снов тех, кто хотел ее защитить. Может, это было предсказание мести, мир мечтаний? — Маменька, наверное, не очень довольна тем, как он велел перерисовать её мир.

— Я очень удивлен тем, что он пошел на это.

— Папенька сейчас черпает силы из воли нового царя, и она сильнее, чем воля мамы. Вы злитесь на меня? За то, что я сказала вам раньше?

Он машинально покачал головой, но избегал ее взгляда.

— Вы злитесь,— поняла она.— Поэтому вы и не вернулись к нам, ведь так? А сегодня прибыли только потому, что не могли иначе. Мне ваш бог многое рассказал. А я ведь не сказала тогда ничего плохого. Только правду...

— Ольга Николаевна...

— Нет, пожалуйста, ничего не говорите,— перебила она, за что Кутшеба был ей благодарен, так как не находил подходящих слов.— Вы снова относитесь ко мне как к ребенку. Возможно, тогда вы были правы на мой счет, но сегодня вы ошибаетесь. Я выросла. Но только это во мне и изменилось.

Они пошли по коридору, переходя от картины к картине, делая вид, что рассматривают их, хотя оба уже не интересовались видами изменившейся

Москвы. Девушка сжимала его локоть судорожно, будто утопающая. Он искал способ освободиться от нее, но тщетно. Мара тоже не собиралась ему помогать. Она дулась, но молчала, хотя обычно намного более раздраженно реагировала на женщин, которые пытались приблизиться к Кутшебе.

— Вы должны бежать отсюда,— прошептала ему Ольга.— Как можно скорее. Прежде чем это место поглотит вас так, как поглотило всех нас.

* * *

Февраль 1969 года по старому календарю,
пятьдесят четвертый год Предела,
семнадцатый год Мира, Краков

Духи бросались на крошки хлеба, вымоченные в бараньей крови, как на самый лакомый в мире деликатес. Они обсели тарелки серой тучей, и так как были они небольшими, то напоминали Кутшебе краковских голубей, таких же ненасытных и не желающих пугаться.

— Это твой хваленый контакт? — он наклонился к уху Корыцкого, чтобы говорить полушепотом и не привлекать внимания духов.— Этот отстой?

— А ты думал, я тебе зеркало Твардовского принесу? Радуйся тому, что есть.

Старик, которого притащил Корыцкий на чердак подгурского дома, бегал вокруг стола, где собрались духи. Он что-то бормотал, подбрасывал им новые крохи, добываемые из подвешенной через плечо сумки. Он напоминал Кутшебе одного из нищих, которых полиция прогоняла из центра города, однако он также осознавал, что не стоит недооценивать таких, как он. Полузнахари-полушаманы, бродяжничающие по приютам, они слышали старые притчи и знали обычаи столетней давности, которые казались всем уже давно забытыми. Среди славян христианство не так сильно распространилось, как в Западной Европе. Люди в деревнях до сих пор сохраняли верность языческим ритуалам, даже если им покровительствовали святые вместо древних божков. Поэтому, когда мир изменился, именно деревня оказалась лучше всего к этому подготовлена.

Чудища не переступали пороги деревянных домов, защищенных ритуалами, которые проводили здесь многие поколения хозяев. Люди в городах были вынуждены заново учиться, как сделать из своих домов крепости, способные защитить их от хаоса, а деревня никогда не теряла этих знаний.

— Летите, парите! — прокричал дед, и духи сорвались, словно птицы. Они вознеслись к потолку и исчезли. Некоторые вернулись назад, проверяя, не появилась ли новая еда. Они быстро растаяли, расстроенные видом пустых тарелок.

— Его нет! Его нигде нет! — закричали духи, вернувшиеся час спустя.— Мы искали над темными долинами и темными реками. Его нигде нет!

Старик отогнал их, не давая ни крошки.

Те, кто прилетел два часа спустя, сказали, что спрашивали духов в мире живых, облетев все четыре стороны света, и в мире мертвых с его неисчислимым количеством сторон, что спускались под землю и взбирались на кроны деревьев жизни, но не нашли того, кого им приказали найти. Тогда их тоже прогнали. Три часа спустя прибыли очередные духи и сообщили, что они облетели мир вокруг, расспрашивая ветер, спускаясь под воду, чтобы поговорить с водными девами и утопленницами, опускались на дно морское, куда не ступала нога человека, и взбирались на вершины самых высоких гор, но тоже не нашли того, кого искали. И они ушли ни с чем.

— Ну, похоже, всё? — Кутшеба потянулся за кошельком, чтобы заплатить старику, но тот его остановил.

— Еще нет, господин. Подождем.

И только семь часов спустя вернулся последний дух. Старик выслушал его, улыбнулся и накормил целой горкой хлеба с кровью. А когда дух насытился и улетел, старик недвусмысленно протянул Кутшебе ладонь.

— Есть один такой упырь,— сообщил он довольным тоном.— Он о вас уже знает. И он вас найдет.

— Сам?

— Вы ему нужны больше, чем он вам,— ответил старик. Но потом взглянул на Кутшебу пристальнее и исправился: — Хотя видится мне, что вы одинаково нуждаетесь друг в друге.

* * *

Июнь 1972 года по старому календарю,
пятьдесят седьмой год Предела,
двадцатый год Мира, Пристань Царьград

— Мы не пойдем дальше сами,— сообщил Новаковский, когда Кутшеба навестил его в покоях. К собственному неудовольствию, он застал там Ростова. Граф сидел возле камина, как обычно искренне улыбаясь, но что-то изменилось. Всё, что он теперь делал, было отмечено печатью целесообразности, из-за чего потускнела всегдашняя радость и щедрость Ростова.— Не справимся.

— Вы что, не продадите нам коней, граф?

— Конечно, не продам! Я их вам подарю,— рассмеялся Ростов.— Вы пропустили важный разговор, мой друг. Оказалось, что нас с вами снова объединяет общее дело! И я этому очень рад! Я оставлю вас одних, чтобы вы объяснились.

Новаковский подождал, пока за хозяином закроется дверь.

— Они нужны нам,— начал он.— Я не в восторге от этой идеи, но похоже, что они нужны нам.

— Что изменилось? Что вы узнали?

— Давайте по очереди. Что вам известно о Кощее?

— Маг из русских легенд. Очень сильный. И очень плохой.

— Я спросил, что вы знаете об этом Кощее? О царе.

— А между ними есть разница? Около четырех-пяти лет назад появился на Диких Полях новый главарь. Вербовал чудищ, жителей украинских деревень и городов, российских беженцев. Казацкие подразделения. Казаки, во всяком случае большинство из них, не хотели его, у них уже был свой хранитель. Чернь отвергла его, потому что всё еще ждала возвращения Хмельницкого, которого почитала как бога, но многие верили, что именно Кощей способен отстроить Российскую империю. Я только не знал, что он провозгласил себя царем. Некоторые говорили, что он поможет построить свободную Украину. Наверное, забыли, что он русский.

— Он силен, не так ли?

— Победил большинство воюющих с ним магов, даже Баба-яга предпочла скрыться от него на территории Речи Посполитой. А это неслабая волшебница. Вы хотите, чтобы он обеспечил нам охрану во время путешествия?

— Охрану предложил нам князь Кутузов. Очень интересный человек. Удивительно современный для вновь воскресшего человека восемнадцатого века.

— И чего он хочет взамен?

— Часть прибыли от похода. Это несколько усложняет дело, однако, возможно, без помощи Кутузова мы вообще не сможем реализовать свой план. Вы ведь помните о том, что первый разведывательный корабль уцелел, я узнал благодаря наблюдениям за черным рынком? Оказывается, не только я пришел к такому выводу.

— Кутузов? Кощей?

— Да нет же! Они понятия не имеют о наших технологиях, они родились в мире мифов и живут прошлым. Кутузов — тем, которое помнит, а Кощей — тем, которое воображает себе по сказкам. Но многие следят за черным рынком и делают свои выводы, как и я. Я думал, что опережаю остальных, потому что располагаю данными, позволяющими идентифицировать почти каждый марсианский артефакт, который попадает на рынок. Оказывается, другие смогли справиться и без моей базы данных. Короче говоря, исходя из того, что я тут узнал, нам уже незачем идти в Сибирь. Обломки корабля были, очевидно, разграблены Вечной Революцией.

Кутшеба задумался, мог ли марсианин знать об этом раньше и нанять его именно по этой причине.

Сибирский опыт Кутшебы не был таким уж уникальным. Зато он не знал никого, кто побывал бы на территории Революции и вернулся оттуда целым и невредимым. Могло ли всё это быть подстроено, а план похода на Сибирь был лишь выдумкой? Если так, то, быть может, Новаковскому удалось сбить с толку также человечестволюбцев, потому что никакие дирижабли не преследовали в последние дни экипаж «Батория». Вот только Кутшебу не интересовали ни сокровища, ни поддержка возрождаемой царской России.

Он покинул покои марсианина в задумчивости и тревоге. Может, он уже перестал контролировать партию, в которой, как ему казалось, до этого дня он сдавал карты?

— Даю слово, я не подслушивал.— По сравнению со своими подданными, граф Ростов улыбался необычайно часто, хотя теперь его улыбка и не казалась Кутшебе такой приятной, как раньше. Он встретил графа прямо возле дверей комнаты марсианина.— Я ждал вас здесь, потому что до сих пор нам не представилась возможность поговорить, мой друг!

— Политика иногда поглощает все время.

Он позволил графу проводить себя в парк и провести дальше, к расположенной в его центре беседке.

— Здесь можно отдохнуть, обрести хоть каплю спокойствия. Трудно поверить, как резко и быстро меняется наша жизнь. Вы, наверное, удивлены тем, что застали?

— У меня нет новостей о том, что происходит на Диких Полях. Признаюсь, что личность нового царя видится мне... сомнительной. Он связан какими-то родственными узами с Романовыми?

— Выходит, победил реализм. Кощей мог бы на самом деле воскресить последнего царя, однако даже я вынужден признать, что в наше время он бы не справился. А Кощей сильный, да и до мозга костей русский, по духу и сердцу.

— А Петр Великий? Я слышал, что он тоже воскрес из мертвых.

— И быстро вернулся обратно. Друг мой, я почитаю память этого великого царя, как все русские люди. Однако мы живем в другие времена, и мы уже другой народ. Царь Петр... скажем так, сегодня он бы не получил поддержку аристократии. У нас и без него полно тревог. Это только между нами, по старой дружбе. Но хватит о политике! Рассказывайте, как ваша жизнь?

Кутшеба рассказал о том, о чем мог рассказать. Убедившись, что граф знает о цели их путешествия, он рассказал о своем знакомстве с марсианином, личность которого Ростова очень заинтересовала.

— Их удивительно мало.— Видя, что Кутшеба закурил трубку, Ростов потянулся за своей. Он принял табак от гостя, соблазнившись его экзотическим ароматом.— Они не умирают, они сильны и хитры, но тем не менее выжило их совсем немного. До вашего визита я их никогда еще не встречал. Кое-что слышал о двоих. Кроме господина Новаковского. Один, представьте себе, обратился в православие!

— Марсианин-монотеист? Действительно необычно.

— Правда! Но это еще не всё! Он пошел к монахам на горе Альтос и получил разрешение поселиться среди них. Он собирает вокруг себя всех демонов, чудищ и богов, которые хотят покреститься.

— Вы должны рассказать об этом Шулеру. Он помешан на религии.

— Вас меньше интересует эта тема? Мне кажется, марсианина интересуют именно наши религии. Эх, как жаль, что я не могу отправиться с вами!

— Вам бы не понравилась Революция, гарантирую!

— Дай Бог, вам не придется ехать прямо туда!

По последним данным Кутузова, отряды Революции слишком активизировались вдоль границ. На Диких Полях считают, что там готовятся к новой войне, и Ростов провел переговоры о возможных союзах с самыми большими отрядами казаков на случай нападения Революции. Однако оказалось, что большинство этих приготовлений были направлены на подготовку похода Революции на Сибирь.

Красным было непросто пробираться через Матушку Тайгу, почитатели и обитатели которой ненавидели их после резни, устроенной им комиссарами в первые годы Предела. Тайга также прекрасно знала, как Революция относится к лесам на своей территории. Комиссары потому и не отваживались переступать границы Тайги, но переправляли на ее территорию человеческих невольников, часто из северных племен. Кутузов считал, что они выслали несколько групп, опасаясь, что во владениях Тайги часть рабов их предаст, невзирая на то что их семьи остались в Революции в роли заложников.

— Мы никогда не узнаем, сколько там погибло людей,— повторял за Кутузовым Ростов.— Революции плевать на потери, она уверена, что сумеет взрастить новые армии или воскресить те, что погибли на территории России за последние несколько веков.

В конце концов одна из высланных групп, по всей вероятности, отыскала остатки корабля и разграбила его. Кое-что из награбленного пропало по дороге, потому что многие рабы оказались предателями и сбежали, забрав с собой часть добычи,— так она и попала на черный рынок. Но львиная доля трофеев сохранилась. По нашим данным, они не достались Революции. Человек, который руководил возвращением этой группы, либо тоже предал своих хозяев, либо по каким-то другим причинам не вернулся в Революцию. Вместо этого он сбежал сюда, на Дикие Поля. Самое смешное, что это ваш земляк.

— Поляки расползлись по всему миру,— ответил Кутшеба, стараясь не обращать внимания на предчувствие, которое мелькнуло одновременно у него и у мары. Он приложил все старания, использовал все доступные ему средства, чтобы присоединиться к походу Новаковского, и всё только для того, чтобы выманить из укрытия четвертого из группы тех, кто нес ответственность за смерть его жены и детей. Может ли так случиться, что он напал на его след? Предчувствия никогда не подводили мару.

И именно сейчас она широко и хищно улыбалась. Те, кто сбегал от Кутшебы, прибегали к самым разнообразным способам, чтобы скрыться. И переход под защиту Революции казался не более извращенным, чем изменение тела или кража чьей-то жизни.

ГЛАВА 7

Февраль 1969 года по старому календарю,
пятьдесят четвертый год Предела,
семнадцатый год Мира, Краков

Упырь пришел к нему, когда Кутшеба заснул в станице, неподалеку от Змеиного Двора, при тракте, ведущем в Горцы. Тропа от Турбача вела через долину, которая, словно седло, прогибалась между двумя возвышенностями. Когда-то давно — еще перед Пределом — кто-то поставил там деревянную хижину, видимо раздобыв дерево в лесах, окружающих Горцы. Когда рубили деревья для постройки сараев для овец и пастухов, лес охраняли только люди. Сегодня уже сложнее было разжиться деревом из горного леса, хоть он и не был населен духами, как Вековечная Пуща или Матушка Тайга.

Кутшеба пренебрег ночлегом на Турбаче, побаиваясь не столько цены, сколько магии самого здания: она не подпустила бы к нему духа, встречи с которым он ждал с момента сеанса в подгорном доме. После той ночи он как можно быстрее покинул защищенный экранами Краков, помогая существу с того света найти его.

Хижина тоже имела собственную защиту, однако в отсутствие хозяев она ослабевала, да и, в любом случае, она была больше ориентирована на воздание почестей горным призракам, нежели на защиту от них. Только люди, наделенные властью, и жители городов объявляли войну демонам, простонародье понимало, что с большинством из них можно договориться, поскольку человек всегда найдет, чем их подкупить. Даже из лап черта можно было выкрутиться, хоть эти злобные существа и были жадными до человеческих душ. Что они с ними делали — неизвестно. Ни один Ад, кроме Вечной Революции, не явил себя людям со времен Предела, равно как и ни один Рай... За человеческими душами не прибыл ни Люцифер, ни Мефистофель, хотя попадались и такие, кто пытался их вызывать. Меньшие, локальные дьяволы, как Борута, с которым Кутшебе пришлось когда-то скрестить сабли, путешествовали по миру, но демоны, связанные с более универсальной идеей Ада, нигде не встречались, равно как и монотеистический Бог.

Черти гонялись за душами, как казалось Кутшебе, главным образом потому, что это было их основное занятие во всех легендах, сохранившихся в человеческом сознании, откуда повылазили эти создания. О собственной душе Мирослав не беспокоился — в ней уже восседала демоница. Его больше тревожили волчьи стаи и медведи-одиночки, от которых его не защищала в хижине ни сила Короля Змея, ни магия мары. Он заснул с карабином под рукой.

Во сне он увидел Стефана Буртовецкого капризным мальчуганом с черной окровавленной дырой в маленьком, хоть и взрослого покроя, пиджачке. Из отверстия виднелись вывернутые наружу поломанные ребра, будто сердце само вырвалось из груди купца. Буртовецкий сначала не обращал внимания на Кутшебу, как будто не видел его. Он сидел на табуретке посреди темноты и отдавал поручения другим, невидимым для спящего духам, невыносимо ругаясь и крича на них, поскольку ему казалось, что все они недостаточно хорошо выполняют его распоряжения. Они же прилагали все усилия, чтобы найти пропавшее сердце Буртовецкого. Одни копались в земле, другие взбирались на деревья и скалы, третьи — насколько Кутшеба был в состоянии разобрать невнятные слова ребенка — хотели сделать воздушного змея, который вознесся бы в облака. Звучали и более зловещие приказы — Буртовецкий велел своим призрачным слугам присматриваться к людям и проверять, не подошло бы сердце кого-нибудь из живых для упыря.

— Вы не бойтесь меня,— купец наконец-то обратился писклявым голосом к Кутшебе.— Вас бережет та черная ведьма. В конце концов, у вас ведь тоже нет сердца. Мы одинаковые. Я вас обыскался,— вздохнул он.— Мне говорили о вас дьявольские мухи и души убитых, мары и неотомщенные упыри. Все о вас тут говорят. Я рад бы увидеть ваше лицо, но его закрывает какая-то пелена.

— И пусть так и будет.

— Вы мне не доверяете, что ли? Может, оно и к лучшему. Я был слишком доверчив, и вот как всё для меня закончилось! Я самый несчастный из всех убитых! Вы вот честный человек, мстите убийцам своей семьи. А меня не то что никто не помнит, но вообще никто не знает о моей смерти! Окровавленную рубашку, в которой меня убили, сожгли. Я не могу переступить порог собственного дома, чтобы напомнить о правосудии сыну, а моя собственная жена трахается с моим убийцей, как сука во время течки! Я в окно видел, как она под ним извивается, стонет, как его ублажает!..

По мере того как упырь говорил, он всё повышал голос, а последние слова он уже просто выкрикивал. Он засопел, пузырьки кровавой слюны показались в уголках его губ, а глаза заблестели красным.

— Мы братья, мой безымянный приятель,— отозвался он через минуту, уже спокойнее.— Нам один и тот же сукин сын жизнь испортил. Я даже не знаю, как его по-настоящему зовут и как он выглядит. Но ты найдешь его в моем доме, под моей фамилией, он присвоил мое лицо и мою жену, которая расставляет перед ним ноги в моей кровати! Запомни меня, брат, я Густав Иероним Буртовецкий, второй руководитель Конгрегации Купцов Келецких земель. Убей негодяя, и ты облегчишь жизнь себе и своим убитым. И меня освободишь. А теперь извини, я должен искать сердце, потому что эта дыра в груди горит живым огнем!

* * *

Июнь 1972 года по старому календарю,
пятьдесят седьмой год Предела,
двадцатый год Мира, Пристань Царьград

Не совсем обычный деревенский самогон, прозрачный и крепкий, не какой-то там благородный алкоголь, чтобы только пригубить, а напиток силы, который пьется быстро и резко, как вдох полной грудью, обжигающий горло кратким, быстрым огнем, оставляет не боль, а желание новой дозы с тем же впечатлением. Такой алкоголь они пили в тот вечер.

Жидкость проходила по телу холодной и одновременно горячей волной, не отупляя сознание, а, наоборот, проясняя его. Даже мара вздрогнула, когда Кутшеба осушил одним глотком рюмку вместе с Грабинским, Шулером, Крушигором, Сарой и Яшеком. Ванда только наблюдала за ними с по-своему приветливой задумчивостью.

— Я купил его у местных.— Грабинский просто млел.— Они гонят его из всего, что растет на урочищах и населенных призраками лугах, иногда из цветов и трав, к которым прикоснулись русалки. Такое местное чертово молоко, только лучше!

Они выпили по второй. Крушигор аж крякнул, Сара захохотала и толкнула его локтем в бок. Даже Шулер улыбнулся, хотя еще мгновение назад омрачал покой остальных, рассказывая о своих очень плохих предчувствиях.

После третьей рюмки, выпитой «для равновесия», они сделали небольшой перерыв. Самогон они заедали солониной, а Яшек, набравшись отваги, оставил на миг компанию, чтобы пересесть поближе к Ванде. Он вынул из-за пазухи какого-то червяка и, на свой лад понимая романтику и романтические поступки, подсунул девушке под нос животное, жаждая рассказать ей о червячьих балладах, которые он тут услышал.

— Вот это любовь! — настроение Сары, безусловно, улучшилось. Она подвинулась к великану так близко, что их бедра теперь соприкасались. Крушигор покраснел. Не спрашивая ничьего согласия, он налил себе еще рюмку и сам выпил.— Лучше уж твои стишки, Крушигорушка!

— Та ну...— засмущался великан.— Он тоже стихами говорит. Только... червячьими.

И действительно, Яшек как раз пытался продекламировать Ванде строфы животного. Хотя он оказался плохим переводчиком, неспособным соорудить даже ченстоховскую рифму, девушка, казалось, слушала с интересом. Насекомых, как оказалось, тоже коснулась магия Диких Полей. Они вели собственные войны, которые порой были отражением человеческих, а порой порождались конфликтами, которые человеческое сознание было неспособно понять. Они также служили чародеям, ссорившимся друг с другом, и заключали союзы с буйствующими в степи отрядами.

— Не боишься, что он твою дочь обольстит? — Кутшеба кивнул Шулеру.

— Не-а. Не вижу ни единого шанса. Провокатор!

— Все отцы так думают об ухажерах своих дочерей.

— Я не думаю. Я вижу, Мирек.

И правда, бог наблюдал за линиями судеб Ванды и Яшека, пристально следя, не переплетаются ли они, рождая вероятность общей судьбы. Он и сам не знал, как бы отреагировал и как бы использовал свои силы, случись нечто подобное. Он быстро сменил тему, чтобы Кутшеба, который обладал ужасно раздражающей способностью нащупывать болезненные темы, не спросил его об этом.

— Что думаешь о наших новых союзниках?

— Союзников много не бывает, ведь так? — Кутшеба отрезал себе очередной тонкий кусок солонины.— Я просил Яшека расспросить зверей, что слышно про этого Кощея, но твоя дочь так задурила ему голову, что он вернулся с каким-то кузнечиком, которому кажется, что он Вернигор.

— А это невозможно?

— Вернигор исчез в какой-то хижине в степи. Все его ищут, но никто не может найти, если только он сам этого не захочет. Если бы он пришел сюда, то у нас были бы серьезные причины для переживаний.

— А сейчас у нас их нет?

— Если что-то знаешь, скажи сразу. Хватит играть в провидца!

— Не нравится мне этот Кощей. Окружил себя трупами, и страну для трупов хочет сделать.

— Не оценивай его по сказкам. Вавельский дракон в сказках тоже слыл злобным типом, а вырос во вполне порядочного гада. Там, где начинается выгода, даже сказочные мозги работают более рассудительно. Обычно. А Россия уже труп, тут только чудотворец какой-то нужен, чтобы ее воскресить. А этот как раз подходит, со своими запасами живой воды. Эти его генералы — это не упыри, а настоящие воскресшие.

— Ты так говоришь, потому что тебе с ним по пути. А линии вероятностей вокруг Кутузова почти все темные. Ничего хорошего для России из этого не выйдет. У Ростова было свое видение — наивное, конечно, но искреннее и светлое, он мечтал сделать Святую Русь царской милости. А эти двое, Кощей и Кутузов, отняли ее у него.

— Они совсем мрачные,— вмешался Крушигор, всё более сконфуженный поведением Сары и собственной стыдливостью. Девушка сама подливала ему и себе самогона, пока не возмутился Грабинский, обеспокоенный такой несправедливостью. Он забрал у нее кувшин и занялся им сам.— Я много путешествовал, много видел... но это даже хуже, чем в Кракове.

— А что, в Кракове так уж плохо? — заинтересовался Грабинский.— А почему это? Там безопасно.

— Там одни заговоры. Все смотрят друг на друга исподлобья. Никто не думает прямо, никто не говорит честно. Когда идешь на старую дорогу, то всегда знаешь, кто свой, а кого бить надо. Даже если на тебя нападут демоны, всё равно знаешь: или ты их обманешь, или будешь драться. Люди в городе другие — скрытные и хитрые. Как и эти здесь. Только эти еще и хмурые.

— Я защищу тебя от них, Крушигорушка,— промурлыкала Сара, а великан даже закашлялся.

— Дайте-ка угадаю, вы никогда не пили чертова молока? — Грабинский подмигнул вроде бы только ей, а на самом деле это видели все.

— Я вокруг вас такие линии судьбы вижу, что, честное слово... смотреть стыдно! — Шулер не мог подмигнуть им, поэтому только улыбнулся — лукаво, как ему самому казалось, а на самом деле довольно зловеще. Яшек увидел эту ухмылку и побледнел.

— Мужики! Да что вы знаете? — Сара махнула рукой с такой силой, что чуть не упала со своего стула.— Что вы можете знать обо мне и моем Крушигорушке?

— О вас — ничего,— Грабинский пожал плечами, отодвигая кувшин подальше от Сары — то ли потому, что боялся за его содержимое, то ли чтобы спасти цыганку от полной отключки.— Кроме того, что пить вы не умеете. Зато я чертово молоко знаю даже слишком хорошо. Оно, видите ли, сильнее всего бьет в сердце и в голову тех, кто не тренировал их слабым алкоголем. Они оказываются абсолютно не готовыми к его действию и могут даже сойти с ума. С водкой, мои дорогие, как с чарами. Не стоит начинать с самого сильного заклятия, потому что можно самого себя превратить в жабу. Думаю, лучше будет, если я вас от этого самогона спасу. И взвалю эту ношу на свое, так сказать, горло.

— Что ты знаешь о заклятиях? — пробурчала Сара.— Крушигорушка, мне как-то нехорошо,— простонала она.— Можешь отнести меня на улицу, пока я при всех не сделала то, чего дама вообще делать не должна.

— Ну и остались мы втроем,— обрадовался Грабинский, а минуту спустя обрадовался еще больше, когда Шулер убежал искать Ванду, которая исчезла с Яшеком.

Они выпили еще по рюмке.

— Нравятся мне эти Дикие Поля... Я бы здесь остался,— размечтался Грабинский.— Ездил бы себе по степям, стрелял чудовищ и собирал бы за это мзду. Может, я и седой уже, но если чертова молока мне не пожалеют, то местные оборотни будут дрожать от страха. Или даже драконы. Тут есть драконы?

— Змеи есть.

— Змеи, говоришь... Такие — с крыльями?

— Такие тоже есть. Но реже встречаются. На них охоту объявили, когда они не захотели добровольно присоединиться к наемным отрядам. Ни один из них, кажется, не успел вырасти и набраться сил.

— Эх, мало я этой водки купил,— затосковал Грабинский.— Её едва на двоих хватит... О! — его лицо вдруг просияло.— А эта девица, Мирек, за тобой, похоже?

В дверях стояла Ольга.

— Простите, пожалуйста,— она присела в прекрасном, очаровательном реверансе, и у обоих мужчин засверкали глаза.— Маменька хотела с вами поговорить,— обратилась она к Кутшебе.

Он быстро ушел с ней, оставляя Грабинского в одиночку спасать мир от чертова молока.

* * *

Май 1969 года по старому календарю,
пятьдесят четвертый год Предела,
семнадцатый год Мира, Кельце

Глаза женщины были налиты кровью и печалью. Белки́ были сплошь усеяны красными сосудами, голубая радужка потемнела от тревог, сковывающих ее душу. Она заламывала руки, беспокойно озиралась и дрожала даже тогда, когда прижималась к Кутшебе.

— Ты мой хороший, ты мой...— шептала она, когда ее тело ощущало тепло и нежность его тела, и лишь тогда она могла забыть о страхе.

Мара стискивала зубы, зажмуривала глаза, а Кутшеба растворялся в грубых от усталости объятиях, в сухих перепуганных губах и прикосновениях груди, слишком долго страдавшей от одиночества и привыкшей лишь ко всхлипам. Он гладил ее ягодицы, до сих пор знавшие лишь шлепки шершавых от тяжелой работы ладоней, в которых не было и следа нежности. Он купил себе право на всё это одним мимолетным взглядом, смелым комплиментом, а также нежным прикосновением в одно украденное мгновение, когда она пришла от своей госпожи к столяру, которому пришлось заканчивать работу после менее способных строителей, отвечавших за возведение дома для госпожи Гражины Буртовецкой.

Он сопровождал служанку в качестве носильщика. Господин Буртовецкий, который за последние месяцы достиг невероятных успехов, перестраивал свое нынешнее поместье в соответствии со своим новым статусом. Специалисты по каменной кладке, деревообработке и охране складских помещений легко получали у него работу. Кутшеба совершенно не разбирался в строительстве и ремонте домов, однако был сильным, мог дать по морде и умел выслеживать мелких преступников — не важно, прибывали они издалека или до поры таились среди слуг.

Он сразу понравился управляющему Буртовецкого. Когда его проверили, то предложили работу в охране каравана, который вез запасы провизии из Кракова. Это быстро стало его основным занятием, хотя время от времени он выполнял и более мелкие поручения. Особенно с тех пор, как стал крутиться вокруг Басеньки — одной из служанок жены того, кто украл тело и жизнь Буртовецкого, а сейчас богател всё быстрее и становился всё более значимым.

Самого купца он ещё ни разу не встретил. Прежде чем отправиться в Кельце, он перекрасил волосы, а маре приказал затемнить цвет его глаз. Он отпустил бороду и усы. Свое старое оружие и одежду он оставил Корыцкому. Сейчас он одевался как мужик-модник: в дешевые костюмы и недорогие элегантные котелки. На пальцы он нацепил перстни как из настоящего золота, так и из томпака, и даже сунул в кармашек жилета серебряные часы. При случае надевал еще белые кожаные перчатки. Когда он смотрел на себя в зеркало, его начинало тошнить.

Басеньке он нравился. Хотя нравился только потому, что он старался понравиться, вместо того чтобы просто взять ее, да и потом не бросил, а действительно заботился о ней. Он привозил ей подарки из Кракова и по душам поговорил с несколькими ямщиками, которые думали, что она ничья.

Она благодарила его тем, что ожидала его возвращения порой у ворот города, бросалась ему на шею, обцеловывала и всегда одинаково повторяла: «Ты мой хороший, ты мой!..» Она крала для него что-то вкусненькое из кухни господина или пыталась готовить сама, хотя таланта к кулинарии у нее явно не было.

И, быть может, тошнило его еще и от этого вранья в те моменты, когда смотрел на свое отражение.

«Так нужно,— шептала мара.— *Я тоже страдаю. Думаешь, нет? Но с тобой уже нет Шулера, а этот злодей хорошенько к тебе присматривается. Ты не вломишься к нему штурмом, и тебе не поможет преступный мир».*

— Мне жаль эту глупую Басеньку,— отвечал он, но тогда мара убеждала его, что он подарил этой несчастной женщине лучшие минуты ее жизни. Она напоминала, что только рядом с Кутшебой женщина переставала бояться.

Страх сопровождал Басеньку везде, и не только ее. Все жители дома Буртовецких, который теперь превращался во дворец, постоянно беспокойно оглядывались, как будто за ними кто-то следил, хоть они никого не видели ни в комнатах, ни в коридорах. По многочисленным просьбам прислуги нанимались священники, экзорцисты, шаманы и даже маги, но никто из них не смог увидеть ни одного неупокоенного духа, хотя несколько душ было поймано.

Настоящий Буртовсцкий приходил только к Кутшебе, и то только тогда, когда он находился вдали от дома. Он всё еще искал свое сердце и жаловался на отсутствие каких-либо успехов в этом деле.

— Почему ты просто не придешь туда с оружием и не перестреляешь всех, кто станет у тебя на пути? — ворчал он детским голосом, ковыряя в трупе полевой мыши пальцем, на котором красовался длинный черный ноготь, заканчивающийся острием.

— Потому что мне еще есть для чего жить.

Упырь съел сердце мыши, чтобы через минуту пренебрежительно фыркнуть и испустить трупные газы, показывая, что он думает о том, как Кутшеба судорожно держится за жизнь.

— И потому, что я хочу убить одного конкретного парня, а не дать себя застрелить, пытаясь добраться до него,— продолжил Кутшеба.— Ты не облегчаешь мне задачу, пугая всех в доме.

— Это не я! — запротестовал Буртовецкий.— Я не могу туда войти. Этот вор тел и жен всё продумал. К этому дому не подойдет ни один дух, даже упырь, даже если он является его полноправным владельцем. Войти могут лишь души, которые служат ему. Я порой вижу их издалека. Мелькают в доме, высматривают опасность. Охраняют его от таких, как я. А то, что пугают слуг, это никого не волнует. Они прячутся только тогда, когда должен прийти какой-нибудь священник. Мне это тоже не помогает, потому что дом охраняют в это время заклятия и руны. Эй, а может, ты бы сделал для меня там проход?

— Это не худшая из твоих идей. Я подумаю об этом.

Однако Кутшебе трудно было сосредоточиться на планах, когда он лежал рядом с дрожащей Басенькой, а она признавалась ему, что откладывает деньги с выплат для них двоих, для их будущей совместной жизни.

Возможно, в одно из таких мгновений ему в голову пришло, что ради блага этой девушки он должен умереть, когда сделает свое дело.

* * *

Июнь 1972 года по старому календарю,
пятьдесят седьмой год Предела,
двадцатый год Мира, Пристань Царьград

Когда наутро они рассматривали тело убитого этой ночью первого офицера «Батория», Кутшеба всё еще вспоминал разговор с графиней.

— Смерть изменилась в последнее время,— она обратилась к нему с небольшого портрета, временно покинутого своим хозяином, умершим десятилетие тому назад мажордомом Ростовых. Они поприветствовали друг друга как раньше — вежливо, но без лишних церемоний.— Я помню улицы, полные света, и дворцы, будто из сказки. Немногие из них сохранились.

Она не жаловалась ему, но и не скрывала, что не была в восторге от изменений, которые вызвал к жизни Кощей. Одержимый художник ежедневно приходил во дворец и вносил коррективы, диктуемые ему адъютантами Кутузова. Он рисовал также новые картины, расширяя территорию нарисованной России новыми деревнями и городами. Сам Кутузов делал для него эскизы Петербурга и ежедневно в течение часа позировал для портрета. Поговаривали, что художник, быть может, будет вывезен из Пристани Царьград, чтобы написать портрет самого Кощея, хотя ни Кутшебе, ни графине не казалось возможным, что чародей согласится, чтобы его нарисовали.

— Его душа темнеет,— призналась она Кутшебе, говоря о художнике.— На нее ложатся тени всех ужасов, которые его заставляют изображать.

— И вы боитесь, что это происходит не только с его душой?

— Я лишь портрет,— вздохнула она, после чего замолчала, давая Кутшебе понять, что ждет его решительного протеста.— Вы очень вежливы, но я хорошо осознаю свое положение. С портретами ситуация такова, что их настроение зависит от фона. Я уже меняюсь под влиянием того, что сделали с моим городом. Я боюсь, что с живыми может произойти то же самое. Я — фон для моего мужа и дочери. Я фон для Пристани Царьград, и я превращаюсь в тень, которая ложится на него, а ведь раньше я была его светом. Уверена, вы понимаете меня. Потому что вы понимаете больше, чем остальные. Пожалуйста, не отрицайте. Я уже знаю вас. Поэтому и старалась уберечь дочь от этой безумной влюбленности.

— Чего именно вы от меня ожидаете, графиня? — он воспользовался шансом.— Что я вызову Кутузова на дуэль и убью его? Что я разрушу планы Кощея?

— Как поляк вы не хотели бы возрождения России в былых границах?

— Как здравомыслящий человек, я знаю, что это невозможно. Графиня, мне нет необходимости сдерживать Кощея. Это сделают Галицийские железные дороги. Те самые, которые почти что своими силами ведут войну с Вечной Революцией. Россия ваших кошмаров не воскреснет.

— Но будет существовать здесь, в картинах. К Москве присоединится Петербург, потом Киев, а может, и Варшава. Все стены нашего поместья укроют поросли этой нарисованной империи, где генералы Кощея будут воплощать все свои фантазии.

— И я должен это сдержать?

— Эти слова продиктованы отчаянием. Никто другой не приходит мне в голову.

— С ума сошла.— Кутшеба смотрел в нарисованные глаза графини и думал об Ольге, которая по дороге призналась ему, что понимает, что он ее не любит, но она всё равно питает к нему нежные чувства, даже против воли маменьки и папеньки. И ни за что на свете не хочет выходить замуж за труп, хоть бы он и был великим героем России и настоящим князем. Что она покончила бы с собой, если бы не знала, что это ничего не даст — либо Кощей воскресит ее, либо она предстанет пред алтарем как обитательница картины.

— Вы рассчитываете на мою честь,— отозвался он наконец.— А может, и на романтичность, которая свойственна некоторым мужчинам.

— Вы же поляк...— начала графиня, но он грубо перебил ее.

— Не верьте вы в сказки! Мы же не нация странствующих рыцарей!

— Сегодня сказки живее, чем когда-либо...

— Но я не их порождение! Это не вымысел, а магия — это не чудеса. Я не странствующий рыцарь, и даже — мне очень жаль, что я вас разочарую,— не человек чести! Я не могу вам помочь. Нс говоря уже о том, что я понятия не имею, как всё это сделать.

— Вы отдадите мою дочь чудовищу?

— А убив его, я не предам случайно вашего мужа?

— Вы бы сохранили верность тому человеку, которым он когда-то был! Вы же знаете, что такое тень, правда?

Он знал. Потому и не чувствовал отвращения, когда через каких-то полчаса склонился над телом убитого, к которому его привели слуги графа. Он осмотрел раны несчастного первого офицера «Батория» и выслушал мысли мары, способной замечать вещи, о которых он не имел понятия. Капитан царьградской стражи, бледный и нервный, только повторял, что у него не укладывается в голове, каким образом какие-то злые силы способны были пробраться в город, который так хорошо охраняется людьми и духами.

— Некоторых чудовищ мы сами приглашаем,— бросил Кутшеба, не оборачиваясь. Следы, оставленные на теле жертвы, беспокоили его больше, чем факт того, что кто-то нарушил защиту Пристани Царьград.

— Но...— капитан глубоко втянул воздух, встревоженный невысказанным до конца предположением.— Что вы имеете в виду?

— То, что убило этого несчастного, скорее всего, просто пролезло за нами. И воспользовалось гостеприимством, которое вы оказали. Поэтому его никто не задержал.

— Ах!

— Вот именно «ах»!

Он попрощался с капитаном и пошел к Новаковскому, чтобы поделиться с ним своими подозрениями. Как он и предполагал, марсианин был недоволен услышанным. Он не хотел верить в вину Мочки, которому Кутшеба приписывал эти убийства. Марсианин защищал своего капитана и неохотно выслушал аргументы Кутшебы, который пояснил, что одержимый, все еще являясь членом экипажа дирижабля, мог пройти сквозь защиту Пристани Царьград. В конце концов марсианин скрепя сердце признал, что связанный с кораблем Мочка мог посчитать, что, покинув «Баторий», экипаж предал его. И мог мстить. Если, конечно, выжил.

— Вы так сильно с ним связаны? — спросил в конце разговора Кутшеба.

— Не совсем так. Разумеется, я лично наблюдал за процессом имплементации душ в тело Мочки, но он мне не очень близок. Просто...— Новаковский грустно улыбнулся,— если вы правы, то я провалил операцию.

ГЛАВА 8

Июль 1969 года по старому календарю,
пятьдесят четвертый год Предела,
семнадцатый год Мира, Кельце

«У меня своя миссия»,— пробурчал Кутшеба, который злился отчасти сам на себя, отчасти — на эту несносную женщину, когда оглядывался на Басеньку, которая всё еще махала ему на прощание. Она была лишь маленькой фигуркой, почти не различимой среди остальных мужчин и женщин, которые также прощались со своими любимыми в воротах города. Однако она продолжала притягивать его взгляд.

— Я знаю, что ты еще не готов,— всхлипывала она ему прямо в ухо, прежде чем он высвободился из ее объятий.— В тебе есть какая-то страшная тайна. Но я буду ждать тебя, знай.

— Бабы, бабы.— В теле командира их отряда, сопровождающего караваны с продовольствием, текло много медвежьей крови. Он происходил из Матушки Тайги, но вынужден был сбежать из-под ее защиты, когда по пьяни убил шамана, который увел его женщину. Он умел вести себя по-дружески, как рубахапарень, но в сражении напоминал охваченного безумием берсерка. Возможно, эта звериная примесь влияла на его речь, так как время от времени он заикался. Хотя, по мнению женщин, которые липли к нему, это лишь придавало ему очарования. Он подмигнул Кутшебе и, наклонившись в седле, протянул ему бутылку.— Глотни, брат.... от т-тревоги!

В Кельце этот огромный мужик требовал называть себя Евгением, хотя мара шепнула Кутшебе его настоящее имя, подслушанное у духов, запечатанных в талисманах, которыми он обвешался. Его было трудно выговорить, к тому же оно столь однозначно описывало отношения командира с духами девушек, заключенных в талисманах, что Кутшеба решил остановиться на Евгении.

— Я удивляюсь тебе, братишка,— кроме всех перечисленных благородных черт, Евгений был также невероятно болтливым.— Значит, Баська у нас н-ничего куколка. Да и рас-сцвела рядом с тобой так, что наши ребята ее б-бы днем и ночью... если бы тебя не б-боялись. Лапа у тебя, может, и не такая тяжелая, как моя, но ты если уж принимаешься за работу, то всерьез. У тебя д-дьявол в глазах.

— Сказал самый спокойный человек в Кельце.

— Знаю, что со мной творится, когда кровь ударяет мне в голову,— Евгений пожал плечами.— Но знаешь, как со мной происходит, брат... Я могу врезать так, что голову разобью, но мой гнев быстро проходит. Я дам кому-то по морде и тут же могу с ним водки нажраться. Если он, конечно, в сознании останется.— Евгений рассмеялся хрипло, жестоко, но радостно. Несколько других стражников вторили ему на всякий случай, хоть и не услышали, что он говорил.— А т-ты не прощаешь и не забываешь. Люди знают об этом и потому тебя боятся. И бабы тебя не трогают. Но ты бы мог гулять с девчонками, если б только захотел... любят они тебя. За эту тьму в глазах и в сердце и за этот холод. Так уж с этими бабами — больше всего любят тех, кто к ним холоден. А горячие парни, как я, вынуждены для них стараться! Раз ты так эту Баську любишь, то и люби ее! Но почему бы в Кракове не гульнуть? Или у тебя там, может, вторая такая Баська, а?

Кутшеба соврал, что так оно и есть, надеясь, что это облегчит ему задачу — покинуть приятелей по отряду. После прибытия в Краков он всегда встречался с Корыцким. Он рассказывал бывшему офицеру разведки, что творится в округе Кельце, а сам слушал, что разузнали агенты Корыцкого по его делу.

— Сейчас, когда мы лучше знакомы,— сказал Корыцкий в прошлый раз,— мне кажется, что я и о тебе больше знаю.

— Ты не обо мне должен был наводить справки, толстяк! — с каждым его посещением в Кракове Корыцкий казался Кутшебе всё толще. Возможно, он вообще не покидал паб, который выкупил вместе с женой.

Тогдашняя официантка теперь стояла за баром, внимательно наблюдая за залом. Она тоже прибавила в весе. Малгоська уже не обслуживала клиентов, только присматривала за работой слуг, готовая в любой момент выписать нагоняй тому, кто, по её мнению, был недостаточно старательным. Тогда она улыбалась своей жертве и сладким голоском рассказывала о профессиональном опыте своего мужа. По её словам, он когда-то был палачом обезумевшего чернокнижника, наемным убийцей и охотником в Африке, где научился особенно извращенным пыткам, и умеет сдирать кожу так, чтобы жертва как можно дольше оставалась в сознании.

— Может, я и поправился немного,— скривился Корыцкий.— Зато стал несравненно счастливее, чем был, когда мы встретились впервые. А о тебе я узнаю, чтобы суметь помочь тебе. Кроме меня, у тебя не осталось друзей, похоже...

— Мне врагов хватает.

— Ну, если так, то расскажу тебе и о врагах. Помнишь того ублюдка из драконьей ямы, которого ты мне выдал?

— Герра Кунтца?

— Во-во. Выпустили его.

— Просто так? За хорошее поведение?

— Он не так глуп. Его выменяли на наших агентов. Такая, знаешь ли, политика людей, которые мечтают о мире с Революцией. Ему нет пути назад в Республику Наций, да, наверное, и в Революции его не погладят по голове за провал операции... Но если он переживет встречу с товарищами, то о тебе не забудет.

* * *

Июнь 1972 года по старому календарю,
пятьдесят седьмой год Предела,
двадцатый год Мира, Дикие Поля

— Я помню каждое мгновение наших общих походов.— Ростов решил, что поедет с ними до места высадки. Он руководил эскортом, который выделил им Кутузов.

Они сутки отдохнули в Пристани Царьград и решили вернуться к покинутым припасам. Новаковский, для которого только сейчас приготовили повозку и специальное седло, остался в граде. Кутшеба надеялся без помех поговорить с ним во время похода и теперь подозревал, что Новаковского оставили там как заложника.

— Вы все время так задумчивы,— продолжал Ростов. Когда они покинули град, он заметно оживился. Уже не говорил о прекрасном будущем, зато охотно вспоминал прошлые времена.— Моя дочь не очень вам навязывается?

— Много всего происходит. Есть о чём подумать, граф. Наш теперь уже общий поход, ваши планы, возрождающаяся Россия... А Кощей, случаем, не поддерживает контакты с юнкерами?

— Новая династия ханов поможет реализовать наши планы. Все ненавидят Революцию, и она единственная на свете, у кого нет союзников. Когда мы ударим, они поддержат нас — и всадники безграничных монгольских степей, и наши казаки, и даже Вековечная Пуща и Матушка Тайга. Мы пробудим угнетенный русский народ и вырвем его из-под плетей комиссаров прямо в наши ряды! Это будет война, какой еще не бывало!

— Но она же не закончится вместе со смертью Революции. Вы понимаете это?

— Боюсь, что вы правы. После первой войны нам придется вести вторую, худшую... ибо гражданскую. Это произойдет не скоро, может, я даже не доживу до этого и моих людей поведет мой сын? А может, мы будем сражаться плечом к плечу? Мы не освободим Россию без крови, я понимаю это. Но вы, мой друг, не ответили на мой вопрос. Ольга не слишком вам надоедает?

— Вы знаете, что она не рада своему браку?

— Она не понимает, какая это честь! — граф сказал это резко, сжав губы, и мрак, нависший над Пристанью Царьград, снова промелькнул в его глазах. Но он быстро справился с эмоциями.— Я бы и не принуждал ее к этой чести... Но это историческая необходимость — связать род Ростовых и Кутузовых, обеспечить могущественную поддержку новой династии и иметь влияние на ее политику. Царь Кощей очень мудрый, но нуждается в советниках, которые разбираются в новых обстоятельствах. Поймите, он человек старой закалки, равно как и Кутузов. Он смотрит на мир не так, как я.

— И не так, как графиня.

— Ах, вы говорили с моей женой? — Ростов невольно улыбнулся. Когда он говорил о графине, в его голосе до сих пор, как и много лет назад, звучала нежность, омраченная грустью.— Это правда. Ей трудно пережить эти изменения нарисованной Москвы. Но они только временные, убедите ее в этом, когда выпадет такая возможность.

— Ее может не быть. Как только мы заберем припасы, мы продолжим преследование отряда Революции. Если они доберутся до границ своей территории, наша задача усложнится.

— Значит, когда вернетесь. Это церковь, в которой вы ночевали?

Они не остановились на привал в безопасном святом месте. Ростов утверждал, что пока он с ними, то любое место на его земле безопасно. И не ошибся. Когда вечером, за день пути до места высадки, они разбили лагерь, из земли стали вылезать первые духи, но вместо того, чтобы атаковать людей, они сформировали из привидений, чудищ и упырей строй, и все как один тотчас же вытянулись по стойке смирно. Вперед выступил скелет в шлеме, свидетельствовавшем, что его владелец боролся еще с монгольскими полками Великого Хана. Он встал на границе лагеря, которую не мог переступить, и поклонился Ростову, вышедшему ему навстречу. Граф покинул безопасную зону, обнял древнего вождя и сказал ему что-то, чего Кутшеба не расслышал. Скелет кивнул, дал знак своим людям, и его отряд ушел.

— Сейчас даже урочища на нашей стороне,— прокричал Ростов весело.— Видите, что смогли сделать царь и князь? Запомните же это, господин Кутшеба! Всё, что есть живого и мертвого, поклоняется хозяину этих земель. Все создания этой земли — наша армия.

— А существа с небес? — спросил его Кутшеба днем позже в полдень, когда опустил бинокль, в который рассматривал точку в небе, не дававшую ему покоя.— Нам может пригодиться их поддержка.

Высоко в небе над Дикими Полями парил дирижабль.

* * *

Июль 1969 года по старому календарю,
пятьдесят четвертый год Предела,
семнадцатый год Мира, Краковский тракт

— Стервятники.— Евгений сплюнул через левое плечо.— Большая з-злая стая.

Они всматривались в черную стаю птиц, что кружила над рощей, через которую они должны были проехать. Из стаи то и дело выбивались какие-то смельчаки-одиночки, которые еще в воздухе начинали бороться за добычу, ожидающую их на земле. Птицы кричали и дрались друг с другом, но не выглядели встревоженными.

— Воюют за жрачку. Думаешь, они могут накинуться и на нас?

— Ч-чёрт их знает. Вот холера, в Матушке Тайге всё всегда было четко. Если бы я увидел там что-то такое, то помолился бы, убил козла и повесил его на дереве. А в этих ваших землях всё наперекосяк. Тут не работают никакие правила!

Кутшеба в сердцах улыбнулся. Такая была у Евгения привычка — жаловаться на земли, в которых ему довелось жить, и восхвалять лесное царство, из которого его изгнали. Каким же прекрасным предстал из его рассказов этот суровый порядок Тайги, особенно по сравнению с беспорядком в Польше и всей Республике Наций. Наемники, работающие на Буртовецкого, и его слуги были вынуждены бесконечно это выслушивать. Кутшеба, который законы Матушки Тайги познал на собственной шкуре, время от времени спорил со своим командиром. Но сейчас махнул рукой.

— Если бы кто-то сидел там в засаде, то птицы всполошились бы,— сказал он.— Да и нас много. Лакомый кусок, только не откусишь. Птицы нас не тронут.

— Дело говоришь. Но как-то неохота мне туда тащиться.

— Работа такая.

— Служба,— поправил его Евгений.— Но ты прав.

Оказалось, что нет.

Сначала на них напали собаки. Черные, огромные, как в легендах о чертях, блуждающих по полям сражений, где под тонким слоем земли лежали тела погибших, об упокоении душ которых никто в свое время не позаботился. Звери, однако, умирали от обычных пуль, хотя некоторым из них и удалось добежать до конвоя и растерзать двоих стражников.

Если бы напали только собаки, остальная охрана спасла бы тех двоих. Но за псами из укрытий выбежали люди в разорванной одежде, грязные, худые и изможденные. Это были не обычные бандиты, а представители одного из диких племен, которые объединились с людьми, пытающимися выжить на зараженных энергией веры землях. В силу того, что боги и демоны воспринимали их как дичь для охоты, они бы вымерли, если бы не освоили новые способы выживания. Они забыли о цивилизации, нашли хранителей среди демонов, не менее диких, чем они сами, и, живя так же примитивно, как жили тысячи лет назад их предки, такие же дикие племена, они отвоевали свое место в этих неприветливых к людям землях. Заражение меняло их, искажая тела и мысли. Хотя они по-прежнему напоминали людей, всё чаще можно было встретить человека с демоническими мутациями. Земли, которые людям не удалось отвоевать, начинала осваивать новая раса.

Они не должны были отходить так далеко от своих хижин.

Кутшеба застрелил двоих, а потом у него закончились патроны. Перезарядить он не успевал, поэтому потянулся за саблей. Краем глаза он заметил какое-то движение, но прежде чем успел отреагировать, наполовину человек — наполовину труп ударил его скакуна со всей силы в бок растущими на голове рогами, кончики которых были усилены кремниевыми наконечниками.

Удар был такой силы, что лошадь перевернулась на правый бок. Если бы не помощь мары, животное придавило бы Кутшебу. К счастью, демоница была наготове. За все эти годы она изучила организм своего носителя и научилась управлять им на клеточном уровне. Она не остановилась на адреналине, выделяемом надпочечниками, а сама проникла в нервную систему Кутшебы, усиливая пробегающие по ней импульсы собственной безжалостной волей.

Обычный человек погиб бы, приваленный лошадью, однако Кутшеба был далеко не обычный человек. Когда полутур перепрыгнул умирающее животное, чтобы добить рогами сброшенного всадника, и с рычанием ударил копытом в землю, мужчина уже стоял за ним, занеся саблю над его толстой шеей.

Пришлось ударить дважды. Затем он обернулся, чтобы насадить на лезвие несущегося на него дикаря. И сразу же наклонился, так как охраняющая его мара предупредила об ударе сзади. А потом посоветовала прыгнуть вправо, на нападающих, которые пока стояли к нему спиной.

Но он не послушался. Двинулся к большому дикарю в шлеме из черепа волкодлака. Дикарь был завернут в плащ из человеческой кожи и как раз поднимал примитивное копье с каменным наконечником, чтобы прибить растянувшегося на земле Евгения, который только что уложил четверых.

Кутшебе показалось странным, что всего пятерых дикарей хватило, чтобы задержать пришедшего из Тайги, но тут он услышал тихое пение дикаря с копьем. Шаман зараженных оглушил командира стражи каким-то заклятием.

Кутшеба снес ему голову одним точным движением, в которое вложил всю силу, заимствованную также у мары, которая в эту минуту материла его за самоубийственное (по ее мнению) непослушание.

Он понимал, что на второй удар у него не хватило бы времени. Шаманов зараженных земель поддерживали собственные темные силы их жертв.

Дикари отчаянно кричали, пока их командир поворачивал к Кутшебе уже обезглавленное тело. Его голова, подпрыгивая на кочках, продолжала петь свои заклятия. Однако в них не было прежней силы. Евгений очнулся. Он зло зарычал, стряхнул с себя дикарей и убил их прежде, чем они успели убежать.

И минуты не прошло, как всё было кончено.

Дикари в панике разбежались, а разочарованные вороны, наблюдавшие за всем происходящим с ветвей деревьев, ретировались обратно в небо, чтобы избежать мести уцелевших. Только несколько самых наглых птиц вернулось к трупам людей, убитых раньше. Когда стражники их осмотрели, оказалось, что это были, вероятно, какие-то местные бандиты, которым не повезло и они встретили на своем пути дикарей.

— Странное дело,— пробурчал Евгений, когда они уже осмотрели тела нападавших, а тела своих людей погрузили на телегу. В пылу сражения берсерк забыл о заикании.— Я никогда не видел, чтобы дикари заходили так далеко.

— Они нас знали. По крайней мере тебя. Этот шаман напал на тебя специально приготовленным заклинанием. Может, они пришли за тобой?

— Мамка Тайга не воспользовалась бы услугами проклятых,— ответил он, задумавшись.— Но ты прав, они были подготовлены. Кто-то хочет помешать господину Буртовецкому. Но они не учли твоего присутствия. Ты спас меня, брат. А может, и всех нас.

— Такая работа,— Кутшеба попытался свести все к шутке.

— Нет, брат. Это что-то большее. Это долг. И не думай, что я о нем забуду.

* * *

Июнь 1972 года по старому календарю,
пятьдесят седьмой год Предела,
двадцатый год Мира, Дикие Поля

— Помнят о нас,— Грабинский не отводил взгляда от дирижабля.— Насолили мы им изрядно, конечно.

— Они не могут знать, что это мы. Разве что у них на борту провидцы,— успокоил его Кутшеба.— Мы едем под флагами графа Ростова. С этой высоты они нас не узнают.

— Провидцев можете не опасаться.— Ростов тоже рассматривал дирижабль в бинокль.— Князь Кутузов большое значение придает разведке. Мы защищены от провидцев и гадалок. Ни одно гадание не даст результатов на моих землях, если я не выдам разрешение.

Несмотря ни на что, они привлекли внимание дирижабля. Корабль снизился и следовал за ними весь день, пока они не достигли места высадки с «Батория», чтобы забрать брошенные припасы.

Большинство оставленных вещей оказалось на месте. Поторапливаемый Кутшебой, Яшек расспрашивал птиц и насекомых об украденном оружии.

Провизию и серебро никто не тронул, что, по мнению Кутшебы, указывало на то, что грабители были существами сверхъестественной природы. Ростов вызвал на помощь местных духов, но те утверждали, что ограбление, очевидно, произошло при свете дня, когда они спали, потому что они ничего не заметили. Согласно докладам выходило, что за пропажу запасов не нес ответственности и экипаж дирижабля, который всё время двигался над ними, хоть и на расстоянии.

Большинство людей — как русские, так и поляки — тяжело работали, чтобы как можно быстрее погрузить на лошадей и ослов все припасы и выдвинуться в сторону безопасной Пристани Царьград. Поляки не слишком прислушивались к уверениям графа, что на этих землях им ничего не угрожает. Русских, в свою очередь, раздражал преследующий их дирижабль на фоне голубого неба.

— Корабль только один.— Грабинский и не думал приобщаться к физическому труду. Лежа на земле и попивая чертов самогон, которого он на всякий случай купил на деньги Новаковского столько, что опустошил все подвалы с заклятым напитком во всём граде, он не сводил глаз с неба.— Как думаешь, где второй дирижабль?

— Может, на севере? Они могут не знать, что Революция выкрала товар. И могут не знать, что мы потеряли «Баторий», если и в самом деле нельзя гадать на территории Ростова. Либо он был уничтожен, как «Ягелло». Я начну беспокоиться из-за него, когда увижу.

— Ты прям спец по долгосрочному планированию!

— Вы ничего не понимаете — ни ты, ни Новаковский. Вам кажется, что цивилизация уже выиграла, потому что вы сидите в безопасных городах. Там, где-то бродят какие-то великаны, нужно придерживаться ритуалов, чтобы не накликать беду и не навлечь чего-то плохого, ну а в городах на самом деле живется как у бога за пазухой. А здесь всё иначе, ни в чем нельзя быть уверенным. Предания и религии так перекручены, что лишь очень немногие правила и традиции еще сохранили свой первоначальный смысл. Думаешь, то, что оборотни используют ружья, никак на них не влияет? Выжили только те демоны и те боги, которые приспособились. Ни в чем нельзя быть уверенным.

— Строишь из себя ворчуна... а на самом деле ты просто любишь потрындеть, а, Кутшеба? — Грабинского не слишком-то впечатлило это эмоциональное выступление.— Как только выпадает возможность, начинаешь нудить мне, старику, так что до смерти становится скучно. А ведь сколько бы ты ни распинался, я и так знаю, что у тебя есть какой-то план. С самого начала был.

— Ты меня переоцениваешь.

— Если бы. Ты не охваченный безумием мститель, с которым мы когда-то вломились в контору фирмы, что должна была обеспечивать поезду охрану, а вместо этого сама обрекла его на смерть... Ты уже не стреляешь во всё, что движется.

— Я научился беречь патроны. А может, немного поостыл?

— Так я и поверил! Та черная дамочка не позволит тебе поостыть.

— Я говорил тебе, что демоны тоже меняются. А теперь, прости, работа зовет.

У них было с собой радио. Кутшеба убедил графа попытаться связаться с дирижаблем. Какое-то время телеграфист передавал сообщение Ростова на нескольких частотах, пока они не услышали ответ.

— Это «Болеслав Храбрый»,— примитивное полевое радио работало без динамика, поэтому телеграфист должен был пересказывать им всё, что слышал в наушниках.— Говорят, что путешествуют с исследовательской миссией, цель которой — изучение ситуации на Диких Полях. Просят разрешение на посадку.

— Не здесь,— быстро ответил граф.— Передай им позицию Пристани Царьграда, пусть подождут там, над лесом. Им не разрешено садиться, пока я не прибуду.

— Они предлагают подвезти нас. Уверяют, что так будет быстрее,— через какое-то время сообщил телеграфист.

— Полететь! — глаза графа заблестели.— Вот это да! Поблагодари их за предложение, однако скажи, что мы вынуждены отказаться. Мы встретимся завтра, возле леса.

— Так это ваши противники? — спросил он тихо, как будто боялся, что его услышат солдаты в зеленых мундирах. Они стояли с Кутшебой рядом, глядя вслед удаляющемуся дирижаблю.— Вы сражались с ними, и теперь они гонятся за вами.

— Это может помешать нашему союзу?

— Вы — мой друг. Князь Кутузов понимает, что слово Ростова свято, а его дружба — вечна. Однако, возможно, нам придется проявить дипломатичность. Такие дирижабли очень пригодились бы в нашем деле.

ГЛАВА 9

Август 1969 года по старому календарю,
пятьдесят четвертый год Предела,
семнадцатый год Мира, Краковский тракт

— Кто-то изо всех сил старается нам помешать! — прогремел из-за стола мужчина, который украл личность Буртовецкого.

Последние три каравана позволили Кутшебе проявить себя в бою, поэтому, по рекомендации Евгения, его повысили. Как Станислава Бора, а именно так он здесь представлялся, его теперь допускали на некоторые совещания. У него появилась возможность присмотреться к цели. Ничего пугающего во внешности купца не было. Как и настоящий Буртовецкий, он был высокий, но вдобавок еще и толстый. Двигался резко, рассеянным взглядом перескакивал с лица на лицо, как будто ожидал атаки с любой стороны. На мгновение он задержал взгляд и на Кутшебе, однако не заметил в нем ничего особенного и гораздо больше времени уделил новому офицеру. Кутшеба не видел повода привлекать к себе внимание, поэтому молчал.

— Они нападают и на караваны других фирм,— выручил его Евгений, которому он осторожно подсунул несколько полученных в Кракове данных.—

Д-дикие проникают на наши территории и атакуют наши пути снабжения. Идет война.

— Сами они до этого не додумались бы,— встревожился фальшивый Буртовецкий.— Кто-то за ними стоит. И для нашего общего блага нужно приложить все усилия, чтобы узнать, кто это. Я собрал вас здесь, чтобы сообщить важное известие. Несколько недель я веду переговоры с представителями цехов Кельце, Кракова, Ченстоховы и всех мест между ними, где останавливаются караваны. Большинство из них согласились, что никому не по силам защищаться самостоятельно. Мы заключили временный договор, который должен обезопасить нас. Так же, как и другие, я буду стараться защитить наши интересы. Господа, мне очень приятно сообщить, что я стал руководителем Галицийского общества охраны местного бизнеса. Мы располагаем весьма значительным бюджетом. Поэтому можно ожидать увеличения количества... как техники, так и людей.

Когда-то Кутшеба с Корыцким пытались понять, кто стоит за этими нападениями. И бывший офицер разведки предположил, что дикарей привели сюда не враги Республики Наций. Их главарь — кто-то из местных.

— Революции это выгодно только на первый взгляд,— пояснял он Кутшебе.— Как будто они хотят отнять у нас часть путей снабжения, но зачем? Информируют нас о запланированной атаке? И это во времена оттепели, когда наши дипломаты впервые встретились с их дипломатами? Какой им смысл атаковать нас сейчас? Я скорее поверю, что это кто-то из наших пытается сорвать переговоры еще до их начала.

— Потому что война — это бизнес?

— Ну разумеется! Только это тоже бессмысленно, потому что война и так идет. Фабрики не успевают производить оружие для армии на зараженных территориях. Для нас это мелочи, но ты понимаешь, какие деньги идут на колонизаторские кампании, цель которых — заполучить Африку? Ни один бизнес не нуждается в еще одной войне.

— Тогда кто?

— Не знаю. Ганза? Независимые купцы, чьи позиции ослабели, могли обратиться к ней за помощью. По-моему, это какие-то семейные разборки. Кто-то на ком-то зарабатывает. Увидишь кто, и будешь знать, кто за всем стоит.

— Спасибо за помощь, блин!

— Ищешь чуда — иди к гадалке. А кстати... ты знаешь, что я напал на след Шулера?

Не спуская глаз с Буртовецкого, который принимал поздравления, Кутшеба всё больше укреплялся в подозрениях, что только купец оказался в выигрыше. С этого момента именно он руководил большинством поместий келецких предпринимателей, принимал решения о политической и организационной принадлежности. Он действительно потерял несколько стражников и часть товара, однако это можно было считать инвестицией. Человека, который погубил несколько сотен жизней, чтобы создать и накормить личного божественного хранителя, вряд ли остановила бы необходимость пожертвовать несколькими слугами.

— Что ты такой задумчивый? — Евгений ударил его по спине.— Идем обмывать успехи шефа. Т-ты с нами!

Офицеры стражи Буртовецкого встречались в корчме «У Седого». На этот раз они должны были выпивать до утра, громко и радостно. Во время таких пьянок они не жалели денег, поэтому им прощали и битую посуду, и отшлепанные ягодицы официанток, и даже несколько выброшенных из дверей клиентов, которые недостаточно быстро уступали дорогу капитанам караванов.

— А теперь мы еще более важные люди! — произнес тост Генрик Марешка, держа кубок так, что пиво проливалось на головы товарищей, сидящих рядом. Он был из числа капитанов, которые дольше всех служили у Буртовецкого, и поэтому был убежден, что он главный во всей их компании.— За здоровье нашего благодетеля, который так о нас заботится.

Все с радостью выпили. Кутшеба, не жалея горла, громко кричал ура в честь человека, которого поклялся убить. Он ударял кубком о кубки других капитанов и даже произнес несколько тостов. Смеялся так же громко, как они, кричал не хуже Марешки и даже подрался с каким-то стражником Болобова, главного конкурента Буртовецкового в Кельце. Болобов принадлежал к числу тех, кто не вступил в Галицийское общество охраны местного бизнеса, поэтому капитаны, находившиеся на службе у главы этого самого общества, криво смотрели на его человека, как только тот вошел в корчму.

Кутшеба воспользовался случаем, когда широкоплечий отошел от Болобова и направился к бару. Кутшеба приблизился к нему неровным шагом и, без лишних разглагольствований, предложил выпить за здоровье господина Буртовецкого. Секундой позже они уже валялись по полу, а приятели одного и другого азартно сцепились в рукопашной вокруг них.

— А хорошо ты, брат, его сделал! — Евгений больно бил Кутшебу по спине огромной ладонью.— Но, наверное, будет лучше, если я тебя выведу отсюда, пока его псы не прибежали искать виновника всего этого. А т-то они, мать их, уже понеслись жаловаться, поди...

Когда они уходили, прощались с ними громким ура. Евгений практически донес не стоявшего на ногах Кутшебу до его комнаты, где в этот вечер, к счастью, Басенька его не ждала. Господин Буртовецкий тоже праздновал, и каждая пара рук пригодилась для обслуживания гостей. Евгений толкнул товарища на кровать прямо в одежде, только сапоги с него снял и даже накрыл одеялом.

Кутшеба подождал пару минут, прежде чем встать — идеально трезвым, как всегда, когда ему помогала мара. Он не спал всю ночь, планируя дальнейшие действия. Сейчас, когда он подсунул агенту Корыцкого, с которым они катались по полу, разыгрывая яростную драку, информацию о том, что именно Буртовецкий стоял за атаками на караваны и что сам он планирует до конца месяца исчезнуть из Кельце, он должен был четко спланировать свои действия. Кое-что он уже предпринял. Теперь оставалось увеличить свои шансы на выживание. Или наоборот? Каждый следующий человек из его списка прикладывал всё больше усилий к тому, чтобы защититься от него. Может, лучше убедить оставшихся троих, что им уже некого бояться?

Он проигнорировал упыря убитого купца, который, как всегда, пришел его поторопить. Он обдумывал самые разные варианты, пока не услышал скрежет ключа в замке. Он быстро лег, делая вид, что спит, и, даже когда Басенька стала его раздевать, жалуясь на глупое мужское племя, которое не умеет развлекаться иначе, кроме как напиваться, он только захрапел. Вскоре он и вправду заснул, а Басенька легла рядом с ним, шепча спящему мужчине по очереди то едкие замечания, то комплименты.

* * *

Июнь 1972 года по старому календарю,
пятьдесят седьмой год Предела,
двадцатый год Мира, Пристань Царьград

Кутузов провозгласил тост за новых союзников. Выпили все, в том числе и Новаковский, который, казалось, благосклонно смотрел на нового конкурента — сидящего по другую сторону стола Генрика Якубовского, одного из самых могущественных людей Галиции, а может, и всей Польши.

Один из президентов Галицийских железных дорог, сенатор Республики Наций, который ежедневно очень неохотно покидал свой дворец под Краковом, он сам возглавил путешествие, целью которого было помешать марсианину. Из крепости его выгнали амбиции, разбуженные рапортами агентов, которых снабжал информацией Корыцкий или люди, подкупленные Кутшебой. Если Новаковский стоял во главе своей экспедиции, то Якубовский, уставший от постоянных пряток и утраты инициативы, поддался соблазну и последовал его примеру, тем более что его особенно разозлила кража «Батория». К тому же он заинтересовался марсианской техникой, которая была на пропавшем корабле. Много удивительных марсианских машин потерялось во время войны. Оставшиеся в живых марсиане неохотно делились чертежами своих механизмов, считая, что земная технология была еще слишком слабо развита, чтобы их использовать. Перспектива заполучить эти чудеса чужих технологий дополнительно мотивировала Якубовского и убеждала, что никто, кроме него, не мог возглавить этот поход.

Сенатор поклонился Кутузову, Ростову и Новаковскому, остальных не удостоил даже взглядом, хотя за столом сидели также Грабинский и Крушигор с Сарой, Шулер с Вандой и Яшек, явно сконфуженный присутствием сильных мира сего.

Никто не сообщил Якубовскому, что картины на стенах зала, в котором мог бы поместиться целый хутор, были в некотором смысле живыми. Поэтому графиня не дождалась приветствия. Ростов подмигнул Кутшебе. Союз союзом, но новые гости не обязаны были знать обо всём. Хотя картины и притворялись мертвыми (в поместье позаботились о том, чтобы никакое движение не вызвало заинтересованности людей Якубовского), сидящий справа от него мужчина постоянно бросал на них обеспокоенные взгляды.

Чародей везде сопровождал сенатора. Высокий, худой, с благородным лицом, он одевался с такой вычурной элегантностью, что мог бы потягаться с самим Ростовым. Кутшебу забавлял его монокль, старательно подстриженные усики и вышколенная точность движений. Однако это не мешало ему уважать и силу мага. Быть может, сам бог, вызванный Якубовским и пятью другими участниками ритуала, вселился в этого законодателя мод? Кутшебе никогда не удавалось проникнуть в природу этого божества. Оно точно помогло сделать карьеру этой шестерке, но то, какими силами оно пользовалось, оставалось для него тайной.

С тех пор как «Храбрый» приземлился неподалеку от Пристани Царьграда, мара притихла. Она спряталась глубоко в душе Кутшебы и не подавала ни малейших признаков жизни, чтобы не привлекать внимание и не выдать своего хозяина. Однако, чтобы оценить силу мага, Кутшебе не требовалась ее помощь — тот аж светился энергией.

Предыдущие переговоры, которые проходили под патронатом Кутузова, не прошли, однако, гладко. Кутшебу не пригласили на них, но Новаковский передавал ему отчеты через Чуса. Якубовский не скрывал враждебного отношения к марсианину и изначально потребовал передать его «в руки закона». И лишь когда понял, что даже после угрозы покинуть Пристань Царьград ни Кутузов, ни Ростов не собираются выполнять его требования, Якубовский стал искать другие пути.

О Кутшебе он даже не вспомнил, но, должно быть, искал его. Время относительного покоя после разыгранной им смерти прошло. Сам Кутшеба очень постарался, чтобы четвертого из его списка разными способами настигла весть, что тот, кто поклялся отомстить, не умер в Кельце и пошел на службу к марсианину.

Если раньше Мирослав еще беспокоился, что Якубовский мог не заглотнуть наживку, его опасения развеялись, когда среди охранников сенатора он заметил Евгения.

* * *

Август 1969 года по старому календарю,
пятьдесят четвертый год Предела,
семнадцатый год Мира, Краковский тракт

Нападения на караваны не прекращались, однако теперь каждый из них был защищен потусторонней поддержкой. Это позволяло обходить большинство ловушек. Нерегулярные военные походы привели к тому, что дикари стали окончательно превращаться в зверей. В отместку они крали еду и входили в сговор с местными чертями и бандами. Однако они никогда не отваживались напасть на какой-нибудь город.

Упырь Буртовецкого подговаривал Кутшебу использовать свой шанс. Он хвалился знакомствами, которые заводил среди дикарей, убеждал, что у него там значительное влияние.

— Подумай,— соблазнял он,— как ловко они бы отвлекли стражу...

— Какой ценой? — сухо спросил Кутшеба.— Сколько невинных они бы убили при этом?

— Ты слишком об этом беспокоишься!

— Я беспокоюсь, как бы не стать таким, как тот, кто убил тебя. Они тоже считали, что всё, что им полезно и нужно, не имеет цены. Я тоже заплатил немало, но мне не хочется увеличивать этот счет.

— Тебе Басенька про мораль нашептала? — издевательски хмыкнул упырь и через мгновение завыл, когда мара вцепилась ему в горло. Любовница ее носителя ей не нравилась, но, когда она почувствовала, что Кутшеба сейчас сам бросится на упыря, она не могла не отреагировать.

— Завтра ночью.— Мирослав не обращал внимания на крики упыря. Мара скалила клыки в миллиметре от лица купца. Она шипела, как кошка. Буртовецкий умолял о милосердии и уверял, что ничего плохого не хотел сказать.— Ты попытаешься атаковать дом. Я сделаю для тебя проход, и в этот раз ты проберешься. Но на тебя набросятся призраки, которые его охраняют.

— Я буду гонять их по всему дому! Клянусь!

— В полночь.

— В полночь!

— Отпусти его.

Как только мара спряталась обратно в Кутшебу, упырь рассеялся.

«Мне было нужно,— промурлыкала она,— *немного развлечься, а ты так жесток ко мне. Постоянно встречаешься с этой бабой... хоть это уже и не нужно».*

Он напрасно объяснял ей, что если бы бросил Басеньку, то мог вызвать подозрения. Он и сам не верил в эти аргументы.

На следующую ночь он связал свою любовницу, чтобы её не подозревали в соучастии. Она следила за ним ошеломленным взглядом и, когда он выходил, пыталась что-то сказать, силясь выплюнуть кляп. Прощаясь, он вел себя настолько обходительно, насколько мог. Хоть и без нежности.

— За валом, на развилке, где стоит часовня Матери Божьей, госпожи Танненбергской, я закопал для тебя немного золота и серебра. Тебе хватит, чтобы много лет жить безбедно. Не едь туда сразу. За тобой будут следить. Выдержи год, если сможешь. Его никто не выкопает, не волнуйся. Черт, который стережет эту развилку, получил свою долю. Он тебя знает и только тебе отдаст сокровище. Это всё. Прощай.

Стражники купеческого поместья знали его и пропустили через ворота в стене, которая напоминала оборонный вал, защищающий дом Буртовецкого. Когда его никто не видел, Кутшеба нацарапал на боковых дверях дома, предназначенных для слуг, круг, способный пропустить упыря.

Всё началось, как только колокола закончили бить полночь.

Он вошел через другие двери, потому что у первых уже торопились потревоженные души, завывавшие, как нечестивцы. Они поставили на ноги всю охрану. Кутшеба уже бежал между стражей и кричал, что их атакуют дикари. Никто не пытался его задержать, тем более учитывая, что уже начали взрываться петарды, которые он разместил во дворе.

Фальшивый Буртовецкий спрятался в специально подготовленном на этот случай укрытии, способном выдержать и артиллерийский обстрел. Там он был защищен от нападения духов и мог отступить одним из трех путей, на тот случай, если закончатся собранные запасы провизии, которых должно было хватить на три недели. Все это официально служило защитой от нападения неидентифицированных бандитов, атаки зараженных или наступления Революции. Кутшеба же знал: всё это должно было защитить от него человека, скрывающегося под личиной Буртовецкого.

Ему понадобилось три месяца, чтобы превратить убежище в ловушку.

«Я не пойду с тобой туда! — предупредила его мара.— *Не смогу!»*

Они остановились перед порогом. Четверо стражников умирали на полу. Кутшеба держал в руках дымящиеся пистолеты.

— Жди меня там, где мы договорились.

«Ты мог всё сделать иначе».

— Не думаю.

У стражи не было ключей от укрытия. Когда купец прятался там, дверь можно было открыть только изнутри.

Однако Буртовецкий не знал, что работники, которые последними дорабатывали конструкцию, оставили открытую форточку для Кутшебы. Сделали они это после того, как он привел их к безымянным могилам в лесу и показал кости их предшественников.

— В древние времена фараоны убивали всех, кто знал тайны пирамид,— говорил он тихо, но уверенно.— Буртовецкий использует тот же метод. Вы можете сделать свою работу и погибнуть или сделать немного больше и выжить, потому что я буду руководить людьми, которым дадут задание убить вас. Но вы должны кое-что для меня сделать. Мелочь. Никто и не заметит.

Их мастер даже не спросил о гарантиях. Потому что Кутшеба давал ему не гарантии, а всего лишь шанс.

Не было такой горелки, которая могла бы выжечь дыру в воротах убежища, не было разрывного снаряда, который мог бы подорвать их, не завалив заодно всё поместье... Хотя даже тогда с воротами, наверное, ничего бы не случилось — их защищали специальные заклятия.

И именно эту защиту повредили люди, которым Кутшеба обещал сохранить жизнь.

Он произнес заклинание, которое агент Корыцкого привез ему с Ближнего Востока, из мира пустынь и джиннов в лампах. Духи, которые гонялись за упырем убитого купца, услышали его и с ужасом завыли, осознавая, как их обманули. Они бросились к убежищу, но замок на его вратах уже открылся, засовы и щеколды опустились.

Надеясь, что фальшивый Буртовецкий слышит сопровождающие открытие ворот звуки и начинает понимать, что его участь решится в любой момент, Кутшеба переступил порог и быстро захлопнул за собой створки ворот перед носами озлобленных и отчаявшихся духов. Он слышал их крики, когда спускался вглубь укрытия.

Через какое-то время он вышел через один из тех коридоров, которые давали Буртовецкому путь к отступлению. Он верил в то, что сделал правильный выбор. Упырь уже ждал его.

— Ты убил их всех? — призрак терял терпение.

— Только его.

— Предатель! — он бы бросился на Кутшебу, если бы его не задержала мара, которая успела вернуться в душу мстителя чуть раньше.— Подлый предатель! Неблагодарный!

— Я убил его. Теперь ты ничего не хочешь от меня, а я ничего не хочу от тебя. Я свое сделал.

— Но я не сделал!

— А это уже твоя забота. Оставь меня в покое.

Взгляд духа пылал ненавистью.

— Я записал тебя в свой список,— прорычал он и исчез.

Кутшеба уселся на землю, ожидая, когда его найдут. Он притворялся, что массирует косточку в ноге, как будто повредил ее во время побега. Он надеялся, что первым его найдет Евгений, он не хотел убивать невинных стражников.

— Чт-то ты т-тут делаешь? — спросил удивленный Евгений, когда добежал до него. Он был один, хотя голоса его подчиненных уже слышались где-то неподалеку.— Почему ты не со своими людьми?

Он еще не понял. Даже когда Кутшеба — довольный, что так хорошо подгадал, что именно командир прибудет первым к выходу из туннеля,— бросил оружие и протянул ему руки для кандалов, Евгений не понимал, что происходит.

— Т-ты что, брат?

— Я не буду стрелять в тебя, Евгений. Кого я должен был сегодня убить, я уже убил.

— Т-ты? Т-ты убил?

— Я.

— Почему?..

— Это был не настоящий Буртовецкий. Прикажи показать тело, и увидишь. После смерти его покинет магия, и он будет выглядеть иначе. Меня пленил призрак неотмщенного. Он приказал его убить.

— Ты с ума сошел!

— Кости настоящего Буртовецкого замурованы в цементный блок и сброшены в колодец с мертвой водой возле дороги, что ведет до Ченстоховы. Ты знаешь, в какой. Вокруг него в полночь черти пляшут, мы еще думали, что их какая-то ведьма прокляла... Но это упырь. Скажи, чтобы тебе показали тело, проверь колодец... и всё поймешь.

— Ты с ума сошел! — повторил Евгений, но его голос уже звучал не так уверенно.— Ты до сих пор у него в плену? Или этот упырь уже отпустил тебя?

— Работа сделана. Он ушел.

— Так убегай!

— Ты отпустишь меня?

— Ты спас мне жизнь! Я в долгу перед тобой. Я не знаю, говоришь ли ты правду... но я проверю. А сейчас беги!

— Я не могу, у меня нет сил. И я подвернул ногу. Ты отпустишь меня, а они все равно догонят. Меня видели люди во дворе.

— Они убьют тебя!

— Тот, кто совершил преступление, плененный злом, не виноват в содеянном. Ты знаешь об этом. Меня приговорят за предрасположенность ко злу, потому что только таких можно пленить. Но за убийство я отвечать не буду. Надень на меня кандалы, Евгений. Даже лучше, если это будешь ты, а не кто-то другой.

* * *

Июнь 1972 года по старому календарю,
пятьдесят седьмой год Предела,
двадцатый год Мира, Пристань Царьград

Мирослав вышел в сад, в котором уже не прогуливалась Ольга. Сейчас она использовала каждую свободную минуту, чтобы помолиться в церкви о смягчении отцовского сердца. Кутшеба поставил жбан пива под деревом, а сам уселся рядом, зная, что Евгений найдет его. Тот не заставил себя долго ждать.

— Когда я увидел, как ты сходишь с дирижабля, подумал, что могу прощаться с жизнью,— сказал он, когда охранник Якубовского остановился рядом. С тех пор как они виделись в последний раз, его виски чуть тронула седина.

— Может, т-ты привык предавать... а я нет-т,— Евгений не улыбался, на его лице отражалось овладевшее им ожесточение.— Тебя не просто было узнать. Если бы не этот холод в глазах, может, и вовсе не узнал бы. Ты даже их цвет изменил.

— Присядь.

— Не знаю, хочется ли мне сидеть возле тебя. Не знаю, хочется ли мне пить с тобой пиво.

— Тогда зачем ты пришел?

— Чтобы убедиться, что это ты. Я видел, как тебя вешают, видел, как вывозят твой труп на холм призраков. Что, даже ад тебя отверг?

— Я не умер. Присядь. Я должен тебе пиво. Ты не позволил убить мою женщину.

Когда в Кельце узнали о поступке Кутшебы, жители города пришли к его дому, чтобы свести счеты... так, как умели. Евгений со своими людьми взяли Баськую под защиту и выбили эту дурь из голов мстителей, хотя многие стражники не понимали, почему их командир защищает женщину, которую они сами считали предательницей.

— Это уже не твоя женщина. Она знает, что ты предатель. Знает, что ты использовал ее. Твое золото она отдала на приют для сирот.

— Хорошая женщина. Присядь. Я жизнь тебе спас, помнишь?

— Дорого ты за эт-то просишь. А может, долг уже оплачен? Может, если я тебя сейчас выдам, тебя повесят? Господин Якубовский очень хочет тебя разыскать.

— Поэтому ты получил эту работу, правда же? Потому что именно ты меня поймал тогда.

— Мне не показали тело.— Евгений, наконец, сел и даже потянулся за жбаном.— Быстренько похоронили, а могилу стерегли духи и заклятия. А по тем костям в бетоне понять можно было немного. Я их сжег.

— И хорошо.

— Поэтому не знаю, не соврал ли ты мне тогда.

— Но не выдал меня.

— Я всё еще обязан тебе жизнью. Да и интересно мне, почему господин Якубовский так хочет тебя найти. Буртовецкий ему ни сват ни брат... Разве что ты прав, и это был не настоящий Буртовецкий, а кто-то другой, кого Якубовский знал.

— Вижу, заинтересовало тебя это дело?..

— Мне не показали тело — это во-первых. Тебя обвинили очень быстро, вообще не приняли во внимание возможность пленения злом — это во-вторых. А когда я попытался докопаться, то оказалось, что с какого-то момента Буртовецкий действительно начал очень странно себя вести. У него появились амбиции, он стал действовать жестче. Неизвестно, откуда у него взялись дополнительные средства. Всё это указывает на то, что ты не врал. Это в-третьих. Тогда я подумал, что если тебя убили несправедливо, то я у тебя в долгу, поэтому постараюсь раскрыть это дело, если подвернется случай. Когда ко мне пришел Якубовский, сообщив, что убийца моего бывшего работодателя жив, я решил воспользоваться шансом и нанялся к нему. Тем более учитывая, что платит он неплохо.

— Это в-четвертых, не так ли?

В этот раз Евгений улыбнулся.

— Ты расскажешь мне, что происходит, брат?

— Расскажу. А ты выдашь меня Якубовскому. Нет-нет,— Мирослав успокаивающе поднял руку, увидев, как Евгений напрягся, засопел и заерзал на траве, как настоящий медведь.— Ты сделаешь это, потому что я тебя об этом попрошу. Брат!

— Я всегда з-знал, что ты ненормальный. Признавайся, готовишь новую западню?

ЧЕТВЕРТЫЙ

ГЛАВА 1

Июнь 1972 года по старому календарю,
пятьдесят седьмой год Предела,
двадцатый год Мира, Дикие Поля

Они залегли в высокой траве, опираясь на лошадей, которые лежали рядом. Умные и еще более послушные, чем люди, те наблюдали за упырями, проходившими по тракту в сторону границы. Рядом шли волкодлаки, мары и души мучеников, у которых после пробуждения были гнилые трупные тела, а порой просто скелеты. Всех их завербовала Вечная Революция и послала на тот последний независимый кусок Украины, как будто мало было крови пролито за время многовековых войн.

— С пять сотен будет,— оценил уже немолодой лысеющий мужчина крепкого телосложения.

Он не был похож на обычного солдата, да и весь их отряд напоминал скорее сборище партизан, чем регулярную армию. Когда-то, десятки лет тому назад, когда они только появились и с саблями в руках мчали на обескураженного врага, все было иначе. Они атаковали, хорошо подготовленные, на сильных конях и с новеньким оружием, как будто только что изготовленным специально для них. Сейчас же они пользовались трофейными карабинами, изготовленными во времена, которых они уже не понимали, в мире, охваченном пожаром худших из их кошмаров. Единственное, что не изменилось, это непрекращающаяся война на Диких Полях: такая же, как всегда, она правила там сегодня так же, как и столетия назад.

— Мы могли бы их настичь,— добавил он.

— Вам, сударь, вижу, кровь пришлась по вкусу,— пробормотал полковник, наблюдая за врагом в бинокль, отобранный у революционеров, которые, в свою очередь, отобрали его у немецкого офицера.— А это только разведка. Если бы мы напали, о нас узнал бы главный отряд. Пойдемте за ними потихому, может, узнаем, что они задумали. Последнее время оживилось движение на трактах в направлении польской границы. Может, готовятся к войне?

— А мне кажется, это что-то другое. Если бы готовились к войне, то уже тянули бы к нам свои лапы. Может, и перевелись на Речи Посполитой гетманы, которых, как говорят, король нынче из городских выбирает, хоть сам и шляхтич. Однако какие бы они ни были, а славные военные обычаи знают и чтут, и помнят, чего мы стоим. Нет, никакой большой войны не будет. Это личные разборки.

— Серьезные у них разборки, если такие силы подтягивают.

— А то мы не знаем, как сейчас Речь Посполитая выглядит? Какие там паны нынче заправляют? У нас всегда богатые содержали свои армии и вели свои войнушки. Даже если нам на голову свалились дьяволы, а мир превратился в преддверие ада, это святое правило не изменялось.

— Эх, если бы вы, сударь, хотя бы на этот раз ошиблись... Хорошее сейчас время для войны, когда красные между собой дерутся. Так или иначе, мы поедем за этим отрядом. Личные там войска или королевские, им может понадобиться наша помощь.

— Это безусловно.— Толстый солдат подкрутил ус.— Не было и не будет такой войны, в которой солдаты нашего уровня не повлияли бы на ее исход. Обрати внимание — я не только о себе, я обо всех нас говорю. Мы столько лет воевали, что нет на свете такого военного, который мог бы с нами сравниться. Ну разве что один такой...

— Не произносите его имени, сударь! Еще черти услышат и прилезут!

— Неизвестно, на чью сторону он бы встал. Не любит красных.

— Кого бы он ни поддержал, черт есть черт.

— Он, может, и черт... но чем мы лучше?

— Ах, вы как скажете что-нибудь...— полковник ужаснулся.— Мы другие, мы же от Бога, а не от черта. Не гневайтесь, сударь, что мы не бросились на них с саблями. Еще позабавимся с ними. Они даже не поймут, кто на них напал.

* * *

Июнь 1972 года по старому календарю,
пятьдесят седьмой год Предела,
двадцатый год Мира, Дикие Поля

Нападающие атаковали, как только они покинули земли Ростова. Атаковали неподалеку от места, выглядевшего как приятный глазу лесок, а на самом деле оказавшегося смертельной ловушкой.

— Чувствую магию! — вдруг прокричала Сара. Крушигор успел снять с предохранителя позаимствованный бортовой карабин, а мара в Кутшебе начала петь, чтобы защитить их обоих. Толку от этого было немного — земля вокруг разверзлась, как от взрыва, и вдруг все закишело чертями и духами. Кто-то выстрелил. Пуля пролетела в миллиметре от Кутшебы, отведенная силой Шулера.

— В линию! Держать строй! — кричал своим подчиненным майор Таланин, командир высланных им в помощь солдат Кутузова. Он принадлежал к тем воскресшим, которые всё еще были убеждены в правильности военных доктрин великого генерала наполеоновских времен.

Его люди, прежде всего пехота, завербованная из числа воскресших и подданных Ростова, пока что не являли собой слаженный боевой отряд. Возвращенные из мертвых солдаты сохраняли давнишнее послушание, ровно держа затверженный за годы службы строй. Новые рекруты реагировали на всё так же быстро и так же инстинктивно. Только вместо того, чтобы становиться в строй, они хватались за амулеты и бросались охранными заклинаниями, защищались четками и сбивались в кучу, которая ощеривалась штыками и громко молилась. Таланин кричал и бесился, но в царящем хаосе рекруты его почти не слышали.

Свора больших собак выбежала из-за мнимых деревьев и атаковала Шулера. Первых трех он отбросил без труда. Но за ними появлялись другие, они атаковали его со всех сторон. Бросались Шулеру на горло, хватали его за руки, запрыгивали на спину, чтобы свалить на землю и придавить его.

Бог зарычал, и вдруг вокруг него воцарилась тишина. Хоть собаки продолжали рычать и лаять, из их пастей не доносилось ни звука. Как будто прозрачный мыльный пузырь вырос вокруг клубка собачьих тел, и в следующий миг могущественная сила разбросала их. Шулер тотчас же встал, но этих нескольких секунд хватило, чтобы нападающие достигли своей цели.

Большие птицы, которые не напоминали ни один из известных Кутшебе видов, кружили над полем битвы. Когда собаки отвлекли внимание Шулера, птицы разноцветной тучей окружили Ванду. Секунду спустя в их гуще можно было различить карлика в смешной огромной шапке, который сидел верхом на большом летающем волке. Он схватил девушку за руку и затянул ее в стаю птиц.

Люди Якубовского под командованием Евгения оказались в эпицентре поля боя. Они не решились стрелять, поэтому на собак и чертей они шли с саблями и палками. Те быстро теряли азарт битвы и убегали. Крушигор преследовал их карабинными выстрелами, Грабинский палил из револьверов в улетающих птиц и, как всегда, попадал при каждом выстреле. Стая, однако, была слишком большой, чтобы такие потери ей помешали.

— Ванда! — закричал Шулер, быстро сообразив, что произошло.— Они украли Ванду!

Кутшеба добил большую собаку, которая пыталась уползти, и осмотрелся, оценивая потери. Иллюзия леса уже развеялась, хотя еще были видны полупрозрачные стволы деревьев, слышалось магическое пение птиц и эхо лесных звуков. Яшек плакал над двумя мертвыми собаками, которые сцепились в братоубийственной борьбе, когда их настигло проклятие Сары.

Не погиб ни один из солдат Таланина, люди Якубовского тоже вышли без потерь. Лишь второму офицеру «Батория» кто-то перерезал горло, возможно пытаясь добраться до марсианина. Новаковский сидел на коне, в своем специальном седле, держа по сабле в каждой из четырех рук, с лезвий стекала кровь. Чус пытался осмотреть собственное плечо, его левая рука неестественно свисала.

— Мочка,— бросил марсианин в ответ на вопросительный взгляд Кутшебы.— На этот раз я видел его.

Стало понятно, почему никто их не атаковал в последние дни, когда они отдыхали у Ростовых. Одержимый не поехал за Кутшебой и не притаился возле Пристани Царьград, он ушел искать союзников. На Диких Полях он мог рассчитывать на встречу со многими потерянными душами или беглецами из более цивилизованных стран или даже из Революции.

— Он и это умеет? — Кутшеба указал на иллюзию, которая уже почти развеялась.

— Возможно,— марсианин на мгновение задумался.— Но устроить такую ловушку, усыпить бдительность мага Якубовского... это выше его способностей. Он связался с кем-то очень могущественным.

Сенаторский маг, который просил называть его Яном и не раскрыл свою личность не только временным союзникам, но и Евгению, подошел убедиться, что с марсианином ничего не случилось. Они с Якубовским ехали верхом, как и все остальные. Сенатор нехотя согласился отослать дирижабль, признавая, что он привлекает слишком много внимания и может предупредить тех, за кем они гонятся. Он приказал капитану «Храброго» летать над Дикими Полями, как будто они всё еще искали дорогу.

— Сильная магия,— чародей подтвердил предположения Новаковского.— Не природная энергия и чары упырей, а великие старые заклинания.

— А все для того, чтобы выкрасть Ванду,— пробормотал Кутшеба, глядя на Шулера, который как раз подходил к ним. Бог уже не напоминал седобородого старца, который спокойно жил под Курганом Ванды. Его взгляд потемнел, а силы — приумножились. Из-под прикрытых век лился кровавый свет. Он выглядел почти так же, как во время их первой встречи, пока Кутшеба еще не пленил бога заклятием и новым именем. Сейчас Шулер был воплощением гнева.

Чародей приподнял кустистую бровь.

— Зачем им...

— Вон отсюда все! — прорычал Шулер.— Не мешать нам!

Он схватил Кутшебу за плечо и оттащил от остальных на такое расстояние, чтобы никто не услышал, о чем они говорят. Понизив голос до едва различимого бормотания, он сказал, что они должны вернуть девочку. Не спрашивал, не просил, а впервые с момента их знакомства приказывал. Он по-прежнему держал Кутшебу за плечо. Веки у него дрожали, как будто он судорожно сжимал их, лишь бы не открыть глаз.

— Мы идем за Вандой!

«У меня своя миссия»,— хотел было ответить Кутшеба и напомнить, что у него нет такой силы, которая разрушила бы узы, наложенные на бога. Но он не сказал ничего — его сдержала мара. И самого Кутшебу это так удивило, что на миг он забыл и о Шулере, и о Ванде.

«Что ты сказала?»

«Спаси её, Мирек. Пожалуйста».

— Я знаю, что ты скажешь.— Шулер старался взять себя в руки.— Что у тебя своя миссия, а я должен быть верным тебе. Но если ты мне не поможешь... то я... я...

— Заткнись, Шулер,— Кутшеба говорил тихо и спокойно — как всегда, когда сталкивался с чем-то неизвестным и потенциально опасным. Когда он испытывал по-настоящему серьезную тревогу, почти что страх, и когда одновременно лихорадочно искал решения, как использовать эту ситуацию в свою пользу.— Заткнись, я думаю.

«Как ты можешь просить, чтобы я бросил миссию?! Даже на минуту!»

«Не знаю. Я не понимаю того, что чувствую. Может, интуитивно я предчувствую, что эта девушка важна для нас?»

— Мирек, мать твою, каждая минута...

— Заткнись, Шулер!

«Мне не нравится то, что с тобой происходит. Ты меняешься».

«Мы оба меняемся, Мирек. Спаси её!»

«Если ты права, надо найти способ это остановить».

— Послушай, все...

— Шулер, подожди меня здесь. Мы спасем твою дочь. Ничего не говори. Подожди.

— Ты понятия не имеешь...

— Не благодари меня, Шулер. Никогда меня не благодари.

Новаковский, Якубовский и Таланин, которые как раз обсуждали, что делать дальше, замолчали при виде Кутшебы.

— Господин Кутшеба всё-таки специалист по этим землям,— объяснял в очередной раз марсианин.

Его впервые представили Якубовскому, когда все согласились, что в этот раз — единственный раз — они объединят усилия, так как никакие корпоративные раздоры не могут сравниться с враждебным отношением к Революции. Якубовский подал Кутшебе руку, и тот без колебаний ее пожал, хотя мара кричала, чтобы он использовал свой шанс и немедленно убил его. Обещала, что придаст ему сил и поможет убежать, что с помощью Шулера он справится даже с магом. Однако позже она извинилась за этот приступ безумия. Но Кутшебу эти извинения обеспокоили даже больше, чем ее минутная ярость. Злость была свойственна ей от природы. Она должна быть безжалостной, она существовала для того, чтобы не позволить его гневу погаснуть. В ней не должна рождаться даже мысль об извинении, иначе они оба слишком близко могли подойти к решению простить. И все-таки.

Слушая аргументы марсианина, Таланин снова сложил губы в трубочку, выражая пренебрежение. По его мнению, он разбирался в Диких Полях лучше, чем польский наемник, подчеркивая это при каждой возможности. Несмотря на смерть, он не излечился от ненависти к «польским предателям и бунтовщикам», родившейся во времена давно минувших войн.

— Как вы считаете, это был отряд Революции?

— Я не знаю, кто это был. Знаю только, что им нужна была Ванда. Как только ее выкрали, нападающие убежали.

Таланин хмыкнул. Он открыл было рот, вероятно, для того, чтобы высмеять настолько абсурдную идею, но Якубовский не позволял ему этого.

— Почему вы так считаете? — спросил он.— Кто эта девушка?

«Вот именно, кто?» — задумался Кутшеба. Реакция Шулера была понятной — у него украли дочь. Но почему ее украли? Почему Мочка подбил кого-то напасть и выкрасть девушку — может, и не самую обычную в мире, но всё-таки не настолько важную? Может, он собирается шантажировать Шулера? Либо отстранить Кутшебу от похода? Если так, то он, скорее всего, добился своей цели. Могло ли это означать, что за всем этим стоит тот поляк, служивший Революции, про которого говорил Ростов? Или этим человеком мог быть следующий в его списке? Это показалось Кутшебе вполне правдоподобным. Революция представлялась не самым плохим, хоть и паскудным убежищем. В таком случае, продолжая погоню, он, как ни странно, не отвлекался бы от своей миссии.

— В данный момент это не имеет значения,— сообщил он.— Шулер и я отправляемся за девушкой.

— Вы не можете! — запротестовал марсианин.— У нас договор!

— И я его не нарушаю. Точнее, это вам решать, является ли это нарушением. Посмотрите: я не оставляю вас одного. Более того, клянусь, что снова присоединюсь к вам, если только выживу. И вы будете в безопасности, если я ликвидирую тех, кто на нас сегодня напал. Я возьму с собой Яшека. Мы вернемся к вам, как только найдем девушку. Это предательство?

Марсианин долго думал над ответом. Наконец вздохнул — по мнению Кутшебы, немного театрально — и протянул Кутшебе одну из своих правых рук.

— Тогда удачи вам. Я вижу, что мне не отговорить вас от принятого и, надеюсь, несамоубийственного решения. Если вам придется сразиться с Мочкой...— он замялся.

— Я убью его. Он слишком опасен.

— Так, пожалуй, будет лучше. Даже для него. Знаете, мне кажется, он очень страдает после того, как покинул «Баторий». Потому и обезумел.

Уходя, Кутшеба еще услышал, как Таланин высказал свое мнение по поводу наемников, недостойных доверия. Майор будто мимоходом вспомнил о некоем князе Чарторыйском, который злоупотребил доверием великого царя Александра, хотя тот предложил ему должность министра. Не в первый раз кто-то из воскрешенных офицеров Кутузова, всё еще живущих воспоминаниями о войне с Наполеоном, старался убедить Новаковского, что марсианам лучше всего иметь дело с «настоящей Россией», чтобы вместе выжечь красную заразу, а потом отстроить прекрасный царский рай.

Конечно, Сара и Крушигор уперлись, мол, где Яшек, там и они. Довольный, что его ожидания относительно этой парочки оправдались, Кутшеба только велел им, чтобы они получили разрешение Новаковского, и вынудил их поклясться, что на время поисков Ванды они будут слушаться его. Великан только с третьего раза произнес клятву четко и без запинок.

Они взяли с собой кое-какие припасы и двинулись вслед за птицами, уносящими Мочку, неизвестного карлика и Ванду. Когда их нагнал Грабинский, отъехали они недалеко.

— С марсианином тебе было бы удобнее,— съязвил Кутшеба.

— Я, наверное, протрезвел, если еду с вами! — Грабинский криво усмехнулся.— Но я как-то полюбил эту девочку. И еще подумал, что вам не помешает присутствие кого-нибудь рассудительного.

От Кутшебы не укрылись многозначительные взгляды, которыми обменялись Сара и Крушигор, когда Грабинский говорил о своей симпатии к Ванде. По странному стечению обстоятельств, все ее любили. Она, разумеется, была милой, веселой девчонкой, но почему Сара и Крушигор так охотно согласились пойти с Кутшебой, а не стали уговаривать Яшека ослушаться приказа, как делали это раньше? Создавалось впечатление, что они готовы были пойти добровольно, даже если бы Кутшеба не брал с собой Яшека. Да и не только они. Мирослав заметил какое-то оживление среди обращенных волкодлаков, служивших Ростову. Даже маг Якубовского предложил своему господину принять участие в погоне.

Кутшеба подъехал к Шулеру, который опережал их всех. Бог загнал бы коня насмерть, если бы ему только позволили.

— Ну ладно, Шулер. А теперь выкладывай, кто на самом деле эта девушка.

* * *

Февраль 1970 года по старому календарю,
пятьдесят пятый год Предела,
восемнадцатый год Мира, Краков

— Я не знаю, кто ты, и, разумеется, не пытался докопаться до этого. Но хочу тебе кое-что рассказать.

На этот раз Корыцкий показался Кутшебе похудевшим, и его озадачили такие перемены, хотя причиной могло стать и улучшение физического состояния. Что могло так мобилизовать бывшего шпиона?

От него ушла жена? Кутшеба не заметил Малгоськи за барной стойкой.

— Ребенок,— объяснил Корыцкий, наблюдая за своим гостем взглядом профессионального разведчика, способного выведывать у людей их секреты, просто глядя им в глаза.— Не высматривай так. Ребенок у меня родился. Девочка. Без хвоста. Но я все равно не позволил назвать ее Басей. Будет Магдаленой, в честь моей матери. Теперь я могу перейти к делу?

— Сперва прими мои поздравления, папочка.

— Искренне благодарен. Красавица она у меня. Обе они у меня красавицы,— лицо Корыцкого на какой-то миг просияло от гордости, но на него тут же набежала всегдашняя тень.— Смерть ходит за тобой по пятам, Мирек. Ты кормишь её досыта. Из тебя плохой шпион. Ведь шпионы должны быть тихими, невидимыми, ты в курсе?

— Ты, кажется, хотел мне что-то рассказать?

— Вот ты никогда не позволишь человеку насладиться его собственной мудростью, да?! Ну ладно.

Слушай. Жили себе когда-то шестеро студентов. Приехали они в Краков из разных уголков страны, чтобы не только получить знания, но и завести знакомства. Для начала они познакомились друг с другом, по правде говоря, они были еще теми голодранцами. Со всеми разговаривали, обо всём расспрашивали. Местные, наследники древних краковских родов, относились к ним как к париям. Дети из богатых семей тоже пренебрегали их обществом. Но они знай делали своё и нашли друг друга, так как их взаимно притягивали огромные амбиции. Догадываешься, о ком я?

— Не знаю, хочу ли.

— Хочешь. Так вот, сидели они однажды, вероятно попивая самое дешевое пиво в забегаловке, похуже, чем эта. И один из них сказал что-то вроде: «У меня ничего нет, у тебя ничего нет, вместе мы обретем могущество». Остальные согласились, потому что они уже немного знали друг друга и понимали, что их основным акционерным капиталом была самоуверенность. Совести у них не было. Они были готовы подкупать, красть и шантажировать. Пока однажды не дошло до убийства. Может, убили случайно, а может, специально. Может, защищались, потому что в тот день за ними гнались бандиты, нанятые каким-то ростовщиком. В любом случае, они перешли Рубикон. Знаешь, что такое Рубикон, Мирек?

— Такая себе Висла, только более древняя.

— Все реки одного возраста, Мирек, не мели чепухи.

— Но не все легенды.

— А вот этого я не знаю. Рубикон — это такое заклятие из крылатой фразы о переходе границ, а никакая не река. В любом случае они его перешли, и тогда им стало всё равно, какими методами пользоваться. А когда они убили еще больше людей, уже преднамеренно, запланированно, и увидели, что никакого наказания им за это нет, то поверили в то, что они лучше, чем весь остальной мир. И выкинули финт мирового масштаба. Пустили под откос поезд и убили одним махом больше четырехсот человек. Мерзавцы, не правда ли, Мирек?

Ответа не последовало.

— Я раньше думал... но теперь не думаю. Потому что теперь я узнал о существовании круга радиусом в три километра, нарисованного кровью вокруг места катастрофы. Знаешь, сколько нужно крови, чтобы нарисовать нечто подобное? Много, скажу тебе. Так много, что даже если в ход пошла и свиная кровь, это нельзя было сделать незаметно, потому что даже свиную кровь надо как-то достать. А такую покупку, пусть и в кредит, пусть и через подставных лиц во всех на свете деревнях, невозможно скрыть. Шестеро засранцев убили больше четырехсот человек, чтобы принести жертву какому-то божеству, лакомому до смертей. Знаешь, как это называется? Они называют это планированием. А я называю это преступлением. В каком-то смысле преступлением безупречным, потому что их снова никто не поймал. Кроме одного парня.

— Тебя?

— Я был лишь вторым чемпионом по дедукции. Шестьдесят два человека выжили в катастрофе, и только один из них узнал правду.

— В этой истории есть какая-то мораль?

— Знание — наше богатство. Я, видишь ли, долго пытался понять, почему один мой знакомый — рассудительный, способный, ушлый и довольно безжалостный парень — до сих пор не стал господином, миллионером, которому на все плевать... а всё еще подрабатывает у таких, как я. Регулярно зарабатывает хорошие деньги, и мне ничего неизвестно о том, что он тратит их на девок, карты или водку, но деньги у него не держатся. Зато он вечно попадает в какие-то передряги. Это имело бы какой-то смысл, будь он полным безумцем, но снова нет. Парень уверенно идет по жизни, порой напролом. Им движет что-то, о чем мне неизвестно. Поэтому я стал задавать себе вопросы: что двигало бы мной? Женщина — это первое, что пришло мне в голову. И вдруг я подумал: что бы я сделал, если бы кто-то обидел мою душеньку? Ручаюсь тебе, Мирек, у меня аж в груди похолодело. Как будто меня в прорубь бросили. И тогда я понял, что в сказках сильнее всего не власть и не деньги, а любовь. А в историях о тех, у кого отняли любовь, сильнее всего месть. Оказалось, что этот мой знакомый — мститель.

— Я всё еще жду мораль.

— Ты всё время оглядываешься, как будто ждешь, что в любую минуту те жулики, которых ты впервые тут видишь, окажутся убийцами, а кто-то, притаившийся за дверью, с грохотом ворвется сюда, пройдется по всей комнате очередью из автомата и только потом начнет задавать вопросы. Знаешь, Мирек, почему я ушел со службы?

— Не ушел.

— ?

— Не уходят с такой службы, товарищ полковник. Разве что насовсем.

— Ты меня обидеть пытаешься, или как? Я ушел со службы, потому что мне надоело бить поклоны всяким гнидам. А эти гниды, как правило, наделены интересным талантом — умением взбираться по служебной лестнице быстрее и ловчее остальных, так что они всегда оказываются над тобой. А у меня есть странная слабость, Мирек. Я начинал как следователь, и этот рьяный следак всё еще сидит во мне. Преступление есть преступление. Это правда, порой им можно воспользоваться,— он пожал плечами.— Я тоже не святой. В конце концов, наша работа никого святым не делает. Но одно я знаю точно. Если позволить червяку только жрать и расти, то окажется, что не существует больше ничего, кроме этого червяка и его законов.

— Ты пьян, что ли?

— А ты сдурел, что ли? Совсем не слушаешь. Откуда я знаю историю тех шестерых? Думаешь, я выдумал ее? Я знаю настоящие фамилии всей шестерки.

Вдруг мир перестал существовать для Кутшебы. Остался только один столик в одном пабе на улице Кошачьей и один мужчина за столиком напротив.

— Как ты их нашел?

— По следам свиной крови,— засмеялся Корыцкий.— Я говорил, а ты не слушал. Либо слушал, но не слышал самого главного. Такое количество крови невозможно спрятать. Но они об этом и не думали. Им и в голову не пришло, что кто-то может спросить про свиней, которых тогда массово скупали в близлежащих деревнях. Великие игроки, которые сейчас делают ставки на судьбы едва ли не целых народов, поскользнулись на свиной крови. Только это не доказательство для закона, Мирек.

— Закон может себе...

— Вот и я так подумал. Что тот мой знакомый тоже бы подумал, что закон может засунуть себе куда подальше свои доказательства.— Корыцкий подсунул Кутшебе сложенный листок бумаги.— У меня для тебя работа, Мирек. Тут данные парня из Гданьска. Было бы хорошо, чтобы о нем больше никто никогда не услышал.

— Ты повысил меня до палача?

— Парень, о котором я тебе говорил, тот мститель, знаешь, кончил жизнь в петле за убийство одного из вычисленной мной шестерки. Тебе идет косынка, кстати говоря. Ты в ней напоминаешь тех парней, которые не заглядывают дамам под юбки, но оно, может, и к лучшему. Тот парень в любом случае знал, что гниду нужно давить сразу, чтобы она не слишком выросла. И этот засранец из Гданьска именно такая гнида. И тоже не заглядывает дамам под юбки. Предпочитает маленьких девочек. Но знаешь, это большая шишка в Ганзе, ему всё сойдет с рук. Хотя... может и не все.

— А такое знание нельзя как-то получше использовать? Знаешь, шантаж, например... простые, старые, проверенные методы?

— Я уже говорил, что во мне сидит старый тупой мент?

— Так ты решил остаться святым.

— Скажу иначе: не только я. Сделай полезное и ты, Мирек, и знание снизойдет на тебя.

ГЛАВА 2

Июнь 1972 года по старому календарю,
пятьдесят седьмой год Предела,
двадцатый год Мира, Дикие Поля

— Не верю,— Кутшеба в который раз покачал головой.

Они остановились на ночь, хотя Шулер настаивал на том, чтобы ехать дальше. Он уверял, что совсем не устал, и, очевидно, не лгал.

— Я не позволю тебе загнать лошадей,— осадил его Кутшеба.— Будь благоразумным!

Они хотели сесть подальше от остальных, но им не позволили.

— Мы и так всё знаем,— сказала Сара.— Яшек нам всё рассказал.

Покрасневший парень только кивнул. Он не смотрел Кутшебе в глаза и боялся подать голос.

— А этот откуда узнал? — изумился Шулер.

— Вероятно, через каких-то мух подслушал,— Кутшеба криво усмехнулся.— Они рассказали Яшеку, Яшек — друзьям.

— У вас, господин, прекрасная гусеничка на плече сидела,— пробубнил Яшек.— Когда я услышал, что вы о госпоже Ванде говорите, я попросил, чтоб она подслушала. Не ругайте меня. Я же пошел ее спасать. А ведь тогда я не знал, что она…

Он замолчал.

Крушигор развел чахлый костерок, на нем подогревалась еда из собранных припасов. Сара добавила специй по своему вкусу, и Кутшеба вынужден был признать, что в травах она разбиралась. Все ели в полной тишине, хотя Кутшебе казалось, что Яшек переговаривался с каким-то мотылем. Он надеялся, что тот расспрашивает его о ситуации на Диких Полях, но ему не хотелось сейчас теребить парня, напоминая о его обязанностях. По правде говоря, ему вообще не хотелось ни с кем разговаривать.

Он злился на Шулера, что тот снова позволил увлечь себя какой-то утопии. Откуда у бога такие идеалистические порывы? Или в нем до сих жили отголоски от молитв верующих, которые истосковались по милосердному богу из лаборатории, где его создали? А может, желание сделать этот мир лучше было побочным эффектом его знакомства с Кутшебой? Всякое бывало с этой магией.

— Дочь бестии и легенды, кем она может стать? — ответил ему Шулер тогда, на дороге.— Каждый из нас отдал ей часть себя. Когда мы нашли ее, в ней почти не было жизни. Ошметки ребенка, Мирек. Двухлетняя девочка, вся в крови, она едва дышала. Я шел тогда с паломниками, которые хотели поклониться Светлой Госпоже, и на нас напали черные из Могилан. Я убил их столько, сколько мог, остальных прогнал. А возле одного из трупов сидела девочка. Ее, вероятно, украли, может, чтобы съесть, может, чтобы сделать такой же, как они. Это были ошметки ребенка. Она почти не дышала, в глазах была пустота. Я думал, что она не выживет, но она выжила, и я принес ее к Ванде. «В ней есть жизнь, но нет души,— сказала она мне.— Если хочешь, чтобы она выжила, мы должны отдать ей часть своего духа. Но хорошо подумай, Шулер Судьбы, так как ни один из нас не может предвидеть, что родится из такой смеси».

— Так они выкрали ее, потому что почувствовали в ней частичку Светлой Госпожи? — пытался понять Кутшеба.— И могут ее использовать против дочери Крака?

— Ты ничего не понимаешь, Мирек. Речь идет не о Светлой Госпоже, а о нашей Ванде. О том, кем она может стать.

— Ты прав, я ничего не понимаю,— рассердился Кутшеба. А когда Шулер все ему объяснил, то он сперва высмеял его, а потом только повторял, что не верит, что его покровитель оказался таким наивным.

Сейчас, возле костра, ему пришлось столкнуться лицом к лицу с искренней верой третьего сына, цыганской чародейки и великана, потому что у них не было никаких сомнений. Только Грабинский, казалось, поддерживал Кутшебу, хоть и не высказал этого напрямую. Он уселся возле костра так, чтобы держаться подальше от остальных, и потягивал из бутылки удивительно маленькими глотками чертово молоко. И молчал, что больше всего беспокоило Кутшебу. Не хватало еще, чтобы и он тоже обратился в веру!

И только тогда он понял, что если то, о чем говорил Шулер, еще не произошло, то уже немного осталось до момента, когда то, во что он верил, станет правдой. В мире, где вера ощущалась как энергия, многое было возможно.

— Ты не думаешь, что вы слишком многого от нее ожидаете? — спросил он, и по выражению лица Шулера понял, что угадал. Бог мог быть наивным идеалистом, мечтающим о покровительнице богов, настоящей ожившей богине, поддерживаемой верой не людей, а сверхъестественных существ. Но он не был идиотом.

— Посмотри, что с миром сделала вера марсиан и людей,— сказал бог.— Насколько это могущественная сила... А теперь представь, что могла бы сделать объединенная вера богов. Если бы только им было во что верить.

— Вера богов или родителей? Ты не слишком многого ждешь?

— Нет, именно богов. Обычные люди этого не замечают, а другие существа, которых коснулась сверхъестественная сила, это видят. Посмотри, как на мою дочурку смотрит Яшек, а как — Сара и Крушигор, как смотрел на нее Мочка. Они видели, что она является чем-то большим.

— Но и я видел кое-что в твоей дочери. Не то чтобы богиню богов, но...

— А ты всерьез считаешь, что ты только человек? — перебил его Шулер.— В любом случае, даже если бы ты был слеп, то она, та, что в тебе, и так молилась на мою дочь. Ты должен был почувствовать это.

— Не верю! — сопротивлялся Кутшеба. Но вдруг вспомнил, как удивило его то, что Ванде так легко удавалось примирить нечеловеческие существа. Даже маг Якубовского, казалось, попал под ее чары. И даже его мара.

И теперь он задумался, как мог бы использовать ее силу, если бы каким-то чудесным образом все это оказалось правдой. И может, именно этот инстинкт вечно бдящего стратега заставил его спросить:

— Ты же помнишь, что мессии в этом мире всегда заканчивают одинаково. Ты действительно хочешь уготовить ей эту участь — спасение мира?

* * *

Май 1968 года по старому календарю,
пятьдесят третий год Предела,
шестнадцатый год Мифа, Вечная Революция

Они похоронили Христа в огне, который превратил оскверненную церковь в погребальный костер.

Если бы кто-нибудь спросил Кутшебу, почему он решил вытащить грустного деревянного Спасителя из того состояния унижения, на которое его обрекли комиссары, он не смог бы ответить. Они с Шулером убили клиентов борделя, в который превратили церковь, и разогнали государственных проституток, а потом все сожгли, под влиянием порыва, которого сами не понимали. Возможно, они слишком много увидели за две недели путешествий по Революции и должны были выплеснуть накопившийся ужас, чтобы не сойти с ума. Они все сделали молча, как будто их вела чужая воля. А когда все было кончено, они долго смотрели на пламя.

— Огонь привлечет патруль,— наконец заговорил Шулер.

— Пусть приходят,— буркнул Кутшеба.— Пусть они все сюда сползутся!

Только испуганная мара смогла отрезвить его. Когда обычное подергивание души ничего не дало, она появилась рядом с человеком и с размаху ударила его по лицу.

— Вы друг друга стоите,— прорычала она.— Двое сумасшедших! От бога я бы еще могла такое ожидать, но от тебя?! Тебе ведь есть зачем жить!

Кутшеба молчал, пораженный ее яростью. К нему понемногу возвращалось самообладание.

— Слишком смело сказано... про цель жизни,— он сплюнул.— Скорее, мне просто незачем умирать.

— Нашлись, блин, христиане! — буркнула она, забираясь в него обратно.

«*Рыцари, прощающие девам!*» — она еще долго издевалась над ними, даже когда они уже удалились от пепелища. Кутшеба не успокаивал ее — считал, что они заслужили эту выволочку. Они отупели от Вечной Революции, да и усталость сказалась. На землях, подвергающихся красному террору, им приходилось всегда быть начеку, потому что каждый мог предать и навести на их след красноармейцев. Даже когда они ночевали в населенных духами хижинах в вымерших деревнях, то боялись упырей — умерших от голода крестьян, не потому, что те могли напасть на них, а потому, что те могли донести на них. Души, которые десятилетиями поддавались идеологической обработке, подчинились настойчивым политрукам и славили Партию, которая убила их и довела до голодной смерти их семьи. Под красными флагами палачи часто оказывались вместе со своими жертвами.

Проходя по землям Вечной Революции, они с Шулером напрасно искали хотя бы след оппозиции. На самом деле существовали какие-то отряды сирот, убивающие беспечных не по приказу комиссаров, однако даже они отдавали честь Великим Вождям Революции, которые жили в пирамиде в центре Москвы. Никто не сомневался в Революции, все молились на красную звезду. Насмотревшись на все вокруг, Кутшеба понял, что фантазии Ростова о пробуждении угнетенного народа были всего лишь воздушными замками и что напрасно он отпускал пленных в надежде, что его милосердие пробудит их и обратит. Тот, кто боготворил Революцию всем сердцем, не мог выжить на ее землях.

Они сами выжили только благодаря помощи Шулера. Но силы бога исчерпывались слишком быстро. Его клонило к земле, он горбился, а иногда засыпал во время караула. Бормотал о чем-то сам с собой, и, прислушиваясь к нему, Кутшеба с тревогой понимал, что его покровитель повторяет их разговоры в Пристани Царьград. Однажды они остановились перед огромным, достигающим облаков памятником Вождям Революции. Шулер упал перед ним на колени, и тогда Кутшеба понял, что они должны возвращаться, пока еще могут.

Они путешествовали переодетыми. Кутшеба убил двоих комиссаров, которые ехали без охраны. На территории Революции им нечего было бояться нападения: будучи воплощением властной воли, для красных граждан они были почти что богами. Кутшебу развеселило удивление смертельно опасных демонов, когда они с Шулером напали на них. Уверенные в своей безграничной власти, те оказались почти беззащитными. Он аккуратно содрал их черные шкуры и пошил из них плащи, теперь их с Шулером можно было принять за демонов красной звезды, поскольку никто не присматривался к ним внимательно. Возле колхозов им было некого бояться, люди склоняли головы при одном только виде комиссаров. Поэтому они избегали лишь настоящих демонов, их помогал обманывать Шулер, пока у него еще хватало на это сил.

Посещение колхоза произвело на Кутшебу и бога сильное, гнетущее впечатление. Человеку казалось, что он попал в крепость, населенную живыми трупами. По ровным, пересекающимся только под прямым углом улочкам деревни, состоящей из одинаковых бетонных домов, проходили вялые, молчаливые люди, в которых тщетно было искать какие-либо чувства. Сначала он думал, что они скрываются от надзирателей-рекрутеров, которые вербовали людей и демонов. Но потом он рискнул заночевать в колхозе, благодаря чему наутро открыл причину равнодушия жителей. У них отняли имена, так же как и само селение лишили названия. На холщовых комбинезонах у них были пришиты номера, а номер деревни вырезан на единственных воротах в окружающем колхоз заборе.

Центральную часть поселения занимал Дом Партии, который отличался от остальных построек только размером. Внутрь этого огромного бетонного куба без окон еще до рассвета сгоняли всех жителей. Поскольку часть комиссаров также позволяла заглотнуть себя этому бетонному чудищу, то, ведомый любопытством, Кутшеба вместе с сопровождающим его богом тайком присоединился к толпе. По затопленным сумраком коридорам, освещенным только керосиновыми лампами с красными стеклами, их провели в зал с надписью «Кино». Однако в отличие от тех кинозалов, в которых бывал Кутшеба, в этом не было кресел. Люди становились в ряды перед большим экраном во всю стену.

В черно-белом фильме, который им показывали, не было сюжета, Кутшеба не видел в нем ни малейшего смысла. Он состоял из случайной последовательности кадров пыток и убийств. На секунду в промежутках появлялись лица каких-то людей, которые неизменно вызывали ярость у всех собравшихся. Тогда Мирослав впервые увидел, что они проявляют какие-то эмоции. Комиссарам удавалось аккумулировать эту ярость в абсолютную ненависть.

«Здесь все поддаются какому-то сглазу,— сообщила ему мара, подав голос впервые за много дней.— *А на этих сеансах его усиливают. Ты бы тоже рычал и швырял в экран чем попало, если бы я тебя не защищала»*.

Крики зрителей перерастали в непрерывное рычание, как будто сила кино превращала жителей поселения в единый организм, ревущее от злости животное. Освобождаемые эмоции толпы, охваченной экстазом ненависти, загипнотизировали Кутшебу. В конце концов Шулер, тяжело дыша, выволок его наружу.

— Передозировка, товарищ? — после минутного колебания спросил один из стражников-людей, охраняющих «Кино».— Надо осторожнее, эта энергия может оглушить. Я туда никогда не хожу. Разумеется, кроме обязательного сеанса раз в неделю,— добавил он сразу же. Но, кажется, он боялся комиссаров куда меньше, чем крестьяне.

Фон Паулсен объяснял когда-то Кутшебе, что энергию можно извлекать из любого вида активности разумных существ, только не из всякого вида есть смысл это делать. Вера религиозная или вера ребенка в сказки и легенды, не менее сильная,— это ценный (потому что легкодоступный) источник энергии. Вторыми в списке марсиан были эмоции. Они пользовались ими редко, так как побочные эффекты в длительной перспективе обычно оказывались вредными.

— Прекрасных результатов можно достичь с толпой,— спокойно рассказывал марсианин, который, в отличие от Новаковского, по натуре был не солдатом, а холодным ученым, для которого мир представлял собой один сплошной предмет исследования.— Радостной или разгневанной. Это довольно безопасно, потому что, извлекая энергию из экстаза толпы, ты еще и успокаиваешь ее. Нам когда-то казалось, что энергия эмоций даже безопаснее, чем энергия веры, потому что у нее нет побочных эффектов в виде явления и материализации разных божеств. Оказалось, однако, что в перспективе эта технология истощает любое общество. А жаль. Знаете, при использовании энергии эмоций такая человеческая натура, которую мы повстречали на вашей планете, вообще бы не появилась.

Революцию, очевидно, не сильно беспокоила проблема истощения своего общества. А может, ее инженеры просто не знали об этом? Кутшеба не мог вспомнить, как долго марсиане экспериментировали с энергией эмоций, пока не поняли, что могут привести целую расу в такое состояние, когда основные потребности перестают иметь значение, а важны только амбиции и мечты.

— Ой, нехорошо что-то товарищу,— искренне забеспокоился стражник.— Может, рюмочку?

Он вытащил из-под плаща бутылку и приглашающе кивнул Кутшебе.

— Собственного производства, товарищ. Не какое-то там пойло серых.

После минутного сомнения Кутшеба потянулся за бутылкой.

* * *

Июнь 1972 года по старому календарю, пятьдесят седьмой год Предела, двадцатый год Мира, Дикие Поля

— Вкусно пахнет этот ваш ужин,— отозвался незнакомец, подходя к ним, как он считал, неожиданно. Он приглушал свои шаги при помощи магии и окружал себя иллюзией, которая раньше делала его невидимым, а теперь только придавала вид безобидного старичка. Наверное, его защита срабатывала в большинстве случаев, но она не смогла скрыть его ни от Сары, ни от Шулера.

— Угощайтесь, дедушка,— Крушигор отрезал кусок мяса и подал гостю.— Присядьте с нами.

Незащищенному сознанию путник действительно казался старше, чем сам мир, хотя под иллюзией не скрывался и юноша. Незнакомец был невысоким седовласым мужчиной с узкими светло-голубыми глазами; одетый в куртку из медвежьей шкуры, он опирался на длинную дубовую палицу, а кроме нее, не имел при себе никакого видимого оружия или чего-то подобного. Возможно, он в нем не нуждался, раз умел пользоваться магией.

Угощение он принял, присел у костра, разрывая мясо толстыми пальцами.

— Вкуснотища,— аж чавкал он.— Я давно не ел ничего вкуснее! А у вас нет меда?

— Меда нет,— повеселевший Грабинский встал, чтобы подать гостю одну бутылку из своего запаса.— Но есть кое-что получше.

Старичок поднес горлышко к своему большому носу и подозрительно принюхался. Его лицо вмиг просияло.

— Самогон из Пристани Царьград! — обрадовался он и приложился так, что пробудил в Грабинском одновременно уважение и тревогу.— Ах, что за превосходный напиток! Жаль, что это уже последние запасы!

— Да отчего же? У нас есть еще немного, только не здесь...— Яшек вдруг подавился от крепкого тычка Сары.

— Вот именно,— охотно кивнул Грабинский, приветливая улыбка которого таяла с каждым следующим глотком старца.— Нужно экономить!

— Хорошего всегда мало,— ответил гость и осушил бутылку до дна. Грабинский онемел.— А горло, привыкшее к хорошим вещам, всегда будет ему радо! Эх, славно вы меня угостили. А мяско...— он причмокнул.— Мне даже отчизна вспомнилась. Признайся, девица, ты училась готовить в лесных кухнях? Я ощутил аромат сосновых лесов, а в нем воспоминание о том, как трещал мороз, который пробегал следом за стадом оленей к звездам. Вы бывали, девица, в моих родных землях, это чувствуется, чуется! Позвольте же я поцелую вашу прекрасную ручку!

Он сорвался с места, склонился к Саре и, не дожидаясь ее ответа, схватил ее руку, чтобы подарить ей поцелуй. Удивленный этим, Крушигор сначала вздохнул, а потом стал злобно ворчать. Шокированная Сара даже не пискнула.

— Вот это да,— рассмеялся наглый старик.— Вы меня накормили, напоили и позволили поцеловать девушку! Добрые вы люди, а потому дам вам совет: не едьте туда, куда направляетесь, там, у цели, вас ждет тяжелая участь. Но и не поворачивайте туда, откуда приехали. Возвращайтесь лучше по своим домам.

— Не можем,— Кутшеба впервые заговорил с гостем.— Мы должны отыскать девушку.

— Всегда одна и та же история, да? — старик подмигнул ему.— Молодой человек встречает девушку, влюбляется в нее...— теперь он подмигнул Яшеку,— а потом кто-то ее крадет. Или девушки нас не хотят, и в этом всегда проблема, правда, господин великан? Или же хотят, и тогда начинается настоящее светопреставление... но об этом вряд ли кто-то из вас может знать. Зато я узнал, когда очаровал свою Наину... *В тот миг я познал рай любви, Ее неземную сладость, И холод, кипящий в крови,*— продекламировал он.— Незачем искать девушку, вот что я вам скажу. Даже если вы ее найдете, потом кто-то может не справиться. Чаще мы, чем они, конечно... Ну, я дал вам несколько хороших советов за ваше мясо и напиток. И за право поцеловать такую прекрасную ручку...

— Не так быстро,— задержал его Кутшеба.— Мы не можем принять эти советы. Поэтому ты должен нам еще три услуги.

— Это не вина платящего, что вы не знаете, что делать с платой,— старик упер руки в боки.— Я ничего вам вообще не должен, само мое общество — это уже сокровище. Если задуматься...

— Я знаю, кто ты! — резко перебил его Крушигор, так что все аж подскочили.— Я знаю тебя, финский чародей!

— О, образованный великан! Вот это удивили! — старик начал скакать вокруг Крушигора, тыкая в него палкой, будто хотел убедиться, что перед ним не иллюзия.— Вот тебе на, как мир изменился! И откуда ты прибыл, толстошкурый?

—Я...— Крушигор запнулся, так заметно краснея, что это было видно даже в слабом свете огня. Он так долго колебался, стоит ли ему отвечать, что старик снова начал тыкать в него посохом.— Я читал балладу,— наконец признался он.

— Крушигорушка — поэт,— похвалила его Сара, и он, хоть в это трудно было поверить, покраснел еще больше.

Он быстро продекламировал, немного заикаясь:

— *Для вас, души моей царицы, Красавицы, для вас одних Времен минувших небылицы, В часы досугов золотых, Под шепот старины болтливой, Рукою верной я писал.*

— Ну ладно, ты знаешь, кто я,— признался старик и сел возле него.— Чего ты от меня хочешь? Магии, чтобы тебя полюбила эта чародейка? Она красавица, с этим я охотно соглашусь. Даже слишком красивая. Ничего хорошего из чародейской любви не получается, великан. Ты знаешь балладу, так что сам все понимаешь.

— Я ничего для себя не хочу,— ужаснулся Крушигор.— Но знаю, что если ты пришел, то сам хочешь нам помочь. Что всё это как-то связано с тобой. Как в балладе.

— Ох и попался вам великан — божий дурачок! — старик рассмеялся, стуча посохом по земле.— Ой, отчизна моя любимая, я такого еще не видывал! Видно, конец света не за горами! А может, вся ваша компания верует в поэзию? Лазите по Диким Полям, встречаете людей, обнимаете деревья?

— У этого угрюмого товарища, которого ты ни капли не развеселил, украли дочь,— вмешался Кутшеба, пока сконфуженный великан не успел снова что-то продекламировать, а именно это он и собирался сделать, так как снова покраснел.— Мы гонимся за ее похитителями. Это не романтическая интрижка. Говори, что знаешь, или проваливай. Долг будет только расти, если ты нам не поможешь. И в результате тебя это сильно изменит. Или уничтожит.

— Сильно же вы верите в поэзию,— покачал головой старик.— Даже тот угрюмец, что вас ведет. Право слово, дети!

Он обошел костер, глядя им всем по очереди в глаза. Возле Грабинского он на мгновение задержался, что-то пробормотал, быть может, надеясь, что тот достанет еще одну бутылку. А когда не дождался, стал обходить дальше, пока не уселся возле Яшека.

— И очень хорошо, что верите,— сообщил он.— Кто знает, может, именно это вас и спасет.

ГЛАВА 3

Июнь 1972 года по старому календарю,
пятьдесят седьмой год Предела,
двадцатый год Мира, Дикие Поля

«Девчонку не спасут и сами погибнут»,— повторял про себя Чус. Он чувствовал себя как-то очень странно после того, как группа Кутшебы покинула их отряд. Хотя эта разношерстная компания была ему не по душе, он согласился с решением марсианина, пусть даже горячо отговаривал его. А сейчас он чувствовал себя брошенным, почти беззащитным. Его точно кто-то заколдовал: проклятый Кутшеба, бог или эта цыганская ведьма. Может, не заклинаниями, а каким-то иным образом. Как будто само их присутствие превращало все путешествие, может и амбициозное, но всё же не сверхъестественное, в нечто похожее на легенду. А из Чуса и даже из его патрона оно делало декорации для героев, о которых рассказывают простачкам, чтобы отвлечь внимание от реальных проблем.

А может, всему был виной заговор Кутшебы? С самого начала его история казалась Чусу подозрительной. Он немало повидал в жизни и не очень верил в совпадения.

Когда он нанимался на службу к Новаковскому, еще шла война эпохи Предела. Он думал, что под покровительством марсианина он обретет хоть немного покоя, но эта работа оказалась слишком серьезной и иногда опасной. Он полюбил ее, хотя в последнее время всё больше тосковал по временам относительного покоя. Ему было уже давно не двадцать, и вместо штурмов и взломов ему хотелось стряхивать пыль с пальто и пиджаков, драить золотую посуду, и даже то, что было невозможно,— заботиться о своих наследниках, гарантирующих непрерывность рода.

— Мой господин, этот человек,— сказал он както марсианину, когда никого не было рядом,— выглядит идеальным для нас, даже принимая во внимание его прошлое. Во-первых, он несомненно работал, а быть может, работает до сих пор на разные разведки. На того, кто вернулся из Революции, должны были сразу наброситься все разведки мира.

— Если узнали об этом.

— А если не узнали, то тем более он работает на одну из служб.

— На генерала Корыцкого, мы и так это знаем. Сам Корыцкий нам его и подсунул.

— Хочу обратить ваше внимание, мой господин, что слишком гладко всё это прошло. Разумеется, Корыцкий его защищает, и он, безусловно, является офицером разведки. Но защищает ли он его для разведки? Слишком много тайн вокруг генерала Корыцкого, особенно с того момента, как он официально покинул службу. Все это порождает новые и новые вопросы. Почему он рассказал нам о Кутшебе так много? Может, он хотел избавиться от него? После того, что этот человек натворил в Кельце, это уже не удивляет. Он убийца!

— Келецкое дело совсем не так очевидно, Франциишек. Я немного покопался в нём. Этот Буртовецкий был на самом деле ненастоящим Буртовецким. Я бы не удивился, если б оказалось, что Кутшеба действовал по поручению Корыцкого.

— Вот именно! Корыцкий нам вроде бы многое говорит, но вместе с тем многое и скрывает.

— Не только Корыцкий хорошо отзывается о Кутшебе.

— Это тоже меня беспокоит.

— Тебя, кажется, беспокоит всё, что связано с Кутшебой,— марсианин начал раздражаться.— Я впервые тебя таким вижу. Откуда эти опасения?

— Не знаю, господин,— усталый Чус потер виски. В отличие от своего господина, он нуждался в сне.— Меня мучает какое-то странное предчувствие...

— У марсиан нет предчувствий,— перебил его Новаковский, и Чус понял, что дискуссия закончена. Марсиане не видели снов, у них не было предчувствий, они не понимали смысла беллетристики, поэтому не доверяли интуиции, снам и романам. И ничто не могло убедить их в обратном.

Собственно, поэтому Чус доверял своей интуиции за двоих.

Он подъехал к магу Якубовского, который, как всегда, держался в стороне. Чародей ехал на невероятно красивом черном коне. У седла покачивалась клетка с абсолютно черным, как и конь, петухом, который наблюдал за меняющимся горизонтом безразличным взглядом. Птица понуро моргнула, увидев Чуса, но быстро перестала интересоваться его присутствием. Зачем маг тащил с собой этого петуха и почему всегда держал его при себе, вместо того чтобы бросить его на телегу с провиантом, Чус не знал. На самом деле он почти ничего не знал о маге, и это беспокоило его намного больше. Агенты марсианина как-то пропустили мимо ушей, что Якубовский нанял его.

— Так вы были на «Ягелло»? — поинтересовался он, чтобы как-то начать разговор.— Мне выпал случай восхититься вашей работой.

— Это было ни к чему,— буркнул маг, не глядя на Чуса.— Вам от меня что-то нужно или просто так поболтать захотелось? Если второе, то предупреждаю, что собеседник из меня никакой.

— А если первое?

— То я вам всё равно ничего не скажу. У меня контракт.

— А если мы его перебьем?

Маг и его птица одновременно посмотрели на Чуса. Во взгляде обоих особой приветливости не наблюдалось.

— Это невозможно. К тому же, разве вы не нарушаете мирный договор, пытаясь меня перекупить?

— Я лишь пытался оценить шансы на переговоры,— Чус усмехнулся, притворяясь, что не заметил неприязни собеседника.— Но я приму ваш отказ к сведению. Однако это не означает, что я воздержусь от того, чтобы поинтересоваться, что вас сюда привело.

— Так просто я от вас не отделаюсь, да? Тогда слушайте. Меня сюда привел контракт, а господина Якубовского — желание утереть нос вашему патрону. Если бы здесь не было марсианина, здесь не было бы и Якубовского. Вся эта экспедиция — это нонсенс, игра амбиций двух могущественных бизнесменов. Причем очень опасная игра.

— А Кутшеба? — рискнул Чус.— Что вы слышали о Кутшебе?

— Кто такой Кутшеба? — маг поднял бровь в притворном удивлении, и Чус почувствовал, что попал в цель. Однако больше он у мага ничего не спрашивал.

До вечера он пытался поговорить с другими людьми Якубовского, но не узнал больше ничего. Хуже того — кто-то, похоже, отдал приказ избавляться от него как можно быстрее, потому что каждый следующий его собеседник отвечал всё более неохотно или просто упрямо молчал, а один вообще стал угрожать ему.

Только ночью, когда он лег спать, нашелся тот, кто захотел с ним поговорить. Он подкрался, пользуясь темнотой, и, проявив здравомыслие, сперва закрыл ему рот ладонью. Чус дернулся, схватил руку нападавшего, но тот был слишком силен.

— П-перестаньте брыкаться! — прошипел он.— Тихо! Спокойно! Я п-пришел п-поговорить. Вы спрашивали о Кутшебе. Почему? Не здесь! Отойдем немного.

Они отползли от лагеря. Хотя Чус и был заинтригован, за таинственным информатором он следовал неохотно. Может, Якубовский приказал его убить? К тому же не стоило пересекать охранный круг, который маг нарисовал вокруг лагеря. Настроения не прибавило и то, что стража не заметила их ухода. Получается, так же просто любой мог проникнуть в лагерь и перерезать горло спящим?

— Кто вы? — спросил он, когда они остановились. Костер, горевший посреди лагеря, отсюда показался Чусу слишком маленьким. Сколько они ползли в полном молчании? Десять минут? Пятнадцать? Эх, стар он уже для таких приключений.

— К-кто я — это не ваше дело,— ответил тот шепотом.— Почему вы спрашивали о Кутшебе?

Тьма скрывала силуэт мужчины, а его лицо закрывал платок. Чус поставил себе мысленную галочку расспросить про заику.

— Он меня беспокоит,— Чус не соврал.— Я слишком мало о нём знаю.

— Х-хороший солдат. Но ходит всегда своей дорожкой. Г-господин Чус, ни вы, ни я не знаем всего, что тут происходит. Я не знаю, чего хочет Стах...

— Стах?

— Кутшеба. Я познакомился с ним, когда его звали Станислав.

— Ах, в Кельце! — Чус вспомнил, что во время службы у Буртовецкого Кутшеба скрывался под именем Станислава Бора.

— А в-всё-таки вы много знаете,— просипел незнакомец.— Может, слишком много?

— Тем более я могу быть полезен. Вы говорили, что мы не знаем всего. Что вы имели в виду?

— Скажу, когда согласитесь сотрудничать.

— Не зная с кем?

— Главное, что я знаю, кто вы. Согласны?

— Согласен.

— Тогда слушайте. Якубовский нанял меня, потому что боится Сташека. Он знает, что тот, кто убил Буртовецкого, поехал с вами. Я должен указать ему на этого человека.

— Указал?

— Ещё нет.

— Почему?

— Потому что я обязан Сташеку жизнью. А не предательством.

— Тогда почему «*ещё* нет»?

— Потому что Сташек, представьте себе, сам попросил меня, чтобы я сдал его Якубовскому.

Всё это нужно было обдумать. В правильный момент. Лучше всего на свежую, отдохнувшую голову, а значит, утром. Но Чус знал, что времени до утра у него нет.

— Чего вы от меня ждете?

— Прикрытия, если всё посыплется. Я не знаю, во что играет Якубовский, не знаю, во что играет Стах, и не знаю, во что играете вы. Я слишком приблизился к аду и не уверен, что кто-то спасет мою уродливую тупую башку, если все начнут стрелять друг в друга. А то, что рано или поздно начнут, мне подсказывает каждая клеточка моего тела. Ты близок к марсианину. Если вы выиграете, скажешь ему, что я помог.

— Это я могу вам гарантировать. Если выживу, конечно. Пожмем друг другу руки?

Не получив ответа, Чус понял, что говорил в пустоту. Его собеседник пропал, отполз совершенно беззвучно. Служащий выругался, ему ужасно не понравилось, что его оставили одного. Он потихоньку и очень осторожно пробрался в лагерь, всё время ожидая, что стражники заметят его и застрелят прежде, чем узнают. Когда наконец он добрался до своей подстилки, его била нервная дрожь.

Выходит, Якубовский был тут из-за Кутшебы, а не из-за марсианина? И кто, черт возьми, этот парень?

«Я точно стар для таких приключений»,— подумал он, прежде чем уснуть.

* * *

Июнь 1972 года по старому календарю,
пятьдесят седьмой год Предела,
двадцатый год Мира, Дикие Поля

Пока старец рассказывал о своей молодости, полной приключений, любви и разбойничьих дел, а таково было обычное вступление к основному повествованию, Кутшеба сел возле Грабинского, который обиделся на финна из-за его страсти к алкоголю и теперь держался от него подальше.

— Ты глянь, как рассказывает свои сказочки! — неприветливо пробурчал бывший железнодорожный инспектор.— Чувствуется практика. Интересно, скольких он еще разведет на хорошую водку?

— Яшек слушает как завороженный.

— Чтобы заворожить Яшека, достаточно показать ему кафельную плитку в туалете. Мы как-то разговаривали с ним о железной дороге, ты будешь в шоке: он рассказывал, что во время пересадок больше всего любил посещать вокзальные сортиры — именно потому, что восхищался плиткой и надписями на дверях.

— Я слышал, что есть маги, которые гадают на изразцах.

— Конечно. А еще поэты, слагающие целые эпопеи по надписям на дверях. Это значит, что на них стоит тратить время?

— На этого, который здесь, стоит. Я видел разных старцев в Диких Полях. Этот другой.

— Тут всё другое, Мирек. С тех пор, как я к тебе примкнул, меня не покидает ощущение, что я оказался в самом сердце сказки. Ты не живешь обычной жизнью, ты понимаешь это?

— Вот удивил!

— Не понимаешь. Тебе кажется, что сам факт, что тобой движет месть, является чем-то необычным. А я не об этом. Видишь ли... обычная жизнь — это вставать утром с уверенностью, что не случится ничего чрезвычайного. Что человек выпьет себе утреннюю рюмку водки, потом немного поскучает по дороге на работу — такой же, как всегда, потом выполнит свою работу, поболтает с теми же людьми, а за вечерней рюмкой водки забудет о прошедшем дне, как будто его и не было. С тобой всё по-другому. Не потому, что тобой руководит одержимость, а потому, что ты живешь как в сказке. Даешь себя нанять и уже через мгновение крадешь дирижабль, едва ли не дерешься с великаном, проводишь воздушный бой, приезжаешь в сказочный город. А как только покидаешь его, какой-то чародей на летающем волке крадет дочь твоего друга, и ты бросаешься в погоню и в первый же день встречаешь в степи того, кто выглядит как очередной полоумный маг. Мирек, такие вещи не происходят в нашем сумасшедшем мире. Я слушаю бредни этого деда, и эта его баллада ничем не отличается от твоей жизни. Я об этом говорю.

Старец как раз заканчивал свой рассказ о том, как бросил руководить бандой пиратов и посвятил себя изучению магии, чтобы научиться колдовать и влюбить в себя девушку, которая когда-то его отвергла.

К сожалению, получив эти знания, он понял, что и он, и его избранница уже постарели, поэтому он влюбил в себя старую, противную бабу. Сара и Крушигор рассмеялись, и даже на лице Шулера, который делал вид, что его ни капли не интересует рассказ, появилась улыбка. Только Яшек по-прежнему внимательно слушал и не видел в истории финна абсолютно ничего забавного.

— Думаешь, меня в конце ждет какая-то мораль? — Кутшеба издевательски улыбнулся, за что Грабинский одарил его взглядом исподлобья и что-то пробурчал.

— Разговоры с тобой, Мирек, это пустая трата времени. Вы, трезвые, не способны смотреть на мир с широкой перспективы, вот. Я зря язык напрягаю!

— Скажи прямо, в чем дело. Легче будет.

Грабинский, который только что осознал, что, по правде, он и сам не понимает, в чем дело, выкрутился, заявив, что в легендах мудрецы и провидцы никогда не высказываются прямо, по причине чего и Кутшеба поймет всё в свое время, то есть когда дорастет.

— А ты, провидец, как думаешь, Шулер прав? Его дочь действительно какая-то богиня богов?

— Я думаю, что им, как и нам, просто необходимо верить. В кого-то. Какой смысл имеет жизнь богов и демонов? Они живут по правилам, взятым из легенд. Время от времени кому-то помогают, кому-то мешают, но ни к чему не стремятся... Никто не может их спасти. А мы научили их верить в спасение. И не важно, кто на самом деле эта Ванда. Важно то, по кому они скучают.

— ...и вот Черномор крадет княжну и самых красивых девушек, чтобы на них жениться,— закончивал свой рассказ старец.— Потому что он ищет себе жену, и обязательно самую красивую. Ему не удалось еще ни одну удержать, потому что всегда приходил герой и спасал девушек.

— Я! Я! — невольно вырвалось у Яшека, но энтузиазм парня погас сразу же, когда из горла Шулера вырвалось рычание — такое же непроизвольное, но от этого не менее грозное.

— И вы таким героям помогаете, да? — спросил Кутшеба, пока не дошло до драки, так как Крушигор уже порывался защищать Яшека.— Вот так, по доброте душевной?

— На свою душу не жалуюсь,— ответил старец.— Она помнит, что у меня свои счеты с этим карликом. А из-за того, что свою любовь я загубил, теперь помогаю спасать чужие. Вы же пригласили меня к костру, накормили и напоили. Так что я вам отплачу. Во-первых, подскажу, что вся сила Черномора в его бороде. Если ее отрезать, он потеряет свое могущество. Во-вторых, я расскажу вам, где живет чародей.

— А что, не в тридевятом царстве? — прыснул от смеха Грабинский.

— По правде говоря, когда-то его дом был там. Но замок национализировали, когда на тех несчастных землях воцарилась Революция. Он сбежал на Дикие Поля, как многие до него и после него. Место жительства он поменял, но привычки — нет. Всего в трех днях пути отсюда в течение пяти дней выросла Одинокая гора. На ее вершине Черномор построил себе новый дворец. Если у вас есть карта, я покажу вам, где это.

— А вы не пойдете с нами? — забеспокоился Яшек.

— Я буду вам только мешать. Черномор почует меня и сбежит. Но не волнуйтесь, я буду опекать вас. По-своему.

* * *

Май 1968 года по старому календарю,
пятьдесят третий год Предела,
шестнадцатый год Мира, Вечная Революция

— Каждый справляется, как умеет,— охотно пояснял человек из Красной Стражи, выпив самогона с Кутшебой и Шулером.— Вы, товарищ, служите Красной Революции так, как никто другой не смог бы, но и я изо всех сил стараюсь. Только по-своему. Люди иногда знакомятся с рапортами о таких, как вы, о вашей службе, и у них аж сердце замирает. Вы, наверное, издалека прибыли, я раньше вас тут не видел.

— Я отслужил свое в Республике Наций,— пояснил Кутшеба.— Двенадцать лет с буржуями.

— Тяжкая это служба,— согласился стражник.— И как там?

— Скверно. Все, как рассказывает Партия,— надувательство, хаос, бедность.

— А я ни на миг не сомневался, что именно так. А сюда по какому делу приехали?

— Не ваше дело.

— Служба, понимаю. Но может, я мог бы вам пригодиться?

Такого человека Кутшеба встретить даже не надеялся. Каждый день, проведенный на землях Революции, убеждал его, что люди тут порабощены до такого уровня, какого человечество еще не знало. Даже мысль о бунте казалась здесь невозможной, ведь из людей высосали все эмоции, превратили их в бездумных, лишенных собственной воли рабов. Однако людской род смог выжить даже в таких условиях, жаль только, что в своем наихудшем виде. Самое мерзкое, по мнению Кутшебы, состояло в том, что единственные люди, которые еще обладали какой-то волей и свободой, были палачи и надзиратели за невольниками, но это его не удивляло. Но могла ли эта служивая вошь оказаться полезной? Мара предупреждала, что нужно остерегаться этого человека, он не был предан никому и наверняка замышлял что-то против Кутшебы, как и против начальства, мечтая об идеальном доносе, который позволил бы ему подняться наверх. Мысль, что только такие, как этот тип, могли бы откликнуться на призыв Ростова, огорчала его.

— Не все так уверенно и охотно идут на сотрудничество, как вы, товарищ,— наконец решился он.— Среди нас много товарищей, которые не так хорошо понимают идеи и потребности Революции.

— Контрреволюционеры! — сразу понял стражник.

— И да, и нет. Видите ли, контрреволюционеров легко поймать. Они готовы покуситься на матушку Революцию. Но есть и такие товарищи, которые носят в сердцах... не предательство, а сомнение. Они не такие плохие, их можно переучить. Они просто слабые.

— И таких вы ищете?

— Возможно.

— Я думаю, что мог бы вам прямо сейчас кое-кого показать,— отозвался стражник, подумав минуту.— Номер 1485, например. Он мог бы больше выкладываться на работе, если бы не его склонность к бесцельной задумчивости. А номер 2435 иногда уходит в свои фантазии. Так или иначе, но она выглядит мечтательной,— он вдруг начал говорить быстрей.— Знаете, товарищ, у нее становится такое глуповатое выражение лица, как будто ей что-то снится. Это значит, что... Но нет-нет, я не обвиняю её в мыслепреступлении, товарищ! Не думайте, что я знаю, что это за фантазии, я просто так говорю...

Он аж вспотел, а Кутшеба понял, что в этом мире уже то, что ты знаешь такие слова, может быть признано преступлением.

— Те, кто защищает Революцию, вынуждены иметь дело с контрреволюционной терминологией,— сказал он успокаивающе, хотя страх маленького человека был ему приятен.— Вам не о чем беспокоиться, товарищ.

Он думал, что успокаивал стражника, а на самом деле только пробудил в нём подозрительность. Настоящий комиссар не отпустил бы так просто того, кто понял, чем являются мечты. Разве что он уже уготовил ему исключительно незавидную участь. Кутшеба не понимал настоящий ход мыслей стражника, однако заметил вдруг появившееся в его взгляде недоверие. Кутшеба заверил его, что обратит внимание на номера 1485 и 2435, а также, что если он окажется достаточно выносливым и преданным, то может в будущем надеяться на повышение. Наконец, он оставил его и как можно быстрее двинулся по направлению к колхозу.

— Донес на нас, сукин сын,— догадался Шулер, когда всего через полчаса они увидели отряд, возглавляемый пятью комиссарами.— Мне сразу показалось, что я увидел какое-то предательство у него по судьбе. Но здесь даже нити судьбы странные.

— Комиссары — это, конечно, серьезно, но их всего двадцать человек. Справимся.

Они увели преследователей подальше от колхоза, чтобы подмога подошла не скоро. Шулер хотел устроить какую-нибудь западню, но Кутшеба отказался от этой идеи.

— Подарим им легенду,— сказал он, удивив мару своим тоном, полным гнева такой силы, какого она еще не слышала.— Благодаря которой они нас запомнят. Сегодня мы создадим кое-кого заново.

* * *

Июнь 1972 года по старому календарю,
пятьдесят седьмой год Предела,
двадцатый год Мифа, Дикие Поля

— Персонаж из сказки,— ныл Грабинский, начиная с завтрака, когда старец уже покинул их.— Мы идем за одним сказочным персонажем по подсказке другого персонажа. И это я еще могу понять,— он поднял руку, сдерживая протесты Яшека.— Мы живем в этом, а не в другом мире. Но, черт возьми, они же все ополоумели. Вроде бы адаптируются к действительности, меняются, а всё равно ведут свои сказочные войнушки. Какой в этом смысл?

— Стараются остаться теми, кем были,— ответила ему Сара.— Можешь покинуть деревню и спрятаться в городе или тебя могут вынудить бежать из дома, потому что его уничтожила Революция, тогда ты оставишь в себе то, что важнее всего. Даже если это сказка. У богов есть верующие, у демонов — жертвы. А у героев сказок — только они сами.

— А госпожа Ванда — самая прекрасная на свете,— добавил Яшек, прервав на миг свой разговор с соловьем.— Они пролетали здесь. Добрые птицы рассказали мне, что Черномор и чужой демон пролетали тут на Волке Ветролапе.

— Ну прекрасно! Еще и летающий волк! — простонал Грабинский.— А этот откуда?

— Был у нас такой на востоке.— Крушигор инстинктивно почесал свою лысую голову.— Когда-то он даже предлагал, чтобы мы вместе напали на один двор... Но Железный Марчин не согласился. Я потом слышал, что там все пошло не так, как он хотел, и ему пришлось удирать.

— Дикие Поля притягивают беглецов,— кивнул Кутшеба.— Полмира сюда приехало.

— Полмира и мы,— буркнул Грабинский.— Как будто мало тут причуд без нас.

— Вы сегодня в удивительно плохом настроении,— Саре, очевидно, надоели его жалобы.— Мы идем, потому что Яшек как последний дурак подписал договор. А вы везде лезете добровольцем. И на летающий корабль, и в эту погоню! Вы не с той ноги встали, или что? Что вы сегодня такой раздражительный?

— Мало выпил, похоже,— Грабинский инстинктивно потянулся к вьюку.— Вот и не отпускают меня плохие предчувствия.

Они уже видели Одинокую гору. Проехали мимо какого-то давно погибшего великана. Крушигор на миг задержался возле него, поражаясь его росту —

явно намного более внушительному, чем у большинства великанов, живущих в городах. Он что-то пробубнил насчет баллады, но мало кто хотел его слушать. Шулер подгонял всех, не интересуясь их желаниями и состоянием.

— Если поспешим, то можем быть там уже сегодня! — повторял он, с отчаянием глядя на Одинокую гору.— Кто знает, что она там переживает?

— Мы не поможем ей, если прибудем туда обессиленные, на заезженных лошадях,— неизменно напоминал ему Кутшеба.— Приедем завтра, перед наступлением сумерек. Это идеальное время.

— Надеюсь, ты окажешься прав, Мирек. Потому что если с ней что-то случится...

И так весь день. Грабинский ворчал, Шулер не находил себе места, даже остановка на привал была для него катастрофой, а Яшек, улыбаясь до ушей и будучи уверен, что наконец встал на путь исполнения своего предназначения, заговаривал с каждым встречным созданием.

— Милая мушка, та, которую я вызволил из паутины, хоть господин Шулер и говорил мне, что это пустая трата времени, а господин Грабинский, что это неэколо...

— Неэкологично,— подсказал Грабинский.

— Ну да. Так вот это оказалось очень экологично, потому что эта мушка раньше бывала при дворе Черномора, где с применением его магической силы пекутся пироги на свадьбу.

— Что?! — прорычал Шулер, разворачивая коня к Яшеку.— Что ты сказал?

— Видите ли, господин,— протянул Яшек, который был так взволнован выполнением предназначения своей жизни, что в этот единственный раз даже не испугался.— Нужно помогать жаворонкам — большим и маленьким, и тогда они отблагодарят. И если открыть пред ними сердце...

— Что она говорила о свадьбе?

— На послезавтра готовятся, господин бог. Ваша дочь в безопасности. Заперта в комнате. Мочка и Черномор спорят о ней, так как Мочка хочет какие-то эксперименты на ней ставить, а Черномор настаивает, что женится. И приказал спрятать госпожу Ванду. В комнатах сидит двенадцать разных девушек в белой фате, а Мочка обезумел и носится по замку, потому что не знает, какая настоящая.

— Эксперименты?! Голыми руками порву этого негодяя!

И снова нужно было сдерживать его, чтобы он так не спешил. Он ругался и обижался, но по необъяснимой причине все-таки прислушался к советам. Их связь с Кутшебой и обязанность подчиняться имели здесь кое-какое значение.

Только вечером следующего дня они остановились под Одинокой горой, на вершине которой высился замок Черномора, весь украшенный свадебными цветочными гирляндами.

— Наверное, и выпивку там порядочную приготовили,— вдруг осознал Грабинский, и его лицо просветлело впервые за два дня. Однако эта радость сейчас же угасла, едва Шулер повернул к нему голову.

— В таких ситуациях,— торжественным тоном произнес Яшек,— герой стоит перед негодяем и бросает ему вызов. Негодяй должен предложить ему пройти три испытания, очень трудные. Но герой...

— Негодяй велит отрезать герою голову и подать ее на блюде во время свадьбы,— перебил его Кутшеба.— Они не настолько безумны, чтобы слепо следовать сказкам.

Первым, кто с ним согласился, был Крушигор. И не успел еще Кутшеба выйти из состояния задумчивости, как великан предложил фронтальный штурм.

— Один глупее другого! — резюмировал Грабинский.

— Немножко не так.— Кутшеба подъехал ближе к великану.— Вы поедете к воротам. Ты обстреляешь их из своей пушки, Яшек забросает гранатами. Орите, что вы прибыли спасать девицу. Только никаких вызовов и испытаний!

— Хочешь, чтобы мы отвлекли внимание? — догадалась Сара.— То есть посылаешь нас на смерть!

— Грабинский пойдет с вами. Он, как единственный рассудительный человек из вас, даст сигнал к отступлению. Часа нам с Шулером хватит, чтобы забраться на эту гору. Через полтора часа вы атакуете. Вам не нужно штурмовать замок или проникать внутрь, только наделать шуму. Сара, ты сможешь нейтрализовать Мочку?

— Не знаю. Я пыталась познакомиться с ним, но я ему не нравилась, он не подпускал меня близко. Я расспрашивала господина Новаковского про его силы, но он тоже ревностно защищает свои тайны. Но я попробую.

— Я хочу с вами! — возмутился Яшек.

— Мы с Шулером пойдем сами. Вам оставим лошадей. Ты, Яшек, останешься с друзьями. Когда мы вернемся с Вандой, удирать будем все вместе. Если не вернемся до...— Кутшеба глянул на часы,— полуночи, бегите сами.

— Они отправят за вами погоню!

— Потом меня это будет мало волновать, Сара.

— Вы плохой человек! — она посмотрела ему в глаза.— Но я желаю вам удачи в этом деле.

Когда Шулер с Кутшебой исчезли в темноте, Сара прошептала молитву за них обоих. Прежде чем начинать диверсию, они пристроили лошадей. Яшек, расстроенный, что ему не разрешили пойти за девушкой, опустил голову и ни с кем не разговаривал, пока Крушигор не толкнул его локтем, едва не сбив с ног.— Наконец у нас будет настоящая работа! — великан улыбался до ушей, снимая с предохранителя карабин.— Будешь подавать мне патроны, брат! Не волнуйся! Ой, наконец-то хоть немного разомнемся! У меня уже кости болят от этой езды!

* * *

Май 1968 года по старому календарю,
пятьдесят третий год Предела,
шестнадцатый год Мира, Вечная Революция

— Ты воспринимаешь сражение как игру,— упрекала его мара, когда всё закончилось.— Вы оба. Глупые мужчины.

Они спрятали коней и вышли на дорогу, по которой мчалась погоня. Кутшеба, который использовал маузер 1965 года с магазином на восемь патронов, сумел застрелить двоих комиссаров и лошадей еще под тремя всадниками, прежде чем отряд подъехал к ним. Несколько человек стреляли на ходу, но промазывали из-за скорости. Шулеру даже не нужно было менять траектории их пуль.

Оставшиеся в живых комиссары моментально вскакивали на ноги. Шуршали черные крылья.

Шулер игнорировал демонов. Он кинулся к людям, мощными ударами выбивая всадников из седел. Он метался между ними, рыча от удовольствия, как во времена, когда он был еще диким разбойничьим богом. Удивленные и напуганные нападающие остановились. Они вслепую махали саблями, изредка раня друг друга.

Третьего комиссара Кутшеба застрелил из пистолета. Он всадил девять пуль в его перекошенную морду, прежде чем черный монстр, наконец, упал, дергаясь на земле и закрываясь обмякшими крыльями.

Демоны Революции хоть и носили при себе оружие, неохотно его использовали. Привыкшие командовать, а не сражаться, они полагались на зубы и когти. Два оставшихся комиссара напали на Кутшебу, стараясь загипнотизировать его своим змеиным шипением. Он рассекал их крылья саблей и издевался над тварями, насмехаясь над их неуклюжестью.

Когда всё закончилось, он упал на колени и засмеялся от облегчения, счастливый, что наконец нашел выход нараставшим в нем во время путешествия ненависти и разочарованию. Уцелевшие преследователи оборачивались на него с ужасом. Он так и был одет в плащ и фуражку из кожи демона, поэтому они принимали его за одного из комиссаров. Они не могли понять, то ли он взбунтовался против власти, то ли убил бунтовщиков, однако ожидали, что он накажет уцелевших — вне зависимости от того, на чьей был стороне.

Кутшеба их удивил.

— Номер 1009, товарищ стражник,— узнал он своего случайного знакомого среди мужчин, которых Шулер оставил в живых.

— Товарищ! — простонал стражник.— Я был вынужден, мне приказали!

— Вы донесли на меня,— когда Кутшеба наклонился над ним, стражник только сильнее сжался, ожидая удара.— Встаньте. Вы свободны. Все.

Они не верили. Уходили, оглядываясь и ожидая выстрелов в спину.

— А говоришь, это я заразился от Ростова,— Шулер недоверчиво покачал головой.— Думаешь, им позволят рассказать про этот бой? Расстреляют, и дело с концом.

— Но сначала допросят. И комиссары будут знать. Думаешь, они не разговаривают друг с другом? Не рассказывают всякие истории? А может, кто-то из этих окажется с мозгами и сбежит?

— Сказки демонов...— задумался Шулер.

Четыре года спустя, когда бог рассказал об этом Ванде, хранительнице богов, Кутшеба задумался, не он ли сам подсказал Шулеру эту безумную идею в тот самый день, когда они с таким облегчением убивали комиссаров, а мара устроила им взбучку, причины которой они тогда не поняли. Хотя Шулер, похоже, понял, потому и ушел.

ГЛАВА 4

Июнь 1972 года по старому календарю,
пятьдесят седьмой год Предела,
двадцатый год Мира, Дикие Поля, Одинокая гора

Мара подсказывала Кутшебе направление, когда они взбирались на крутой утес. К счастью, скалы заросли травой и кустами, чьи корни немного облегчали путь. Когда не было корней, они как можно глубже вбивали в землю ножи. У них не было с собой приспособлений для скалолазания — разве могло оно понадобиться на Диких Полях? Наверняка на складах «Батория» было полно самого разнообразного снаряжения, но весь тот инвентарь пропал вместе с дирижаблем.

Конечно, если бы он споткнулся, упал и покатился по склону, то мог бы рассчитывать на помощь Шулера — если бы бог заметил это в его нынешнем состоянии. Стиснув зубы, он взбирался на скалу следом за Кутшебой, поглощенный главным образом своим гневом и отчаянием.

Когда они наконец добрались до дворца, было почти десять часов вечера. Шулер подсадил Кутшебу, чтобы тот влез на высокую стену и проверил, нет ли стражи. Как только он сообщил, что опасности нет, бог одним прыжком одолел преграду.

— Тут могла быть магическая защита,— пробурчал Кутшеба уже по ту сторону стены.— Не слишком ли ты спешишь?

Шулер не ответил. Он крался ко дворцу Черномора и оставался глух к голосу разума. Кутшеба покачал головой. Как будто они поменялись местами, и теперь он был в роли рассудительного и расчетливого бога. Что было не очень для него характерно.

Он пошел за Шулером, внимательно осматриваясь по сторонам. А посмотреть было на что — даже в мире, полном чудес, ничего подобного он еще не видел. Чародей построил дворец, разные части которого копировали всевозможные архитектурные стили. Хотя, тоскуя по родине, он и пытался придать сооружению истинно русский характер, увенчав куполами той формы, которая характерна только для православия. Вместе с тем было понятно, что он восторгался и успехами революции, так как эти купола вырастали из мрачного бетонного бункера, окруженного еще одной стеной с зубцами и башенками, как в средневековом замке. Всё это было украшено рисунками и надписями, прославляющими величие Черномора, и сомнительной красоты декором из костей и шкур поверженных им врагов.

Купола башен сверкали золотом, окна поблескивали разноцветными витражами. Дорога, ведущая к воротам дворца, была выложена жемчужной массой и украшена кольями, на которых были насажены тела комиссаров и красноармейцев. Всё это, по мнению Кутшебы, было плодом фантазии сумасшедшего, незрелого ума. Как будто жестокий ребенок получил абсолютную власть и, не видя разницы между сном и явью, людьми и игрушками, исполнял каждый свой каприз.

Кутшеба ускорился, чтобы догнать Шулера и удержать его от штурма дворца.

— Подожди! Пусть наши поднимут шум. Они вот-вот должны начать!

Однако не прозвучало ни одного выстрела, ничто не отвлекло внимание стражников. Остальная часть группы либо отказалась от штурма, либо исчезла.

***

Май 1971 года по старому календарю,
пятьдесят шестой год Предела,
девятнадцатый год Мира, Краков

— Как в воду канул.— Корыцкий сам не знал, что его раздражает больше: тот факт, что его люди подвели его, или безэмоциональное выражение лица этого засранца, который сидел по другую сторону стола.— Я проверяю по твоей просьбе людей из этого списка, Мирек. И про двоих не могу узнать вообще ничего. Трое мертвы. Двое растворились в воздухе. А еще один...— он замолчал, боясь произнести фамилию человека, судьба которого была ему известна.

Он знал, что человек напротив, с которым он работал так долго, что их связал определенный вид близости — больше, чем профессиональной,— это не знающий мук совести убийца, одержимый идеей убить тех шестерых. У этих шестерых на руках было много крови — возможно, больше, чем на его и Кутшебы руках. Однако он знал, что в этом случае не может развязать руки мстителю.

— Этого последнего ты не сможешь достать. Я, собственно, тоже.

— Ты убивал... организовывал убийство больших шишек.

— Но не таких. А даже если и таких, то это были чужие люди. И если я мог до них дотянуться, это означало, что они уже сдулись, проиграли, даже если сами об этом еще не знали. Убийство человека такого ранга, когда он находится на вершине успеха, невозможно. Ты разверзнешь здесь ад.

— Что-то слишком настойчиво ты меня отговариваешь.

«Потому что, если ты пойдешь на это, мы уже не будем по одну сторону, баран!» — хотел сказать Корыцкий. Может, формально он и не подчинялся Якубовскому, но в краковских службах на самом деле не было людей, которые тем или иным образом не работали бы на Галицийские железные дороги. Даже внешняя независимость от генерала мало что меняла.

— Так или иначе, я служу этому городу,— пояснил он, надеясь, что этого будет достаточно.— На данный момент этот парень — существенная часть этого города. Понимаешь? Это не какой-то там выскочка. Это тип, который тут всем заправляет, а что хуже — его цели совпадают с целями людей, на которых я работаю.

Корыцкий добился только того, что Мирослав разозлился. Хотя выражение его лица ничуть не изменилось, глаза теперь блестели такой яростью, что Серый, охраняющий Корыцкого, отвлекся от поглощения супа, который получился в результате слива-ния остатков всех приготовленных за неделю супов, и потянулся за палкой, что всегда была у него под рукой.

— Они убили больше тысячи людей,— напомнил Кутшеба голосом, в котором слышалась едва сдерживаемая ярость.— Даже если они умерли уже не на твоей территории.

Поезд, который из-за них сошел с рельс в центре круга из свиной крови; Велицкая торговая площадь, причинам разрушения которой никто не уделил достаточно внимания якобы потому, что там исполнилось давнее пророчество; и наконец, сгоревший приют вдали от Кракова, на краю деревни, лежащей за границами территории Корыцкого. После каждой из этих трех катастроф власть Якубовского только росла. А Корыцкому запретили заниматься этим делом.

— С тех пор он поумнел,— ответил он Кутшебе, в отличие от которого еще владел своим голосом, хоть и чувствовал нарастающую злость.

Почему монстр из социальных верхов должен избежать участи, которая постигла таких же монстров из низов? Ответ был прост: потому что таковы вечные законы этого мира. Так было до Предела, во время него и будет всегда. А он слишком долго жил в тени большой политики, чтобы тратить нервы на дела, с которыми не в состоянии справиться. Он хорошо знал свое место.

— Не только мы напали на его след. Кое-кто поговорил с ним и объяснил, что такие аварии не должны происходить вблизи Кракова или Львова.

— Этого достаточно?

Этого было бы достаточно, если бы не дети. Подлец сжег их живьем, чтобы накормить ужасное божество их болью.

— Скажу так, Мирек, я не смогу помочь тебе добраться до него. Найди способ его выманить. Как можно дальше отсюда. Так, чтобы я был не способен тебе помешать.

— Это всё, на что я могу рассчитывать?

— Я тебя не выдал, но они уже знают, что на них кто-то охотится, и дергают за нужные ниточки. Для нас обоих будет лучше, если какое-то время мы не будем видеться. На прощание скажу тебе только одно: у каждого есть враги, даже у самого могущественного человека в мире. Найди его врагов, Мирек, потому что сам ты не справишься. Ты для него никто, и я для него никто, и оба мы вместе взятые — тоже никто. Найди кого-то равного ему — может, тогда у тебя и получится.

— Посоветуешь кого-то? — спросил Кутшеба, вставая.

— Я? Я не знаю таких влиятельных людей. Но я бы на твоем месте обратил внимание на краковского марсианина. Я где-то читал, что Якубовский когда-то выжил его из Городского совета.

Кутшеба кивнул.

И ушел.

Не прощаясь.

— И пожалуйста, если снова захочешь оставить за собой гору трупов, сделай это настолько далеко, чтобы я ее не увидел! — прокричал ему вслед Корыцкий.

* * *

Июнь 1972 года по старому календарю,
пятьдесят седьмой год Предела,
двадцатый год Мира, Дикие Поля, Одинокая гора

Одиннадцать тел в белых платьях, с закрытыми фатой лицами, окружало стол, превращенный в алтарь, на котором лежала распростертая двенадцатая невеста. Ладони убитых девушек были прибиты к белой столешнице, а тела разложены словно лучи, расходящиеся от стола. В этом круге всё еще зияла дыра — место для последней жертвы.

Черномор ругался, вопил, но толком ничего не мог сказать. Привязанный к стулу, лишенный бороды, он был бессилен. Все его слуги теперь слушались нового господина, чародея, который оказался сильнее Черномора.

Мочка кружил вокруг стола верхом на огромном волке со светло-золотыми глазами.

Он рассказывал зверю о своем видении, о могуществе технологий, соединенных с магией. Проклинал своих спутников, предавших его тогда, испугавшись силы Вековечной Пущи и беспечно бросив «Баторий». Кутшеба не обращал на него внимания.

Он был занят привязанными рядом с Черномором Крушигором, Сарой и Яшеком. Грабинского среди них не было. Погиб? При этой мысли Мирослав почувствовал тень сожаления. Кем для него был этот старый железнодорожный служащий? Лишь напоминанием о тех временах, когда он из сравнительно счастливого человека превращался в мстителя, лишенного иллюзий. Грабинский — это последнее звено, связывавшее его с прошлой жизнью, последний человек, который знал и помнил его другим. Если он умер, может, это и к лучшему. Особенно, если он умер сражаясь. Наверное, лучше так, чем из-за водки.

Но как это могло произойти?

— Яшек...— Шулер подкинул идею.— Яшек мог выкинуть какой-нибудь финт.

Они следили за происходящим, прячась на террасе. Черномор снабдил свой дворец таким количеством террас, балконов с фикусами и внешними винтовыми лестницами, что, все вместе взятые, они создавали отдельный мир. Судя по отходам, жили там главным образом птицы. Часть из них, в основном всякая мелюзга, вместо того чтобы спать, как положено дневным птицам, собралась сейчас вокруг бального зала, который Мочка превратил в нечто напоминающее святилище. Они тихо щебетали, как будто старались переговариваться на своем птичьем подобии шепота. Некоторые бросали многозначительные взгляды на Кутшебу, но ни он, ни Шулер не понимали птичьего языка. Все внимательно следили за событиями в зале.

— Надо что-то делать,— настаивал бог, и мара с ним соглашалась.

Надо. Но что? Нахрапом ворвавшись внутрь, они могли в лучшем случае просто погибнуть. Даже сил Шулера не хватило бы на всех солдат Мочки. А ему сейчас служили и большие исступленные медведи, и дикие псы, и ожившие скелеты, и мертвецы. А также люди, казаки из проклятой сотни, одетые во всё черное, вооруженные саблями, украшенными человеческими костями. Все они собрались в импровизированном святилище.

— Мне кажется, он не собирается ее убивать,— Мирослав попытался успокоить Шулера.

— Разумеется, нет,— Бог буквально затрясся.— Он знает, кто она. Он хочет запятнать ее человеческой жертвой. Ему это почти удалось. Не хватает только еще одной! Убьет еще одну девушку, закончит ритуал, и моя Ванда...

«Еще одну девушку»,— повторил Кутшеба мысленно. Он лихорадочно думал. Какое это имеет значение? Много ли осталось сейчас в Ванде от той радостной госпожи, которую двое хранителей соорудили из разбитой психики ребенка и частичек божественных душ? У нее на глазах убито одиннадцать девушек, даже одной было бы достаточно. Но мог ли бог это понять? Шулеру, очевидно, казалось, что мир — это прежде всего магия и ритуалы, что всё можно заколдовать и расколдовать, а психика — это лишь еще одно заклятие. Был ли он прав? Может, он снова вылечит Ванду магией, если Мочка не закончит свой ритуал? В конце концов, может, у них нет этой двенадцатой девушки? Черномор собрал вокруг Ванды только одиннадцать девушек, чтобы спрятать ее от Мочки. Откуда он возьмет двенадцатую? Или у этого проклятого мага были тут какие-то служанки? Но какая же жертва из служанки?

Что за глупые мысли? Как будто они должны были спасти эту девушку. Ворваться туда, стреляя вслепую?

Мочку Кутшеба еще мог бы убить. Прежде чем они отправились в путь, он вытряс из Новаковского имена демонов, которые населяли одержимого. Во время путешествия он терпеливо царапал эти имена на серебряных пулях, и сейчас в его распоряжении было два магазина пуль, убийственных для всех демонов, населявших тело и душу бывшего капитана «Батория». Но что произойдет после того хаоса, который вызовет смерть Мочки? Останется еще его армия. Как ее одолеть?

Времени на рассуждения у Мирослава уже не оставалось, потому что Мочка решил проблему отсутствующей жертвы. Он крикнул своим людям, и они потянули к алтарю Сару. Связанная, с кляпом во рту, цыганка не могла защищаться. Даже если она и бормотала под кляпом какие-то заклятия, все ее усилия были тщетны. Крушигор яростно дергался, но не мог разорвать узы. Яшек плакал.

Мочка, триумфально улыбаясь, подъехал к Саре на волке, намереваясь прибить ее руки к столу, а потом перерезать ей горло.

* * *

Июнь 1972 года по старому календарю,
пятьдесят седьмой год Предела,
двадцатый год Мира, Дикие Поля

— Я бы сам перерезал горло этому петуху,— размечтался Чус.— Эта зараза постоянно на меня пялится, как будто хочет что-то мне сделать.

Они сидели возле костра, доедая ужин из запасов, унесенных из Пристани Царьград. Даже Новаковский решил попробовать запеченного кабана, после того как Чус похвалил его вкус.

— Это странная птица,— согласился марсианин.— Умнее, чем кажется на первый взгляд. Может, чародей заколдовал в ней свою смерть? Или душу?

Русские, как всегда, выставили караул, а Якубовский, как всегда, не обратил на это внимания и выставил собственный. Напряжение между союзниками нарастало с каждым днем путешествия. Оно не нравилось и Чусу. Он почти мечтал, чтобы они, наконец, встретили врага. Это помогло бы им забыть о распрях внутри отряда.

— Эти запасы с космического корабля на самом деле настолько важны, чтобы вот так тащиться за ними? — расспрашивал он марсианина.— Одно дело путешествовать на дирижабле, это я понимаю, тогда у нас было преимущество, но сейчас?!

— Груз, который украли красные, самый важный на свете,— постоянно повторял Новаковский.— Но это не всё.

Конечно, нет. Тайный союзник Чуса был прав, говоря, что двое великих мужчин охвачены борьбой и не только не уступят, но еще и будут толкать друг друга на разные безумия. Он считал, что в случае конфликта русские встанут на сторону марсианина, а не поляков. Но могла ли эта мысль утешить Чуса? А может, они не встанут ни на чью сторону, только подождут, пока они поубивают друг друга, а потом добьют раненых?

— Это не всё, господин,— добавил Чус.— Есть еще этот Кутшеба. И Мочка. Как будто у нас и без них мало врагов.

— Кутшеба нам не враг, Францишек. Думаю, в борьбе против Якубовского это наш союзник. Что бы ни связывало этих двоих, это нам на руку.

«В этом и была самая большая проблема, когда речь заходила о марсианине»,— вздохнул Чус, однако оставил этот вывод при себе. Новаковский во всём видел для себя шанс, некое преимущество, и никогда не видел риски. Путешествовать вглубь Диких Полей, чтобы затащить туда противника и, возможно, вступить в бой с его воздушным флотом? Прекрасная возможность! Нанять того таинственного убийцу, который реализует тут свои собственные цели? Какой невероятный потенциал у этого решения! И так без конца. Всё, что заставило бы здравомыслящего человека отказаться, только распаляло воображение марсианина. Несмотря на поражение в войне с людьми, он так и не научился понимать, что не всё, что встречается на пути, это шанс, которым надо воспользоваться.

— По твоим вздохам я понимаю, что ты со мной не согласен.

— Я боюсь, мой господин, что мы упустили инициативу.

— Не упустили, Францишек. Просто сейчас мы оперируем большим количеством переменных. Поверь мне, все до сих пор происходит согласно моей воле. Становится даже интересней, потому что теперь мне приходится действовать осторожнее, изворотливее... Какой невероятный опыт! О, приветствую вас, господин майор, возле нашего костра. Приглашаю на ужин.

— Спасибо, к сожалению, я не могу принять приглашение. Служба,— Таланин подошел и чопорно поклонился.— Извините, господа, что я мешаю вашей трапезе, однако я получил не очень хорошие новости. Мы потеряли след. Отряд красных, который увез ваши марсианские сокровища, как будто растаял в воздухе.

— Это проблема — найти их? — удивился марсианин.

— К сожалению, мы покинули земли графа Ростова, где даже растения были на нашей стороне. Дикие Поля куда менее благосклонны к нам, мы можем рассчитывать только на себя и нашу разведку. Господин Якубовский обязался вызвать дирижабль, возможно, им удастся заметить красных с высоты. Однако я хотел бы попросить, чтобы вы и ваши люди не теряли бдительности. Исчезновение красных может означать, что они готовят для нас западню.

— Я немедленно отдам соответствующие распоряжения. Францишек?

— Сейчас же, мой господин.

Когда Чус вернулся к костру, то неожиданно застал там Якубовского. Сенатор прибыл в обществе своего мага. Чародей кивнул слуге, однако, когда Чус сел возле него, немного отодвинулся.

— ...Не стоит быть врагами или даже противниками,— говорил Якубовский.— Дорогой господин Новаковский, соревнование не означает вражды. Задумайтесь, сколько бы мы могли сделать вместе. К примеру, вместо одного, сейчас у нас было бы целых три дирижабля!

— Вы во многом правы. Но не высказывается ли ваша фракция резко против марсиан, как вы нас называете?

— Не против вас, а против того, чтобы вы контролировали развитие наших технологий. Это не делает нас врагами. Пожалуйста, подумайте об этом. У нас с вами есть реальные общие враги.

* * *

Июнь 1972 года по старому календарю,
пятьдесят седьмой год Предела,
двадцатый год Мира,
Дикие Поля, склон Одинокой горы

— Хороши друзья! — ругался Грабинский, тащась к освещенному дворцу.— Союзники называется! Сукины дети!

Он потирал болевшую голову. Видимо, Крушигор слегка — как ему казалось — приложил его, но у Грабинского до сих пор гудело в голове. Что за идиоты? Он остановился, чтобы сделать глоток из бутылки, которая, к счастью, осталась при нем, как и лошади и остальные запасы. Ну ладно, Яшек оказался кретином, у которого совсем мозги отказали. Они только подошли на расстояние броска к воротам дворца, как этот сопляк начал болтать о предназначении и силе легенды. Грабинского сразу охватили плохие предчувствия. Он понял, что уследить за этим хулиганом будет трудно. Сколько бы Яшеку ни было лет, большую часть своей жизни он прожил в убеждении, что придет такой момент, когда он станет у врат дворца, в котором злой чернокнижник пленил прекрасную девушку. Трудно было ожидать, чтобы в такой ситуации он стал слушать Кутшебу или Грабинского.

Под дворцом он неизвестно откуда выудил сову, размером не больше кулака, и о чем-то с ней по-совиному начал говорить. И чем дольше они говорили, тем худшие предчувствия охватывали Грабинского. Поэтому он совсем не удивился, когда Яшек отпустил птицу и сразу же заявил, что стратегии стратегиями, но он идет освобождать Ванду, потому что нет такой стратегии, которая могла бы сравниться с силой предназначения. В конце концов, у него тоже есть свои козыри в рукаве — и это заявление только еще больше напугало Грабинского, усилив худшие его предчувствия.

Тем не менее Яшека Грабинский еще был в состоянии понять. Равно как и Крушигора.

— Я с тобой, Яшечек! — прокричал великан, поднимая руки.— Вот таким, брат, ты мне нравишься! Отважный! Настоящий!

— И тупой,— подсказал Грабинский. И понимая, что эти два идиота сейчас отправятся выполнять самоубийственную миссию, а хуже того, обрекут на гибель остальных, он добавил: — Сара, объясни этим кретинам, что это не сказки!

Собственно, поступок Сары удивил его больше всего. Он считал девушку рассудительной. Он, конечно, заметил, что она едва скрывала свои чувства к великану, которого сама же и прокляла, что выглядело совсем как история из дешевых романчиков. Тем не менее она производила впечатление чародейки, которая твердо стоит на ногах. А тут такое! Когда Крушигор нервно косился на Грабинского, не понимая, как ему поступить, а Яшек выглядел как обиженный ребенок, то именно Сара набросила на руки бывшего железнодорожного инспектора магическую сеть.

— Простите, господин старший,— сказала она.— Но я знаю, что вы очень быстро достаете оружие и что верны тому *муло*. Поэтому я не знаю, что может стрельнуть вам в голову.

— Сара...— простонал он.— И ты против меня? Да что там я? Против здравого смысла! Ты же знаешь, что вы погибнете! План Мирека дает хоть какието шансы на успех!

— Вы, городские люди, мало что знаете и мало что понимаете,— цыганка весело улыбнулась.— Вам кажется, что старые времена еще не совсем ушли в прошлое. Но всё не так плохо. Поэтому ты останешься здесь, господин старший. А мы освободим Ванду. Потому что если ее спасение мы доверим плохому человеку и его духам, то Яшек останется с носом. А это его убьет, господин старший. Медленно и жестоко убьет.

— Эффективнее, чем пуля в лоб? Или нож в сердце? Сара, Сара, это не сказка! Вы позволили магии этого места обмануть вас, но это не сказка!

— Утихомирь его, Крушигорушка, только нежно,— сказала чародейка.— Я не могу постоянно сдерживать его магией, мне понадобятся все силы. Вы извините, господин старший,— она погладила Грабинского по щеке, и это было последнее, что он помнил.

Проклятая баба, неужели нельзя было усыпить его каким-то зельем?

Сейчас они все уже, наверное, мертвы. И чародейка, и великан, и Яшек. И, возможно, даже Кутшеба с Шулером, хоть эти как раз казались почти неуязвимыми. Все мертвы.

Но он всё равно шел. Наверное, только для того, чтобы настучать великану по голове, если тот еще жив или, по крайней мере, связан. Ну не для того же, в конце концов, чтобы их спасти или отомстить за них? В одиночку? Ну тогда ему нужно быть либо трезвым, либо еще тупее, чем они.

С собственной глупостью он бороться не умел, но знал, чем вылечить трезвость. Он сделал еще один глоток из бутылки. Лекарство не подействовало — Грабинский шел дальше.

А что ему, в конце концов, было делать одному на Диких Полях?

Когда он дошел до стены, бутылка была пуста. Грабинский с грустью смотрел на опустевший сосуд и думал, что говорит о нем тот факт, что ему понадобилось всего несколько десятков шагов, чтобы выпить столько чертова молока. Потом он бросил не очень вдохновленный взгляд на приоткрытые ворота.

— Как будто ждут меня! — пробурчал он.— Ловушка. Либо подумали, что уже некого бояться, потому что их атаковали законченные идиоты. И один здравомыслящий, но пьяный.

Он достал один из револьверов. Положил палец на курок и осторожно заглянул за створку. Никого не было. Они так пренебрегают опасностью или считают, что поймали уже всех врагов и погнали их на казнь или на свадьбу? А может, и туда, и туда одновременно, потому что кто его знает, как чародей любит забавляться на свадьбах?

Он почти рычал, когда неожиданно на его плечо села сова. Пискнула, как ему показалось, подбадривающе.

— Дорогая, это разрекламированное вранье, что пьяные говорят на всех языках. Я ни фига не понял!

Тогда птица закивала головой, указывая наверх. Грабинский посмотрел в том направлении и заметил тучу птиц, которая собиралась вокруг дворца. Они поднимались темными тучами над крышей, обсели многочисленные террасы и балконы.

— Ты говоришь, что еще не всё потеряно, малыш? — улыбнулся Грабинский.

Он пожалел, что не взял с собой вторую бутылку. Эти несколько глотков из фляжки в кармане куртки — вообще ничего. Да и несколько капель во второй фляжке и какой-то грамм из манерки на поясе тоже большой роли не сыграли.

— Так что, идем? — спросил он у совы, доставая второй револьвер.

Птица охотно закивала головой и искривила клюв. Грабинский мог поклясться — в улыбке.

ГЛАВА 5

Июнь 1972 года по старому календарю,
пятьдесят седьмой год Предела,
двадцатый год Мира,
Дикие Поля, Одинокая гора, Дворец Черномора

Кутшебу не очень-то радовала идея следовать птичьим советам. Но что им оставалось, если на плече у него сидел переводчик, представляющий всю эту неестественно тихую банду. Они совсем недавно убегали от одной птичьей армии, а теперь должны были полагаться на другую?

— Пора! — повторил человеческим голосом ворон, который секунду назад сел ему на плечо, бросил на него грозный косой взгляд и, прежде чем мужчина успел согнать его, прохрипел, что они, честные птицы Диких Полей, помнят о своих обязательствах перед теми, кто когда-то им помог. И что они лучше падут в бою, чем откажутся от своего обещания Яшеку.— Пора!

Птица могла быть одержимым идеалистом, готовым отдать жизнь за ребенка, который давным-давно по доброте душевной бросил крошку какому-то воробушку, но она была права. Действительно было пора.

Кутшеба опорожнил магазин, разбивая оконные стекла, похожие на хрусталь, благодаря чему туча птиц смогла ворваться внутрь. После них в зал вбежали Мирослав с Шулером. Бог не терял времени — он рванулся к алтарю, отбрасывая стражников, склонился над Вандой, погладил ее по голове и продолжал шептать что-то ей на ухо, пока она не ответила коротким кивком. Так они и замерли, обнявшись, как будто вокруг них не разгорался бой.

А мертвецы уже бежали к ним. Птицы безжалостно растерзывали каждое создание, которое имело на себе хотя бы частичку открытой плоти. С упырями и скелетами было чуть хуже. Что еще хуже, Мочка очнулся от удивления и атаковал крылатых нападающих, используя весь свой арсенал. Кутшеба, устремившись к одержимому, толкнул какого-то волкодлака, застрелил троих казаков, после чего поменял магазин на другой, наполненный пулями с именами демонов, населяющих Мочку. Он выстрелил одержимому в голову.

Мочка завыл, упал на колени и повернулся к Кутшебе.

— Это вы? — прошептал он с удивлением.— Именно вы?.. Я думал...

Кутшеба всадил ему в лоб вторую пулю, и вторая плененная душа погибла в белой вспышке. За ней третья и четвертая. Мочка сжимался, плакал и умолял Кутшебу прекратить.

Какой-то мертвяк кинулся на Мирослава и упал, подстреленный.

— Мирек, мать твою, заканчивай церемониться! — закричал из-за спины Грабинский, который как раз в этот момент перешагнул порог зала.

Стреляя почти без перерыва, потому что он перезаряжал барабаны с невероятной скоростью, он пробивался к узникам. Казалось, он даже не целился, однако каждый из его выстрелов разрывал черепа живых и мертвых. Он прервал огонь только на секунду, чтобы освободить связанных, не забыв хорошенько пнуть Крушигора, прежде чем помочь ему.

Черномор смотрел на него умоляюще. Грабинский размозжил голову и ему.

Освобожденный Яшек кинулся к Ванде. Птицы закрывали его собственными телами, но он даже не замечал, как они погибали, принимая направленные на него удары. Он встал напротив Шулера, который все так же игнорировал сражение. Бог прижимал к себе Ванду — молчаливую, растерянную. Когда-то такая полная жизни, сейчас она смотрела на своего приемного отца глазами, в которых не было ничего, кроме пустоты и сожаления.

— Я её разбужу! — закричал Яшек, и какое-то мгновение казалось, что Шулер сейчас убьет его.

Кутшеба перезарядил магазин, чтобы убить последних духов в Мочке, когда того внезапно подхватил Волк Ветролап и они вылетели в окно. Кутшеба выстрелил им вслед и мог поклясться, что попал, но волк даже не замедлился.

— Убираемся отсюда! — крикнул он остальным.— У нас есть то, за чем мы пришли. Уходим!

Казалось, его никто не услышал.

Крушигор швырял врагов об стены, бросал их на землю и топтал, злобно рыча. Сара защищала его со спины, метая проклятия налево и направо. Грабинский с дьявольской улыбкой оперся спиной на одну из причудливых колонн и, не переставая стрелять, переговаривался с небольшой птицей, сидящей у него на плече. Другие птицы тучами пикировали на людей и тварей, лишенных главаря, но всё еще отчаянно сражающихся.

А посреди всего этого стоял Шулер, держа в объятиях Ванду и молча глядя на Яшека, который умолял позволить ему помочь.

Наконец, бог наклонился над парнем.

— Будь что будет,— сказал он.— Делай свое, дитя.

Тогда Яшек, не обращая внимания на невольное рычание бога, поцеловал Ванду.

Он целовал девушку неумело, как ребенок, которому только-только перестал казаться отвратительным и недостойным мужчины обмен поцелуями с девчонкой. Красный от волнения и того теплого смущения, которое всегда сопровождает первые поцелуи, он казался самым обычным неуклюжим, испуганным и неуверенным мальчиком. Невозможно было рассмотреть никакой магии в этом поцелуе, даже если парня и девушку окружал торнадо из крови и смерти, от которого содрогались стены дворца, и над двумя молодыми людьми нависал бог, который не знает, теряет ли он надежду или, наоборот, обретает ее в этот единственный миг.

И несмотря на то, что чародейка и великан улыбнулись в один и тот же момент, хоть и не могли видеть Ванду и Яшека, несмотря на то, что мара в Кутшебе вздохнула не как демон мести, а как девчонка-подросток, поцелуй Яшека был обычным неуклюжим поцелуем, который годы спустя вспоминаешь со стыдом. Точнее, был бы таким, если бы Ванда вдруг не задрожала и не открыла широко глаза.

— Ох, Яшек,— прошептала она, и от этих слов задрожал уже Шулер. Он послал парню взгляд, который точно поверг бы его в оцепенение, если бы Яшек мог сейчас видеть что-нибудь, кроме Ванды.

Молодые люди смотрели друг другу в глаза, как будто впервые увиделись, и время замерло вокруг них. Пока идиллию не прервал Кутшеба, дернув парня за плечо.

— Уходим, идиот! Птицы улетают, и у врага преимущество!

— Не бойтесь, господин,— прошептал Яшек.— У меня еще есть туз в рука...

Он не закончил, потому что Крушигор, который в этот раз прислушался к голосу разума, уже закинул его на спину и понес к разбитому окну.

Они бежали по внешней лестнице, перескакивая с балкона на балкон как сумасшедшие, как будто не верили в безжалостное земное притяжение. Однако у них получилось. Возможно, Шулер уже очнулся настолько, что помогал им, отводя неудачи судьбы. Птицы покидали их. Ворон сделал круг над головой Кутшебы, зловеще каркая, и улетел вместе с остальными. В конце концов с ними осталась только маленькая сова, которая не пойми почему облюбовала плечо Грабинского.

Всю дорогу Ванда и Яшек звали друг друга, хотя одного нес великан, вторую — бог. Крушигор радостно улыбался, слушая их, а вот Шулер, как и все отцы, грозно хмурил брови. Но не говорил ни слова.

Когда они добежали до ворот, из дворца в погоню за ними рванула стая жадных до крови тварей, которые перегруппировали силы.

— Быстрее! К лошадям! — кричал Кутшеба.

Они словно сумасшедшие сбежали по склону. Светало. Первые лучи солнца поднимались по Одинокой горе, а когда достигли убегающих, то вдруг заиграли на каком-то блестящем предмете, который Яшек сумел вытащить из кармана.

— Не бойтесь! — закричал он.— У меня еще есть козырь!

Кутшеба узнал этот предмет и развернулся на месте, чуть не упав, только бы успеть вырвать из рук парня зеркало, прежде чем тот выбросит его.

— Стой, дурак! — закричал он отчаянно.

Поздно.

* * *

Июнь 1972 года по старому календарю,
пятьдесят седьмой год Предела,
двадцатый год Мифа, Дикие Поля

Они опоздали. И Евгений слишком поздно понял, что на самом деле происходило, и Таланин признался в предательстве, когда ему приставили дуло пистолета к виску. Он отвернулся, чтобы не видеть смертельную вспышку от выстрела.

Чус тоже сложил все части головоломки в тот момент, когда было уже поздно.

В тот день они ехали не спеша, потому что не были до конца уверены, в каком направлении им двигаться. Встали, правда, на рассвете, как только запел черный петух чародея, но разбирали лагерь медленно, ожидая возвращения разведки, которую выслал еще ночью Таланин. Они спокойно съели завтрак, запили его кофе, а некоторые даже закурили сигареты и сигары. Когда наконец вернулся посланный на разведку сержант Цумерев, он доложил: по-прежнему ничего, они словно под землю провалились. Да, в двух часах пути от лагеря они нашли какие-то трупы, но другие, какого-то отряда, что направлялся на восток. Таланин созвал совет. Якубовский настаивал на том, чтобы отдалиться от таинственной кавалерии, а марсианин предлагал отправить группу, способную следить за ними.

В разгар накаляющегося с каждым словом спора прибыл наконец дирижабль, поэтому Якубовский напыжился, как будто воздушное судно должно было послужить аргументом в пользу его предложения. Но он сразу нахмурился, когда Новаковский предложил отправить этот дирижабль следить за тайной кавалерией, главным образом для того, чтобы отвлекать их внимание. Таланин согласился с этим предложением слишком охотно. По Якубовскому было видно, что он сомневается, не выступить ли против своих союзников, однако он только демонстративно вздохнул и согласился с этим планом.

Дирижабль отправился вслед за всадниками, а остальной отряд двинулся в противоположную сторону. Они решили, что красные, скорее всего, будут избегать контактов с любыми войсками на Диких Полях. Но ехали не торопясь, так как не были уверены, что выбрали правильное направление.

— А маг не мог бы найти их с помощью магии? — вдруг спросил Чус.

Оказалось, что маг не владел магией, которая позволила бы найти живых людей. Если бы нужно было вызвать духов, то он охотно помог бы. Живых он умел максимум убивать.

— Ни капельки не верю в это,— прошептал Чус Новаковскому, но марсианин только покачал головой в ответ.

Евгений не удивился, когда ему приказали вооружиться и отправляться в дорогу в полном обмундировании. Он надел жилетку, разработанную в мастерских Якубовского, которая задерживала пули лучше, чем стальной панцирь, надел также шлем, пристегнул кобуру с пистолетом. Врагов не было видно, но, может, маг что-то сообщил Якубовскому, хоть и утверждал, что ничего не знает?

Он размышлял, ради чего вся эта авантюра. Наверное, ради сокровищ, ничто другое не вытянуло бы марсианина из города. Он не мог понять, как оценивать Новаковского. Он не был похож на среднестатистического политика, способного вести тихую войну с Галицийскими железными дорогами. Может, у него и был гениальный ум, но здесь, на Диких Полях, он казался скорее беззащитным. Чус хотя бы пытался понять противника и найти союзников. Новаковский вел себя как беззаботное дитя, которое радуется новым приключениям. Он реально так воспринимал эту миссию? Как забаву? А может, он просто играл? Не лучше был, по правде говоря, и Якубовский, хотя его Евгению было проще понять. Марсианин бросил вызов его нынешнему патрону, возможно, масла в огонь подлило также присутствие здесь Стаха, или как там его зовут. Не впервой тот, кому Евгений доверял, оказался двуличным подлецом. Однако впервые он был обязан жизнью этому двуличному подлецу.

Наступал полдень, когда они остановились на первый привал возле ручья, который не охранялся никакими тварями. Сперва они как следует позаботились о лошадях, а потом стали заниматься собой. Евгений встал на колени и помолился на всякий случай хранителям ручья, это вызвало смешки у наблюдавших за ним людей Якубовского. Они еще немного позубоскалили, когда вдруг чародей встал на колени рядом с Евгением, тоже прочитал короткую молитву и лишь потом наполнил флягу водой.

— Местные — дураки, да? — не преминул спросить Евгений, но маг не удостоил его ответом. Наблюдая за всеми ними, Евгений скучал по тем временам, когда всё было просто. Когда он ездил с караванами, знал, что должен убить любого, кто встанет на его пути, и был уверен, что люди пойдут за ним даже в огонь. В этом походе он хорошо знал только Стаха, то есть человека, который однажды уже предал его.

В этот раз предательство пришло с другой стороны.

Они собирались в дорогу, когда враги вылезли как будто из-под земли. В каких-то десяти метрах от них, на другом берегу ручья, появились пешие воины. Красноармейцы под командованием чернокрылого комиссара. В руках у них были заряженные карабины.

Первый залп прозвучал, когда никто еще не успел сообразить, что произошло. Евгений оказался в числе счастливчиков, которых не задели пули, однако он видел, как падали солдаты в зеленых мундирах и люди марсианина.

— Стройся! — голос Таланина звучал громче, чем крики раненых. Тактика времен Наполеоновских войн была далеко не единственным анахронизмом, которые пришлось видеть Диким Полям. Евгений, который уже однажды продирался сквозь них, скрываясь от Матушки Тайги, видывал здесь и шеренги рыцарей в ржавой амуниции, врезающихся, словно в масло, в ряды нежити, и смертников, строившихся в квадраты, чтобы принимать на себя атаку вооруженных казаков, возраст которых насчитывал несколько веков.

— Стройся! — как эхо повторил слова Таланина капитан Якубовского, и Евгений удивился, что с ним никто не отрабатывал это действие. «Правда,— вдруг осознал он,— я здесь не солдат. Я предатель».

Как оказалось, он был не единственным предателем. Люди Якубовского прицелились и дали залп первыми, но не в красноармейцев, а в спины выстроившихся перед ними русских. Якубовский лично убил Таланина, выстрелив ему прямо в лицо, перекошенное от удивления и злости одновременно. Тот отлетел назад, и какое-то мгновение Евгению казалось, что он пытается подняться, как будто желание отомстить за предательство было сильнее смерти.

Люди марсианина не успели отреагировать. Пока они отражали штурм красноармейцев, Якубовский приказал расстрелять и их. Большинство погибло при первом же залпе, на остальных напали красные. Прошло всего несколько минут, и оставалось только добить раненых.

Лишь марсианин, которого, вероятно, приказано было взять живым, еще защищался. Он закрывал собой Чуса и понемногу отступал. В каждой паре рук он держал по современному автомату.

— Успокойтесь,— закричал Якубовский.— Мы не собираемся вас убивать. Вы слишком ценны. Мы гарантируем жизнь также и вашему слуге, если только вы сдадитесь.

Новаковский прикинул шансы и опустил оружие. Битва прекратилась.

Евгений даже не успел достать саблю. Он ничего не значил в этом сражении, а возможно, и во всём походе. Он посмотрел на Чуса. Пораженный произошедшим, слуга марсианина не заметил этого. Невероятно, как поменялись их роли. Евгений ошеломленно покачал головой. Он думал, что в случае чего ему удастся укрыться под марсианским протекторатом, но, по-видимому, сейчас он оказался даже в лучшей ситуации.

Но это не имело никакого значения. У него не было ни одного козыря, который позволил бы изменить судьбу этих двоих.

* * *

Июнь 1972 года по старому календарю,
пятьдесят седьмой год Предела,
двадцатый год Мира, Дикие Поля

— У нас нет запасов оружия и продовольствия, мы потеряли лошадей,— подсчитывал Кутшеба.

— И алкоголь,— хмуро добавил Грабинский, всё еще проверяя, не было ли у него при себе еще одной фляжки.

Когда Яшек бросил за собой магическое зеркало, оно, по обычаю этих предметов, превратилось в озеро, как только коснулось земли. Теоретически такие чудеса помогали убегающим во многих сказках, позволяя уйти от погони, а порой даже погребая преследователей под массой воды. Однако никому раньше не приходила идея создавать магическое озеро на крутом склоне горы. А по причине того, что ни одно магическое озеро не было магическим настолько, чтобы сопротивляться гравитации, когда Яшек предъявил свой козырь, огромные массы воды обрушились на них с силой горной реки, которая подхватила их и унесла в долину.

— И алкоголь,— повторил Кутшеба, дополняя список потерь.— Хотя в то, что у тебя ничего не осталось, я как раз не верю. Чем ты думал, Яшек?

— Я хотел нас спасти! — пробормотал парень. Он сидел рядом с Вандой и позволял ей гладить себя по голове. Девушка укоризненно посмотрела на Кутшебу.

— Мы столько прошли! — сказала она, как всегда, сладко и очаровательно. От ее голоса расцветали цветы.— А вы всё гневаетесь!

Едва они выбрались на берег озера, которое теперь разливалось в долине, продолжая удивляться тому, что им удалось выжить, они побежали как можно дальше от горы, подгоняемые Кутшебой, пока наконец даже он не выбился из сил и не позволил им ненадолго остановиться.

— Мы чудом выжили,— Кутшеба не мог разговаривать с девушкой строгим тоном, хотя явно хотел.— Нас спасла сила Крушигора и могущество Шулера, которые едва перекрыли идиотизм твоего парня, девочка.

— Он хотел как лучше,— прошептала раскрасневшаяся Ванда. Впервые кто-то назвал Яшека «её парнем». Они оба улыбнулись. Наверняка, вся эта ситуация казалась им чрезвычайно романтичной.

— Пора собираться,— сказал Крушигор, наблюдая за бывшими солдатами Черномора, собирающимися под Одинокой горой.— Похоже, они приняли решение. Идут за нами.

Ни коней, ни снаряжения они не нашли. Несчастные животные, которых никто не защитил магией, скорее всего, утонули. Но у них не было времени искать их тела.

Вода медленно разливалась, создавая скорее болото, чем озеро. Видя это, жители дворца осторожно начали спускаться с холма.

— К ним вернулся волк с Мочкой,— Кутшеба понятия не имел, как Грабинский мог это заметить на таком расстоянии.— Все-таки не убил ты его, Мирек.

— В нем оставалось три души, когда его похитил волк. И, может быть, еще его собственная. Ну хорошо, отправляйтесь. Шулер, Крушигор, я рассчитываю на то, что вы останетесь со мной.

Он так удивил всех, в том числе и мару, и ему это так понравилось, что он не сдержал улыбки.

— У некоторых из них есть лошади, а мы идем пешком. Их в десять раз больше, чем нас. Нам не убежать. Не всем. Женщины, дети и старики пусть уходят. Мы задержим Мочку, насколько сможем.

Крушигор только кивнул своей огромной головой. У Шулера был такой вид, как будто он собирается протестовать, однако он оставил свои мрачные мысли при себе. Только обнял Ванду и сказал Яшеку несколько слов.

— Может, я бы тоже остался? — сова нашла Грабинского и снова уселась у него на плече. Похоже, он не имел ничего против этого.

— Ты с Яшеком здесь не нужен. У тебя осталось немного пуль, а весь порох, наверное, намок. Саблей ты все равно не умеешь пользоваться. Ну вот. Вы потом пригодитесь женщинам.

— Сара могла бы спрятать нас всех, правда? — Яшек никогда не терял оптимизма.

— Мне жаль,— чародейка покачала головой.— Это не так просто. Мне едва хватит сил на иллюзию на троих. Но Мочка хорошо меня знает и сможет пробить ее взглядом.

— Ну так бегом! Если мы выживем, то найдем вас. Ищите Новаковского, Яшек сумеет расспросить о нем птиц или муравьев. Давайте, бегом!

Ему понравилось то, что они его послушали и не теряли зря времени на долгие слезливые прощания. В конце концов, хоть чему-то научились.

Когда они побежали, только Крушигор не выдержал и позволил себе сентиментальность:

— Жаль, что я потерял в воде карабин. Сейчас бы пригодился. Вот этого мне больше всего жаль.

— А жизни — нет? — Кутшеба не мог удержаться от шутки.

— А что там жизнь! — великан махнул рукой.— Жить для Сары или умереть за нее — одно и то же. А вот карабин жаль.

Преследователи уже одолели болото и неслись к ним, волк летел впереди.

— Ни тебе леса, ни обычной горы, чтобы защищаться. Только пара холмов. Гребаные степи.— Кутшеба сплюнул и вытащил саблю.— Я рассчитываю на вас, господа.

— Мы не погибнем сейчас,— вдруг сказал Шулер. Они уже видели лица врагов.— Этого нет на линиях наших судеб.

Кутшеба и Крушигор только рассмеялись.

А мгновением позже прозвучали свистки. По этому сигналу были подняты луки, ружья и автоматы разных калибров, позаимствованные у разных армий разных времен.

А потом удивленных, загнанных в ловушку мужчин с разгона атаковала кавалерия.

ГЛАВА 6

Июнь 1972 года по старому календарю,
пятьдесят седьмой год Предела,
двадцатый год Мира, Дикие Поля

Их связали и повезли в лагерь к красным. Они сидели на телеге вдвоем среди награбленных запасов, Новаковский и Чус. Все остальные погибли.

— Ростов вам этого не простит,— марсианин казался спокойным.

— Ростова уже нет.— Якубовский ехал рядом с телегой.— Вы думаете, куда несколько дней назад полетел дирижабль? Мы разбомбили его град с воздуха, там не осталось ничего живого. Не помогли им все их чары и духи. Технология, мой дорогой друг! Вы должны отдавать себе отчет в ее могуществе! Ростов и Кутузов погибли. Мои парни насадили их головы на борт «Храброго».

— Варвар! — на лице Чуса ужас смешался с ненавистью.— Там были женщины! Дети!

— Враги,— прервал его Якубовский. Он дернул лошадь и отъехал, недовольный таким поворотом разговора.

— Безнадежно,— прошептал Чус.— Господин, я так вас подвел!..

— Как это? — удивился марсианин.— Дорогой Францишек, ты не виновен в нашей ситуации! Кто же мог предположить, что сенатор Республики Наций окажется агентом Революции?

— Я мог,— подавленно ответил Чус.— Более того — должен был! Для этого вы меня и наняли, господин. Как долго вы бы среди нас ни жили, вам не понять человеческой подлости. Для вас, марсиан, всё просто и ясно. Я знаю, господин, вы — гений стратегии и хитрости. Но среди вас, марсиан, не существовало предательства.

— Ты меня переоцениваешь, Францишек. Что нас погубило — так это нелогичность Якубовского. Я не принимал этого во внимание, потому что союз с Революцией не имеет смысла! Революция — это чудовище, с которым нельзя договориться. Такой человек, как Якубовский, должен это понимать.

— Кутшеба! — вдруг осенило Чуса.

— Боюсь, я не понял.

— Якубовский боится Кутшебу. Между ними какие-то нерешенные дела!

— Рассчитываешь на то, что Кутшеба нас спасет? Признаюсь, я тоже...

— Нет,— Чус впервые в жизни перебил своего господина.— Нет, мой господин. Я думаю, что именно Кутшеба стал причиной нелогичного решения Якубовского. Я не знаю почему, но уверен, что здесь всё завязано на Кутшебе.

* * *

— Снова улизнул! — одноглазый гном в черном плаще, восседающий на большой золотой змее, способной мчать наравне с лошадьми, догнал Якубовского.— Из-за этого сукина сына я потерял глаз и пять лет жизни! Я потерял статус и уважение! А он всё еще жив. Почему вы позволили ему уехать? Он уже был в моих руках!

— Не переживайте, герр Кунтц.

— Товарищ Кунтц! — поправил Якубовского гном.

— Товарищ, разумеется. Теперь, когда вы предоставили нам его описание, мы знаем, кто наш враг, и достанем его, как только он вернется. А если не вернется, значит, он погиб.

— Только от моей руки! — заскрежетал зубами гном.— Любой другой смерти мало для этого негодяя!

— Будем надеяться, что он не улизнет от вас. Он мне напоминает...— он махнул рукой магу.— Будьте так любезны привести ко мне Евгения. Странно, что он не узнал своего бывшего друга!

— Кутшебу? — на лице Евгения, подошедшего только что, отразилось неописуемое удивление и смятение, он начинал понимать...— Это был Стах? Так он же б-был лысый... у него один отвратительный шрам над глаз-зом, а второй... на подб-бородке!

— Волосы можно отрастить, а шрамы убрать магией. Или доделать.— Ядом, который сочился в голосе гнома, можно было отравить целый отряд.— Вы об этом не подумали, товарищ?

— Я с-сам выбираю себе товарищей.— Евгений сплюнул так, что плевок едва не задел блестящий сапог гнома. Непонятно почему, но это вызвало на лице товарища Кунтца невольную улыбку.— Я не знаю, кто ты, к-коротышка, но ты точно мне не товарищ.

Я знал лысого кареглазого Стаха с двумя паскудными шр-рамами на морде, а этот — это заросший сероглазый тип без всякого шрама. Он даже двигается иначе. Так что засунь себе свои выводы в...

— Достаточно,— перебил его Якубовский.— У меня нет к вам претензий. Этот человек пользуется магией. Он с легкостью мог вас обмануть. Вы свободны.

— Если бы я его допросил... по-нашему, мы могли бы что-то узнать.— Кунтц смотрел вслед Евгению без гнева, но с опасным интересом во взгляде.

— Все мои люди здесь под моей защитой,— напомнил ему Якубовский.— У меня были фотографии из Кельце, и я тоже не узнал Кутшебу. Так что же вы, товарищ, меня тоже станете допрашивать... по-своему?

— Да вы что,— неискренне рассмеялся Кунтц.— Вы, товарищ, принадлежите к числу лучших сыновей Революции, из вас так и хлещет энтузиазм! Ведь принадлежите, правда?

— Принадлежим,— прыснул Якубовский.

— И хорошо. Тогда позвольте, я поговорю с теми, на телеге... Деликатно.

— Марсианин привязан к слуге, можно даже подумать, что это его родственник. Помните об этом.

— Запомню. А вы запомните, что они уже не слуга и господин, а равные друг другу личности! Пусть они пленники, но тоже подчиняются законам Революции! У нас нет господ!

Произнеся эти пафосные слова, гном встрепенулся и направился к пленникам.

— Хорошие у нас союзники,— сказал чародей.

Якубовский посмотрел на него с удивлением. До этого момента маг не разбрасывался словами, как будто экономил, по обычаю жителей Кракова, на чем только можно, даже на звуках. Якубовский обладал полной и безусловной властью над ним, хоть и помнил, что имеет дело с созданием, порожденным легендами, которого некоторые ждали как пришествия мессии. Это создание, выращенное в тайных частных лабораториях, могло начать думать самостоятельно?!

— Это моя миссия и мои союзники,— прикрикнул он на всякий случай на слугу.— Вы — тоже мои.

— Я ваш до тех пор, пока жив,— согласился маг.— Даже здесь, хотя в Революции нет господ и слуг,— улыбнулся он, как показалось Якубовскому, препаскудно.— Поэтому только по доброте душевной предупреждаю вас, мой господин, что эти союзники не похожи на тех, кто остается верен данному слову.

— Что ты знаешь? — парировал Якубовский.— Я знаком с такими людьми, которым этот коротышка и в подметки не годится.

Однако он почувствовал тревогу. Революция была жестокой и коварной бестией. Насколько она изменила человека, которому он помог скрыться там три года назад? Казалось, что этот человек действовал согласно с планом Якубовского, но не могла ли Революция овладеть им?

* * *

Июнь 1972 года по старому календарю,
пятьдесят седьмой год Предела,
двадцатый год Мира, Дикие Поля

Их посадили на лошадей, которые больше напоминали духов, чем животных. Они были почти материальны, в отличие от коней окружающих их солдат, но охвачены какой-то необычной магией, под действием которой находился целый отряд.

— А Мочка снова смылся.— Грабинский какое-то мгновение грустно смотрел на фляжку, а потом освободил ее от остатков алкоголя.— Его унес тот летающий волк, мать его! Если они будут действовать вдвоем, то мы до них никогда не доберемся.

Всадники налетели на войско Черномора как будто из ниоткуда. Только что они казались утренним туманом, который ластится к степи, а в следующее мгновение стали стрелой, врывающейся в отряд изумленных тварей. Они растерзали врага, а потом добили тех, кто пытался обороняться в разрозненных группках, и тех, кто пытался спастись бегством. Только Мочка и Летающий волк смогли вырваться из западни.

— День добрый, дорогие господа! — прокричал солдат, который выполнял функции командира, хотя и не был им. Пока его товарищи еще заканчивали кровавое побоище, он посчитал нужным подъехать к ошарашенной кучке уцелевших.— У вас могущественный дух, не могли же мы бросить таких рыцарей на съедение этим сукиным детям! А вас, сударь, я, кажется, знаю? — он как-то странно посмотрел на Кутшебу.

— Я ездил когда-то с вами.

— Узнаю! Вы тогда скрывались под фамилией Кутшеба, напрасно стесняясь своего родового имени! А ведь у вас прекрасный герб, как раз подходящий для нашего сказочного мира. Так приятно встретить вас, хоть и в таком бедственном положении! А о волке вы не переживайте. Его часы уже сочтены. На него уже наточены ножи, да побольше наших.

И вот Кутшеба со своими спутниками проезжал между солдатами этого разномастного взвода, которым командовали трое: низкорослый полковник панцирной хоругви, одетый в цвета князя, о котором на Украине пели тревожные песни, важный господин с лицом, как будто вытесанным из камня, и рыцарь с печальными глазами и двуручным мечом, висевшим за спиной. Они с удовольствием отправились вместе с Кутшебой вслед за группой под руководством Грабинского, которая уходила от них, замаскированная колдовством Сары. На лошадях они быстро их нагнали.

— Я их знаю! — прошептал удивленный Грабинский, когда шляхтич с бельмом на глазу, несмотря на своё увечье, рассмотрел их под иллюзией Сары.— О боже! Как это возможно?

Ванда упала в объятия отца, а Сара — великана. Кутшебе выпало приветствовать Грабинского.

— Всё возможно,— усмехнулся Мирослав.— Марсианам кажется, что их энергия оживила только богов, сказки и легенды. Они так и не поняли, что люди могут тосковать по тем, кого для них выдумали писатели. А об этих наших спасителях мечтали целые поколения.

Он подъехал к невысокому полковнику и спросил его, почему они пришли к ним на помощь.

— Мы ехали другой дорогой,— признался полковник.— Извините, сударь, но ваше дело не настолько важно, как то, которому служим мы. Тяжкие времена настали на Диких Полях, тут черно от врагов. Худшие из них — это те, кто приходит из-за восточной границы. Это воплощение тьмы. Но мы получили приказ с самого верха спасти вас. И, должен вам сказать, мы с радостью его исполнили.

— Можете сопроводить нас, пока мы не доберемся до наших людей?

— Нам не положено. Мы оставим вам лошадей и провизию, а сами отправимся нагонять отряд, который только что пересек границу Диких Полей со стороны Революции. Этим мы тоже поможем вашему делу, потому что это дьяволы, которые должны пополнить ряды ваших врагов. Мы отведем вас в хорошую безопасную станицу. Там служат верные нам люди, вы сможете немного отдохнуть. Даст бог, мы еще встретимся.

Еще до наступления вечера они остановились рядом с укрепленной станицей, где их приветствовали предупреждающими выстрелами и спросили пароль. Только когда охрана удостоверилась, с кем имеет дело, ворота широко распахнулись, а навстречу гостям выбежал сам комендант.

— Сударь, говорю вам еще раз,— тучный шляхтич, который неожиданно быстро подружился с Грабинским, вероятно благодаря их общей любви к хорошим напиткам, склонился к своему новому другу, чтобы быть уверенным, что произнесенные шепотом слова будут услышаны только его собеседником: — Эти ребята — хорошие солдаты, верные. Но ничего не пейте у них и не ешьте.

Он развернул коня, чтобы присоединиться к ожидающей его остальной части отряда. Полковник помахал Кутшебе на прощание, а грустный рыцарь с двуручным мечом на удивление радушно попрощался с Крушигором, с которым они сразу сошлись, всю дорогу обмениваясь рассказами о несчастной любви. И вдруг заиграла труба. Кони, которых не ограничивали законы физики, сразу перешли на галоп и растворились в тумане, в котором еще слышались веселые крики, эхо трубы и чей-то смех. И тотчас же все стихло, а туман рассеялся.

— Какие они необычные! — воскликнула Ванда.— И прекрасные! Что это были за солдаты?

— Ты не учил ее этому, что ли? — набросился Грабинский на Шулера.— Девчонка классики не знает!

— Какой классики? — защищался удивленный бог.— О чем ты? Ванда умеет читать! Это какие-то исторические личности?

— Боги и марсиане! — Грабинский схватился за голову.— Какие невежды! Мирек, этот мир и этот народ надо спасать не саблей, а пером! Как только вернемся, я обучу молодую госпожу всему! Потому что этот папочка...— он разочарованно покачал головой.

— Так, тихо там! — бросил Кутшеба.— Спешиться! Мы должны поздороваться.

Они спрыгнули с коней и выступили навстречу некоему воскрешенному в кунтуше.

* * *

Их разместили в небольшом, но теплом и хорошо обставленном домике. Станицу охранял отряд упырей, в котором одни говорили на польском, другие — на русском, а некоторые даже на немецком. В отличие от отряда маленького полковника, который пользовался всеми видами оружия, от древних луков до мушкетов и даже современных автоматов с революционных оружейных заводов, стражники станицы избегали подобных реликтов. В их арсенале водилось преимущественно оружие с черным порохом.

— Никакое зло сюда не проникнет,— хвастался господин Бурылович, комендант крепости.— Мощь наших сабель знают и дикие упыри из урочищ, и черные, и красные, и казаки, и другие банды. Одна Революция ничего не боится. Сюда время от времени приходят их отряды, но мы их прогоняем. Из раза в раз. И готовы так хоть до конца света!

Он представил гостей своей семье. Жена и две дочери казались красивыми и величавыми, но если присмотреться к ним, прищурив глаза, то можно было заметить, как просвечивают их разбитые окровавленные черепа. Присмотревшись к сыновьям Бурыловича, можно было рассмотреть сквозные круглые раны в их телах, а лицо одного из них было наполовину сожжено. Огонь когда-то уничтожил и стены крепости, и почти все дома, кроме того, в котором разместили гостей. Иллюзия, однако, быстро пропадала, а перед глазами появлялась другая картинка — неприступные гордые стены, храбрые мужчины с отважными лицами и прекрасные женщины.

— Вы, сударь, всё видите,— понял Бурылович.— Это правда, они добрались и до нас. Мы неделю удерживали крепость от штурма, но они всё прибывали, как будто вся Украина собралась под нашими стенами. Никто не ушел живым. Но мы вернулись. И теперь не отступим. Но хватит о грустном! Приглашаю вас на праздничное торжество! Будет и музыка в честь таких важных гостей. Кто с врагом Речи Посполитой борется, тот мне брат — будь то человек, дух или бог из древних эпох. Только прошу меня извинить: ничего нашего вы пить и есть не можете. Потому что тогда вы здесь останетесь навечно и превратитесь в таких же, как мы. Душа у меня болит, что гостей я вынужден принимать не как шляхтич, а словно какой-то немец, но такова уж наша доля.

Они расселись в зале, украшенном мехами из сказочных и настоящих животных, портретами предков и трофейным оружием. Души музыкантов играли бойкие украинские и величавые польские мелодии. Вся стража станицы дружелюбно приветствовала гостей, а парни понаглее спешили пригласить дам на танец, и им было абсолютно неважно, живые они или мертвые.

— Я знаю, что по-разному оно бывает между упырями и оживленными,— заговорил господин Бурылович.— Я слыхивал, что они дерутся между собой. А есть и паны, которые ворчат, когда приходится им просыпаться в одной могиле с простолюдинами. Но мы здесь простые солдаты, которые радуются каждому проявлению обычной жизни. Мы служим родине, и кровь, пролитая за нее,— это для нас единственное доказательство настоящего благородства. Когда-то,— он сделал глоток из хрустального, украшенного золотом и благородными камнями кубка,— и мы были другими. Но мы даже не знаем, что другие времена наступили. Мы здесь сражаемся плечом к плечу с горожанами и даже крестьянами, которые убежали от Революции. Три дня рядом со мной сражался говорящий медведь, пока не пал в бою. А пал потому, что защитил меня собой. Говорящий медведь! А благородства в нем больше, чем в некоторых князьях, которых я знавал в прежние времена. Непрекращающаяся война чему-то учит человека, господин Кутшеба. Ну, выпьем за кровь и смерть!

— За кровь и смерть! — поддержали его люди. Кутшеба тоже поднял бокал, только со своим вином, которое они получили в подарок от солдат маленького полковника.

— Потанцуй со мной, Мирек,— неожиданно попросила мара, и он, удивленный, послушался.

Она не выскочила из него, как всегда это делала, а вышла осторожно, когда он отошел от стола. Она не озаботилась изменением внешности, всё так же была черной хрупкой девушкой с черными глазами и когтистыми ладонями. Ее вид привлекал внимание прежде всего гостей. Ни хозяев станицы, ни его людей не встревожило появление перед ними еще одного демона.

Грабинский нахмурил брови, глядя, как мара берет Кутшебу за руку и тянет на средину зала, где Ванда танцевала с Яшеком, а Шулер — с одной из дочерей Бурыловича. Сара грустно улыбнулась, когда они проходили мимо нее, а Крушигор, который кружил ее в танце, наоборот, искренне обрадовался. Ни мара, ни Кутшеба не обращали ни на кого внимания. Они танцевали.

Место Кутшебы возле коменданта занял Грабинский. Он о чём-то спросил, господин Бурылович кивнул, и они оба вышли.

Кутшеба и мара увидели их, когда тоже вышли, чтобы Мирослав передохнул. Демоница вовлекла его в магический танец, и он испугался, что может потеряться в нем и в музыке упырей. Вокруг него кружились его знакомые и совсем чужие существа, и ему стало казаться, что он больше принадлежит к миру духов, нежели людей. Мара смеялась, как молодая панночка на своем первом балу, а он подумал, как же хорошо держать счастливую женщину в руках, и так испугался этой мысли, что замер на месте и быстро вышел из зала. За ним выбежала мара.

Он оперся спиной о деревянную стену, твердую, безопасную, но в то же время пахнущую гарью. Он тяжело дышал. Мара присела возле него и заметно погрустнела. Молчала, но не отпускала его руки.

— Что я тут делаю? — услышал он, и на какое-то мгновение ему показалось, что это его собственные слова. Но это говорил Грабинский, сидя на скамейке возле Бурыловича, всего в нескольких метрах от них, под большим дубом.— Я приехал за человеком, которого на самом деле едва знаю... Мы почти не видимся, а когда встречаемся, то всегда вместе воюем...

— Такая дружба — самая лучшая! — Бурылович, в отличие от Грабинского, говорил самым жизнерадостным голосом.— Простите, что перебил. Мы, солдаты, которым предписан не отдых, а вечная борьба, отвыкли от вежливости.

— Из меня тоже плохой придворный песик. Может, так и есть с этой войной, как вы говорите. Только, видите ли, воин из меня никакой. Пострелять в бандитов — вот и вся работа. Я выслеживал воров, которые грабили на железных дорогах, и время от времени гонялся за вооруженными бандитами, которые нападали на поезда. Порой стрелял в людей, порой в демонов. Без разницы.

— С живыми и мертвыми война одинаковая,— согласился Бурылович.

— Это все в прошлом,— махнул рукой Грабинский. Ни он, ни шляхтич не замечали Кутшебу и мару.— Потом пришло благоразумие. Но когда я перестал выслеживать их и убивать, закончилась милость начальства. Мирек думает, что меня понизили, потому что я с ним пошел на ту операцию. Но это не так. Руководству было всё равно, кого я убивал, в конце концов, это тоже были бандиты. Руководству не понравилось, что я больше не хотел убивать. Видите ли, когда я стоял там плечом к плечу с Мирославом, я увидел в нем что-то такое...— он замолчал.

— Это страшный человек, я вижу это. Страшный воин. Но и друг тоже страшный. Даже я, пожалуй, его боялся бы. Но не боюсь. Потому что в нем есть честь.

— Честь? — Грабинский хрипло рассмеялся.— Простите. Что мы знаем о чести? Простите меня, но честь — это миф.

— В наше время мифы оживают, правда? — ответил с улыбкой шляхтич.

— Наверное, но не все. В городе, в Галицийских железных дорогах, в сенате, в городских советах, в советах корпораций, а даже в дирекции небольшой фабрики... честь — это нечто из прошлого. Мы смотрим на эту честь как на иллюзию, на что-то такое, чего никогда не было... прибаутку из сказок, которые нам рассказывали мамы, когда им еще казалось, что они могут нас воспитать.

— Много в вас, сударь, печали.

— Ей есть откуда взяться. Вы знаете, что у меня в руках?

— Я глаз с этого не спускаю. Вы — мой гость. Но если выпьете хоть глоток из этого кувшина, станете одним из моих домашних. Я всегда буду рад хорошему солдату. Но хотите ли вы этого, сударь?

— Пришли ко мне какие-то люди... за месяц до того, как меня нашел Мирек.— Грабинский как будто не слышал ответа коменданта.— Сказали, что явится ко мне друг, которого я давно не видел. Они рассказали, как он убивал и что они не могли напасть на его след, потому что его оберегали могущественные хранители. Но они нашли способ. Проверили судьбы всех, с кем он мог столкнуться. Так они добрались до меня и еще одного парня... неважно. Пришли, словом, и сказали, что Мирослав вернется в мою жизнь. И что я снова обрету детей и жену, и службу, и честь, как вы говорите. Если только в нужный момент выдам им его.

Шляхтич молчал.

— А чтобы я не сомневался, сказали, что сделают с моей женой и детьми, если я не соглашусь... Эта сучка изменила мне, чтоб её... Но дети! Я их много лет не видел. И что в таком случае подсказывает ваша честь?

— Честь,— ответил господин Бурылович,— это не иллюзия. Я сам помню мужчин и женщин, для которых честь была как кровь и воздух. Они выходили с саблями против целых армий, вставали перед ордами врагов, и каждый из них мечтал лишь о том, чтобы убивать. Они шли на дуэль с защитником противника, и в живых оставался только один. И потом могли повернуться спиной к вражеской армии и уйти. Что, как не честь, заставляло их сдержать слово, данное только что убитому человеку? Но, может, вы, сударь, и правы. Может, это сказка. Я порой не знаю, мои воспоминания — это реальные события или сцены из баллад. Когда-то я был человеком, сейчас я легенда. Может быть, меня меняет человеческое представление о том, каким было прошлое? Может, это всего лишь красивая поэзия, а честь, как вы говорите, никогда не существовала? Но скажу вам, сударь, лишь одно: даже если ее тогда не было, сейчас она есть.

И мне всё равно — появилась ли она из истории или из баллады. Она существует, и это не иллюзия, а могущественная сила. Как магия, как силы, благодаря которым начинается день и кончается ночь. Сейчас всё изменилось. Сейчас сила берется из сказок и из магии, ее дают нынешние хранители этого нового мира, которого я не знаю. Потому что такие, как я — упыри, воскресшие и даже персонажи из сказок,— в нее верят.

— И как, при всём моем уважении, это должно мне помочь?

— Если хотите, выпейте из этого кувшина. Я охотно приму к себе ваш дух. У вас есть честь, она вам и подскажет, как поступить.

— Честь? — Грабинский снова рассмеялся, но в голосе его не было веселья.— Я однажды уже убежал! Когда они оставили меня, эти посланники дьявола, я залез в долги перед людьми, которые такого не прощают. Хотел, чтобы меня убили. Сам не смог этого сделать. И знаете, что произошло? Я был на волосок от смерти. И кто спас меня из их рук? Мирек. Насмешка судьбы, не правда ли?

— Не мне обсуждать приговоры Провидения. Но, может, вас двоих объединяет нечто большее, чем обычная человеческая судьба? Господин Грабинский, мне пора возвращаться на торжество. Останьтесь здесь, подумайте над тем, как переплетаются судьбы, и примите то решение, которое каждый человек принимает сам. Как по мне, ни одно из них не будет для вас плохим.

— Потанцуем? — шепнул Кутшеба, видя, что Бурылович поднимается.— Пойдем потанцуем.

— Не поговоришь с ним? Ты должен...

Он утянул мару за собой еще до того, как Бурылович увидел их и понял, что они подслушали разговор. Он стыдился своего любопытства, которое заставило его слушать. Чувствовал себя так, как будто предал Грабинского. И хотя ему было интересно, какое решение тот примет, он счел, что лучшее, что он может сделать, это подарить старому человеку ночь в одиночестве.

Он потянул протестовавшую, но все-таки подчинившуюся мару в зал и танцевал с ней до самого утра. Когда музыканты уже выбились из сил, демоница просто вжалась в него, и они качались на месте, в то время как мелодии становились всё более ленивыми, а его все больше удивляло ее тепло и волнение. А когда небо за окнами призрачной станицы начало светлеть, она поцеловала его в щеку, на удивление робко, невинно, и скрылась в нем.

Как только заиграл рассвет, они оседлали отдохнувших лошадей и, сердечно попрощавшись со всеми жителями крепости, уехали.

ГЛАВА 7

Сентябрь 1971 года по старому календарю,
пятьдесят шестой год Предела,
девятнадцатый год Мира, Краков

Высокий мужчина, имени которого Корыцкий не знал и называл его Пижоном, выехал с самого утра из Кракова на дрожках и направился в сторону Закшувка. Извозчик, как почти все, кто занимался тем же ремеслом, работал, конечно, на Корыцкого, поэтому генерал не поехал за объектом лично, а ждал возвращения извозчика, попивая коньяк в одном из кафе в районе Рыночной площади.

Эту радость он позволял себе с большой осторожностью; хотя он и считал, что по-прежнему может похвастаться крепкой головой, его любимая душечка всё более косо смотрела на его пристрастие к алкоголю. Она начала еженедельно ограничивать объем выдаваемого ему напитка и устраивала выволочку, если засекала, что он нарушил ее предписания. Эти наполненные теплом скандалы всегда забавляли Корыцкого, он принимал всё с покорным выражением лица и позволял себя ругать. Как будто и не был одним из самых могущественных людей в городе, перед которым трепетало большинство существ, живущих в краковских тенях.

— Вернулся,— сообщил официант, ставя перед генералом чашку чая.— Ни с кем не встречался. Бродил вокруг, как турист. А сейчас приказал отвести его к францисканцам.

В костел? Интересно.

Не существовало магов-христиан. Некоторым казалось, что они могут соединить магию с ревнивой религией, но в конце концов, если они действительно верили, то вынуждены были решать, с кем им проститься — с хранителями или с христианством. Даже самый ужасный демон мог пройти через ворота костела, никакая сила не отталкивала его от порога, Корыцкий, во всяком случае, никогда не слышал ни о чем подобном. Однако демоны боялись даже проходить мимо костелов. Они избегали крестов и святой воды, из человеческих тел их можно было изгнать при помощи экзорцизма, хотя Бог никогда воочию не демонстрировал своего могущества. Всё это казалось Корыцкому таким таинственным и необычным, что раз в месяц минимум по часу он проводил с каким-то обедневшим ксендзом, таскавшимся по бандитским закоулкам, чтобы хотя бы попытаться понять, в чем состоит смысл христианства после Предела. Его сила — в том, что, в отличие от всего измененного мира, оно не воспользовалось чудесами?

«Старею,— признал он,— если задумываюсь над такими вещами. Всё из-за этих детей!»

Он любил свои маленькие золотца, и не только потому, что видел в них свое отражение, но прежде всего потому, что видел, как они похожи на Малгоську. Он дорожил каждой проведенной с ними минутой, однако не мог отрицать, что впервые начал думать о старости и смерти, когда доктор показал ему новорожденного. «Мой ребенок приведет на свет моих внуков,— подумал он тогда.— Он останется, когда меня уже не будет».

Разумеется, ему не приходится рассчитывать на такое простой выход. Его, вероятно, оживят, чтобы он нес службу еще много веков. Его хозяева неохотно позволяют своим слугам уйти на вечный покой.

Он допил коньяк, после чего в сопровождении четырех агентов под прикрытием и одного явного — Серого — направился в сторону Францисканской. Сначала он прошел между двумя костелами двух нищенствующих орденов, которые веками смотрели друг на друга, потом мимо дворца, в котором заседал Совет города. Входя в спокойную прохладу костела, стены которого были разрисованы цветами, он наклонил голову, как будто отдавая честь Богу.

С витражей на него немного жутко смотрели святые, изображенные безумным художником. Ученые и люди искусства тысячи раз пытались призвать с того света Выспянского, но один за другим терпели поражение. Матейко вернулся охотно, чтобы до конца света рассказывать про историю Польши, как и Длугош, которого тоже не надо было просить дважды. Сразу после воскрешения он побежал поклониться королям, а они заточили его в Вавеле, и больше знаменитого летописца никто не видел. Большинство художников не имели ничего против возвращения в ряды живых, и, к удовлетворению снобов, Краков быстро вошел в число крупных некромантских столиц культуры и искусства. Некоторые воскресшие приезжали издалека — якобы для того, чтобы отвоевать у монашеских орденов свои сердца, но на самом деле они были неравнодушны к магии чакр, и им нужен был лишь повод, чтобы осесть в городе, с которым они не всегда были связаны при жизни. Выспянскому, казалось, было просто на все наплевать, он ни разу даже не ответил медиумам, с которых семь потов сходило, и чародейкам, старавшимся его вызвать. Рассматривая витражи, которые он спроектировал, Корыцкий был ему за это благодарен — похоже, он был исключительным психом — из тех, кто, гений он или нет, всегда создает проблемы.

Пижон сидел на одной из лавок. В это время в костеле было немноголюдно, верующие предпочитали контактировать с молчаливым Богом через богослужения. Какие-то недобатюшки выслушивали чьи-то исповеди, несколько служек крутились, вытирая воск с алтаря и подметая в молельнях. Пять старух бормотали свои просьбы и жалобы, а трое агентов Корыцкого притворялись сосредоточенно молящимися. Серый уперся, заявив, что не переступит порог костела, и ждал снаружи, бледный и встревоженный. По мнению Корыцкого, его охранник был в шаге от того, чтобы стать верующим. Эти монстры, которые больше всего боялись силы христианства, потом охотнее всего переходили в эту веру. Потеряет он защитника. Жаль.

Он присел возле Пижона. Парень не был похож на молящегося, ему и в голову не приходило преклонить колени перед величием Господа.

— Есть много других скамеек. Пустых,— сказал он, не отводя взгляда от витражей над алтарем.

— В этом-то и проблема, что пустых, господин маг. Я искал такую, чтобы... с вами.

— Так это ваш недотепа таскался за мной с самого утра?

— Ничего себе недотепа! — обиделся Корыцкий, в сердцах ругая недостаточно расторопного агента, но радуясь, что Пижон раскусил только одного. Интересно, кого? Наверное, Чижика, тот всегда был слишком рьяным.— Может, он должен был пояснить вам кое-что? Почему вы сюда пришли?

— Потому что в костелах мне обычно никто не мешает. Это для меня приятное разнообразие.

— Ну да, у господина Якубовского вы, наверное, круглосуточно заняты, не так ли? — Корыцкий позволил себе заговорщически подмигнуть, поймав на себе взгляд незнакомца. Пижон зажмурил глаза и вздохнул.

— Не прикидывайтесь передо мной идиотом, генерал,— сказал он твердо, но тихо, возможно, из уважения к тишине в святыне.— Вы знаете, кто я, а меня предупреждали насчет вас. Но если вам хоть что-то обо мне известно, то вы понимаете, что не сможете меня завербовать. Это, так сказать, метафизически невозможно.

— Сейчас — разумеется. Пока жив тот, кто вас призвал и связал с собой, что...

— Меня не призвали, господин Корыцкий, а создали! — гневно перебил он.— Даже мои воспоминания — это лишь смесь легенд и того, что на тему якобы моей эпохи думают историки. Я не тот, я — якобы тот.

— А что это меняет? — искренне поинтересовался Корыцкий.

— Честно говоря... не знаю. Просто метафизически-онтологические размышления. Идите уже. Ни одному из нас этот разговор ничего не даст.

— Позволю себе не согласиться. Вы знаете, зачем вас создали? Ваш создатель боится. И, по правде говоря, у него есть на это причины. Нет-нет, речь не обо мне,— быстро добавил Корыцкий, видя, что собеседник уже собирается что-то ответить.— Я пришел не запугивать или угрожать. Я пришел помочь. Однажды вы предстанете перед человеком, который придет убить Якубовского. Если ему это удастся, вы станете свободным. Если это произойдет и убийца выживет, скажите ему, что я лично прошу, чтобы он вас пощадил.

— Если я это сделаю, моя свобода может быстро закончиться, потому что я буду должен вам услугу, ведь так?

— Это более свободные сети, чем те, в которых вы пребываете сейчас. Метафорически выражаясь.

— Вы, люди, все одинаковые. Всегда только и ищете возможность кого-то использовать.

— У нас, людей, просто нет магических покровителей, которые могли бы заменить нам нашу такую удобную подлость,— ответил Корыцкий, на всякий случай попрощался и ушел.

* * *

Июнь 1972 года по старому календарю,
пятьдесят седьмой год Предела,
двадцатый год Мира, Дикие Поля

Чародею было приказано присутствовать на встрече, поэтому он послушался и пришел в наскоро вырытую землянку, окруженную примитивными укреплениями и кругами магических заклятий, созданных намного более профессионально.

— Послушный, как всегда! — презрительно прыснул одноглазый гном, которому казалось, что ненависть предоставляла ему немного свободы.— И всегда с этой своей птицей!

Чародей проигнорировал его. Он поставил клетку с Хитрецом на стол, чтобы птица хорошо видела человеческую мелочность и вероломство. А сам сел рядом.

Якубовский уже приветствовал старшего комиссара — человека в черном плаще, из которого буквально рвалась наружу мрачная сила. Маг не захотел становиться напротив него. Но думал о том, придется ли. Пока что он должен был только поклониться ему. Подгоняемый резким жестом Якубовского, он встал и коротко поклонился.

— А, это тот,— старший комиссар рассматривал его, будто скотину на ярмарке. Чародею было интересно, прикажет ли он ему показать зубы, и он в сердцах рассмеялся. Черт возьми, он не имел ничего против, чтобы мститель убил этих двоих. К сожалению, по крайней мере Якубовского он будет вынужден защищать.

Пять красноармейцев провели марсианина внутрь землянки. Сопровождающему его Чусу они не уделили никакого внимания. Это должно было что-то значить? Зная его досье, чародей полагал, что не стоит так им пренебрегать.

— Дорогой господин Новаковский! — старший комиссар почти подбежал к марсианину, чтобы обнять его как старого друга. Новаковский отступил на шаг и поднял четыре руки, демонстрируя тяжелые цепи, на которых было выгравировано охранное заклинание.

— Что за варварство! — закричал старший комиссар.— Прошу сейчас же это снять! Генрих,— обратился он к Якубовскому,— я не верю, что ты мог так повести себя с нашим гостем!

— Пока он находился под моей защитой, ему было удобнее. Это твой сержант...

— Расстрелять негодяя! — прорычал старший комиссар, и красноармейцы побежали выполнять приказ. Не прошло и трех минут, как до ушей собравшихся в землянке донеслась ровная автоматная очередь. Кунтц захохотал, Чус побледнел, а Якубовский скривился — почти незаметно, осторожно. Выражение лица марсианина не изменилось.

Новаковский сел за стол, налил себе воды из кувшина, на котором можно было прочитать инициалы Ростовых. И с видимым облегчением выпил, не отрывая глаз от бутылки.

— Я думал, что Пристань Царьград только обстреляли с воздуха...

Казалось, что он не обращался ни к кому конкретно, но старший комиссар посчитал нужным ответить:

— Ах, там было слишком много хороших вещей, чтобы их уничтожить.

— Картины?

— Вас интересует искусство? Уцелевшие мы сохранили. У нас ничего не пропадает.

— Господин Новаковский.— Якубовскому сегодня явно не хватало терпения, что заинтриговало мага. Такое поведение было нехарактерно для его господина. Обычно, когда он побеждал, он праздновал триумф. Интересно, он боялся этого Кутшебу или своего союзника? — Поговорим о нас, а не об иллюзиях белых. Сейчас я всё вам объясню. Однако прежде, товарищ Кунтц, не пора ли вам? Не заставляйте нашего союзника ждать.

Кунтц отсалютовал как солдафон, однако возле двери задержался, как будто ему пришла новая идея.

— Я могу использовать дирижабль? Так будет быстрее. И безопаснее.

— Берите, товарищ,— решил Якубовский и кивнул магу: — Будешь вести корабль. Кунтца слушайся во всех остальных вопросах.

— Я хочу предложить вам союз,— уведомил его старший комиссар, когда они остались втроем.

— Союз? Против кого? — марсианин обратился к Якубовскому.— Вы — часть Галицийских железных дорог, представляете Республику Наций. А ваш друг, которого мне всё еще не представили,— офицер высокого ранга, служащий Революции, которая сражается против ГЖД, равно как и против Республики. Какой же союз вы хотите мне предложить? С кем и против кого? А то я уже растерялся. И как я вообще могу доверять таким союзникам, если вы только что убили семью нашего общего союзника, а его голову пристроили на своем корабле?!

— У нас есть аргументы,— ответил старший комиссар.— Пожалуйста, позвольте представиться. Меня зовут Тадеуш Брык, я генерал Революции, один из самых верных ей людей. Я вхожу в очень немногочисленную группу элиты, которая руководит комиссарами. И я смог добыть со дна озера то, зачем вы поехали в Сибирь. Остатки вашего корабля. Я отдам вам большую часть добычи, в знак доброй воли, если мы сможем договориться.

— Отдадим,— вмешался Якубовский.

— Разумеется. Мы отдадим.

— Хотите этим меня купить?

— Вас купить не получится. Этим мы хотим показать, что нам можно и стоит доверять. Вы переживаете из-за смерти Ростова? А кто был этот граф Ростов? Мечтатель, воспоминание об исчезнувшем навсегда мире. Убить его — это как протереть глаза после пробуждения. Вы же Мелиззатх'л Новаковский, марсианин, гарант будущего. Убить вас было бы преступлением, а что хуже — расточительностью. А вот заполучить вас... Вот это уже почти гарантия триумфа. А отвечая на второй ваш вопрос — против кого, я так скажу, дорогой наш будущий союзник... против всех.

* * *

Июнь 1972 года по старому календарю,
пятьдесят седьмой год Предела,
двадцатый год Мира, Дикие Поля

— Мочка будет охотиться за нами. Революция будет охотиться за нами. И все чудища Диких Полей тоже будут нас доставать,— перечислял Грабинский, становясь всё более надоедливым по мере того, как у него заканчивались запасы алкоголя в последней бутылке.— Все, весь этот гребаный мир будет охотиться за нами. Мы могли бы посидеть еще день-два в станице. Но нет! Мы плетемся на лошадях, в существовании которых я даже не уверен, потому что их нам дали литературные герои, которые растворяются в тумане. А почему? Не знаю!

Кутшеба никак не комментировал его нытье, довольный тем, что Грабинский решил не оставаться в станице.

— В таких местах не нужно оставаться дольше, чем надо,— пробурчал недовольный Шулер, который не знал о ночных раздумьях инспектора, а потому не видел причин быть с ним помягче.

— А может, надо было? Ты, бог, не мог нам этого наворожить?

— Я не ясновидящий,— буркнул Шулер, и без того злой, потому что Ванда теперь всё чаще ехала рядом с Яшеком, а не рядом с отцом.— Я вижу линии судеб близких людей. Твоя начинает сворачивать на опасные дорожки.

Грабинский выругался и подъехал к Саре, чтобы уговорить ее погадать ему на картах. Он добился от нее только заявления о том, что у нее есть заклятие импотенции, которое она всегда хотела испытать, но пока что никто ее настолько не разозлил.

Яшек разговаривал с каждой птицей в округе, но не для того, чтобы выведать у них информацию, а чтобы покрасоваться перед Вандой. С того момента, как он помог спасти ее, он стал увереннее в себе. Ванда, может, и не засматривалась на него, но позволяла воздействовать на себя магией предназначения.

— Загубит мне дочурку,— бормотал Шулер.— И убить его не могу, потому что она никогда бы мне не простила. Но клянусь тебе, Мирек, я бы с удовольствием свернул ему шею.

— Боишься, что он соблазнит твоего ребенка или богиню?

— Сволочь ты, Мирек.

— Я твой друг. Поэтому говорю искренне.

— Искренне ты мне лучше скажи, что ты всю ночь делал с демоном мести, который должен вгрызаться в твое сердце и душу, чтобы ты не свернул с пути мести. Потому что мне, например, показалось, что вы танцевали. Это что, такой новый ритуал?

Мара молчала. Молчал и Кутшеба.

Они ехали, оживленно переговариваясь, пока Яшек не сообщил, что рассказали ему птицы, эти полезные приятели: много волков бежит по их следу и даже окружают их — медленно, но неумолимо.

— Если мы пришпорим коней, то, может, убежим от них,— предложил он.

— Хороший совет, но глупый,— отмахнулся от него Кутшеба.— А о волках я давно в курсе. Поспрашивай, Яшек, не видели ли птицы где-нибудь летающего волка. Или наших людей. Сделай что-то полезное, в конце концов!

— Вы меня не уважаете! Я ведь уже не тот, что в начале пути! Я уже...

— Зато я всё тот же! — перебил его Кутшеба. Он послал парню взгляд, под которым тот чуть не заскулил.— Сделай что-то полезное, говорю тебе!

Волки шли по их следу, как только они вышли из станицы,— это знал каждый, кроме разве что влюбленного парня и его девушки. Шулер не мог увидеть линии судьбы, связанные с десятками волчьих стай, которые стягивались сюда со всех Диких Полей, но предупредил Кутшебу, что над хищниками была чья-то могущественная защита.

— Разумеется,— не удивился Кутшеба.— Он их ведет.

— Знаешь что-то, чем хотел бы поделиться?

— Ближе к вечеру вы все узнаете.

Первыми им навстречу выехали казаки, которые до сих пор скрывались среди трав лишь одним им известным способом. Прибыли с опущенным оружием в знак мирных намерений. Они не напоминали ни тех — из сотни чёрных, проданных смерти, ни других — из сотни красных, которые воевали в сшитых революционными портными бурых мундирах. Группу Кутшебы окружила разноцветная компания, в которой каждый одевался следуя собственной фантазии, стараясь тем не менее превзойти товарищей смелыми идеями и дороговизной украшений. Цветные куртки были обвешаны золотом и драгоценными камнями, которые также сверкали в перстнях на пальцах. Даже вполне современные автоматы были инкрустированы золотом и заклинаниями.

— Теперь мы вас поведем,— сообщил, поздоровавшись, командир отряда. Девушкам он низко поклонился в седле. Даже у Сары заблестели глаза при виде этого молодого человека, а Ванда так покраснела, когда он на нее посмотрел, что Яшек на всякий случай решил откашляться и закрыть ее собой.— Не бойтесь, вы среди друзей.

Они погнали лошадей, потому что не в обычаях казаков было ездить медленно. Мчали в лучах заходящего солнца, а потом в темноте, а рядом с ними, уже не скрываясь, мчали волки. Кони беспокойно фыркали, однако хищники ничего не предпринимали. Кутшеба не мог понять, как долго они так ехали. Их вела чья-то магия, потому что он даже не смог запомнить дорогу, которую им никто не преградил — даже демоны держались от них подальше, как будто они ехали не по Диким Полям, а по какой-то пригородной дороге.

Наконец они заметили поляну, окруженную огнями и бледным магическим светом. Бессчисленные волчьи стаи ждали их там в неестественной для зверей тишине. Они окружали седого бородатого мужчину, сидящего возле самого большого костра. Казаки, едва сойдя с лошадей, пали перед ним на колени. Их командир тоже поклонился, поцеловал епископский перстень на протянутой руке и доложил, что он привел тех, кого отец хотел видеть.

— Спасибо, Юрек,— седой благословил его, положив ладонь на иссиня-чёрные волосы солдата.— Спасибо вам всем! А вы, дорогие гости, не бойтесь, подходите ближе. Мы рады видеть вас среди нас!

Они сошли с лошадей. А когда приблизились к седому епископу, то увидели, что в его могущественной тени сидели Волк Ветролап и Мочка.

ГЛАВА 8

*Июнь 1972 года по старому календарю,
пятьдесят седьмой год Предела,
двадцатый год Мира, Краков*

Трудно было избавиться от впечатления, что находишься в логове врага. Например, этот сгорбленный лысый мужчина, который, как посмешище, носит какой-то древний пиджак и потешный монокль из обычного стекла, официально заменил его на посту в краковских службах и приложил все усилия, чтобы очернить его и вытеснить оттуда окончательно. Упитанный блондин, сидящий с ним за столиком, был одним из самых опасных убийц, известных Корыцкому. Хотя пути его и Корыцкого никогда не пересекались, сам факт, что он сидел в обществе лысого, давал Корыцкому повод для беспокойства.

Он прошел мимо, отвечая на неискренние приветствия и улыбки, так же, как прошел мимо Леманского и Физилиота — двоих аналитиков, ответственных за характер взаимоотношений с городом Варшава, которые когда-то преданно служили ему, а сегодня, возможно, работали против него. Когда он переступил порог Зала Мрака — так, к его недоумению и смущению, называлось одно из помещений, почему он и чувствовал себя здесь как герой дешевого романа,— и уселся напротив троих мужчин, лица которых скрывала тень, его не покидало ощущение, что он находится во вражеском гнезде. Хотя эти трое и были его начальниками.

Комиссией Порядка из Клуба Теней руководил мужчина, который велел называть себя командором. Это могло говорить как о его морском прошлом, так и о чем-то противоположном. Тайны, которыми был окружен капитул Клуба, объединявшего прежде всего нынешних и бывших агентов разведки, были недоступны даже Корыцкому. Именно Клуб принял решение о назначении ему официальной пенсии, именно Клуб дал ему звание генерала и именно Клуб относился к нему как к какому-то сержанту.

— Вы получили отчет Двурукого? — командор не тратил время на приветствия.— Как вы оцениваете риск смерти сенатора?

— Он и раньше казался мне довольно высоким. Если, конечно, Мышелов напал на его след. Сейчас... в этом деле ничего не изменилось.

— А разве не Якубовский гоняется за Мышеловом? — удивился мужчина, сидящий справа от командора. Его писклявый голос наводил на мысль, что он перепуган. Это, в принципе, было неудивительно, они говорили об убийстве одного из самых могущественных людей Галиции. Однако должен ли член капитула выказывать страх или хотя бы тревогу?

— Не будете ли вы так любезны пояснить, генерал,— в голосе командора не слышалось никаких чувств. Этот человек, по убеждению Корыцкого, был решительно на своем месте.

— Мы снова поддержали Мышелова,— Корыцкий надеялся, что его голос не выдает тревоги, которая охватила его, как только он вошел в Клуб. Всё это дело было ему совсем не по зубам. Его одолевала мысль, что после всего этого Капитул может решить избавиться и от него.— Мы не только натолкнули его на идею использовать марсианина, но и дали ему самые лучшие рекомендации. В свою очередь Якубовскому мы подкинули столько наводок, что он не мог их проигнорировать. Тем более что такое путешествие казалось ему прекрасным поводом встретиться с Конрадом. К сожалению, Якубовский подтвердил все наши опасения. Он ведет свою игру.

— Мне кажется, или...— последний из членов капитула говорил очень тихо, почти шепотом. Он тоже умел скрывать свои эмоции. «Наверное, раньше был учителем»,— подумал Корыцкий. Он всегда говорил так, будто читает лекцию.— Действия Якубовского на самом деле весьма рациональны и были бы нам на руку?

Корыцкий был полностью с ним согласен. Он любил Кутшебу и даже по-человечески переживал за него, потому что понимал его мотивы. Однако в этот раз логика большой политики склонялась скорее в сторону Якубовского. Если бы сенатору и Конраду удалось реализовать их план, эта часть мира изменилась бы до неузнаваемости. Причем, Корыцкий был глубоко убежден в этом, к лучшему.

— Вы, господа, не владеете общей картиной,— прервал его Командор.— Равно как и Якубовский. Вам должно быть достаточно того, что господин сенатор значительно превысил свои полномочия и де-факто выступил против нас. Его планы, хоть и самые благородные, не имеют значения, они ничто по сравнению с нашими планами. Он умрет. Генерал, пожалуйста, изложите нам вкратце рапорт Двурукого и доложите, что сейчас происходит с Мышеловом. Ему нужна наша помощь?

* * *

Июнь 1972 года по старому календарю,
пятьдесят седьмой год Предела,
двадцатый год Мира, Дикие Поля

— Просто ничего не бывает, сын мой,— старец едва поприветствовал гостей и пригласил Кутшебу на прогулку. Они обходили лагерь, обозначенный в темноте кострами.

И волки, и люди склоняли перед ними головы, и Кутшебе казалось, что даже растения реагировали на приближение седовласого. Как когда-то на землях графа Ростова, так и здесь вся природа отдавала честь своему господину. Нечто подобное он видел в Матушке Тайге и Вековечной Пуще, однако там лесные квазигосударства были полностью подчинены единовластию. А на Диких Полях между собой конкурировали разные гегемоны и кандидаты на их места. Так же было и в городах, жители которых не хотели отдавать власть в руки одного бога или дьявола. Собственные хранители были у каждого дома и даже у каждой квартиры. Люди обвешивались амулетами многих богов и, так же как и Кутшеба, делали татуировки с заклинаниями на разных языках. Однако ни один хранитель не мог сравниться с тем, рядом с которым сейчас шел Кутшеба.

— Судьбами всех нас руководят ветры, которые дуют с разных сторон,— протяжно говорил старец,— а за каждым из них стоит некто, обладающий собственной логикой бытия. Даже здесь, в этой дикой, но простой стране, нами стараются править создания, укрытые в тени.

Их сопровождал волчий эскорт, а также Мочка верхом на Волке Ветролапе. Одержимый не разговаривал с Кутшебой и даже не смотрел на него. «Он уже мой,— проинформировал Кутшебу епископ в самом начале.— Они оба. Вам нечего их бояться. Ни один волк, даже волшебный, не сможет сопротивляться моим приказам. А этому ребенку нужен покой!»

— Для меня всё просто,— не согласился Кутшеба.— У меня есть цель. И ничего, кроме цели, для меня не существует.

— Ты сам знаешь, что это не так, сын мой. Эту темноту в тебе постоянно осветляют какие-то огни. Даже твой личный демон это видит. Ты не так самостоятелен, как тебе кажется, как тебе хотелось бы. К сожалению, как и я.

— Ты? Ты — Бог. Наиболее близкий к идее единого, всемогущего Бога, из всех кого я встречал.

— Еретик! — епископ улыбнулся, но в этой улыбке было что-то хищное и угрожающее.— Не говори таких вещей, сын мой. Я — христианский епископ, ожидающий нового пришествия Господа.

— Не для Диких Полей. Здесь тебя почитают как Бога.

— Какой из меня Бог! — епископ махнул рукой.— Все те, кто почитает меня — и местные, и из других городов, намешали во мне столько верований, что, по сравнению со мной, этот несчастный ребенок, в которого силой втолкнули разные души,— воплощение абсолютного Порядка. Я предводитель волков, потому что много веков назад меня сделали волчьим пастырем, вместо какого-то старого демона. Я владею каким-то клочком этой несчастной страны, потому что местные простачки верили в меня почти как в Бога. Всё это меня связывает, сковывает. Я не древний бог и не ортодоксальный христианин. Во мне нет настоящей силы, сын мой, ты должен это осознать, чтобы понять, что я сделаю для тебя. Выслушай меня, дитя, терпеливо и внимательно. Я не поведу своих солдат против твоих врагов. У них карабины с серебряными пулями, способными убивать ожившие легенды. И автоматы, которые ранят моих волчьих детей быстрее, чем те доберутся до них. Слишком многими смертями я бы заплатил за такую битву. Старый бог смеется над этим, а епископ плачет.

— Я знаю, что в тебе говорят легенды. Как ты ударом посоха разбил врата какого-то замка. Революция придет за тобой так или иначе.

— Во-первых, это легенда не обо мне, а о настоящем епископе. Я — только очередной дух. Не путай грешного с праведным. Ты думаешь, я тот самый бог, которого просят о помощи моряки? Мы носим одно и то же имя, но ни один из нас не настоящий. А есть еще и третий... И в каждом из нас есть сила, и мы бы легко одолели этот, относительно небольшой, отряд Революции. Но я не хочу потерь, которые мы могли бы понести.

— Значит, не поможешь нам?

— Более того, сын мой. Я передам тебя в их руки.

Мара сжалась в Кутшебе. Она с удовольствием разорвала бы горло епископу, однако понимала, что не может навредить тому, кого еще перед Пределом в Украине называли последователем Бога. Ее удивило также спокойствие Кутшебы.

— И ты говоришь мне это, потому что...

— Потому что знаю, что для тебя ничего не значат союзы с теми, кого ты поклялся убить, и если нужно будет, ты повернешься даже против друзей, когда они станут на твоем пути. Несмотря на обстоятельства, ты попытаешься убить великого сенатора. А я хотел бы, чтобы, воспользовавшись случаем, ты добыл для меня дирижабль. Он мне понадобится в ближайшие годы. Ты же знаешь, что у меня уже есть капитан для него.

* * *

Дирижабль прибыл двумя часами позже. Волки завыли, увидев его, а казаки направили в небо два трофейных тяжелых автомата. Все не сводили глаз с корабля, величественно приземляющегося на поляне.

Темный, еще с гербом Якубовского и символами Галицийских железных дорог, но с красным флагом, развевающимся на корме рядом с галицийским флагом, дирижабль опускался рядом с людьми, духами и зверями как пришелец из другого мира — уверенно и спокойно. Целые толпы народу вышли ему навстречу. Только Волка Ветролапа и Мочки нигде не было видно.

— Просто прекрасно,— проворчал Грабинский при виде сходящего по трапу чародея, которого сопровождал одноглазый гном.— Мы сами спешим в лапы врага.

— Ты можешь остаться,— вид Кунтца беспокоил Кутшебу. У гнома были с ним личные счеты. Почему его не расстреляли за проваленную миссию? Разве не такой конец ждал всех, кто подвел Революцию?

Он снова задумался, не лучше ли попытаться сбежать. Они позволили казакам затащить себя прямо в ловушку, и этого факта не отменяли заверения епископа, что их связывали общие цели. Корыцкий был прав, когда говорил, что одно дело — когда сильные мира сего убивают, и совсем другое — когда ввязываются в политику. Каждая новая их цель оказывалась труднее предыдущей. Чтобы убить пятого, ему придется развязать войну?

Всё оружие они должны были отдать казакам, которые очень обрадовались таким подаркам. Епископ благословил трофейные пистолеты и карабины, чтобы они не подводили новых хозяев. Сабли и ножи он не захотел принять — сказал, что белое оружие обладает душой, которая умирает только со смертью владельца. Отобранное силой у живого хозяина, оно будет мстить, как будто наделено собственной волей.

— Узнаешь меня, Океанский? — гнома прямо распирало от мстительной радости.— Не ожидал, негодяй, правда? Ох, я приготовлю тебе место в аду, предатель!

Кунтц приказал заковать всех, включая женщин. Епископ уговаривал Ванду остаться с ним, однако на это не соглашались ни Шулер, ни сама девушка. «Где они, там и я!» — решила она, неизвестно, думая при этом об отце, любимом парне или обо всей компании. Шулер в свою очередь сказал епископу прямо в глаза, что ему не удастся сделать из его дочери монашку и заковать ее в кандалы одной религии. У епископа заблестели глаза; казалось, два бога сейчас начнут проверять, кто из них сильнее, но Ванда не позволила этого. Она встала между ними, обняла их и прошептала что-то, что могло быть и просьбой, а могло и благословением. Что бы она ни сказала, они оба пришли в замешательство и отошли друг от друга.

— Я никого здесь не предавал.— Кутшеба дернулся, когда на него надевали кандалы. Он оглянулся на епископа и плюнул в его сторону.

Кунтц рассмеялся. Демонстративно улыбаясь, он подбежал к епископу с протянутой рукой. Старец неохотно пожал ее.

— Вы мудрее, чем ваша погасшая религия! — похвалил его гном.— Вы понимаете, за кем будущее! Я бы даже выпил с вами за начало плодотворного сотрудничества, но время поджимает! Этого там уже ждут. Ну, бывайте, товарищ! Простите, что я не жду от вас благословения в дорогу...

— Дурак,— казак, стоявший рядом с епископом, по-волчьи оскалился, наблюдая за взлетающим дирижаблем. Они еще до его прибытия правильно рассчитали дальнейший курс корабля, когда отправляли в путь Волка Ветролапа.— Несет свою смерть и радуется этому.

— Ты не знаешь, чем это закончится, Юрек,— епископ положил ладонь ему на плечо.— И даже я не знаю. Послушай меня, сынок. Ты поедешь за ними, но со своими людьми. Осторожно, по-тихому. Если Кутшеба не сможет ничего сделать, не предпринимай никаких действий.

— Я знаю таких, как он, батька. Он мир перевернет с ног на голову, но своего добьется. Даже могила его не сдержит.

— Может, и так. Но мы еще не готовы к войне с Революцией. Мы должны положиться на этого несчастного человека. Ты поможешь ему сбежать, если что, но ничего, кроме этого. И проследи, чтобы дирижабль был наш.

— Слушаюсь,— скривился казак. Его определенно не радовала перспектива поднебесного путешествия.— Благословите меня перед сражением. Если я не вернусь, то хочу, чтобы душа моя была чиста и перед небесами, и перед землей.

Епископ не был уверен, значило ли хоть что-то его благословение для молчаливого Неба, но положил ладонь на голову воина, вызванного равно из степных легенд и из романов. От молитвы у мужчины заблестели глаза. Печать благословения, возможно ничего не стоящая в христианском Небе, на Диких Полях имела свое значение. Епископ мог порой сомневаться в себе, в своей роли и значении, но вся Украина знала, что нет никого святее, чем святой Николай, Бог богов на Диких Полях. Даже земля стелилась под ноги рыцарям, которых он благословлял.

Какое-то мгновение он смотрел на свою левую ладонь, удивленный, что небольшая рана на ней не затянулась так быстро, как он ожидал.

— Я слишком слаб,— прошептал он, когда остался один.— Какой из меня Бог, какой из меня хранитель! Я вхожу в союз с дьяволом и проклятыми людьми, и ни одному из них не могу дать избавления.

Поскольку он считал, что общение с самим собой не свидетельствует ни о мудрости, ни о набожности, а только о том, что в нем до сих пор препираются две натуры — языческая и христианская, он убежал туда, куда всегда убегали от одиночества сверхъестественные создания,— к своим верноподданным.

Он попрощался на православный манер, что всегда помогало ему обрести спокойствие, и пошел править службу для волков и людей.

ГЛАВА 9

Июнь 1972 года по старому календарю,
пятьдесят седьмой год Предела, двадцатый год Мира,
Дикие Поля, лагерь Революции

Они решили устроить целый спектакль, почти что мистерию, чтобы показать, как должны страдать их враги. Однако прежде всего они хотели продемонстрировать поражение человека, который так долго вызывал у них страх.

— Я бы сразу с тобой покончил, убийца, но нужно еще вытащить из тебя кое-что,— улыбка цвела на устах Кунтца, как гниющая рана.

Гном искусал губы до крови, пытаясь взять себя в руки и не замучить пленника, прежде чем приведет его, связанного, к своим покровителям, в пародии древнего триумфа цезарей. Хотя ему и казалось, что после многонедельных допросов на Лубянке он уже никого и ничего не боялся, всё же Кунтц опасался Брыка, потому что не мог его понять. В человеке, который молниеносно поднимался по карьерной лестнице, скрывалась какая-то тайна и амбиции, недоступные умишке порабощенного слуги, в которого превратили когда-то потрясающего агента. Кунтц хоть и не отдавал себе в этом отчета, сжимался при одной только мысли о Брыке.

А ведь Брык не сделал ему ничего плохого. Он вытащил его из далеких холодных лагерей как раз в тот момент, когда надломленный дух гнома перестал поддерживать силы в измученном теле. От Кунтца уже оставались только самые ничтожные, бездумные инстинкты. Он вставал, потому что все вставали, ел, потому что все ели. А потом работал без отдыха на стройке огромной пирамиды, которая должна была послужить для создания нового могущественного бога. В его глазах не было огня, пока Брык не зажег их обещанием мести.

Кутшебу, которому хорошо досталось уже во время воздушного путешествия, привязали к столбу в одной из землянок. Одна слабая коптилка давала слишком мало света, чтобы Якубовский мог рассмотреть следы избиений на теле пленника, однако он и без того понимал, что Кутшеба сейчас в очень плохом состоянии.

Прежде всего потому, что из него изгнали мару.

Прежде чем сделать это, пленника привязали к колышкам в центре лагеря так, чтобы его разведенные руки и ноги вписывались в контуры нарисованной на земле звезды. В ее верхнем луче разместили голову узника, также обездвиженную благодаря хитрой комбинации кольев и ремней.

— Не бойся,— успел он прошептать своей демонице, а потом ему в рот сунули кол с вырезанными святыми символами Революции. Кунтц содрал с пленника остатки одежды, которая и так сильно пострадала во время предшествующих пыток, после чего педантично закрасил все татуировки, которые Кутшеба делал на протяжении долгих лет. Сперва он хотел выжечь их, но Якубовский и Брык единодушно запротестовали.

— Я отдам вам его целым, товарищ,— пообещал гному старший комиссар.— Но не замучайте его, пока он не скажет всё, что нужно,— и то, что знает, и то, что, как ему кажется, он не знает. Следите, чтобы не переборщить. Революция во второй раз не будет так милостива.

Остальных пленников лишили этого зрелища. Якубовского удивило такое милосердие Брыка, однако старший комиссар просто боялся, чтобы гнев не пробудил силы Шулера. Бога и его товарищей закрыли в землянке, разрисованной шестью магическими кругами и звездой Революции. Ни человек, ни демон не смогли бы их пересечь.

Когда Кунтц покрыл почти всё тело Кутшебы краской из человеческой, звериной и дьявольской крови, чародей Якубовского приступил к изгнанию мары из пленника. Он кружил над мужчиной, попеременно выкрикивая или произнося шепотом какие-то заклинания, а помогали ему два красных шамана, привезенные из приграничья Матушки Тайги. Они осторожно делали надрезы на теле Кутшебы в тех местах, которые считали кратчайшей дорогой к его душе. Мара злилась, сопротивлялась, но они ловко избегали ее ударов, в ответ нанося удары по ее рукам серебряными ножами, так что она аж выла от боли. Кричал и Кутшеба. Он не обещал себе, что не подарит им этого удовольствия, так как хорошо знал возможности опытных палачей. Однако он не думал, что вырвать из него мару будет настолько больно. Ведь она так часто выходила из него сама. Вроде бы — какая разница.

— Мы вытащим ее из тебя навсегда,— засипел ему прямо в ухо Кунтц, как будто читая его мысли.— Искореним и выжжем каждую нить, которой вы были связаны. Ты останешься один, сука!

Потом Кутшеба кричал. От боли и от гнева. И от скорби по потерянной спутнице. Ее тоже замучают в ходе ритуала? Он поклялся, что отомстит и за это, хотя сейчас чувствовал, что одной мести здесь недостаточно. Одно дело — умилостивить кровью память погибших, а другое — прощаться с живыми, не имея возможности им помочь. Он проклинал собственные планы, слишком несовершенные, если они привели ко всему этому, к такой смерти.

Однако нет. Когда они достали мару из Кутшебы и бросили на землю черное измученное тело, как будто она принимала на себя раны, наносимые ее носителю, Кунтц бросился к маре с ножом, но чародей остановил его.

— Ее мне тоже обещали! — прикрикнул на него Кунтц.— Зарежу суку у него на глазах.

— Позже. Сейчас это может убить его.

— Но их уже ничего не связывает, глупый раб! Пусти, говорю!

— Прикоснешься к ней — и я сожгу тебя живьем, гном!

Кунтц замер. Он минуту смотрел на чародея, а потом отвернулся, ища поддержки у своего командира.

— Прислушаемся к профессионалу,— разочаровал его Брык.— Я предупреждал вас, товарищ. Не переборщите.

Они связали мару серебряной нитью, выжгли на ее теле семь печатей с именами вождей и святых Революции, а потом втиснули в клетку из железа. К ней сразу же приставили четырех охранников, которых выбрали из числа комиссаров, хотя она и была не в состоянии сражаться.

Лишенный защиты мары, Кутшеба не мог залечить раны с помощью магии, равно как и не обладал теперь дополнительными силами. Глядя на него, Якубовский впервые за много лет почувствовал наконец, как его покидает страх, этот ужасный страх, подрезавший ему крылья и сковывавший сознание.

С тех пор, как они с сообщниками убедились, что по их следу идет мститель, кто-то, кто знает об их существовании и сговоре, все они жили как в тюрьме. Один по доброй воле закрылся в башне, другой отрекся от своей жизни и имени. Но всё это оказалось тщетно. Якубовский накормил своего покровителя новыми жертвами, а Брык убежал туда, где, как он думал, и сам дьявол не сможет отыскать его. Безуспешно. Кто-то постоянно шел по их следу, они чувствовали, как невидимая петля сжимается вокруг них, затапливает душу и не позволяет жить и действовать. Сколько бы они смогли достичь, если бы не боялись этого проклятого человека! Одного-единственного человека!

Якубовский хрипло засмеялся, но сразу отскочил подальше, потому что Кутшебе еще хватило сил, чтобы плюнуть. А кто знает, что могла содержать слюна такого сумасшедшего!

— Вы уже закончили, товарищ? — Кунтц определенно терял терпение. Он спешил приступить к следующим пыткам. Его абсолютно не интересовали секреты Кутшебы, он только жаждал причинить ему как можно больше боли. Когда его едва ли не силой удалось оторвать от узника, он пошел издеваться над марой, а потом рассказывал Кутшебе обо всём, что сделал с ней.

— Его нельзя убивать,— напомнил ему Якубовский.— Этот проклятый мститель еще не все рассказал нам.

Несмотря ни на что, он сейчас с облегчением покидал землянку, в которой допрашивали Кутшебу. Он не выносил вида пыток и того, что его люди иногда проделывали с пленными. Его тошнило от запаха паленого мяса, вони гниющей крови и смрада экскрементов. Издевательство над другими напоминало ему о собственной смертности. Этим он не отличался от остальных — если бы его отдали в руки Кунтца, он бы тожс превратился в кусок мяса, а его светлый разум наполняла бы только жажда конца. Он был рад кончине Кутшебы, но предпочитал, чтобы его убили быстро и чисто. Жаль, что нельзя было так сделать, пока из него не вырвали последнюю, самую важную тайну.

Кутшебу, как оказалось, не нужно было долго пытать. Он охотно рассказывал о том, как убивал их друзей, на самом деле он хвастался этим. И только под конец первого дня они поняли, что, хоть рассказал он и много, но не выдал никого, о ком бы они еще не знали. Они позволили обмануть себя из-за излишнего усердия Кунтца, который не прекращал пытать узника. В ходе допроса казалось, что Кутшеба действительно признается под действием боли, а не для того, чтобы посмеяться над ними.

* * *

— Три дня,— напомнил Якубовскому Новаковский, ожидая его перед местом обитания Кунтца. Постоянно сопровождавшие его «опекуны» — четыре обычных красноармейца — с интересом рассматривали чужака. Раньше они лишь слышали о марсианах, но ни одного не видели. Чужих не очень привлекала Революция, никто из них не проникся ее идеями.— Вы пытаете его уже три дня.

По неизвестным причинам Якубовскому было стыдно перед марсианином. Он чувствовал себя как варвар перед представителем высшей цивилизации. Обычно он считал себя равным пришельцам с другого конца космоса, но такое открытое, жестокое применение силы делало из него варвара даже в собственных глазах.

— Он сам виноват,— ответил он со злостью.— Вам его жаль? Вы тоже старались его использовать! В конце концов, что вы тут до сих пор делаете? Разве еще не закончили погрузку?

Тридцать телег должны были увезти ту часть сокровищ, которую отдали Новаковскому в обмен на то, что он примкнул к сговору. У Якубовского болело сердце при одной только мысли о тех богатствах, которые отдавали в руки марсианина. Одно его радовало — что самая ценная добыча досталась ему. Интересно, понимал ли марсианин, что в действительности они нашли настоящее сокровище? Что неповрежденную емкость с настоящей протобожественной эссенцией марсианской энергии, используемой для производства мифобомб или богов, они оставили себе.

Они отдали ему состояние, но эта емкость, использованная соответствующим образом, могла сделать из них богов.

— Подумай,— объясняя ему это, Брык говорил шепотом даже в магически защищенном помещении.— Вожди Революции испытали трансцендентность через смерть и веру десятков миллионов, создав нечто совершенно новое, государство, которое является живым организмом, а они — его мозгом и сердцем. Сколько труда они вложили в то, чтобы достичь бессмертия! А для нас эта возможность на расстоянии вытянутой руки... Достаточно только реализовать наши планы. И сейчас мы близки к этому как никогда.

Как ни парадоксально, но именно Кутшеба толкнул их на этот путь. Если бы не его гнев и упорство, они бы просто доживали свои жизни в богатстве. Возможно, обладали бы большой властью и влиянием, но только и всего. Однако, защищаясь от него, они прибегали ко всё более отчаянным методам, пока им в голову не пришел по-настоящему великий план. Прибрать к рукам власть над Революцией и отгородиться от неутомимого мстителя не какими-то там охранниками, а многомиллионной армией и самим государством-богом! По сравнению с этим их первоначальные планы казались детской игрушкой. А потом они получили неожиданную премию: сокровище марсианина.

— Почти закончено,— голос Новаковского вырвал его из задумчивости.— Но вы еще не согласились отдать мне остальных пленников.

— Мы не можем отпустить Шулера Судьбы. Он убьет нас. Даже если мы прикроемся его дочерью. Это сильнее его.

— Но цыганка и великан вам ничем не угрожают. И парень. И Грабинский.

Якубовский не был так в этом уверен. Марсианин не понимал, как сильно они были связаны с Кутшебой. В этом человеке, а может, во всей его миссии было что-то необычное. Он не мстил, как другие убийцы, но умудрялся использовать с этой целью всю основу нового мироздания, он сделал из своей мести целую историю, превратил ее почти в миф. Тех, кто пошёл за ним, он связал с собой узами, которых, возможно, сам не понимал. Они могли быть так же опасны, как и он.

Помимо всего прочего, они были свидетелями. А значит, представляли опасность.

А сейчас ничто не должно было встать на пути Якубовского и Брыка и помешать их планам. Ничто и никто.

* * *

Кунтц умер быстро, как будто над ним смилостивился какой-то бог или дьявол. Ни одно из проклятий, которые Кутшеба адресовал гному, уже не могло исполниться. Нож легко вошел между ребрами. Жертва почти не почувствовала, как лезвие проникает в тело, но дернулась под тяжелой ладонью, закрывающей рот, и застонала, когда острие прокрутилось в сердце.

«Как же так?» — еще удивился он и умер.

— Надеюсь, для тебя в аду уготовано специальное место,— прошептал Евгений и сплюнул на тело, которое продолжало биться в судорогах.

Он положил труп на землю. Не опоздал ли?

Кутшеба был еще жив. Матушка Тайга, после трех дней таких пыток?!

— Кто здесь? — простонал он.— Шулер, это ты?

— Т-твой большой друг заточен. Придется убегать без него.

— Евгений?

— Я не успел выдать тебя, брат. Хоть так спасу. Я приготовил лошадей. Мы убежим к Матушке Тайге.

Да, у нас получится. А если нет, я сам тебя добью. Тебя больше не будут мучить!

Он отвязал Кутшебу от столба, стараясь делать это как можно аккуратнее.

— Подожди! — простонал Кутшеба.— Этот сукин сын прибил мне надрезанные куски кожи к дереву. Ты отдираешь меня живьем. Обрежь ее.

— Мамочка, что они хотели с тобой сделать!

Тихая улыбка Кутшебы удивила его. Он сошел с ума?

Евгений не отважился зажечь коптилку. Он на ощупь находил куски кожи и, не слушая Кутшебу, который требовал обрезать ее, осторожно вынимал гвозди.

— Как ты выжил, Стах?

— Мне придавали силы.

— Кто?

— Мои. Они здесь. Ходят за мной по пятам, а она не говорила мне, ведьма. А должна была знать.

Не понимая, о ком речь, всё более обеспокоенный Евгений помог Кутшебе сесть. Он глухо простонал, когда увидел, в каком состоянии его ноги.

— Ах да, сломаны. Не убежим мы сейчас, как ты хотел, Евгений. Мне нужна моя дорогая девочка. И друзья.

— Красных почти двести, Стах. А твою мару охраняют четверо комиссаров. Это чудо, что мы еще живы.

— Ты еще не видел настоящих чудес, друг. Только помоги мне, я сам могу держать нож.

— Мамочка, у тебя и пальцы поломаны!

— Этот засранец боялся рисковать. Ладно, здесь режь.

Кутшеба подставил левую ладонь под острие ножа.

— С ума сошел? Ты мало крови потерял?

— Режь, если хочешь, чтобы мы вышли отсюда живыми.

Жалея, что ввязался во всё это, Евгений надрезал кожу в единственном неокровавленном месте на теле Кутшебы.

На руке медленно проступило несколько капель, а следом за ними прямо на ладонь Кутшебы выплыл огонь.

— Это плата,— сообщил в конце их общей прогулки епископ Николай, надрезая свою ладонь.— Можешь использовать это сейчас, можешь когда-нибудь потом. Одна капля. Хватит на семь минут. Я не знаю точно, что она даст тебе. Вылечит, поможет. Возможно, ты станешь быстрее, а возможно, у тебя будут видения. Ты не станешь богом, и это не навредит твоей девочке. Но на семь минут ты станешь намного сильнее. Потом моя кровь сгорит, и ты вернешься в прежнее состояние.

— Не можешь дать мне больше? Хотя бы три?

— Не торгуйся, сын мой. Используй мудро то, что получил.

Кутшеба слизал каплю крови Николая и стиснул зубы, чтобы не закричать, потому что, как только он попробовал ее, жар овладел его телом, сжигая изнутри все раны. Евгений ойкнул и отшатнулся, заслоняя глаза, потому что на мгновение землянку залил яркий свет. Когда зрение вернулось к нему, Кутшеба стоял рядом целый и невредимый.

— У нас несколько минут, Евгений. Не будем заставлять их ждать.

Они не скрывались. Шли, как будто были красноармейцами и имели полное право бродить ночью по лагерю. Стражники, привыкшие, что бесцеремонность означает власть, не обращали на них внимания, тем более что в темноте никто не мог различить их лиц.

Иначе повели себя комиссары, охраняющие мару. Они насторожились при виде пришедших, выставили перед собой когти.

— Пароль! — произнес командир стражи.

— Шесть минут! — ответил Кутшеба и кинулся на демонов.

Командиру он разорвал горло голыми руками, второму комиссару ударом ноги сломал позвоночник. Остальные двое кинулись к нему, но Евгений в этот момент перерезал ближайшему из них горло и замер, когда демон как ни в чем не бывало повернулся к нему. Однако спустя миг кровь хлынула из раны и комиссар упал. Последний попытался убежать, но Кутшеба добрался и до него.

— Я вижу все их движения наперед! — Он вытер кровь со рта: последнему комиссару он перегрыз горло.— Вот это сила! Интересно, а Шулер постоянно это видит?

Он не терял времени на поиски ключей от клетки. Он разрушил ногой магические круги, вырвал железную дверь и вытащил мару наружу.

— Мирек? — она даже не пыталась встать. Евгений, который наблюдал за тем, что с ней делал Кунтц, не удивлялся, что она была так слаба. Скорее, удивлялся, что еще жива.— Ты светлеешь... ты умер? Я очень слабая... я ничего не почувствовала.

Она смогла только поднять руку, он схватил ее и прижал к себе.

— Жив, проклятие ты мое. Мы оба живы.

— У меня уже нет сил, Мирек. Прости меня.

Он поцеловал ее, впервые ничего не беря от нее, но вливая в нее силу епископской крови. На миг снова вспыхнул свет, но на этот раз он погас быстрее, хотя и не настолько быстро, чтобы скрыть блеск в глазах стражников на другом конце лагеря. Но этого было достаточно.

Кутшебу начала пожирать тьма, выплывающая из мары.

Тень вспыхнула от резкого света, набухла и приняла форму корней, которые вбивались в Мирослава, оплетали и врастали в него. Свет погас, и уже не было никакой черной женщины возле Кутшебы, потому что мара снова поселилась в его душе.

— У нас четыре минуты,— сообщил он изменившимся голосом.

— На твои фейерверки сбежится весь лагерь,— очнулся Евгений.— Двести сукиных сыновей. По сотне на каждого. Только у меня нет никакого фокуса-покуса, который бы меня спас!

ГЛАВА 10

Июнь 1972 года по старому календарю,
пятьдесят седьмой год Предела,
двадцатый год Мира,
Дикие Поля, лагерь Революции

Впервые в жизни он подумал, что в этот раз у них действительно нет шансов. Может, их никогда и не было? Может, они навлекли на себя проклятие в тот день, когда нарисовали свиной кровью круг, нацедили собственной крови и произнесли заклинание, чтобы освободить энергию нескольких сотен смертей и перелить ее в небольшого марсианского демона, одного из тех, кто не мог обрести свое место на Земле, но не мог и умереть. Может, Кутшеба, или как там на самом деле его звали, был не одиноким мстителем, которого чувство горя превратило в мрачного героя, а естественной реакцией Вселенной, которая всегда стремится к равновесию?

Когда его разбудили выстрелы, он сразу понял, что произошло. Он даже не гадал, кто на них напал,— сразу догадался, чьи отряды против них бросили Дикие Поля. Якубовский уселся на подстилке, зажег керосиновую лампу и посмотрел в глаза магу, как всегда уже отдохнувшему и готовому действовать. Он заметил в них ожидание освобождения и понял, что в любой момент Кутшеба появится в дверях, чтобы его убить. Единственное, на что он мог надеяться, что он расправится с ним быстро.

— Думаешь, он оставит тебя в живых? — попытался он заразить слугу своим страхом.

— Я буду вас защищать, как только смогу,— искренне ответил чародей. Но не добавил, что надеется, что у него это получится.

Однако к ним пришел не Кутшеба, а Брык. Вид Якубовского, который смирился со своей судьбой, удивил его, но не остановил. Он подбежал к кровати и с размаху ударил сидящего по лицу. Чародей отвел взгляд.

— Хочешь сидеть и ждать своей смерти, идиот? — яростью в голосе старшего комиссара можно было заряжать фабрики, но Якубовский расслышал притаившийся в нем страх.— У нас почти двести человек! Двести! А он слабый, едва живой. Только эта мара держит его при жизни. Да соберись же ты! Мы окружили его! Соберись, трус, и выйди показать марсианину, что у тебя есть яйца!

Он развернулся и вышел.

— Слабый, одинокий! — прокричал ему вслед Якубовский.— Но смог как-то освободиться! Он не человек! — и заплакал.

* * *

У него оставалось каких-то полминуты, когда он добрался до тюрьмы, в которой держали Шулера и остальных. Евгению он велел приготовиться и найти немного взрывчатого вещества, когда он отведет от него красноармейцев. За ним гнались почти все, но стреляли вслепую и, наверное, абсолютно не верили, что могут попасть. Они до сих пор не понимали, как он смог освободиться.

Когда он перебегал через круги, разбивая защиту полевой тюрьмы, вокруг выстреливали магические заряды, освещая ночь разноцветными искрами. Кутшеба попеременно чувствовал жар и холод чародейских зарядов, но не останавливался. Десять секунд, прыжок, пять, последний шаг, секунда, прыжок к дверям...

Не успел.

Божественная кровь испарилась, а вместе с ней и вся сила. Поломанные ноги подвернулись под ним, а когда он упал, открылись все раны, нанесенные Кунтцем. Он снова закричал от боли, катаясь по земле. И еще от гнева, потому что не справился. Ему не хватило какой-то проклятой секунды, чтобы открыть эти чертовы двери!

«Я вылечу тебя,— голос мары был слабым.— Но мне нужно немного времени».

— Времени как раз и нет! Черт!

Демоница пыталась сложить поломанные кости. Он кричал, когда она складывала их. Даже ускоренное сращивание костей было дьявольски болезненным и, к сожалению, слишком медленным. Должно было пройти хотя бы несколько минут, а у них не было и пары секунд, потому что погоня уже была достаточно близко, чтобы увидеть, что Кутшеба воет от боли, и понять, что он снова беззащитен.

Двери с грохотом слетели с петель, вышибленные изнутри мощным пинком. Первым вылетел Шулер, словно смазанное пятно тени. Он отвернул траекторию самых метких снарядов и через мгновение уже свирепствовал среди красноармейцев.

За ним вылетел Крушигор, вырвал у одного из солдат карабин и вертел им, как дубинкой, пока не заметил пулемет «Максим», установленный на тачанке. Он аж вскрикнул от радости, добрался до пулемета одним прыжком и, стреляя с бедра, заставил солдат припасть к земле. Он сразу позвал Яшека, чтобы тот подавал ему ленты. Парень явно боялся, но ему было стыдно выказать страх в присутствии Ванды, которая уже помогала Саре. Цыганка и богиня затащили Кутшебу в землянку, которая только что служила им тюрьмой.

Грабинский действовал осторожнее. Он почти ползком добрался до первого брошенного карабина, но когда поднял его, начал отстреливаться из положения лежа.

— Как это возможно? — Кутшеба стонал, стараясь успокоить боль в срастающихся конечностях. Сара шептала молитвы, помогающие заживлять раны. Ванда могла только крепко держать раненого за руку и придавать ему отваги, нежно утешая. Если когда-нибудь ей предстояло стать богиней богов, то ей нужно было еще многому научиться.

— Глупый *муло*,— усмехнулась Сара.— Твой бог только и ждал, чтобы ты разорвал те круги. А такие двери для Крушигорушки — словно бумажка.

Он почти улыбнулся.

* * *

— Это всего лишь мелкая неприятность,— Брык презрительно скривился.— Видимо, какой-то предатель из наших помог ему бежать. Но мы окружили их, в любой момент всё может быть улажено.

Новаковский только кивнул.

— Ваш друг намерен атаковать их с воздуха? — он показал на Якубовского, который крутился возле дирижабля, пришвартованного на окраине лагеря.— В темноте он может ранить много своих людей.

Брык выругался. Он совладал с собой настолько, чтобы извиниться, а потом побежал к «Храброму».

— Ничего не выйдет из этого союза, господин. Осмелюсь предположить,— Чус не отступал от марсианина ни на шаг.— Этот дьявол, Кутшеба, их поубивает.

— Может быть. Мне кажется, или ты доволен этим?

— Я любил графа Ростова, господин. Он был благородным человеком.

— И не жаль тебе потерянной возможности, Францишек? Планы у тех двоих были великие, почти идеальные...

— Прошу меня извинить, господин, но великие планы не для слуг.

Мужчины с великими планами как раз спорили возле дирижабля. Им уже было плевать на то, как это выглядело со стороны. Брык кричал на растерянного Якубовского, а когда тот позволил отговорить себя от побега, вытащил оружие и приставил ко лбу союзника. Увидев это, чародей сделал почти незаметный жест, и невидимый удар отбросил Брыка назад, повалив его на землю. Пистолет старшего комиссара выстрелил, однако пуля полетела в небо, не причинив никому вреда.

Якубовский замер, будто пораженный громом. На негнущихся ногах он приблизился к ошеломленному Брыку, поднял его оружие и побежал к солдатам, которые тщетно пытались одолеть узников.

Великан, прижатый к земле массированным обстрелом, не прекращал палить из «Максима». Грабинский делал одиночные выстрелы, но ни разу не промахнулся. Шулер, наплевав на огнестрельное оружие, то и дело появлялся из тьмы, которая вокруг него делалась особенно черной стараниями Сары, и исчезал в нее обратно, оставляя за собой только изуродованные огромной силой тела.

А когда казалось, что хуже быть не может, из землянки вышел Кутшеба.

— Единственный плюс, который во всем этом может быть,— осознал вдруг Чус,— это то, что, при счастливом стечении обстоятельств, все сокровища достанутся нам, господин.

Однако счастливому стечению обстоятельств надо было помочь. Слуга марсианина покинул своего господина. Не ожидая приказа, а может, запрета, он побежал к красноармейцам, крича во всё горло, что всё пропало, потому что убит комиссар, преданный Якубовским. Он дергал за плечо каждого солдата, к которому приближался, не обращая внимания на свистящие вокруг пули. Он тыкал в дирижабль, рядом с которым Брык действительно лежал на земле, потихоньку приходя в себя. Хуже того — маг склонился над ним, как будто хотел помочь. На таком расстоянии, однако, нельзя было понять его намерений. Некоторые солдаты начали стрелять в мага. Удивленный и разозленный этим, он бросил в них заклинание, чем только усилил замешательство, потому что сейчас уже все обернулись против него.

— Всё пропало! — не уставал повторять Чус. Кто-то сообразительный, наконец, ударил его и утихомирил. Однако было уже поздно.

Как на заказ, взорвалась телега с оружием, а за ней сразу вторая. Уверенные в предательстве, солдаты обращались в бегство. Остальные не понимали, против кого сражаться — против людей Кутшебы или Якубовского. Растерянные, они сбивались в кучки, не стреляя пока ни в кого, но целясь на всякий случай во всех сразу.

Если бы Якубовский сохранил хладнокровие, то, возможно, смог бы предотвратить исход сражения. Однако, когда Кутшеба, игнорируя пули, которые неизменно промахивались благодаря Шулеру, двинулся к сенатору, тот отчаянно закричал и бросился бежать. Кутшеба погнался за ним, а за ними обоими бежал чародей.

Шулер прыгнул на него.

— Только они двое,— пробурчал он.

— Посмотрим,— чародей улыбнулся почти весело и ударил в бога связкой призванных с неба молний.

Шулер завыл, но не отпустил мага. Чародей, по которому тоже прошлись заряды, выругался. Он напряг все силы, чтобы скинуть с себя бога, но добился только того, что они покатились по траве, а потом бог снова оказался сверху. Вокруг них отступали красноармейцы, брошенные своими командирами. Они уже не рассчитывали ни на численное преимущество, которое постоянно сокращалось, ни на магию, а только на возможность убежать.

Люди Якубовского понемногу отступали к дирижаблю. Там, к своему удивлению, они попали под командование Брыка, вооруженного оставленным кем-то из солдат карабином.

— Ваш трусливый командир мертв! — прокричал им комиссар.— Только я могу теперь вытащить вас отсюда!

— В Революцию? — спросил кто-то из них. Брык застрелил его на месте.

— Предпочитаете смерть от Революции? — спросил он.

* * *

Якубовский опомнился, только когда понял, что находится посреди Диких Полей, один и, по сути, безоружный, потому что здесь пистолет с одним магазином — это ничто. В отчаянии он огляделся в поисках чародея, который раньше не отступал от него ни на шаг. Но никого не было рядом. Маг не мог предать его. Значит, погиб. Надо было бежать к дирижаблю, черт возьми!

Он испугался, что призывает — пусть и в мыслях — другое зло, хотел перекреститься, но замер с поднятой рукой. Призывать на помощь Бога? Но если и Бога, то не Всемогущего, а того, кого они сами создали. Куда он подевался? Перед сном Якубовский помолился ему и, казалось, услышал ответ. Конечно, даже Бог не мог преодолеть сотни километров в одно мгновение, и никакая железная дорога не привезет его на Дикие Поля. Однако почему он постоянно был так далеко? Почему всегда первым делом выполнял поручения последнего из них, того, кто скрывался даже от своих товарищей? И почему он удерживал их покровителя далеко от тех, кто на самом деле в нем нуждался?

— Ты сукин сын! — заскулил он, когда понял, что, как оказалось, все это совсем не та игра, что он предполагал, и разыграл ее кто-то совсем другой.— Ты гребаный вероломный сукин сын!

— А я думал, что подкрался незаметно,— усмехнулся Кутшеба, выходя из темноты.

— Ты! — Якубовский отступил на шаг. Он выставил перед собой пистолет. В нем еще были пули? Он не считал! — Не приближайся! Давай поговорим!

Он не видел рядом покровителя Кутшебы. Если он сейчас выстрелит, никто не отклонит пулю. Но было ли ему чем стрелять? И хотел ли он этого? Он должен был объяснить ему, что все они оказались жертвами. Что у них есть общий враг!

— Прикидываешь, сколько раз уже выстрелил, сволочь,— спокойный голос Кутшебы гипнотизировал. Хищник был в себе уверен.— В магазине этого пистолета двенадцать пуль. Ты считал выстрелы?

Он приближался к жертве медленно. Быть может, наслаждался моментом? Может, ощущал ее страх и упивался им? Якубовский не мог этого оценить. Сколько раз он выстрелил?

— Послушай,— сказал он, весь дрожа — может, от страха, может — от волнения. Он сам не знал. Всё изменилось. Он должен был только переубедить его.— Пойми, шестой из нас, которого ты не знаешь...

Кутшеба бросился на него. В момент озарения Якубовский предвидел это, а лихорадочно работающий мозг подсказал ему ответ: «Одиннадцать выстрелов!» Он нажал на курок.

Звук бойка как треск разбитого стакана.

А потом боль, тепло в груди и резкий удар холода. Последняя мысль — о потерянном шансе. И осознание, что Брык ведь тоже один раз выстрелил.

— Еще двое...— сказали одновременно Кутшеба и мара и направились к лагерю, откуда доносились только звуки одиночных выстрелов и мерное бормотание двигателей дирижабля.

ПЯТЫЙ

ГЛАВА 1

Июнь 1972 года по старому календарю,
пятьдесят седьмой год Предела,
двадцатый год Мира, Дикие Поля

— Я могу вам помочь,— чародей не столько говорил, сколько хрипел. Шулер с сожженной бородой и обгоревшим лицом держал его за горло. От них обоих шел дым, а по телу мага пробегали голубые искры.

Уже никто не сражался. Выжившие красноармейцы, сбившись в тесную кучку, сидели на земле под надзором Крушигора. Великан ходил вокруг них гордый, как павлин, скалясь, как собака, которой подарили ведро костей. На плече у него лежал автомат. Сара с Вандой лечили тяжелораненых. К удивлению Кутшебы, помогал им и Новаковский. Увидев Кутшебу, он пришел в замешательство, хотел что-то сказать, но все-таки промолчал. Он не знал, как объясниться. Кутшеба только кивнул ему.

— Можешь помочь? — спросил он чародея.

— Они сейчас начнут стрелять,— выдавил из себя маг, медленно синея.— Странно, что еще не начали.

— А ты спустишь нам с неба дирижабль?

— Лучше: я вас туда доставлю.

— Отпусти его, Шулер.

— Скорее меня моль сожрет! Эта скотина...

— Генерал Корыцкий велел передать вам привет,— из последних сил выдавил чародей, и, услышав это, Шулер ослабил хватку.

— Генерал... охо-хо,— Кутшеба аж причмокнул.— А ты на него, что ли, работаешь?

— Теперь уже как бы... да,— чародей выдохнул.— Если вы меня не убьете, конечно. Решайте быстрее, времени мало.

— Больше, чем ты думаешь. Как ты меня туда перенесешь?

— Принесете мне Хитреца?

— Кого?

— Его петуха,— подсказала Сара.— Крушигорушка, отправь за птицей кого-то из тех твоих.

Освобожденный из клетки петух за несколько мгновений вырос до размеров коня. Чародей вскочил ему на спину и с высоты протянул руку Кутшебе.

— Он понесет нас двоих. Быстро!

Никто в них не стрелял, как будто Брык забыл, что на дирижабле есть оружие. Пока они летели, маг с удивлением думал об этом, но всё понял, когда они приземлились на борту среди тел, разорванных большими клыками.

Волк Ветролап заворчал, завидев пришельцев. Глаза Мочки опасно заблестели.

— Ты! — закричал он и занес руку, над которой потемнел воздух от возносящегося заклинания.

В ответ чародей свел ладони, между которыми вспыхнул огонь.

— Хватит! Вы! Оба! — проворчал волк.— Мочка, помни, что ты обещал отцу!

— Они пришли за мной! — ответил одержимый, не отменяя заклинания.— За тем, что во мне еще осталось.

— Ты уже отцовский. Он знает это. Правда, господин Кутшеба?

— Правда. Мочка — ваш. Дирижабль тоже. Но только не тот, кто скрывается на его борту. Вы не убили его. Правда?

— Он прячется в трюме.— Мочка потер нос совсем детским жестом, как один из городских шалопаев, которых множество гоняло по дворикам Кракова.— Но картины оставите нам?

— Картины? — не понял Кутшеба.

— Те, из града. Они забрали все вместе с сокровищами.

— Картины Ростовых! — Кутшеба даже вскрикнул. Кто бы мог подумать! — Сокровища оставим вам, но картины — другое дело. Он один?

— Только он смог сбежать от меня,— просипел волк.— Забаррикадировался. Может, держит картины как заложников.

Не держал. Никто не сказал Брыку о том, что картины из Пристани Царьград живые. Кое-как завернутые в тряпки и обрывки местами прожженной ткани, они лежали под стенами. Если кое-кто из их обитателей и выглядывал наружу, то делал это украдкой. Брык бросил на них взгляд и понял, что от них не будет никакой пользы. Он не знал, зачем Якубовский взял на борт этот балласт. Однако подумал, что это дань декадентству, такому типичному для Западного мира, которого, может, и коснулась катастрофа Предела, но не помогла ему понять, как много на самом деле изменило вторжение марсиан. Живя на территории Революции и наблюдая, как можно превратить всю страну в живой организм, подчиненный одной мысли и воле, Брык открыл, какие возможности на самом деле давала миру магия. Всё могло быть формой энергии, а людей можно было сплотить еще сильнее, чем с помощью технологий или пропаганды. Революция указывала правильное направление развития человечества, даже если в красном государстве всё еще допускали много ошибок. Брык не считал себя коммунистом, не позволил заразить себя идеологией, которая превратила бы его в еще одного обезумевшего раба. Однако это не мешало ему видеть все достоинства новой системы.

Кроме картин, в трюме находилась также часть вещей, вывезенных с борта марсианского корабля. Трудно было понять их назначение. Из них двоих Якубовский посвящал больше времени инженерии. Единственное, что Брык узнал, это емкость с протобогом. А мог бы он сейчас использовать собранную там энергию? Создать для себя новое защитное божество вместо старого, которое так его подвело? А может, его покровитель уже спешит к нему? Может, он спас Якубовского?

Щелкнул замок в дверях трюма. Как это возможно?

— Мой корабль — это я,— прокричал этот страшный ребенок, который внезапно вскочил на борт дирижабля на летающем волке, когда они уже должны были обстрелять лагерь, не беспокоясь о том, попадут они в своих или во врагов. Допустимые потери были включены в бюджет поездки. Если бы Брык доставил в Революцию груз с дирижабля, ему простили бы всё.— Это заняло некоторое время, но теперь корабль снова беспрекословно слушается меня.

— Мелкий, я могу многое тебе предложить,— попробовал поторговаться Брык.— Там, куда мы направляемся, ты бы стал воздушным адмиралом. Правил бы целым флотом таких дирижаблей!

— У меня уже есть ваш.— Ребенок показал ему язык, отвернулся и ушел. Вот так просто?

— Здравствуй, пятый,— сказал кто-то, кто встал на его месте.— Мне ты тоже многое можешь предложить?

Он!

Брык не боялся примет, как Якубовский. Он не верил в хранителей космического порядка и предназначение. Ведь он раз за разом его нарушал. Поэтому он не впал в панику, старательно прицелился и выстрелил. Но тот дьявол двигался слишком быстро, быстрее, чем обычный человек.

Что ж, Брык много чего умел, он выучился на комиссара, овладел определенными навыками.

Когда он опустошил магазин и, притворяясь злым и напуганным, отбросил пистолет в тень, он подождал, пока Кутшеба окажется возле него, а потом превратил ладони в когти и ударил, целясь в живот. Обычного человека он разорвал бы на куски, но Кутшеба смог как-то избежать удара и пырнуть его ножом. Лезвие прошлось по ребрам, разрезая защищающую их чешую. Брык взвизгнул, но не отступил, он уже разворачивался, вкладывая всю силу во второй удар, который должен был достать этого засранца. Его уже ничто не могло спасти.

Ничего, кроме странной, наполовину призрачной, но быстро материализующейся черной руки, которая неожиданно выросла из бока Кутшебы, перехватила руку Брыка и, выкручивая ее, опрокинула старшего комиссара на пол.

Кто-то пискнул из темноты, из угла, где не было ничего, кроме прикрытой тряпкой картины. Одна из них зашевелилась, и тотчас из-под ткани выглянули большие нарисованные глаза. Словно живые. Брык нервно рассмеялся. Неужели он так испугался, что воображение начало выкидывать такие фокусы? Кто был здесь, кроме Кутшебы и его проклятой мары?

— Послушай.— Брык поднял руку, чтобы показать, что прячет когти. При необходимости они появлялись в течение миллисекунды.— Я не знаю, что мы тебе сделали, наверное, что-то плохое. Но прошло столько лет, всё изменилось!

— Значит, ты все-таки хочешь мне что-то предложить.

— Ты не понимаешь. Мы с Якубовским проникли в сердце Революции. Ты думаешь, я ей служу? Я изучаю её, ищу новые пути влияния. И когда-нибудь приберу к рукам всю власть над ней. Понимаешь? Мы взорвем пирамиду Отцов Революции и изменим эту страну. Мы закончим войну. Польша будет в безопасности.

— Какие вы прям святые.

— Нет. Послушай, мы были дураками и мерзавцами, наделали много бед. Но ты нас пробудил. От страха перед тобой мы начали думать и действовать иначе. Мы ищем искупления, понимаешь? Мы изменились, Якубовский и я. Мы можем спасти миллионы людей. Я знаю, что это не вернет твоих родных, но подумай об остальных людях, которые не должны умереть. О лучшем будущем!

«*Лжет!* — просипела мара. Близость к жертве лишала её чувств.— *Он скажет всё, чтобы ты не убивал его!* »

— Может, ты прав,— тихо сказал Кутшеба, к ужасу своей демоницы.— Может, ты на самом деле изменился. Мир изменился — это правда.

— Вот видишь! Всё это зло может еще принести хорошие плоды.

— Может, и так. Вот только, видишь ли, в этом изменчивом мире не изменился я.

ЭПИЛОГ

Июль 1972 года по старому календарю,
пятьдесят седьмой год Предела,
двадцатый год Мира, Дикие Поля,
руины Пристани Царьград

Они похоронили жителей града в общей могиле, над которой насыпали большой курган. Там почили вместе люди и демоны, а с ними со всеми — останки графа и его дочери. Покалеченный, однорукий леший плакал, когда Новаковский произносил прощальную речь. Он вытирал слезы шапкой, на которой уже не было ни красной звезды, ни черного черепа. Земли Ростовых не принадлежали уже воскресшей России.

— Кощей, вероятно, мог бы их воскресить,— вспомнил Новаковский.

— А зачем? Они и так живут,— сказал Кутшеба.— В собственном раю, в котором должны навести порядок.

Граф, который нашел свое место в уцелевших картинах, предложил ему руку дочери, чтобы он просто принял фамилию и титул Ростовых. Он отчаянно искал преемника. Кутшеба вежливо, но решительно отказался. Куда более трудный разговор предстоял ему с Ольгой. Девушка на портрете выглядела моложе, чем настоящая графиня, потому что обезумевший художник написал ее годом ранее, но смерть не изменила её как-то существенно, чего опасался Кутшеба. Может, нарисованные люди не помнили умирания, а только осознавали смерть как факт, потому что просыпались на портретах лишь тогда, когда умирали в материальном мире? Нарисованная Ольга не переживала о потерянной рано молодости, что не означало, что она не грустила.

— Я знаю... какая вам польза от такой нарисованной жены,— всхлипнула она.— Вы даже не знаете, как я люблю вас, но кому нужна такая любовь... Но я бы любила вас, даже если бы вы нашли себе настоящую женщину! Я бы это поняла!

— Ольга, если бы я только мог, я с радостью взял бы вас в жены. Но это невозможно.

— Я знаю. Нарисованная жена...

— Ольга, я уже женат на другой.— Мара замурлыкала от удовольствия, даже если понимала, что совсем не о ней идет речь.— Я не могу остаться здесь. Однако я прошу вас защищать моих друзей и помогать им.

Они поехали в Краков без Шулера, Ванды, Крушигора и Сары, без Грабинского и Евгения. Достаточно было того, что Ванда сказала: «Здесь должен быть наш дом», когда они стояли перед полуразрушенной стеной града, к которой мрачно прижимались не до конца сгоревшие избы. И вся группа приняла единогласное решение, даже не советуясь друг с другом. Потом они приходили поговорить об этом с Кутшебой. Уже каждый отдельно.

— Мне уже немного осталось,— Грабинский говорил тихо, чтобы не разбудить сову у себя на плече.— Думаю, это хорошее место, чтобы провести остаток лет, Мирек.

Кутшеба мог спросить его о многом. О разговоре с комендантом станицы, о духах, которые каждую ночь приходили к нему во снах и которых видела всегда бодрствующая мара. Мог как бы нехотя вспомнить что-то о Двуруком, потому что именно это имя подслушала мара в его снах. Но вместо этого он просто пошутил, что старику, видимо, захотелось пожить там, где в тайных степных самогоноварнях гнали самое крепкое, а потому самое лучшее чертово молоко.

— Серьезно, самое крепкое? — удивился Грабинский.— Ой, не знаешь ты меня, Мирек, если думаешь, что даром пропадет хоть капелька!

С Шулером и Вандой они прощались дольше. Девушка уговаривала его остаться, Шулер молчал.

— Я не заставлю тебя идти со мной,— успокоил его Кутшеба.— Но и не обещаю, что не вернусь когда-нибудь за тобой.

Сара только махнула рукой, зато Крушигор чуть не переломал ему ребра, когда узнал, что Кутшеба не только сжег контракт Яшека, но даже уговорил Ростова усыновить парня.

— Лучше было бы сыграть свадьбу...— вздохнул граф.— Но Ольга и слышать о нем не хочет. Ни о ком не хочет, кроме вас. Вы уверены, что не позволите себя нарисовать?

Им требовалась самая разная помощь в нарисованной Москве, где до сих пор слово Кутузова было единственным законом. Князь требовал, чтобы его портрет как можно быстрее привезли к Кощею, чтобы хоть в таком виде он смог стать во главе армии нового царя. Яшек, новый хозяин Пристани Царьграда, обязался послать Кощею голову Кутузова — в знак дружбы, но не подданства. Даже граф согласился с этим. Когда он ближе узнал нарисованную Москву, то больше не был уверен, что Кощей был тем самым идеальным царем.

— Вы думаете, они выживут? — спросил марсианин, подходя к Кутшебе. Он оставил Чуса и мага руководить приготовлениями конвоя в обратную дорогу. Последний, перестав скрывать настоящую фамилию, был удивлен, что она не произвела никакого впечатления на красноармейцев. Возможно, поэтому он так и надрывался и кричал на них, пока они с должным уважением не начали отвечать: «Есть, хозяин Твардовский!»

Двадцать телег, нагруженных всем, что удалось спасти из остатков марсианского корабля, уже отправилось в Краков. Извозчиками были пленники, которым лживо пообещали, что если они захотят, то смогут потом вернуться в Революцию. Непонятно, верили они в это или нет, но не сопротивлялись. Хотя как они могли сопротивляться, когда с неба конвой охранял дирижабль святого Николая, а на земле их сопровождение обеспечивали духи и волки?

Марсианин пытался извиниться перед Кутшебой, но тот прервал его: «Вы сделали всё, что было возможно в этой ситуации. А контракт между нами не предполагал, что вы будете защищать меня, а не я вас».

— Такие места притягивают людей, господин Новаковский. Через год здесь будет полно беженцев и приговоренных, убежденных, что нашли наконец свое место на свете. Яшек будет их королем, а Ванда — богиней. Имея рядом Шулера, Евгения, Крушигора и Сару, они переживут всё. Даже правление Яшека.

— Вам на самом деле не хотелось остаться с ними?

— Я еще не выполнил контракт, ведь так?

— Если хотите, я могу посчитать, что выполнили.

— Лучше не надо. Нарисованная или нет, Ольга в конце концов затянула бы меня под венец, если бы я дал ей немного времени. А я предпочитаю смыться, пока еще есть шансы.

Они рассмеялись — Кутшеба, марсианин и даже Чус. Только маре было не до смеха.

«Нам остался еще один, прежде чем ты освободишься от меня»,— произнесла она с горечью, когда те двое отправились в начало каравана. Мирослав в последний раз оглянулся на скрывающийся за лесом град. Все по-прежнему стояли там, даже леший. А Крушигор, не расстающийся теперь уже не с одним трофейным «Максимом», а с двумя, прикрепленными к ремню, как револьверы Грабинского, не переставал махать на прощание.

Кутшеба снял шляпу и помахал над головой. В других обстоятельствах это действительно было бы не худшее место, чтобы провести остаток жизни. Но он помнил.

Это еще не конец.

— Остался еще один,— повторил он.

ПОСЛЕСЛОВИЕ

Сперва благодарности, потому что есть кому и за что. Прежде всего Издателю, который во времена, когда издательские серии выгоднее закрывать, чем открывать, решился рискнуть — причем рискнуть с романом почти никому не известного автора. Надеюсь, это окажется выгодным вложением. Особую благодарность также выражаю Дракену, который не только подсказал Издателю мою фамилию, но и писал в разные издательства «Что там с этим Майкой?», ну и сделал для этого романа столько, сколько может сделать литературный агент. Двое парней, некий Томаш и некий Марчин, почти каждый разговор со мной начинали с вопроса: «И когда там твоя книга будет, а?» Их также благодарю за эту постоянную мотивацию и мобилизацию. За форму этого романа ответственен Михал Цетнаровский. Например, благодаря ему Корыцкого стали звать не так, как изначально. Мне всегда хорошо работается с Михалом, даже если потом у нас обоих появляются синяки после очередной дискуссии на тему поведения ворон или какой-то другой мелочи, о которой мы спорим часто с бóльшим азартом, чем о ключевых для романа вещах. Мой опыт подсказывает, что Михал вкладывает много энергии в каждый мой текст, который ему приходится редактировать, и это такая энергия, которая даже мне помогает думать о тексте креативнее. Спасибо!

История о Чарторыйских, пытающихся вывезти из околиц Кракова свое серебро с помощью сплавщиков, заимствована из воспоминаний предка некоего Радослава; спасибо ему за то, что, не отдавая себе отчета в том, что делает, он рассказал ее мне. И пользуясь случаем: настоящая история с вывозом сокровищ, в отличие от той, которая описана в моем тексте, удалась.

А СЕЙЧАС ПАРА СЛОВ ОБЪЯСНЕНИЯ

Не все использованные в «Мире миров» термины идеально соответствуют тому, что нам известно из умных книжек. Например, одна из героинь, мара, не вполне соответствует тому, что в народной славянской культуре называется марой (это, в свою очередь, очень широкое понятие). Однако, когда я искал для нее какой-то термин, «мара» подходила больше всего. Так же может быть и с другими упомянутыми здесь существами, а еще с легендами, преданиями, сказками и даже с литературными произведениями, которыми я позволил себе воспользоваться — возможно, чрезмерно. Я пользовался всем, чем мог,— этнографическими и историческими работами, популярной литературой и фильмами. Бывало, что самое невероятное (например, беличий мотив) было взято как раз из реальности, однако большинство следов, которые можно найти в рассказе о мести Мирослава Кутшебы, это результат моих размышлений о том, как приспособить сказки, мифы и легенды к выдуманному мной миру.

Выражение «когда Бог умрет, Богом будет святой Николай» можно найти в одном из томов Оскара Колберга; о том, что порой сам этот святой выполнял обязанности пастыря волков, также можно прочитать в одной из работ о народных традициях. Однако в этой книге одно смешано с другим и еще со сказкой, в которой появляется Волк Ветролап, и это уже результат того, что я принимаю такую, а не иную конструкцию мира. Свистящий Король змей — это персонаж из горного фольклора, а его слуга, Железный Марчин, происходит из других сказок и легенд.

Я смешал всё со всем, и весь этот роман — горох с капустой, в котором нечего искать другой смысл, кроме того, который вложен (надеюсь на это) в сконструированный для него же мир. Надеюсь, что это не помешало моим читателям и позволило наслаждаться чтением.

Майка, Павел

М14 Мир миров / Павел Майка.— Москва: Издательство АСТ, 2019.— 508, [2] с.—(Шедевры фэнтези).

ISBN 978-5-17-107228-5

Первая мировая война была трагедией, но закончилась она иначе. На Землю высадились марсиане. Вторжение было отбито, плененные на поверхности планеты пришельцы были ассимилированы, но мир изменился безвозвратно. Сброшенные захватчиками мифобомбы освободили энергию веры, которая оживила персонажей из мифов, сказок и легенд. Дома теперь окружают охранными барьерами, божественные патроны охраняют города, а герои и чудовища преданий, былин, романов и исторических хроник так же реальны, как и обыкновенные люди. В этом мире богатый краковский марсианин снаряжает экспедицию, решив найти инопланетный корабль, упавший сразу после войны. Только все участники похода — одержимый демоном мститель, поклявшийся найти каждого, кто виновен в смерти его семьи; созданный в лаборатории слепой бог; зависимый от черного молока идеальный стрелок; юноша, разговаривающий с животными, — преследуют свои цели. Они еще не знают, какой кошмар их ждет впереди, ведь на новой Земле возможно почти все, а настоящие монстры из глубин подсознания только начинают свой путь.

Литературно-художественное издание
әдеби-көркемдік баспа
Серия «Шедевры фэнтези»

16+

Павел Майка

МИР МИРОВ

Ведущий редактор *Николай Кудрявцев*
Редактор *Виктория Горпинко*
Художественный редактор *Юлия Межова*
Технический редактор *Валентина Беляева*
Компьютерная верстка *Ольги Савельевой*
Корректор *Валентина Леснова*

Произведено в Российской Федерации
Изготовлено в 2019 г.

Изготовитель: ООО «Издательство АСТ»
129085, Российская Федерация, г. Москва,
Звездный бульвар, д. 21, стр. 1,
комн. 705, пом. I, этаж 7
Наш электронный адрес: WWW.AST.RU
Интернет-магазин: book24.ru

Общероссийский классификатор продукции
ОК-034-2014 (КПЕС 2008);
58.11.1 - книги, брошюры печатные

Өндіруші: ЖШҚ «АСТ баспасы»
129085, Мәскеу қ., Звёздный бульвары, 21-үй, 1-құрылыс,
705-бөлме, I жай, 7-қабат
Біздің электрондық мекенжайымыз: www.ast.ru

Интернет-магазин: www.book24.kz
Интернет-дүкен: www.book24.kz
Импортер в Республику Казахстан ТОО «РДЦ-Алматы».
Қазақстан Республикасындағы импорттаушы
«РДЦ-Алматы» ЖШС.
Дистрибьютор и представитель по приему претензий
на продукцию в республике Казахстан:
ТОО «РДЦ-Алматы»
Қазақстан Республикасында дистрибьютор
және өнім бойынша арыз-талаптарды қабылдаушының
өкілі «РДЦ-Алматы» ЖШС, Алматы қ., Домбровский көш.,
3«а», литер Б, офис 1.
Тел.: 8 (727) 2 51 59 89,90,91,92
Факс: 8 (727) 251 58 12, вн. 107;
E-mail: RDC-Almaty@eksmo.kz
Тауар белгісі: «АСТ» Өндірілген жылы: 2019
Өнімнің жарамдылық мерзімі шектелмеген.
Өндірген мемлекет: Ресей